AF534806

Catherine Lloyd wurde in der Nähe von London, England, in eine große Familie von Träumern, Künstlern und Geschichtsliebhabern geboren. Sie schloss ihre Ausbildung mit einem Master in Geschichte am University College of Wales, Aberystwyth, ab und nutzt die dort erworbenen Kenntnisse für die Recherche und das Schreiben ihrer historischen Krimis. Catherine lebt derzeit mit ihrem Mann und ihren vier Kindern auf Hawaii.

CATHERINE LLOYD

DER TOD ZU GAST IN KURLAND HALL

EIN FALL FÜR MAJOR KURLAND
& MISS HARRINGTON

Deutsche Erstausgabe Oktober 2021

Der Tod zu Gast in Kurland Hall

ISBN 978-3-98637-678-9
E-Book-ISBN 978-3-96817-505-8

Titel des englischen Originals: Death Comes to Kurland Hall

Published by Arrangement with KENSINGTON PUBLISHING CORP., NEW YORK, NY 10018 USA THE PUBLISHER
Dieses Werk wurde vermittelt durch die Literarische Agentur Thomas Schlück GmbH, 30161 Hannover.

Übersetzt von: Robin Morgenstern
Covergestaltung: ARTC.ore Design
Umschlaggestaltung: ARTC.ore Design
Unter Verwendung von Abbildungen von shutterstock.com: © Natalia Bostan, © Rory Bowcott, © KathySG
freepik.com: © evening_tao
Korrektorat: Buchgezeiten
Satz: dp DIGITAL PUBLISHERS GmbH
Druck und Bindung: Books on Demand GmbH, Norderstedt

Kapitel 1

Kurland St. Mary, England,

Mai 1817

„Lucy, meine Liebe, du kannst Major Kurland nicht ewig ignorieren."

„Das weiß ich."

Lucy Harrington seufzte und wandte sich vom Fenster ab, aus dem sie gerade noch gespäht hatte, um den Major in seiner Kutsche auf seinem Weg die mit Bäumen gesäumte Auffahrt hinunter zu beobachten. Er hatte mit Sophia für exakt fünfzehn Minuten zusammengesessen, während Lucy sich feige in der Bibliothek versteckt hatte, bis sie sicher sein konnte, dass er wieder weg war.

„In einem so kleinen Dorf wie diesem fällt es mir jetzt schon schwer, ihm aus dem Weg zu gehen. Wenn ich ins Pfarrhaus zurückkehre, werde ich direkt neben Kurland Hall wohnen."

Sophia tätschelte ihren Hund und blickte dann zu Lucy auf. „Ich verstehe immer noch nicht, was er getan hat, um solch eine Reaktion von dir zu erhalten." Sie hielt kurz inne. „Ist etwas auf dem Weg von London hierher vorgefallen? Ihr beide habt auf der gesamten Reise kaum ein Wort gewechselt. Ich musste die ganze Zeit reden, um die Stille zu füllen. Ich habe mich vor Major Kurland vermutlich völlig zum Narren gemacht!"

„Ich glaube nicht, dass er das so sieht. Ich hatte gehofft, dass du nicht bemerken würdest, dass wir uns gestritten hatten."

„Das war kaum zu übersehen. Ihr neigt dazu, euch gegenseitig zu provozieren, aber nur selten redest du nicht darüber, worum es dabei geht. Ich bin mir nicht ganz sicher, was schlimmer ist, die Streitereien oder das Schmollen." Sophia seufzte. „Ich hoffe sehr, dass ihr euren Streit bald beilegt, sonst wird meine Hochzeit eine ausgesprochen schwierige Angelegenheit. Andrew hat Major Kurland darum gebeten, als Trauzeuge am Altar an seiner Seite zu sein. Der Major war heute hier, um mich darüber zu informieren."

Lucy setzte sich auf das Sofa neben Sophia, wobei sie Hunter, den Hund, regelrecht vertreiben musste, da er seinen Platz nur widerwillig aufgab. „Ich schwöre, dass ich nichts tun werde, das sich negativ auf deine Hochzeit auswirken könnte. Wenn das heißt, dass ich Major Sir Robert Kurland, den Baronet, behandeln muss wie den Prinzregenten, dann werde ich dies tun." Sie drückte Sophias Hand. „Ich wollte nie, dass du wegen meiner Dummheit leiden musst."

„*Deiner* Dummheit?" Sophia hob die Augenbrauen. „Was in aller Welt hast du getan, Lucy? Hast du dich ihm an den Hals geworfen?"

„Ha! Ich hätte liebend gern *etwas* auf ihn geworfen." Lucy erhob sich und schritt auf dem Teppich auf und ab. Die Hände hielt sie gefaltet hinter dem Rücken. „Er ... hat um meine Hand angehalten."

„Guter Gott!" Sophia kicherte. „Ich dachte, die gelöste Verlobung mit Miss Chingford hätte den Gedanken gänzlich aus seinem Kopf vertrieben. Was war deine Antwort?"

„Was glaubst du wohl? Wie du bereits gesagt hast, haben wir uns den Rest der Reise ja nicht gerade wie innig Verliebte verhalten, oder?"

„Du hast den Antrag abgelehnt?"

Lucy hob ihr Kinn. „Selbstverständlich, schließlich war es ein Antrag unter Zwang."

„Hat ihm etwa jemand eine Pistole an den Kopf gehalten?“

„Natürlich nicht.“ Sie blickte ihre Freundin mit ernster Miene an. „Es war nur eine *metaphorische* Pistole. Mein Onkel hat Major Kurland aufgefordert, zu erklären, was seine Absichten mir gegenüber sind.“

„Ich vermute, der Earl wollte in Abwesenheit deines Vaters nur seiner Pflicht nachkommen. Major Kurland hat seine Aufmerksamkeit ausgesprochen stark auf dich fixiert. Viele haben deswegen bereits gemunkelt.“

Lucy drehte aufgeregt eine weitere Runde auf dem Teppich. „Du weißt, warum er meine Gesellschaft gesucht hat. Es lag ausschließlich daran, dass wir damit beschäftigt waren, einen Mord aufzuklären. Nichts davon beruhte auf irgendwelchen romantischen Vorstellungen seinerseits mir gegenüber.“

Sophia klopfte auf den Platz neben ihr. „Setz dich doch bitte, Lucy, meine Liebe. Ich bekomme Kopfschmerzen, wenn du hier noch länger auf und ab gehst. Ich vermute, dass Major Kurland keinerlei Anstalten gemacht hat, den Antrag sonderlich romantisch vorzutragen, richtig?“

„Selbst dann hätte ich es ihm nicht abgenommen.“ Lucy ließ sich schwer auf das Sofa fallen. „Tatsächlich hat er sogar angedeutet, dass er mir einen Antrag schuldig sei.“

„Oje.“

„Es klang, als würde er zum Galgen geführt werden und hätte sich mit seinem Schicksal bereits abgefunden.“

Sophia unterdrückte hinter vorgehaltener Hand einen Laut.

Lucy sah sie zornig an. „Lachst du etwa über mich?“

„Ich ... gebe mein Bestes, es nicht zu tun. Ich kann mir nur zu gut vorstellen, wie Major Kurland diese Worte zu dir sagt. Ich bin überrascht, dass du *nichts* nach ihm geworfen hast."

„Es kam mir tatsächlich in den Sinn, aber ich wollte im Gasthaus nicht viel Aufsehen erregen."

Sophia neigte den Kopf zur Seite und studierte Lucy ein wenig zu eingehend. „Du findest die Angelegenheit nicht amüsant, oder?"

„Nein, es war furchtbar peinlich."

„Dann tut es mir leid, dass ich gelacht habe", sagte Sophia mit aufrichtiger Stimme. „Vielleicht hättest du, wenn er sein Anliegen anders vorgetragen hätte ..."

Lucy sprang auf, als der Butler das Zimmer betrat und sich verbeugte.

„Mr Stanford ist hier, Madam. Wünschen Sie ihn zu sehen?"

„Das wäre wunderbar. Bitte lassen Sie ihn eintreten." Sophias Freude über die Ankunft ihres Verlobten ließ ihr Gesicht erstrahlen. Es hatte Zeiten gegeben, in denen Lucy sich gefragt hatte, ob Andrew Stanford für sie selbst ein guter Ehemann gewesen wäre. Aber nachdem sie herausgefunden hatte, dass er plante, einen Großteil seiner Zeit in London zu verbringen, einer Stadt, die sie als dauerhaften Wohnsitz nicht ertragen könnte, war sie beinahe erleichtert gewesen, als sie erfuhr, dass er sich in Sophia verliebt hatte.

Sein Lächeln wurde breiter, als er in den Gesellschaftssalon trat und Lucy erblickte.

„Miss Harrington, was für eine Überraschung! Als mir Robert eben in der Auffahrt entgegenkam, sagte er mir, Sie seien nicht zu Hause."

Lucy fühlte, wie sie errötete. „Ich bin gerade erst von einem Spaziergang zurückgekehrt, Mr Stanford."

„Das sehe ich." Amüsiert wanderte sein Blick über ihr luftiges Tageskleid und die dünnen Hausschuhe – Kleidung, die kaum für einen Spaziergang an der frischen

Luft geeignet war. „Haben Sie sich auf dem Dachboden versteckt, um dem Unhold aus dem Weg zu gehen?"

„Andrew! Zieh die arme Lucy nicht auf", sagte Sophia streng.

„Nun, es ist recht amüsant, zu sehen, wie Robert überlistet wird. Was hat er nur getan, um eine solche Behandlung zu verdienen?"

Lucy zwang sich zu einem Lächeln. „Major Kurland hat nichts Falsches getan. Bitte entschuldigen Sie mich. Ich muss gehen und zu Ende packen." Sie nickte Sophia zu. „Ich werde morgen zurück sein und dir mit den letzten Einladungen helfen, aber es könnte bis zum Nachmittag dauern. Ich bin sicher, dass mein Vater Tausende Dinge von mir erledigt wissen will."

„Da bin ich mir sicher." Sophia sah sie mitfühlend an. „Meine Mutter wird vielleicht morgen schon hier sein, damit werden die Vorbereitungen viel leichter von der Hand gehen."

Lucy machte einen Knicks vor Mr Stanford und ging dann hoch in ihr Schlafgemach, von dem aus der Park von Hathaway House zu sehen war. Ihre Taschen waren bereits gepackt, aber sie wollte die Gesellschaft des verlobten Pärchens meiden, bevor Sophia sich noch genötigt sah, Mr Stanford zu enthüllen, was Major Kurland getan hatte. Sophia war normalerweise sehr diskret, aber sie schien unfähig zu sein, irgendetwas vor Mr Stanford verborgen zu halten. Und vielleicht war das ganz gut so.

Da es ein schöner Nachmittag war, entschied Lucy sich, zu Fuß zum Pfarrhaus zu gehen, statt mit ihrem Gepäck in der Kutsche zu fahren. Sie hatte bereits eine Nachricht an ihren etwas eingeschnappten Vater geschickt, um ihm zu versichern, dass sie jetzt nach zwei Wochen bei Sophia endlich heimkommen würde. Sie hatte beschlossen, dass es ihm guttun würde, nicht immer sicher zu wissen, wo sie war, denn sie hatte nicht vor, im Pfarrhaus wieder als Selbstverständlichkeit angesehen zu werden.

Nachdem sie sich mit dem Butler über das Verladen ihrer Taschen und Kisten abgesprochen hatte, zog sie sich ihre stabilsten Stiefel an, setzte die alte Haube auf, die zu ihrer blauen Lieblingspelisse passte, schritt die Stufen hinunter und hinaus in den Park. Bei ihrem Spaziergang atmete sie tief durch und genoss die saubere Landluft. Sie war viel belebender als der rußige Gestank, der in den Straßen Londons hing. Sie kürzte über eine Ecke des Parks auf die Landstraße ab und folgte ihr nach rechts.

Sie war froh, wieder zu Hause zu sein. Unglücklicherweise hatte Major Kurland recht behalten – sie war tatsächlich nicht in der Lage, in London zu überleben. Sie stapfte die Straße hinunter und erinnerte sich daran, dass er allerdings nicht mit allen Vorhersagen richtiggelegen hatte. Sie war nicht wegen ihrer Unfähigkeit, einen passenden Ehemann zu finden, zurück nach Kurland St. Mary gekommen, sondern wegen des Mangels an Freiheit in der Stadt und aus purer Langeweile.

Hinter sich hörte sie Pferdehufe. Sie wich in Richtung der Hecke aus und warf einen Blick über die Schulter zurück, um zu erkennen, wer sie da passierte.

„Miss Harrington." Major Kurland war es gewohnt, auch auf den Schlachtfeldern noch gehört werden zu müssen, sodass seine Stimme schwer zu ignorieren war. „Miss *Harrington*."

Lucy blieb stehen und wartete, bis der Einspänner neben ihr haltgemacht hatte.

„Guten Tag, Miss Harrington. Dürfte ich Sie ein Stück mitnehmen?"

Sie hielt den Blick stur nach vorn gerichtet. „Das ist nicht nötig, Major Kurland. Es ist nicht mehr weit ins Dorf."

„Aber ich vermute, dass es gleich regnen wird. Ich kann Sie nicht hier zurücklassen und schutzlos einem Sturm ausliefern."

Lucy kannte den unerbittlichen Tonfall des Majors nur zu gut.

Sie seufzte. „Vielen Dank."

Er lehnte sich hinüber und öffnete ihr die Tür. Sie raffte ihre Röcke, erklomm die Stufe in die Kabine und setzte sich auf den Platz ihm gegenüber. Ihren Blick hielt sie beharrlich auf ihre Knie gerichtet.

Mit einem Ruck setzte sich das Gefährt in Bewegung. Der Wiesenkerbel, der auf beiden Seiten des Weges im Straßengraben wuchs, streifte immer wieder die Außenkanten des Wagens.

„Sie wissen, dass Sie sich albern verhalten, oder, Miss Harrington?"

„Das war mir bisher nicht klar, Major, aber ich wüsste auch nicht, warum Ihre Meinung über mich auch nur im Geringsten bedeutsam wäre."

Er hielt den Griff seines Gehstocks fest umklammert. „Ich nehme an, Sie erwarten erneut eine Entschuldigung von mir."

„So wie Sie *annahmen*, dass ich von Ihnen erwartete, mir einen Antrag zu machen?" Lucy keuchte erschrocken auf und schlug sich die Hand vor den Mund. „Verzeihen Sie bitte. Das war ausgesprochen unangemessen."

„In Gottes Namen, entschuldigen Sie sich doch nicht für Ihre erste ehrliche Antwort seit Wochen."

Lucy sah bestürzt in Richtung des Kutschers, der mit dem Rücken zu ihnen saß.

„Machen Sie sich keine Gedanken wegen des alten Reg. Er ist taub wie ein Holzklotz." Major Kurland lehnte sich leicht nach vorn. „Lassen Sie mich deutlicher werden. Ich entschuldige mich vorbehaltlos für meinen Antrag. Ich wünschte, ich hätte nie etwas gesagt, und ich möchte unsere Freundschaft fortsetzen. Ich möchte die bevorstehende Hochzeit nicht verderben, bei der wir schließlich beide eine wichtige Rolle spielen werden."

„So geht es mir auch."

„Dann sollten wir vielleicht einen Waffenstillstand beschließen. Ich werde Sie nicht mit weiteren Anträgen in Verlegenheit bringen und Sie könnten aufhören, mich wie einen Aussätzigen zu behandeln."

„Ich war nicht verlegen."

Er seufzte. „Dann eben wütend. Aber werden Sie wenigstens zustimmen, die Vergangenheit ruhen zu lassen?"

Sie blickte eine Weile nachdenklich auf seine glänzenden Stiefel. Es schien ihm nicht bewusst zu sein, dass sein Antrag ihre Gefühle verletzt haben könnte. Hatte er das? Hatte sie ernsthaft geglaubt, dass er sie doch als geeignete Ehefrau sehen könnte? Sie hätte ihm den Antrag vermutlich genauso wenig abgenommen, wenn er auf die Knie gegangen wäre und ihr ewige Liebe geschworen hätte. Sie war sich durchaus darüber im Klaren, dass eigensinnige Frauen wie sie nur selten derartige Leidenschaft bei einem Gentleman hervorriefen. In diesen Kreisen bevorzugte man Frauen, die ihre Männer wie Halbgötter verehrten.

Sie hob den Blick und sah in seine mürrisch dreinblickenden dunkelblauen Augen. „Um Sophias und Mr Stanfords willen bin ich bereit, die Vergangenheit ruhen zu lassen."

„Gott sei Dank." Major Kurland lehnte sich zurück. „Lassen Sie uns jetzt über wichtigere Angelegenheiten sprechen. Ich möchte Kurland Hall als Ausrichtungsort für das Frühstück und die abendliche Feier nach der Hochzeit zur Verfügung stellen. Das Anwesen ist weitaus größer als Hathaway House und kann alle geladenen Gäste unterbringen."

„Ich denke, Mrs Hathaway würde sich sehr über Ihr großzügiges Angebot freuen. Sie und Sophia hatten sich bereits gefragt, wie sie eine solche Menschenmenge bewältigen sollten."

„Dann werde ich mich mit ihr besprechen, wenn sie nach Hause zurückkehrt. Außerdem möchte ich ..."

Major Kurland redete weiter, während Lucy an den richtigen Stellen nickte und insgeheim darüber staunte, was für eine Veränderung er durchlaufen hatte. Noch vor einem Jahr war er bettlägerig gewesen und hatte alle Welt dafür bestrafen wollen. Inzwischen war er zu einem kompetenten Organisator und Ortsvorsteher geworden – gute Nachrichten für alle, die für ihren Lebensunterhalt auf das Kurland-Anwesen angewiesen waren. Sie war sich allerdings nicht sicher, was sie davon halten sollte, wie leicht er über den gescheiterten Heiratsantrag hinweggekommen war.

„Hören Sie mir zu, Miss Harrington?"

„Natürlich, Major."

Er runzelte die Stirn. „Aber Sie haben mich nicht unterbrochen."

„Das liegt daran, dass ich keinerlei zusätzliche Anmerkungen habe. Sie scheinen alles gut im Griff zu haben."

Er sah ein wenig verlegen aus. „Das liegt an meinem neuen Verwalter Thomas Fairfax. Er hält mich auf Trab."

„Ich kann kaum erwarten, diesen vorbildlichen Herrn kennzulernen."

„Er wird Ihnen gefallen. Er ist intelligent, arbeitet hart und ist äußerst gut darin, mich auf den richtigen Weg zu lenken." Er schenkte ihr ein Lächeln, wie es nur selten vorkam. „Tatsächlich ist er Ihnen recht ähnlich." Sein Blick wanderte zum Dorf, das bereits in Sichtweite lag, und er hob die Stimme. „Reg, halten Sie bitte am Pfarrhaus, um Miss Harrington aussteigen zu lassen!"

An Lucy gewandt fuhr er fort: „Werden Sie von Ihrem Vater erwartet?“

„Ich sagte ihm, dass ich heute zurückkehren würde.“ Lucy raffte ihre Röcke und nahm ihr Retikül. Reg stieg vom Kutschbock, um ihr die Tür zu öffnen. Major Kurland stieg zuerst aus und reichte ihr die Hand.

„Sie müssen nicht mit hineinkommen, Major Kurland.“

„Doch, das muss ich. Ich habe Anweisungen von Andrew bezüglich der Hochzeit, die ich Ihrem Vater überbringen soll. Hat Mrs Giffin Ihnen nicht gesagt, dass dies einer der Gründe war, warum ich nach Ihnen fragte, als ich eben zu Besuch war? Ich hatte die ganze Zeit die Absicht, Ihnen anzubieten, Sie nach Hause zu begleiten.“

„Sophia hat nichts dergleichen erwähnt.“

Lucy nahm seine Hand und stieg aus der Kutsche. Tatsächlich wäre es vielleicht sogar zu ihrem Vorteil, den Major bei ihrer Rückkehr zum Pfarrhaus dabeizuhaben. Möglicherweise würde es ihren Vater davon abbringen, sie zu ihrer plötzlichen Abreise aus London auszufragen.

Obwohl sie sich große Mühe gab, ihren Begleiter im Haus schnell abzuhängen, wurden sie unverzüglich ins Arbeitszimmer des Pfarrers gebeten, in dem sie nun saßen, während der Major seinen Auftrag erläuterte und den Brief von Mr Stanford übergab. Lucy wusste, dass ihr Vater es hasste, Trauungen zu vollziehen, und fragte sich, wie er es wohl aufnehmen würde, auch noch Anweisungen des Bräutigams zu erhalten. Allerdings schien er recht freudig gestimmt und Lucy entspannte sich langsam.

„Mr Stanford und Mrs Giffin haben mich außerdem darum gebeten, zu fragen, ob Sie dazu bereit wären, einige Hochzeitsgäste zu beherbergen, falls Hathaway House und Kurland Hall voll belegt sein sollten.“

Der Pfarrer wandte sich an Lucy. „Haben wir genug Platz für Gäste, meine Liebe?"

Lucy überlegte kurz. „Wir haben mindestens vier leer stehende Schlafzimmer, bis meine Geschwister wieder nach Hause kommen." Sie vermisste die Zwillinge, ihre Schwester Anna und ihren Bruder Anthony entsetzlich. Es wäre angenehm, wieder Leben im Pfarrhaus zu haben, wenn auch nur für eine Woche.

Der Pfarrer rieb sich die Hände und lächelte. „Dann freuen wir uns darauf, unsere neuen Gäste willkommen zu heißen und uns mit ihnen bekannt zu machen. Es kann hier recht eintönig werden, ohne ab und zu etwas neue Gesellschaft zu haben. Nicht jeder von uns kann es sich erlauben, umherzuziehen und London zu besuchen, wann immer es ihm beliebt, nicht wahr, Major?" Sein Blick fixierte Lucy. „Und dann zurückzukehren, wenn man bemerkt, dass die Vorhersagen des Vaters über die geringe Aussicht auf Erfolg korrekt waren." Er gluckste. „Ich bin mir sicher, dass Lucy sich nur zu gern wieder der Aufgaben annehmen wird, die der Herrgott offensichtlich für sie vorgesehen hat. Heim und Familie müssen an erster Stelle kommen."

Lucy setzte bereits zum Widerspruch an, aber Major Kurland war schneller. „Soweit ich es aus meiner kurzen Zeit, die ich selbst in London verbracht habe, beurteilen kann, Sir, war Ihre älteste Tochter von vielen Seiten bewundert und begehrt. Ich vermute, dass sie mehr als nur ein Herz gebrochen hat, als sie sich dazu entschied, zurückzukehren, um Mrs Giffin bei der Planung ihrer Hochzeit zu unterstützen."

„Ich verstehe." Die Miene ihres Vaters wurde ernst. „Lucy, meine Liebe, könntest du vielleicht nachsehen, wo die versprochene Kanne Tee bleibt?"

Nachdem Miss Harrington widerwillig das Zimmer verlassen hatte, sah der Pfarrer hinunter auf einen

Brief auf seinem Schreibtisch. „Mein Bruder sagte mir, dass beide meiner Töchter Erfolg damit hatten, das Interesse heiratswürdiger Männer zu erregen. Er erwähnte Ihre ungewöhnliche Zuwendung Lucy gegenüber, Major."

„Das hat er geschrieben?" Robert versuchte, überrascht auszusehen. „Ich habe natürlich die Anwesenheit von Miss Harrington genossen. Wir sind alte Freunde."

„Mein Bruder war der Überzeugung, dass mehr dahintersteckte, aber er ist auch eher den archaischen Regeln der Gesellschaft verhaftet." Der Pfarrer setzte die Brille ab und sah ihn nachdenklich an. „Gibt es etwas, das Sie mich fragen wollen?"

Einen Moment lang hing Stille im Raum, bis sie vom Schlag der Uhr auf dem Kaminsims zur Viertelstunde durchbrochen wurde. Robert zwang sich, dem Pfarrer direkt in die Augen zu blicken.

„Wenn sich etwas zwischen mir und Miss Harrington entwickeln sollte, Sir, werden Sie als Erster davon erfahren."

„Das freut mich zu hören, Major. Der Ruf einer Frau ist wertvoll und zerbrechlich." Er faltete den Brief zusammen. „Obwohl der Gedanke, dass ein Mann Ihres Standes meine Lucy umwerben könnte, doch recht unwahrscheinlich scheint."

„Das sehe ich auch so, Sir." Robert stützte sich beim Aufstehen auf dem Gehstock ab. „Ich könnte niemals an sie heranreichen. Ich muss mich wieder auf den Weg machen. Die Kinder von Mr Stanford treffen heute ein und ich habe versprochen, dort zu sein und sie in Empfang zu nehmen."

„Wie wunderbar." Der Pfarrer erhob sich ebenfalls, kam hinter seinem Schreibtisch hervor und schüttelte Roberts Hand. „Was für ein fröhlicher Anlass für unser

Dorf, nicht wahr? Eine pompöse High-Society-Hochzeit."

„Und eine Menge zusätzlicher Arbeit und Sorge für uns alle." Robert gelang es nicht, die Bemerkung für sich zu behalten. Er war immer unglücklich darüber, dass sein friedliches Leben gestört wurde, besonders hier auf dem Land, wo es nur allzu offensichtlich sein würde, dass er nicht in der Lage war, den üblichen Freizeitbeschäftigungen eines Gentlemans nachzugehen.

„Ich glaube, ein Großteil der Arbeit und der Aufregung wird Sache unserer Damen sein, Major Kurland, womit uns mehr Zeit zum Jagen und Fischen bleibt. Alles, woran Sie und Mr Stanford denken müssen, ist, zum richtigen Zeitpunkt in der Kirche zu erscheinen." Der Pfarrer gluckste über den eigenen Scherz und hielt Robert die Tür auf, bis er hinausgetreten war. „Guten Tag, Major."

Als Robert wieder in seine Kutsche stieg und Reg das Gefährt Richtung Kurland Hall in Bewegung setzte, fing es schließlich doch noch an zu regnen. Er blickte hinauf zum bleiernen Himmel und verzog die Miene. Die Entwässerungskanäle für seine Ländereien gab es bisher nur auf dem Papier. Wenn es also den Rest des Monats weiterregnete, würden seine Weiden in den tieferen Lagen wieder überschwemmt werden.

Als er zu Hause ankam, ging er auf direktem Weg in sein Arbeitszimmer und bat Foley darum, Thomas Fairfax umgehend zu ihm zu schicken. Durch den Regen schmerzte sein linkes Bein entsetzlich, weshalb er während der Wartezeit nahe am Feuer stehen blieb.

„Sie wollten mich sprechen, Major?"

Er drehte sich zur Tür, um seinen Landverwalter zu begrüßen. „Ah, Thomas, wir müssen das Vieh von den –"

„Ich habe die Anweisung schon ans Gehöft weitergegeben, Sir." Thomas lächelte. „Mir war klar, dass Sie sich wegen des Zustands der Böden Sorgen machen würden."

„Vielen Dank." Robert humpelte zu seinem Schreibtisch und setzte sich.

„Major ..." Thomas zögerte, bevor er ein gefaltetes Stück Pergament aus seiner Manteltasche hervorholte. „Es widerstrebt mir, Sie mit einer solch privaten Angelegenheit zu belästigen, aber ich habe heute einen Brief von der Frau meines Vaters erhalten."

„Ihrer Stiefmutter?"

„Ich bin unehelich geboren, Sir, daher sind wir rechtlich nicht verwandt. Aber ich kenne sie recht gut, weil sie mich vor dem Tod meines Vaters gelegentlich wegen des Anwesens konsultiert hat."

Robert verzog das Gesicht. „Hat Mrs Fairfax es sich anders überlegt? Ist ihr klar geworden, was ihr mit Ihnen für ein Rohdiamant entgangen ist? Ich nehme an, sie möchte, dass Sie zurückkehren und für die Zukunft ihres Sohnes vorsorgen und ihren Witwennachlass verwalten. Ich will es nicht hoffen. Ich würde Sie nur ungern verlieren, wo wir doch gerade erst mit unseren Plänen für das Anwesen begonnen haben."

Thomas sah hinunter auf den entfalteten Brief. „Ich bin mir nicht ganz sicher, was sie im Schilde führt, Major. Sie hat mitteilen lassen, dass sie aus London anreist, um mich zu sehen."

„Dann teilen Sie ihr bitte mit, dass sie gern hier im Herrenhaus unterkommen kann."

Thomas runzelte die Stirn. „Sind Sie sich sicher, Sir? Ihr Besuch könnte genau in den Zeitraum der Hochzeit von Mrs Giffin und Mr Stanford fallen."

„Dann hat sie umso mehr Grund, zu erscheinen. Ich werde zu beschäftigt damit sein, Mr Stanford zu unterstützen, als mich groß um das Anwesen zu kümmern. Somit hätten Sie ausreichend Zeit, Ihre persönlichen Angelegenheiten zu regeln."

„Das ist sehr freundlich von Ihnen, Sir." Thomas faltete den Brief zusammen und zögerte einen Moment. „Sind Sie sicher, dass wir sie unterbringen können?" Er nahm die Gästeliste, die auf Roberts Schreibtisch lag, und ließ seinen Blick darüber wandern. „Wenn Mrs Fairfax tatsächlich hier übernachtet, müssen wir die Zimmerverteilung der anderen Gäste ändern. Hat der Pfarrer ebenfalls Räume zur Verfügung gestellt?"

„Das hat er, es besteht also nicht die Gefahr, dass jemand in den Ställen schlafen muss", sagte Robert. Die Uhr schlug zweimal und er blickte aus dem schmalen Fenster „Mr Stanford wird bald zurück sein und seine Kinder sollen heute Nachmittag eintreffen. Vielleicht sollten wir unsere Arbeit bis dahin abgeschlossen haben?"

„Ja, natürlich, Major. Wo wir gerade von den Ställen sprechen: Ich hatte gehofft, mit Ihnen den derzeitigen Verwaltungsplan besprechen zu können."

Kapitel 2

„Ah, Lucy, da bist du ja."

„Guten Tag, Vater." Lucy betrat die Eingangshalle des Pfarrhauses und legte Haube und Mantel ab.

„Wir haben Gäste im Gesellschaftszimmer." Er winkte sie gebieterisch herbei. „Sie kamen in Begleitung von Mr Thomas Fairfax."

„Das müssen die Hochzeitsgäste sein, die uns bereits angekündigt worden sind."

Lucy strich ihre Röcke glatt und folgte ihrem Vater in das Gesellschaftszimmer. Ein ihr unbekannter Mann verneigte sich vor ihr, allerdings schenkte sie ihm kaum Beachtung. Denn auf dem Sofa saß Miss Penelope Chingford zusammen mit ihrer Mutter und einer ihrer jüngeren Schwestern.

Lucys Vater lächelte. „Mrs Chingford und ihre Töchter werden während der Hochzeitsfeierlichkeiten bei uns wohnen. Lucy, ich glaube, du hast bereits in London ihre Bekanntschaft gemacht." Er verbeugte sich leicht vor Mrs Chingford. „Selbstverständlich kannte ich die Dame bereits als wunderschöne, junge Debütantin, als sie noch Miss Flood hieß."

„Aber Mr Harrington, Sie bringen mich in Verlegenheit!", sagte Mrs Chingford, wobei sie die Hand auf ihre Wange legte und angetan zwinkerte. „Ich bin überrascht, dass Sie sich überhaupt an mich erinnern."

„Wie könnte ich solch Anmut und Charme vergessen?"

Lucy gelang es, ihr Lächeln aufrechtzuerhalten, während sie einen Blick auf Miss Chingford wagte, die vom Benehmen ihrer Mutter ebenso wenig angetan schien wie Lucy. Schließlich schweifte ihre Aufmerksamkeit zu dem jungen Mann, der ein kleines Stück hinter dem Sofa stand und die dick aufgetragenen Schmeicheleien des Pfarrers und Mrs Chingfords entzückte Antworten mit einer Miene verfolgte, die von unterdrückter Belustigung herzurühren schien. Sein Gesicht war unscheinbar und die Augen hatten den gleichen haselnussbraunen Ton wie sein Haar. Er war gut, aber modisch zurückhaltend gekleidet, wie es sich für einen Landverwalter gehörte.

„Mr Fairfax?"

Er trat vor und nahm ihre Hand zur Begrüßung. „Miss Harrington. Welch Freude, Sie endlich persönlich kennenzulernen. Wie ich hörte, habe ich es zu einem großen Teil Ihnen zu verdanken, dass Major Kurland auf mich aufmerksam wurde."

„So würde ich es nicht formulieren, Mr Fairfax. Ich habe nur Ihre ausgezeichneten Referenzen an den Major weitergeleitet."

„Wie dem auch sei, ich möchte mich dafür bedanken. Mir gefällt die Arbeit hier sehr."

„Das freut mich zu hören. Nicht viele Männer können es mit der recht forschen Art des Majors aufnehmen."

Er lächelte, was sie ihre Einschätzung seiner Attraktivität überdenken ließ. „Der Major sagte, dass ihn die Zusammenarbeit mit mir an den Umgang mit Ihnen erinnert, was, wie er betonte, ein großes Kompliment sei."

Sie erwiderte das Lächeln und hörte ein energisches Husten zu ihrer Rechten, das sie so gut wie möglich ignorierte.

„Miss Harrington!"

Widerwillig wandte Lucy sich von Mr Fairfax ab und Miss Chingford zu. In ihrer malvenfarbenen Pelisse und der dazu passenden federgeschmückten Haube sah sie ausgesprochen gut aus.

„Miss Chingford, mir war nicht klar, dass Ihre lose Bekanntschaft mit Mrs Giffin ausreichend sein würde, um zu ihrer Hochzeit eingeladen zu werden."

„Ich kenne Mrs Giffin tatsächlich kaum. Meine Mutter ist entfernt mit Mr Stanford verwandt." Miss Chingford senkte die Stimme. „Eigentlich sollten wir in Kurland Hall untergebracht werden."

„Ich bin sicher, wir können Ihnen und Ihrer Familie hier eine gemütlichere Unterkunft bieten. Die Schlafzimmer von Kurland Hall sind oft recht zugig."

„Darüber bin ich mir durchaus im Klaren. Im Gegensatz zu Ihnen habe ich dort bereits einige Zeit gelebt."

Lucy schenkte ihr ein zuckersüßes Lächeln. „Ich muss mich entschuldigen. Ich hatte nicht daran gedacht, dass Sie einmal mit Major Kurland verlobt waren und Kurland Hall als Ihr zukünftiges Zuhause betrachtet haben." Sie legte eine Kunstpause ein, bevor sie weitersprach. „Vielleicht fürchtete Major Kurland, dass es eine zu schmerzliche Erfahrung für Sie sein könnte, wieder unter seinem Dach zu wohnen."

„Er hat keinerlei derartigen Gedanken an meine Gefühle verschwendet", stieß Miss Chingford abschätzig aus. „Meine Mutter hat selbst angeboten, hier unterzukommen. Sie sagte, dass sie schon lange die Bekanntschaft mit Ihrem Vater wieder aufleben lassen wollte."

Sie blickten beide in Richtung ihrer jeweiligen Elternteile, die sich gerade ausgelassen über ihr erstes Treffen auf einem Londoner Ball austauschten. Die jüngere Miss Chingford unterdrückte ein Gähnen und sah sehnsüchtig zur Tür, während der Pfarrer sich vorbeugte, um etwas ins Ohr ihrer Mutter zu flüstern.

„Möchten Sie und Dorothea Ihr Zimmer sehen?", fragte Lucy mit gehobener Stimme. „Wir haben Ihnen ein Zimmer direkt neben dem Ihrer Mutter vorbereitet."

Ihr Vater bedeutete ihr seine Zustimmung mit einem Winken, ohne das Gespräch mit Mrs Chingford zu unterbrechen. Lucy bedankte sich bei Mr Fairfax dafür, dass er die Chingfords vom Gutshaus hierher begleitet hatte. Kurz darauf verabschiedete er sich und sie führte die beiden Gäste die Treppe hinauf zu ihrem Zimmer.

„Wir werden um sechs Uhr zu Abend essen. Wenn Sie irgendetwas brauchen, läuten Sie einfach die Glocke." Lucy zog die Vorhänge im Gästezimmer auf, um das Sonnenlicht hereinzulassen. „Da Ihr Gepäck bereits hochgebracht worden ist, werde ich Sie jetzt allein lassen, damit Sie sich eingewöhnen können."

„Vielen Dank." Miss Chingford begutachtete das Zimmer mit dem Blick einer Gefangenen, die gerade in den Schuldturm geworfen worden war. „Ich bin sicher, wir ... werden uns hier sehr wohl fühlen."

Lucy ging zurück zur Tür. „Ich werde Betty sofort herschicken, damit sie beim Auspacken helfen kann."

Fluchtartig machte Lucy sich auf den Weg die Treppe hinunter in die Küche, wo sie Betty und die Köchin beim Teetrinken am Tisch antraf. Mit einem Seufzen setzte sie sich zu ihnen und schenkte sich ebenfalls eine Tasse ein.

„Unsere Gäste sind eingetroffen. Betty, gehen Sie bitte hoch und helfen beim Auspacken? Und Mrs Fielding, wir haben heute zum Abendessen drei zusätzliche Gäste."

„Der Herr Pfarrer hat mich bereits darüber in Kenntnis gesetzt, Miss Harrington." Der mürrische Ton der Antwort überraschte sie nicht. Mrs Fielding hielt selten etwas von dem, was Lucy ihr zu sagen hatte, und erhielt ihre Anweisungen lieber direkt vom Pfarrer, bevor sie auch nur in Erwägung zog, sie zu befolgen.

Lucy nahm zur Stärkung einen weiteren Schluck des starken Tees. „Ich werde mich wieder auf den Weg machen und nachfragen, ob Mrs Chingford ebenfalls bereit ist, auf ihr Zimmer gebracht zu werden. Mein Vater läuft sonst noch Gefahr, sie komplett zu vereinnahmen."

„Tatsächlich?"

In der Stimme der Köchin lag eine unheilvolle Note, die Lucy entgegen besseren Wissens ausgesprochen genoss.

„Ja. Offenbar sind die beiden alte Freunde. Er scheint von ihr sehr angetan zu sein."

Mrs Fielding schnaubte abschätzig, widmete sich dem Herd und hantierte lautstark mit ihren Töpfen und Pfannen. Wenn Mrs Chingford nicht vorsichtig war, könnte die eifersüchtige Köchin, die den Pfarrer als ihren persönlichen Besitz ansah, sich dazu bewegt sehen, ihre Konkurrenz durch eine Prise Gift aus dem Weg zu räumen. Der Gedanke an Gift erinnerte Lucy an ihren kürzlichen Aufenthalt in London und ließ sie erschaudern.

Es war zwar ausgesprochen uncharakteristisch für ihren Vater, aber als Lucy das Gesellschaftszimmer betrat, hatte er es sich neben Mrs Chingford gemütlich gemacht.

„Ihre Töchter haben ihr Zimmer bezogen, Mrs Chingford. Und Vater, George wartet in deinem Arbeitszimmer auf dich. Er lässt daran erinnern, dass du noch die Sonntagspredigt mit ihm durchgehen sollst."

Ihr Vater seufzte und verbeugte sich dann, um Mrs Chingfords Hand wie ein echter Kavalier zu küssen. „Die Pflicht ruft. Ich freue mich bereits, Sie beim Abendessen wiederzusehen, Madam."

Mrs Chingford strahlte förmlich. „Ich freue mich ebenfalls, Sir."

Lucy wartete, bis ihr Vater in seinem Arbeitszimmer verschwunden war, um sich mit seinem Vikar zu besprechen, bevor sie sich an Mrs Chingford wandte, deren Lächeln inzwischen verflogen war. Trotz ihres

Alters war sie noch immer eine gut aussehende Frau, mit den gleichen zierlichen Gesichtszügen, die ihre Tochter geerbt hatte. Sie hatte sich erhoben und schien das Porzellan auf dem Kaminsims näher zu betrachten.

„Ist dies ein Porträt Ihrer verstorbenen Mutter, Miss Harrington?"

„Ja, das ist es." Lucy hielt inne, um das erhabene Lächeln ihrer Mutter zu bewundern. „Es wurde angefertigt, kurz bevor sie die Zwillinge bekam."

Mrs Chingford neigte den Kopf zur Seite und schnalzte mit der Zunge. „Sie sieht zerbrechlich aus. Es überrascht mich nicht, dass sie die Geburt nicht überlebt hat."

„Meine Mutter war nie eine Invalidin, Mrs Chingford. Ihr Tod war sehr unerwartet." Lucy versuchte ruhig zu klingen.

„Wie alt sind die Zwillinge jetzt?"

„Acht. Sie sind schon in der Schule."

„Wo sie auch sein sollten." Mrs Chingford erschauderte gekünstelt. „Ich bin so froh, dass ich nur Mädchen bekommen habe. Sie sind viel folgsamer."

„Da bin ich mir sicher. Soll ich Sie auf Ihr Zimmer begleiten?" Lucy ging ein paar Schritte, um Mrs Chingford dazu zu bewegen, vom Porträt abzulassen. „Die Zwillinge sind manchmal recht stürmisch, aber ..."

„Sie haben die beiden erzogen?"

„Selbstverständlich." Lucy ging unbeirrt weiter die Treppe hinauf und sprach über die Schulter zu Mrs Chingford. „Als älteste Tochter der Familie erwartete mein Vater von mir, meiner Verpflichtung nachzukommen. Und ich habe es nicht ab Belastung empfunden. Die beiden sind ausgesprochen lieb." Was nicht stimmte, aber es lag etwas in Mrs Chingfords Tonfall, das Lucy langsam erzürnte. Sie öffnete die Tür zum besten Schlafzimmer und ließ Mrs Chingford eintreten. Diese strich mit den Fingern über die Gardinen und

Bettvorhänge und inspizierte die bestickten Kissen, die auf der Liege am Fenster lagen.

„Das ist ein schönes Zimmer."

„Es gehörte meiner Mutter." Lucy machte einen Knicks. „Ich werde Sie jetzt allein lassen, damit Sie auspacken können. Ich schicke Ihnen Alice nach oben, um Ihnen zur Hand zu gehen."

Mrs Chingford wirbelte zu Lucy herum. „Es gibt keinen Grund für diesen abweisenden Tonfall, jedes Mal, wenn ich Ihnen eine Frage stelle, meine Liebe."

„Ich verstehe nicht ganz."

„Niemand möchte andeuten, dass Sie all die Jahre bei der Erziehung Ihrer Geschwister und der Unterstützung Ihres Vaters keine gute Arbeit geleistet haben."

„Soweit ich weiß, hat niemand je etwas Derartiges gesagt." Lucy hob eine Augenbraue. „Möchten Sie mir etwas Bestimmtes mitteilen, Mrs Chingford?"

„Wie meinen Sie das?" Mrs Chingford weitete ihre blauen Augen und sprach mit süßlicher Stimme. „Es bleibt nur zu hoffen, dass Sie nicht einer dieser alten Jungfern werden, die ihre verwitweten Väter als ihr persönliches Eigentum ansehen. Das ist immer sehr traurig, nicht wahr?"

„Glauben Sie mir, Madam, wenn mein Vater eine neue Frau finden würde, wäre ich hocherfreut, all meine Aufgaben an sie abzutreten." Lucy überlegte einen Moment. „Aber bei allem gebührenden Respekt, er liebte meine Mutter so sehr, dass er seither nie Augen für eine andere Frau hatte." Sie machte erneut einen Knicks. „Guten Tag, Mrs Chingford."

Während sie die Treppen wieder nach unten stieg, überlegte sie, was an dieser Frau ihr so widerstrebte. Wie sollte sie mit jemandem umgehen, der die unverschämtesten Fragen mit einem Lächeln auf dem Gesicht stellte? Sie konnte nur beten, dass ihr Vater nicht zu sehr von dem schönen Äußeren geblendet werden würde und dabei den hässlichen Kern übersah. Allerdings schienen Männer oft unfähig zu sein, überhaupt etwas zu erkennen ...

„Und wie ich meinem guten Freund, dem Pfarrer, sagte ..."

Lucy stand von ihrem Sessel auf und ging zur anderen Seite der Galerie, wo Mrs Chingfords Stimme hoffentlich weniger deutlich zu hören sein würde. Sie waren in Kurland Hall, um dem Major und den anderen Hochzeitsgästen einen Besuch abzustatten. Mrs Chingford sprach bereits seit mindestens einer Viertelstunde ohne Unterbrechung. Dem Gesichtsausdruck einiger der anderen Damen nach zu urteilen, war Lucy nicht die Einzige, der die recht spitzzüngige Gesprächsführerin unangenehm war.

Sie hatte Mrs Chingford nun zwei Tage lang im Pfarrhaus ertragen und ihrem Vater dabei zusehen müssen, wie dieser von all der Aufmerksamkeit, die ihm zuteilwurde, strahlte und herumstolzierte wie ein Pfau. Lucy war froh, zur Abwechslung mal außer Haus zu sein. Unglücklicherweise war ihr dies nicht ohne die Chingfords vergönnt. Sie sah hinaus auf den Knotengarten, der hinter dem Tudor-Flügel des Gutshauses lag. Major Kurland ließ ihn derzeit wieder instand setzen und die symmetrischen Muster der ordentlich geschnittenen Hecken beruhigten sie ein wenig.

„Versuchen Sie Mrs Chingford zu meiden?" Die Stimme neben ihr versetzte ihr einen kurzen Schreck. „Sie ist wirklich unausstehlich, nicht wahr?"

Lucy wandte sich um und sah sich einer von Mr Stanfords Tanten gegenüber, die ausgesprochen empört wirkte.

„Ich kenne sie kaum, Mrs Green."

Ihr Gegenüber schnaubte. „Es fühlt sich an, als würde man einen Igel auf den Arm nehmen. Tausende winzige Stacheln, die nur darauf warten, die Haut zu durchstechen. Und während man damit beschäftigt ist, diese abzuwehren, bohrt sich ein langer Dorn zielsicher ins Herz." Mrs Green senkte die Stimme. „Nur deswegen ist sie zu dieser Hochzeit an diesem abgeschiedenen Ort erschienen: Sie hat bei ihren verzweifelten Bemühungen, ihre verkommenen Töchter zu verheiraten, viel zu viele einflussreiche Persönlichkeiten der Gesellschaft verärgert." Sie warf einen giftigen Blick in Richtung von Mrs Chingford. „Ich habe auch gehört, dass sie verschuldet sei und einen neuen Ehemann suche." Lucy dachte sofort an ihren Vater, entspannte sich aber schnell wieder. Er bezog ein großzügiges Einkommen aus dem Nachlass seines Vaters, aber da sein Bruder einen Sohn hatte, war der Pfarrer nicht länger der Erbe des Earl-Titels. Damit war er in den Augen von Mrs Chingford vermutlich ein Niemand.

Als hätte sie ihre Gedanken gelesen, stupste Mrs Green Lucy mit ihrem Fächer an. „Sie passen besser auf Ihren gut aussehenden Vater auf, meine Liebe. Er scheint ihr geradezu verfallen zu sein."

„Wem verfallen?" Major Kurland erschien an Lucys Seite und verbeugte sich vor ihr und Mrs Green. Er nahm immer noch seinen Gehstock zur Hilfe. Sein schwarzes Haar war ein wenig zerzaust und seine Wangen vom Wind gerötet. „Ich muss mich entschuldigen, dass ich bei Ihrer Ankunft noch nicht hier war, Miss Harrington. Ich war unten beim Gehöft."

Mrs Green machte einen Knicks. „Ich überlasse die Erklärung Miss Harrington. Ich habe genug davon, Maria Chingford dabei zuzusehen, wie sie Hof hält!"

Major Kurland runzelte die Stirn, als Mrs Green den Raum verließ. „Was ist denn in sie gefahren? Sie hat ja beinahe gequalmt vor Wut."

„Sie hat eine Abneigung gegen Mrs Chingford und mich eindringlich dazu aufgefordert, meinen Vater vor ihr zu schützen."

„Sie glaubt also, dass Mrs Chingford es auf den Pfarrer abgesehen hat?"

Lucy zuckte mit den Schultern. „Damit könnte sie recht haben."

„Das sind großartige Neuigkeiten." Von seiner Miene war Erleichterung abzulesen. „Wenn sie Ihnen die Verantwortung für Ihren Vater abnimmt, werden Sie frei sein."

„Und obdachlos. Ich wäre nicht dazu in der Lage, mir für mehr als zwei Wochen ein Haus mit Miss Chingford und ihr zu teilen."

Er verzog das Gesicht und kratzte sich peinlich berührt am Hals. „Das tut mir leid. Ich wollte nicht, dass die Chingfords bei Ihnen untergebracht werden, aber irgendwie wurden die entsprechenden Vorkehrungen ohne mein Wissen getroffen. Thomas wusste leider nichts von meiner früheren Beziehung mit Miss Chingford."

„Es ist schon in Ordnung. Miss Chingford sagte, dass ihre Mutter sehr darauf erpicht gewesen sei, im Pfarrhaus unterzukommen, um die Bekanntschaft mit meinem Vater zu vertiefen."

Major Kurland wandte sich ein wenig von der Gruppe um Mrs Chingford ab, bevor er sprach. „Sie mögen sie nicht sonderlich, oder?"

„Sie ist nicht gerade freundlich." Lucy wünschte, sie könnte mehr sagen, aber ihre Gefühle gegenüber Mrs Chingford waren zu kompliziert, um sie in Worte zu fassen. „Sie ... verdreht alles, was man sagt, zu ihren eigenen Gunsten."

„Das ist mir bisher noch nicht aufgefallen."

„Das liegt daran, dass ihr Ihre positive Meinung über sie wichtig ist. Daher ist sie sehr darauf bedacht, Sie nicht zu beleidigen."

„Und vielleicht sieht sie in Ihnen eine Konkurrentin um die Liebe Ihres Vaters?" Major Kurland tätschelte ihre Hand und legte sie auf seinen Arm. „Vielleicht ist sie eifersüchtig auf Sie?"

„Ich nehme an, das könnte stimmen, aber ..." Lucy hielt inne, als der Major sie zu einer Gruppe führte, die um das Kaminfeuer versammelt stand. Einige laute Stimmen waren zu hören und es schien eine Art Streit zwischen der unschuldig lächelnden Mrs Chingford und Mr Stanfords Schwester im Gange zu sein.

„Das ist nicht wahr, Mrs Chingford." Miss Stanford sprang auf. „Derartige Gerüchte sollten nicht weiterverbreitet werden – besonders jetzt, da mein Bruder kurz vor einer erneuten Hochzeit steht."

„Ich muss mich entschuldigen, meine Liebe." Mrs Chingford fächerte sich Luft zu. „Mir war nicht klar, dass diese alberne Bemerkung von mir Sie dermaßen aus der Fassung bringen würde." Sie blickte zur finster dreinschauenden Sophia. „Und auch bei Ihnen, Mrs Giffin, möchte ich mich entschuldigen. Ich hatte angenommen, Mr Stanford hätte Ihnen von den Gerüchten um das vorzeitige Ableben seiner Frau erzählt."

Major Kurland räusperte sich. „Ich bin mir sicher, dass alle Anwesenden Ihnen verzeihen werden, Mrs Chingford. Sollen wir den sonnigen Tag heute vielleicht für eine Führung durch meinen neuen Garten nutzen?"

Während die anderen Damen der Einladung des Majors umgehend nachkamen und sich wie ein Schwarm Vögel auf den Weg nach draußen machten, löste sich Lucy von Major Kurlands Arm und ging hinüber zu Sophia, die am Feuer sitzen geblieben war. Ihre Hände hielt sie verkrampft auf ihrem Schoß verschränkt. Lucy setzte sich neben sie und senkte die Stimme.

„Hör nicht auf Mrs Chingford, Sophia. Sie muss sich einfach in alles einmischen. Ich bin mir sicher, dass kein Fünkchen Wahrheit in dem steckt, was sie gesagt hat."

Sophia lächelte zögerlich. „Ich muss zugeben, dass sie recht überzeugend klang."

„Dann frag Mr Stanford. Ich bin mir sicher, dass er dir alles sagen kann, was du wissen willst. Wo ist er?"

„Ich glaube, er macht es seinen Kindern gerade in ihrer Stube wohnlich. Vielleicht sollte ich hochgehen und ... mit ihm reden."

Lucy drückte Sophias Hand. „Ich würde das an deiner Stelle tun. Ich bin überzeugt, dass es nichts gibt, worüber du dir Sorgen machen müsstest."

„Wieso sollte denn sonst jemand solche bösartigen Gerüchte verbreiten?"

„Sophia, manche Leute können einfach nicht widerstehen, in der Gerüchteküche vor sich hin zu brauen wie die Hexen aus Macbeth. Mrs Chingford scheint so jemand zu sein. Geh und suche Mr Stanford."

Sophia stand auf, nickte entschlossen und verschwand in Richtung der Haupttreppe. Lucy folgte ihr mit etwas Abstand aus dem Zimmer, nahm aber den Weg durch den Gang für die Bediensteten, der direkt an der Seite des Hauses in den Garten führte. Der gepflasterte und mit Holzbrettern verkleidete Korridor war Teil des ursprünglichen Anwesens aus der Tudor-Zeit und stellenweise recht dunkel. Vor sich hörte Lucy Stimmen, wodurch sie instinktiv langsamer ging.

„Sei keine Närrin."

Lucy wurde noch langsamer, als sie die Stimme von Mrs Chingford erkannte.

„Ich hasse dich, Mutter. Ich hasse es, wie du die Leute behandelst, und ich wünschte, du wärst tot."

War das Penelope, die da sprach? Lucy runzelte die Stirn. Nein, es war Dorothea Chingford, die jüngere Tochter.

„Du albernes kleines Gör mit deiner albernen Schwärmerei für Mr Stanford. Glaubst du ernsthaft, du hättest je eine Chance bei ihm gehabt? Er hat nicht einmal bemerkt, dass du existierst! Du solltest dankbar sein, dass ich ihn als den Mörder entlarvt habe, der er sicherlich ist."

„Das ist frei erfunden, Mutter. Er ist ..." Ein Klatschen hallte durch den Gang und Dorothea unterdrückte einen Aufschrei.

„Er ist nicht an dir interessiert. Hör also auf, ihn zu verteidigen. Dadurch wirkst du nur noch armseliger als ohnehin schon." Mrs Chingfords Stimme war schroff. „Und jetzt weiter mit dir. Wir müssen uns den anderen im Garten anschließen."

Lucy wartete noch einen Moment, bis Mutter und Tochter das Ende des Gangs erreicht hatten und durch die Tür nach draußen verschwunden waren. Was für eine wahrhaftig verabscheuungswürdige Frau. Zum ersten Mal in ihrem Leben verspürte Lucy Mitleid für die Chingford-Schwestern. Es schien, als würde ihre Mutter es genießen, Gerüchte und Andeutungen zu verbreiten wie ein Fleisch gewordenes Skandalblatt. Lucy hob das Kinn und folgte ihnen hinaus in den Garten. Sie würde dafür sorgen müssen, dass ihr Vater nicht den Reizen von Mrs Chingford erlag.

Robert ließ den Blick über seine Gäste wandern, die in dem frisch restaurierten Kräutergarten umherstreiften, und gab sein Bestes, alle etwaigen Fragen höflich zu beantworten. Die arme Mrs Chingford schien ein Händchen dafür zu haben, immer das Falsche zu sagen. Gerade hatte sie sich bei ihm eingehakt und spazierte an seiner Seite umher.

„Ich wusste, Sie würden meinen Standpunkt verstehen, Major. Sie sind selbst ein recht direkter Mann, nicht wahr?“ Sie seufzte. „Frauen ist es nicht gestattet, ehrlich zu sein. Sie werden dann als kaltherzig und gefühllos gegenüber dem eigenen Geschlecht gesehen. Die Behandlung, die ich deswegen erfahre, ist entsetzlich.“

„Wenn Sie das sagen, Madam.“ Robert sah verzweifelt zurück in Richtung des Hauses, aber es gab keine Spur von Thomas oder Miss Harrington, die ihn hätten retten können. „Würde es Ihnen etwas ausmachen, sich einen Moment zu setzen und die Aussicht zu genießen? Das Panorama hier ist recht eindrucksvoll.“

Zu seiner Erleichterung erblickte er Thomas, der zusammen mit einer schmalen, völlig in Schwarz gekleideten Frau auf ihn zukam. Robert hob die Hand und winkte seinen Landverwalter herbei.

„Da sind Sie ja, Thomas.“

„Major Kurland. Darf ich Ihnen Mrs Emily Fairfax vorstellen?“

Robert nahm die Hand der Frau und verneigte sich darüber „Es ist mir eine Freude, Mrs Fairfax. Ich hoffe, Sie genießen Ihren Aufenthalt.“

Die Witwe hob ihren schwarzen Schleier und gab die Sicht auf ein weitaus jüngeres und hübscheres Gesicht preis, als er erwartet hatte. Sie sah nicht viel älter aus als er selbst. Ihm fiel ein, dass es sich bei ihr um die zweite Ehefrau von Thomas’ Vater handelte.

„Major Kurland, es ist ausgesprochen liebenswürdig von Ihnen, mich hier zu empfangen. Thomas sagte mir, dass Sie gerade mitten in den Vorbereitungen für eine Hochzeit stecken. Ich möchte Ihnen versichern, dass ich Ihnen dabei nicht im Weg stehen werde.“ Ihre Stimme war kaum stärker als ein Windhauch und nur schwer zu verstehen.

„Nehmen Sie darauf bitte keine Rücksicht, Mrs Fairfax. Sind Sie mit diesem Teil des Landes vertraut? Wenn Ihnen der Sinn danach steht, gibt es in der Umgebung einige malerische Städte und Dörfer, die Sie erkunden könnten."

„Ich kenne die Gegend sehr gut, Major. Ich bin im benachbarten Essex aufgewachsen, bevor ich in den Norden zog, um meinen geliebten Mr Fairfax zu ehelichen." Ihre Lippe bebte.

Robert verneigte sich. „Mein Beileid zu Ihrem Verlust, Madam."

„Vielen Dank." In ihren Augen sammelten sich Tränen. „Ich habe meinen Mann sehr geliebt."

Mrs Chingford, die neben ihm stand, schnaubte verächtlich. „Nach allem, was man so hört, Mrs Fairfax, hat Ihr Mann zu viel getrunken. Es ist eine Schande, dass Sie ihn nicht genug geliebt haben, um dies zu verhindern."

Mrs Fairfax keuchte auf und hielt sich ein schwarzes Spitzentaschentuch vor den Mund. Thomas trat zwischen sie und Mrs Chingford und nahm die Hand seiner Stiefmutter in seine Armbeuge. „Ich werde Mrs Fairfax ihr Zimmer zeigen, Major", sagte er.

„Vielen Dank." Robert wartete, bis die beiden außer Sichtweite waren, bevor er sich an Mrs Chingford wandte, die ihnen mit gespanntem Blick nachschaute. „Kann ich Ihnen bei etwas helfen, Madam?"

Schließlich riss sie ihren Blick von den beiden los und sah Robert an. „Das Mädchen kommt mir bekannt vor."

„Meinen Sie Mrs Fairfax?"

Mrs Chingford rümpfte die Nase. „Ich muss versuchen, mich zu erinnern, wo ich sie schon mal gesehen habe." Ihr Lächeln kehrte zurück und sie blickte zu ihm auf. „Aber genug davon, Major. Ich bin so froh, dass wir die Gelegenheit hatten, uns nach der bedauerlichen Entscheidung meiner Tochter, die Verlobung mit

Ihnen aufzulösen, noch einmal wiederzusehen. Sir, ich muss Ihnen sagen, dass ich danach sehr enttäuscht von ihr war."

Robert neigte leicht den Kopf nach vorn. „Es war zum Besten aller, Mrs Chingford, und es war eine einvernehmliche Entscheidung. Wir beide haben uns über die letzten fünf Jahre deutlich verändert. Wir passen nicht länger zusammen. Es war sehr mutig von Miss Chingford, zu dieser Einsicht zu gelangen."

„Ich muss zugeben, dass es furchtbar für sie gewesen wäre, hätte sie einen Krüppel heiraten müssen, der versteckt auf dem Land lebt." Sie schenkte ihm ein mitleidiges Lächeln und tätschelte seinen Arm. „Aber man bekommt nicht immer alles, was man sich im Leben wünscht, nicht wahr, Major?"

Er nahm die despektierliche Bemerkung auf, ohne mit der Wimper zu zucken. „In der Tat, Madam. Es wäre mir lieber, nicht verkrüppelt zu sein, aber ich habe gelernt, damit zu leben."

Sie stupste ihn mit ihrem Fächer an. „Guter Gott, Major, das wollte ich damit natürlich nicht sagen. Ich habe das selbstverständlich metaphorisch gemeint."

Robert verneigte sich. „Selbstverständlich." Er bemerkte Miss Harrington, die zielgerichtet auf ihn zukam. „Würden Sie mich entschuldigen?"

Er entfernte sich, bevor Mrs Chingford ihre Einwilligung gegeben hatte, jedoch machte sie keine Anstalten, ihm zu folgen. Offenbar lag Miss Harrington richtig. Mrs Chingford glaubte eindeutig, dass es angemessenes Verhalten war, mit einem Lächeln auf dem Gesicht und höflichen Worten auf den Lippen Dolchstöße auszuteilen. Soweit er gehört hatte, war es ihr bei diesem ihrem ersten Besuch in seinem Haus gelungen, mindestens drei seiner Gäste zu beleidigen, wenn nicht sogar mehr.

Er verbeugte sich, nahm entschlossen Miss Harringtons Ellbogen und führte sie ein Stück von den anderen Gästen weg.

„Mrs Chingford hat tatsächlich ein Talent, die Leute gegen sich aufzubringen, nicht wahr?"

Ihr Blick verdüsterte sich. „Was hat sie zu Ihnen gesagt?"

„Nichts, was es wert wäre, wiederholt zu werden, aber ich denke, Sie haben recht, ihr gegenüber misstrauisch zu sein."

„Bei Sophia hat sie jedenfalls für einiges an Bestürzung gesorgt. Gab es wirklich Gerüchte, dass Mr Stanford etwas getan haben könnte, um den Tod seiner Frau herbeizuführen?"

Robert zögerte. „Damals gab es ... Tratsch, aber ich kann Ihnen versichern, dass Andrew nichts verbrochen hat. Von der Geburt ihres zweiten Kindes hat sich der Verstand seiner Frau einfach nicht mehr erholt. Sie war sehr in sich gekehrt und kaum noch sie selbst. Andrew versuchte alles in seiner Macht Stehende, aber nichts schien zu funktionieren." Er senkte die Stimme. „Sie nahm sich das Leben. Das wissen nicht viele. Ich frage mich, von wem Mrs Chingford gehört haben könnte, welche Probleme es in der Ehe gab."

„Sie ist die Art Frau, die von Geschwätz angezogen wird wie Bienen vom Honig." Miss Harrington erschauderte. „Und das Problem ist, dass ihre Gerüchte und Andeutungen immer auf einem Körnchen Wahrheit beruhen, sodass sie nur schwer zu widerlegen sind."

„Ich werde Andrew sagen, dass er auf der Hut sein soll."

Sie hob das Kinn, um ihm direkt in die Augen zu sehen. „Und raten Sie ihm, Sophia gegenüber ehrlich zu sein. Sie verdient es, die Wahrheit zu kennen."

„Das sehe ich genauso." Er lächelte ihr zu und sie wandte ihren Blick sofort ab. „Kopf hoch, Miss Harrington. In ein paar Tagen wird die Hochzeit vorbei sein und wir alle können zu einem friedlicheren Leben zurückkehren."

„Das hoffe ich inständig, Sir." Miss Harrington warf einen Blick über die Schulter zu Mrs Chingford. „Denn ich muss gestehen, dass sich mein Vorrat christlicher Nächstenliebe langsam dem Ende zuneigt."

Kapitel 3

Lucy nahm Major Kurlands Arm und sie folgten dem frisch verheirateten Paar den Gang vom Altar hinunter zu den offenen Türen der Kirche. Der Major war in die volle Paradeuniform des Regiments der 10. Husaren des Prince of Wales gekleidet und sah darin ausgesprochen schneidig aus. Er nahm noch immer den Gehstock zur Hilfe, allerdings hatte sich sein Gang inzwischen deutlich verbessert. Sie trug eines ihrer Londoner Kleider und fühlte sich darin seinem prachtvollen Gewand beinahe ebenbürtig.

„Gott sei Dank ist es vorbei", raunte er ihr zu, als sie hinaus ins Sonnenlicht traten. „Hochzeiten sind mir ein Graus."

„Das ist mir nicht entgangen, Major." Lucys Blick ruhte auf der Braut, die ausschließlich ihren Bräutigam anstrahlte. Sie trug ein cremefarbenes Kleid, das mit Brüsseler Spitze am Hals, an den Ärmeln und am Saum verziert war. „Aber Mr Stanford und Sophia sehen außerordentlich glücklich aus."

„So ist es. Man könnte beinahe den Glauben an die Liebe zurückgewinnen, nicht wahr?"

Sie sah in sein Gesicht, aber er schien nicht zu scherzen. „Ich zweifle nicht an der Liebe. Meine Eltern waren sehr ineinander verliebt."

„Meine ebenfalls." Sein Lächeln war warm „Mein Vater heiratete unterhalb seines Standes und ihm war egal, was irgendjemand davon hielt. Zu diesem Zeitpunkt hatte er keine Ahnung, dass meine Mutter die Erbin eines Braumeisters war und ihm eine geradezu königliche Mitgift einbringen würde."

„Dann konnte er sich sehr glücklich schätzen.“

Major Kurland gluckste. „In der Tat. Geld und Liebe. Was könnte man mehr verlangen?“

Ihr fiel auf, dass sie sein Lächeln inzwischen erwiderte, und sie sammelte sich hastig. „Ich muss zu Sophia und ihr mit ihrem Kleid zur Hand gehen.“

„Und ich sollte Andrew helfen.“ Er berührte die Krempe seines Huts. „Es war mir eine Freude, Miss Harrington.“

Sie machte einen Knicks und sah ihm hinterher, während er sich der Kutsche näherte, um mit dem Kutscher zu sprechen. Das Hochzeitsfrühstück fand in Kurland Hall statt, somit würden die meisten Gäste in der Lage sein, den Weg von der Kirche zum Herrenhaus zu Fuß zurückzulegen.

Als sie Sophia erreichte, nahm sie die Hände ihrer Freundin und schenkte ihr ein Lächeln. „Ich freue mich so für dich, meine liebste Freundin.“

„Vielen Dank.“ Sophia gab ihr einen Kuss auf die Wange. „Ich hoffe, Charlie versteht das.“ Ihre Stimme war plötzlich erfüllt von Unsicherheit und sie schien in Lucys Miene nach Zuspruch zu suchen. „Er würde wollen, dass ich glücklich bin, oder?“

„Ich bin mir sehr sicher, dass er Mr Stanford gutheißen würde.“

Sophia atmete erleichtert aus. „Danke. Fährst du mit Mama, den Kindern und mir in der Kutsche? Die Kleinen sind recht überdreht und ich fürchte, dass sie nicht still sitzen werden.“

„Natürlich werde ich dich begleiten.“ Lucy bückte sich, um Sophias Schleppe aufzunehmen. „Lass mich dir beim Einsteigen helfen, damit du nicht auf deinen Saum trittst.“

Als die Kutsche das Tor zum Kirchhof passierte, erhaschte Lucy einen kurzen Blick auf Mrs Chingford, die zusammen mit Lucys Vater die Straße hinaufspazierte. Miss Chingford folgte ihnen mit einigem Abstand und schien in ein Gespräch mit dem neuen Vikar George Culpepper vertieft zu sein. Dahinter folgte Dorothea mit düsterem Blick. Sie erinnerte Lucy an Anthony, als er im gleichen Alter gewesen war, aber bisher waren all ihre Versuche, sich mit ihr anzufreunden, vergeblich gewesen.

Anna war für die Hochzeit aus London zurückgekehrt und Lucy hatte den vergangenen Abend damit verbracht, sich über ihre wachsende Abneigung gegenüber Mrs Chingford auszulassen und zusammenzufassen, wen ihr unwillkommener Gast bisher alles beleidigt hatte. Anna hatte selbst einige Geschichten über Mrs Chingfords Verhalten in London zum Besten gegeben und sie hatten gemeinsam beschlossen, netter zu Penelope und Dorothea zu sein. Offensichtlich hatten sie eine große Bürde zu tragen.

Vor ihnen lag Kurland Hall und damit der Rest der Hochzeitsfeierlichkeiten, den es noch zu überstehen galt. Lucy sammelte sich, fixierte den Blick auf die Rautenfenster der langen Galerie und fasste innerlich den Beschluss, dass sie ihr Bestes geben würde, um ihrer Freundin den herrlichsten und mühelosesten Hochzeitstag zu bescheren, der nur möglich war.

Nach dem Frühstück hielt Major Kurland eine überraschend geistreiche Rede und nahm unter großem Applaus wieder Platz. Dann erhob sich der Bräutigam, bedankte sich bei ihm und stieß auf seine neue Frau und ihre Brautjungfern an. Lucy gestattete sich ein zweites Glas Wein und lächelte die anderen Anwesenden um sich herum an. Thomas Fairfax hatte ausgezeichnete Arbeit geleistet, um das Anwesen auf die Hochzeit vorzubereiten, und sich mehrmals mit Lucy darüber beraten, wie die Feierlichkeiten abzulaufen hatten. Sie schätzte ihn sehr, auch wenn sie die Anwesenheit seiner ganz in Schwarz gekleideten früheren Arbeitgeberin bei der Hochzeit höchst unangemessen fand. Allerdings hatte er dem Vernehmen nach kaum eine andere Wahl gehabt.

Ihr Vater hatte sich von seinem Stuhl erhoben und räusperte sich. „Mr und Mrs Stanford, Sir Robert, Lord und Lady Teasdale und verehrte Gäste, dürfte ich für einen Moment um Ihre Aufmerksamkeit bitten?"

Lucy stellte vorsichtig das Glas wieder auf dem Tisch ab und studierte ihren Vater, der ausgesprochen selbstzufrieden wirkte.

„Zunächst möchte ich dem verheirateten Paar ein langes und erfolgreiches gemeinsames Leben wünschen." Er hob sein Glas in Richtung der Stanfords. „Und außerdem ist es gemeinhin bekannt, dass eine Hochzeit oft zur nächsten führt." Sein Lächeln wurde noch eine Spur selbstgefälliger. „Und daher ist es mir eine Freude, ankündigen zu können, dass Mrs Maria Chingford eingewilligt hat, meine Frau zu werden."

Lucys entsetzter Blick traf auf den von Miss Chingford, deren Mund offen stand, als wäre sie bereit, den Einspruch, der auch Lucy auf der Zunge lag, hinauszuschreien.

„Nein!" Dorothea sprang mit geballten Fäusten und Flammen in den Augen auf. „Das kann nicht dein Ernst sein!"

Zum Glück für Dorothea wurde ihr Ausruf von dem aufbrandenden Klatschen und Glückwunschbekundungen fast völlig übertönt. Lucy sah, wie sie herumwirbelte, sich die Hand auf den Mund presste und aus dem Saal stürmte. Miss Chingford folgte ihrer Schwester. Lucy und Anna blieben zurück und starrten einander fassungslos an. Anna rutschte auf den Stuhl neben Lucy und beugte sich nahe an sie heran.

„Man sagt tatsächlich, dass eine Hochzeit weitere nach sich zieht. Wenn es zu dieser hier kommen sollte, werden wir beide es wohl genauso machen müssen, schon um zu vermeiden, künftig im Pfarrhaus leben zu müssen."

Einige Zeit später konnte Lucy ihren Vater in ein Gespräch im Gesellschaftszimmer verwickeln, in dem dieser gerade ein weiteres Glas Wein genoss und freudig die Glückwünsche der anderen Gäste entgegennahm, fast so als wäre er selbst der Mann der Stunde anstelle des eigentlichen Bräutigams.

„Vater, wieso hast du mir nichts von deiner Absicht, Mrs Chingford zu heiraten, mitgeteilt?"

Er zog eine Augenbraue hoch. „Weil dich nicht alles etwas angeht, Lucy."

„Es dürfte mich doch sicherlich etwas angehen, wer den Platz meiner Mutter einnimmt."

„Deine Mutter ist nicht zu ersetzen, das weißt du." Er zögerte. „Ich war die letzten acht Jahre allein. Ich denke, ich verdiene die Chance, eine andere Frau zu finden, mit der ich mein Leben teilen kann, du nicht auch?"

„Aber Mrs Chingford –"

„Ist wie ich verwitwet und hat Kinder, die noch auf sie angewiesen sind. Was könnte besser für unsere beiden Familien sein, als sie zu vereinigen, damit all unsere Kinder in den Genuss unserer kombinierten Erfahrung kommen können?"

„Aber sie –"

Ihr Vater erhob einen Finger. „Lucy, bitte verdirb diesen Moment nicht. Ich weiß, dass du eifersüchtig sein musst, dass meine Zuneigung jemand anderem zuteilwird, aber du musst verstehen, dass sich meine Liebe zu dir dadurch nicht verändern wird. Maria hat mich erst kürzlich darauf aufmerksam gemacht, wie du manchmal dazu neigst, Besitz von mir zu ergreifen, und ich fürchte, damit hatte sie recht. Du wirst deine neue

Mutter lieben lernen und ihr deine Verantwortlichkeiten bereitwillig abtreten. Da bin ich mir sicher."

Lucy öffnete den Mund, um zu widersprechen, entschied sich dann aber dagegen und schloss ihn wieder. Er verdiente tatsächlich etwas Freude in seinem Leben. „Wenn du es sagst, Vater." Sie stellte sich auf die Zehenspitzen und gab ihm einen Kuss auf die Wange. „Wenn es dich wirklich glücklich macht, dann freut es mich sehr für dich."

„Danke, meine Liebe." Er klopfte ihr auf die Schulter. „Ich wusste, dass ich mich auf deinen gesunden Menschenverstand verlassen kann."

Lucy wandte sich ab und ging zurück in die Haupthalle, wo sie Sophia erblickte, die gerade dazu ansetzte, die Treppe nach oben zu gehen, um sich umzuziehen, bevor sie in die Flitterwochen aufbrechen würde. Es war sinnlos, ihrem Vater zu widersprechen. Wenn er sich etwas in den Kopf gesetzt hatte, war er einfach unmöglich. Damit gebührte es sich wohl, ihre künftige Stiefmutter aufzusuchen und ihr zu gratulieren ...

Mrs Chingford war ebenfalls in der Halle und schien sich eindringlich mit der verwitweten Mrs Fairfax zu unterhalten. Von Dorothea und Miss Chingford fehlte jede Spur, was wenig überraschend war. Trotz ihrer Vorbehalte gegenüber den Chingford-Schwestern war Lucy sich recht sicher, dass sie zu einem Bündnis mit den Harringtons bereit waren, um zu verhindern, dass diese unglückselige Hochzeit zustande kommen würde. Auch wenn Lucy sich noch nicht sicher war, wie so etwas aufzuhalten sein würde.

Sie spürte eine leichte Berührung an ihrem Ellbogen und bemerkte Mr Fairfax an ihrer Seite. Er senkte die Stimme.

„Ich war überrascht zu hören, dass der Pfarrer erneut heiraten möchte."

Lucy verzog das Gesicht. Durch die Wochen der gemeinsamen Hochzeitsplanung hatte sie ihn inzwischen gut kennengelernt und nichts an seinem Charakter gefunden, das ihr missfallen hätte.

„Auch ich war völlig ahnungslos, Mr Fairfax."

„Ich könnte mir vorstellen, dass Sie das in eine schwierige Lage bringt. Sie haben mein Mitgefühl. Ich weiß, wie es sich anfühlt, aus dem eigenen Zuhause gedrängt zu werden." Er legte ihre Hand auf seinen Arm. „Meine Stiefmutter winkt uns zu sich. Sollen wir dem Aufruf folgen und sie von Mrs Chingfords neugierigen Fragen erlösen?"

„Ich bin mir sicher, dass sie das zu schätzen wissen würde. Ich habe noch nie eine Frau getroffen, der es so viel Freude bereitet, ihre Nase in die Angelegenheiten anderer Leute zu stecken, wie Mrs Chingford." Sie sah zu Mr Fairfax auf und bemerkte, dass sich sein Blick verfinstert hatte, während er Mrs Fairfax im Auge behielt. „Sie spürt alle Arten von Geheimnissen auf und lässt sie dann unvermeidlich in den ungünstigsten Momenten durchsickern." Lucy fühlte, wie sie errötete. „Verzeihen Sie. Den Ruf meiner Nächsten zu besudeln ist ausgesprochen unchristlich."

„Ihnen sei verziehen, Miss Harrington. Ich kann Ihnen kaum widersprechen. Ich frage mich nur, warum sie sich mit Mrs Fairfax unterhält. Mir war nicht klar, dass sie einander kennen."

„Mrs Chingford erwähnte, dass sie glaubt, Mrs Fairfax schon einmal getroffen zu haben. Das sei vor deren Hochzeit gewesen und sie war entschlossen, sich daran zu erinnern. Vielleicht ist es ihr wieder eingefallen und sie teilt ihre Erinnerung."

„Ich bezweifle, dass sie viele gemeinsame Freunde haben. Soweit ich weiß, stammt Mrs Fairfax aus einer bescheidenen, hart arbeitenden Familie, die sich nicht in denselben Kreisen wie Mrs Chingford bewegt hätte."

„Und doch scheinen sie sich recht angeregt zu unterhalten“, stellte Lucy fest. „Wünscht Mrs Fairfax, dass Sie zurückkehren und ihr Anwesen verwalten?“

Er seufzte. „Das hat sie vorgeschlagen, ja. Aber ich weiß nicht, was ich tun soll. Als mein Vater noch lebte, hat sie mir nicht das Gefühl gegeben, sonderlich willkommen zu sein. Ich bin mir nicht sicher, ob ich noch einmal so ausgenutzt werden möchte, nur um dann wieder beiseitegeworfen zu werden, wenn es ihr passt.“

„Dann bleiben Sie hier. Major Kurland wäre höchst erfreut, Sie weiter zu seinen Angestellten zu zählen.“

Er lächelte, was er nur selten tat, und verneigte sich. „Vielen Dank für Ihr Vertrauensbekenntnis, Miss Harrington. Ich muss gestehen, dass es mir Spaß macht, mit dem Major zu arbeiten. Seine Pläne für das Anwesen sind umfänglich und sehr durchdacht.“ „Major Kurland ist ein Mann vieler Talente“, erwiderte Lucy diplomatisch. „Mrs Fairfax hat ihre Konversation beendet und sucht nach Ihnen. Ich muss Mrs Chingford aufsuchen und ihr meine Glückwünsche aussprechen.“

Mr Fairfax nahm ihre Hand und küsste sie. „Sie sind eine mutige Frau, Miss Harrington, aber ich hätte nicht weniger von Ihnen erwartet.“

Die Wärme, die sie auf ihrem Gesicht spürte, verriet ihr, dass sie wohl errötete, und sie löste hastig die Hand aus seinem Griff. Sie lächelte Mrs Fairfax an, die sich ihnen näherte.

„Guten Tag, Madam. Gefällt Ihnen die Hochzeit?“

„Sie erinnert mich ein wenig zu sehr an meine eigene, Miss Harrington.“ Die hübsche Witwe zog ein schwarzes Spitzentaschentuch hervor und tupfte sich damit ihre tränenerfüllten Augen ab. Lucy unterdrückte einen Anflug von Ärger. Wenn es der Witwe so viel ausmachte, wieso hatte sie sich dann überhaupt dazu entschieden, sich in die Feierlichkeiten zu drängen? „Ich vermisse meinen Ehemann sehr.“

Mr Fairfax tätschelte die Hand der Witwe. „Ich bin mir sicher, dass du dich auf dein Zimmer zurückziehen möchtest, nicht wahr? Ich werde dich nach oben begleiten." Er verneigte sich. „Zu Ihren Diensten, Miss Harrington."

Lucy sah ihnen nach. Die Witwe lehnte sich auffällig schwer an den Arm des von ihr früher so verhassten Bastards ihres Mannes. Lucy straffte die Schultern und wandte sich zu Mrs Chingford um, nur um zu sehen, dass Miss Stanford schneller als sie gewesen war und recht hitzig auf die lächelnde Dame einredete.

Selbst in ihrem Augenblick des Triumphs konnte Mrs Chingford es nicht lassen, sich in einen Streit zu verwickeln. Wenn man sie nur reden hörte, hätte man meinen können, dass sie diejenige war, die immerzu von gefühllosen Leuten verletzt oder angegriffen wurde. Miss Stanfords Stimme wurde langsam lauter und die Umstehenden hatten Notiz davon genommen. Lucy eilte hinüber, fest entschlossen, dass heute nichts mehr den glücklichen Tag von Sophia und Mr Stanford stören sollte.

„Miss Stanford." Lucy positionierte sich zwischen den beiden Frauen und zog Miss Stanfords Aufmerksamkeit auf sich. „Ihre neue Schwägerin lässt fragen, ob Sie sie nach oben begleiten könnten, um ihr beim Umziehen zu helfen."

Eine Sekunde lang zögerte Miss Stanford, bevor sie einen Finger dicht vor Mrs Chingfords Gesicht hielt. „Sie sind eine verabscheuungswürdige Frau. Eines Tages werden Sie zu weit gehen, und glauben Sie mir, niemand wird Ihr Ableben mehr genießen als ich."

Mrs Chingford keuchte entsetzt auf und griff sich mit zitternder Hand ans Herz. „Welch Boshaftigkeit, Miss Stanford. Wie können Sie nur so unhöflich sein?"

„Weil ich Sie nicht ausstehen kann und hoffe, Sie nie wieder sehen zu müssen." Miss Stanford wirbelte herum und nickte Lucy zu. „Ich würde Sophia gern zur Hand gehen."

„Sie ist in der großen Halle. Richten Sie ihr bitte aus, dass ich bald zu Ihnen stoßen werde."

„Das werde ich."

Miss Stanford stapfte davon und ließ Lucy bei Mrs Chingford zurück, die einen schweren Seufzer ausstieß.

„Manche Frauen können einfach nicht das kleinste Wort gegen ihre Männer ertragen, nicht wahr?"

„Man könnte solch eine Loyalität auch als bewundernswert ansehen."

„Nicht, wenn sie dem Falschen entgegengebracht wird, Miss Harrington." Mrs Chingford lehnte sich zu ihr. „Hier sind einige Damen anwesend, die die Wahrheit hören und an ihren angestammten Platz im Leben erinnert werden sollten. Es ist bedauernswert, dass ich manchmal derart ehrlich sein muss, aber so bin ich eben."

„Vielleicht sollte Ehrlichkeit mit Gnade und Taktgefühl abgedämpft werden, Madam."

„Oh, da bin ich anderer Meinung." Mrs Chingford wedelte sich mit ihrem Fächer Luft zu. „Sie zum Beispiel. Das ganze Dorf weiß, dass Sie verzweifelt versuchen, Major Kurland zu ehelichen. Subtile Hinweise scheinen bei Ihnen nicht zu wirken, daher sollte ich als Ihre künftige Stiefmutter ganz direkt sein. Er wird Sie nie heiraten. Wenn er mit meiner Tochter nicht zufrieden war, wird er sich niemals auf jemanden mit Ihrem sozialen Status einlassen, jetzt, wo er ein Baronet ist."

Lucy verging jeder Gedanke daran, Mrs Chingford förmlich zu gratulieren. „Sie liegen damit ausgesprochen falsch, Madam. Major Kurland hat bereits um meine Hand angehalten und ich habe abgelehnt." Sie brachte ein dünnes Lächeln hervor. „Als Nichte eines

Earls bin ich mir nicht sicher, ob Major Kurland gut genug für *mich* ist."

„Mir scheint, dass Sie niemanden als gut genug für sich ansehen." Mrs Chingford senkte die Stimme. „Aber ich möchte Sie warnen, Miss Harrington. Wenn ich die Herrin des Pfarrhauses werde, müssen Sie und diese unausstehliche Köchin sich von dem Gedanken verabschieden, dort etwas zu sagen zu haben."

„Ich kann es kaum erwarten." Lucy machte einen Knicks. „Tatsächlich wäre ich mehr als froh, das Pfarrhaus zu verlassen, und ich wünsche Ihnen viel Freude dabei, Mrs Fielding loszuwerden. Sie hält meinen Vater für ihren persönlichen Besitz. Jetzt muss ich gehen und Sophia beim Umziehen helfen, Mrs Chingford. Das Gespräch hat mich sehr gefreut."

Sie ließ sie stehen, ging mit starrem Blick in Richtung der Eingangshalle. Als sich ihr jemand in den Weg stellte, war sie kurz davor, die Person unwirsch anzuknurren.

„Miss Harrington? Geht es Ihnen gut?", fragte Major Kurland.

Lucy atmete tief und zitternd ein. „Mir geht es nicht gut, Major. Ich wäge das Für und Wider eines Mordes ab."

Er führte sie an den Rand des Salons und blickte sie fragend an. „Was ist vorgefallen, das Sie so erzürnt hat?"

„Mrs Chingford ..."

„Ah, Sie sind wütend, weil sie Ihren Vater heiraten will? Aber haben Sie dabei einmal an die Vorteile für sich gedacht? Wenn sie ihn heiratet, werden Sie selbst über Ihre Zeit bestimmen können, denn ich denke, bei ihr handelt es sich um eine ausgesprochen besitzergreifende Frau."

„Und ich werde gehen und bei meinem Onkel und meiner Tante in London leben müssen, weil sie entschlossen ist, mich loszuwerden."

„Sicherlich nicht, Miss Harrington." Er zögerte. „Ich weiß, dass sie manchmal ein wenig unsensibel wirkt, aber ..."

„Unsensibel? Sie nutzt Wörter wie Waffen und kümmert sich nicht darum, wie viele Leute sie damit verletzt oder schlechtredet, weil sie an Ehrlichkeit glaubt."

„Ich kann es ihr nicht übel nehmen, ehrlich zu sein. Auch ich teile diese Schwäche in gewisser Weise."

„Sie sind anders. Sie verletzen niemanden absichtlich mit Ihren Worten."

Er lächelte reuevoll. „Doch, manchmal schon, und andere Male höre ich, was ich sage, und bereue sofort jede Silbe davon. Gerade Sie wissen das nur zu gut."

Sie sah ihm zu lange in die Augen, bevor sie ihren Blick abwandte. „Ich muss zu Sophia."

Er hob ihre Hand an seine Lippen und küsste sie. „Ja. Andrew erwartet schon ungeduldig ihre Rückkehr."

Lucy raffte die Röcke ihres blauen Seidenkleids und ging die Haupttreppe hinauf ins Schlafgemach, in dem Sophia gerade ihr Hochzeitskleid ablegte und sich etwas anzog, das für eine Reise ein wenig besser geeignet war. Lucy setzte ein entschlossenes Lächeln auf, ging zu Sophia und umarmte sie. „Du siehst wunderschön aus. Mr Stanford kann sich glücklich schätzen."

Sophia gab ihr einen Kuss. „Nein, ich kann mich glücklich schätzen. Überleg nur, wenn wir nicht nach London gereist und in diese Sache mit den Broughtons verstrickt worden wären, wäre nichts von alledem passiert."

„Du hast Mr Stanford wirklich gut kennengelernt, während ich zusammen mit dem Major ermittelte."

„So ist es und ich mochte ihn auf Anhieb." Sophia drehte sich zum Stuhl, wo sie ihren Hund von ihrer

Pelisse herunterhob. „Hunter wird zusammen mit Andrews Kindern hierbleiben, bis wir zurückkehren. Sie haben ihn schon ins Herz geschlossen und versprochen, ihn auszuführen und mit ihm zu spielen."

„Das ist sehr lieb von ihnen. Sie scheinen dich auch mehr als bereitwillig als ihre Mutter akzeptieren zu wollen."

Sophia seufzte. „Ich weiß. Ist das nicht wunderbar? Ich kann es kaum erwarten, bis wir alle unter einem Dach leben und unser gemeinsames Familienleben anfängt." Sie trat einen Schritt zurück und sah Lucy in die Augen. „Und wenn Mrs Chingford unerträglich wird, weißt du, dass dir mein Zuhause immer offen steht. Das habe ich auch schon zu Andrew gesagt und er stimmt mir dabei vollkommen zu."

Lucy schenkte ihrer besten Freundin ein breites Lächeln. Es musste angenehm sein, einen Mann zu haben, der sich verbog, um es einem recht zu machen. Die Fähigkeit, derartige Gefühle in Männern auszulösen, hatte Lucy nie gemeistert, aber Sophia und Anna waren darin schon immer sehr gut gewesen. Sophia zog ihre Pelisse an und nahm von Lucy ihre dazugehörige neue Haube entgegen.

„Vielen Dank." Sophia sah sich um. „Wo habe ich nur meinen Hochzeitsstrauß gelassen? Ich wollte ihn direkt an dich übergeben."

„Das kannst du unmöglich tun, Sophia. Überleg nur, wie enttäuscht alle wären. Vielleicht solltest du einfach direkt auf den Kopf von Mrs Chingford zielen."

Sophia erschauderte. „Diese furchtbare Frau. Sie hat Melissa Stanford heute schon wieder gegen sich aufgebracht, bis diese vor Zorn förmlich glühte. Es war nicht genug, anzudeuten, dass Andrew in irgendeiner Form für den Tod seiner Frau verantwortlich gewesen sein könnte, sie musste auch noch Melissas Verlobtem unterstellen, dass er dafür bekannt sei, beim Kartenspiel zu betrügen. Dein Vater wird sicherlich einsehen, was für einen Fehler er macht, und diese alberne Hochzeit nicht vollziehen."

„Das kann ich nur hoffen, aber er ist ausgesprochen stur, wenn er sich etwas in den Kopf gesetzt hat", sagte Lucy bedrückt, bevor sie sich wieder sammeln konnte. Sie würde Sophias Hochzeitstag nicht verderben. „Hast du Miss Chingford oder ihre Schwester gesehen? Ich glaube, die beiden sind ähnlich unzufrieden über die Neuigkeiten wie ich."

„Ich habe sie seit dem Ende des Frühstücks nicht mehr gesehen. Ich hoffe, es geht ihnen gut. Dorothea schien sehr aufgebracht zu sein. Man sollte meinen, dass ihre Mutter ihnen eine solche Nachricht vor der großen Ankündigung mitteilen würde."

„Vielleicht war Mrs Chingford nicht bewusst, dass mein Vater eine solch öffentliche Verkündigung der Verlobung plante."

Es klopfte an der Tür und Foley, der Butler des Majors, trat ein und verbeugte sich.

„Mrs Stanford? Mr Stanford lässt nach Ihnen fragen, Madam." Foley senkte die Stimme. „Um ehrlich zu sein, er zerbricht sich den Kopf vor Sorge und geht in der Eingangshalle auf und ab, wie es sich für einen liebeskranken Bräutigam gehört."

Sophia lachte und schnürte die Bänder an ihrer Haube fest. „Dann sollten wir bald nach unten gehen und ihn von seiner Qual erlösen."

Lucy folgte ihr hinaus zum oberen Treppenabsatz und die unten versammelte Hochzeitsgesellschaft brach in Jubel aus. Als Mr Stanford seine Braut erblickte, hellte sich seine Miene sofort auf. Er streckte die Hand aus und verbeugte sich.

Sophia schritt unter dem Jubel anmutig die Stufen hinunter. Auf der untersten Stufe blieb sie stehen, um ihren Brautstrauß zu werfen. Applaus brandete auf, als

Anna ihn auffing. Von ihrer Position am oberen Ende der Treppe aus bemerkte Lucy, dass Nicholas Jenkins direkt hinter Anna stand und sie anlächelte. Offenbar hatte er die Hoffnung noch nicht aufgegeben, Lucys Schwester zu heiraten, obwohl sie in London bei den Männern äußerst begehrt war.

Lucy konnte außerdem Miss Chingford und Dorothea in einem hitzigen Gespräch mit ihrer Mutter sehen, das nicht gerade höflich wirkte. Allerdings war Mrs Chingford auch nur höflich gegenüber Männern und Menschen, die sie für nützlich hielt. Alle anderen, selbst die arme verwitwete Mrs Fairfax, waren Freiwild.

Major Kurland lächelte seinem Freund zu, stellte dann mit Lucy Blickkontakt her und zwinkerte ihr zu. Sie konnte sich nicht erinnern, ihn jemals so entspannt und charmant erlebt zu haben. Jetzt musste sie gestehen, dass sie seine düsteren Blicke beinahe bevorzugte. Andrews Kinder, ein Junge und ein Mädchen, standen in der Nähe des Majors. Der Junge hielt Hunters Leine fest in der Hand, um den winselnden Hund davon abzuhalten, hinter seiner Herrin herzulaufen.

Es dauerte nicht lange, bis das glückliche Paar unter einem Regen aus Blütenblättern und Verabschiedungsrufen die Hochzeitsfeier verlassen hatte. Die Gäste widmeten sich bald dem Mittagessen, das Foley und die anderen Angestellten im Speisesaal angerichtet hatten. Dazu gab es musikalische Unterhaltung und der Teppich in der langen Galerie war entfernt worden, für den Fall, dass einige der jüngeren Hochzeitsgäste vielleicht tanzen wollten.

Während Lucy die Treppe hinunterschritt, ging sie in Gedanken durch, was genau es überhaupt noch zu erledigen gab. Schnell bemerkte sie, dass für sie nichts mehr zu tun war. Mit Mr Fairfax' Fähigkeiten wäre er sicherlich auch ein guter Sekretär für den Major, wenn er sich dessen zusätzlich zu seinen Aufgaben als Landverwalter annehmen würde. Ihre Dienste wurden auf dem Anwesen offenbar nicht mehr benötigt, jetzt, wo Major Kurland sich wieder erholt hatte und Mr Fairfax seine Arbeit so effizient erledigte.

Damit würde ihr wenig anderes übrig bleiben, als zurück nach London zu ziehen. Wenn ihr Vater wirklich Mrs Chingford heiratete, musste sie ohne Zweifel aus dem Pfarrhaus ausziehen. Ihre Hand verweilte einen Moment auf dem glatt polierten Treppengeländer. Hätte sie ihren Gefühlen nicht nachgegeben und Major Kurlands Heiratsantrag einfach angenommen, wäre sie jetzt die Herrin von Kurland Hall ... Gerade bereute sie ihre Entscheidung beinahe, jetzt, wo alle um sie herum mit völliger Leichtigkeit Ehepartner zu finden schienen.

Vielleicht war sie tatsächlich zu wählerisch, wie Mrs Chingford gesagt hatte.

Als die Musiker auf der Galerie zu spielen begannen, wanderte ihre Aufmerksamkeit zu den Scharen von Hochzeitsgästen, die sich ihren Weg durch den Saal bahnten. Für einen kurzen Augenblick sah sie oben auf der Galerie ein gelbes Kleid aufblitzen und erkannte Dorothea Chingford, die hinunter auf die Gäste im Saal schaute. Als ob sie bemerkt hätte, dass Lucy sie gesehen hatte, lief sie davon in Richtung der Schlafzimmer.

Lucy blickte noch einmal auf die Tanzenden und folgte dann Dorothea. Auch wenn Braut und Bräutigam schon abgereist waren, wollte sie nicht, dass die Feierlichkeiten von einer weiteren Szene unterbrochen wurden. Sie folgte dem Geräusch von stampfenden Füßen und knallenden Türen hinein in den ältesten Teil des Hauses, der von einem Labyrinth aus kleineren Zimmern, zu vielen Treppenaufgängen und uralten Eichenbalken durchzogen war. Letztere stammten angeblich aus der abgewrackten Flotte von König Heinrich VIII., was ihre zahlreichen Biegungen erklärt hätte. Es war schwer, in den schmalen Gängen etwas zu sehen. Lucy verlief sich beinahe und stieß sich mindestens zweimal den Kopf an einem der niedrig hängenden Balken.

Plötzlich vernahm sie vor sich einen Schrei, gefolgt von einem dumpfen Poltern. Lucy raffte ihre Röcke und eilte in Richtung des Geräuschs. Als sie die Stelle erreicht hatte, fehlte jedoch jede Spur von einer anderen Person. Sie sah sich eine Weile am Absatz der Bedienstetentreppe um, bevor sie nach unten schaute. Dort erblickte sie etwas, das wie ein wild zusammengewürfelter Stoffhaufen aussah. War Dorothea in ihrer eiligen Flucht vor Lucy gestürzt? Lucy ging mit angehaltenem Atem die Stufen hinunter und kniete sich neben die Form am Boden.

Hinter ihr ertönten Schritte und sie blieb wie angewurzelt auf dem Boden knien.

„Miss Harrington? Was um alles in der Welt tun Sie da?"

Sie hob den Kopf und erkannte Major Kurland, der auf sie zu eilte.

„Gott sei Dank, Sie sind es, Major. Es hat einen schrecklichen Unfall gegeben. Ich glaube, Mrs Chingford ist tot!"

Kapitel 4

Robert kniete sich schwerfällig neben Miss Harrington auf den Boden und versuchte seine Stimme nicht allzu vorwurfsvoll klingen zu lassen.

„Haben Sie sie absichtlich umgebracht?"

„Guter Gott, Major, ich habe sie nicht umgebracht. Ich habe sie bereits so vorgefunden. Ich vermute, sie ist die Treppe hinabgestürzt", sagte Miss Harrington ungeduldig, während sie Mrs Chingfords Hals abtastete. „Ich glaube, sie atmet nicht mehr."

„Ich hatte mich nur gefragt, ob Sie sich vielleicht gestritten und Sie sie versehentlich gestoßen haben könnten. Sie wissen, dass so etwas in leidenschaftlichen Situationen passieren kann."

Sie fixierte ihn mit ihrem strengsten Blick. „Major Kurland, ich habe sie nicht umgebracht. Wieso um alles in der Welt sollte ich das tun?"

„Weil sie kurz davorstand, Ihre Stiefmutter zu werden?"

„Wegen so etwas würde ich wohl kaum zur Mörderin werden." Sie schnaubte abfällig. „Und es sind auf dieser Hochzeit genug andere, die das Ableben dieser Frau nur zu sehr begrüßen würden. Tatsächlich ..." Sie hielt kurz inne. „... war ich gerade dabei, Dorothea Chingford zu verfolgen. So bin ich überhaupt zum Treppenabsatz gekommen."

„Und ich habe beobachtet, wie jemand im Bedienstetengang verschwand, und bin der Person gefolgt, um sie zurück zur Hochzeitsfeier zu schicken."

„War es ein Mann oder eine Frau?"

Robert runzelte die Stirn. „Ich glaube, es war eine Frau, aber es könnte auch ein Mann mit einem langen Mantel gewesen sein." Er begutachtete den regungslosen Körper vor ihm. Liegend sah Mrs Chingford ihrer Tochter Penelope erstaunlich ähnlich. „Sind Sie ganz sicher, dass sie tot ist?"

„So sicher, wie ich es sein kann. Ist unser neuer Doktor auf der Hochzeit?"

„Das ist er, und er ist ein alter Bekannter von mir aus meiner Zeit in der Armee. Ich kann mich also auf seine Diskretion verlassen. Soll ich ihn suchen gehen und herholen?" Robert versuchte aufzustehen, musste sich aber dafür an der Treppe abstützen. „Würden Sie so lange an ihrer Seite bleiben?"

„Natürlich, aber da ist noch eine andere Sache."

„Und das wäre?"

Sie deutete auf den am Boden liegenden Körper. „Wenn sie wirklich gestolpert und die Treppe hinuntergestürzt ist, dann muss sie es, bevor sie verstarb, noch geschafft haben, ein Stück von der Treppe wegzukriechen."

Robert nahm seinen Gehstock. „Es ist nicht ungewöhnlich, dass Verstorbene sich direkt nach ihrem Tod noch bewegen. Das Bewusstsein scheint einen Moment zu brauchen, bevor es das eigene Ableben realisiert. Ich habe Soldaten gesehen, die mit halb fehlendem Kopf einfach weiter voranstürmten und ..." Er brach ab und sammelte sich wieder, bevor er sich verneigte. „Ich werde Dr. Fletcher holen gehen."

Während der Major loseilte, um den Doktor zu holen, blieb Lucy auf den staubigen Holzdielen neben Mrs Chingford sitzen. Es war merkwürdig, sie so still und reglos daliegen zu sehen. Für gewöhnlich war sie immer in Bewegung, wie eine besonders lästige Wespe. Lucy blickte die steile Treppe hinauf, aber alles um sie herum war still. Schwache Lichtstrahlen fielen von oben durch die Rautenfenster auf die hölzernen Stufen. Es war nur allzu leicht, sich mit dem Fuß im eigenen Kleid zu verfangen und zu stürzen. Wenn es wirklich ein Unfall gewesen war, hatte Mrs Chingford vielleicht nur mit ihrer jüngeren Tochter sprechen wollen und auf der Treppe den Halt verloren.

Lucy hörte Männerstimmen aus Richtung der Haupthalle näher kommen. Major Kurland kam in Sichtweite, dicht gefolgt von einem weiteren Mann, der die Erklärungen des Majors mit ernstem Nicken zur Kenntnis nahm. Die beiden hatten auch eine Lampe mitgebracht.

„Ah, Miss Harrington. Nicht der beste Ort, an dem man Sie antreffen möchte, aber sei es drum."

„Dr. Fletcher." Lucy beobachtete den Mann, der die Lampe auf der Treppe abstellte und sich neben den regungslosen Körper auf den Boden kniete. „Ich nehme an, Mrs Chingford ist die Treppe hinuntergestürzt."

„Davon ist auszugehen." Seine Finger tasteten vorsichtig Mrs Chingfords Gestalt ab und machten an ihrem Hals Halt.

„Hat sie sich das Genick gebrochen?", fragte Major Kurland.

Dr. Fletcher runzelte die Stirn und beugte sich näher an den Körper. „Ihr Genick ist mit Sicherheit gebrochen."

Lucy versuchte im Halbdunkel ebenfalls etwas zu erkennen. „Da scheint auch ein Bluterguss an ihrem Hals zu sein."

„Ja. Das könnte durch den Sturz verursacht worden sein. Ich kann noch nicht eindeutig sagen, was genau gebrochen ist, bis ich sie eingehender untersucht habe." Der Doktor sah auf zu Major Kurland. „Denken Sie, die Familie hätte etwas dagegen, wenn wir den Leichnam zu meinem Haus bringen lassen? Es gibt in der Nähe keine Leichenhalle und meine Praxis ist der ruhigste Ort im Dorf, da die anderen Einwohner mir offenbar noch nicht genug trauen, um mich ihre Leiden behandeln zu lassen."

Major Kurland nickte. „Eine exzellente Idee. Könnten Sie dafür sorgen, dass die Leiche abtransportiert wird, ohne dass meine anderen Gäste bemerken, was vor sich geht?"

„Sicherlich, wenn Sie mir Foley als Unterstützung holen könnten."

Lucy schloss die Augen der Toten. „Ich suche nach Miss Chingford und Dorothea und sage ihnen, was vorgefallen ist."

Dr. Fletcher stand auf und klopfte sich den Staub von der Wildlederhose. Er hatte einen sehr angenehmen irischen Akzent. Lucy konnte sich gut vorstellen, dass er im Gegensatz zum ruppigen Dr. Baker dazu in der Lage war, ruhig auf seine Patienten einzuwirken. „Das wäre sehr freundlich von Ihnen, Miss Harrington. Ich kann den Leichnam anständig herrichten und aufbahren, damit sie ihre Mutter ein letztes Mal sehen können, sobald sie sich dafür bereit fühlen."

Als Lucy versuchte, den Leichnam in eine angemessene Position zu bringen, bevor die Leichenstarre eintrat, bemerkte sie, dass Mrs Chingford etwas in den Fingern hielt. Lucy löste den Griff und fand eine Kette mit einem goldenen Medaillon daran, das starke Dellen aufwies. Sie sah sich den Hals der Toten noch einmal näher an. Mrs Chingford trug deutlich wertvolleren Schmuck als dieses einfache Medaillon. Die recht eitle Mrs Chingford hätte nie ein solch schlichtes Schmuckstück getragen.

„Kann ich Ihnen helfen, Miss Harrington?" Major Kurland hatte zunächst Dr. Fletcher nach draußen begleitet, war dann zu ihr zurückgekehrt und hielt ihr nun seine Hand hin. Sie steckte das Medaillon in die

Tasche und ließ sich von ihm aufhelfen. Sie klopfte ihre jetzt staubigen Kleider ab.

„Vielen Dank."

„Gehen Sie bitte mit Miss Chingford und ihrer Schwester in mein Arbeitszimmer. Dort haben Sie die nötige Privatsphäre, um ihnen die schlechte Nachricht zu überbringen." Er hielt nachdenklich inne. „Vielleicht sollte ich derjenige sein, der es Ihrem Vater sagt?"

„Ja, bitte", erwiderte Lucy dankbar. „Ich hatte ihn ganz vergessen."

„Dann werde ich Ihnen diese Bürde sehr gern abnehmen." Er schüttelte den Kopf. „Ein solches Übel ist ausgesprochen schockierend für eine Hochzeitsfeier."

Lucy dachte kurz nach. „Denken Sie, es wäre besser, bis zum Ende der Feierlichkeiten zu warten, um die anderen in Kenntnis zu setzen?"

Er ging mit ihr zur Tür, die zur Haupthalle führte. „Vielleicht halten Sie mich für einen Feigling, aber ich würde lieber nicht vor allen stehen und ihnen solch schlechte Nachrichten überbringen müssen. Ich vermute, dass der Abend ohnehin fast zu Ende sein wird, wenn wir den Chingfords und Ihrem Vater von der Tragödie erzählt haben."

„Dem stimme ich zu." Sie lächelte beinahe. „Und in einem derart kleinen Dorf wie diesem wird es bis zum Morgen ohnehin jeder wissen."

Sie traten in die hell erleuchtete Halle und es dauerte eine Weile, bis Lucy sich blinzelnd an das plötzliche Licht und den Krach der Feierlichkeiten gewöhnt hatte. Es war merkwürdig, wie sich die Welt einfach weiterdrehte, obwohl gerade ein Leben zu Ende gegangen war.

„Vielen Dank für Ihre Hilfe, Major." Lucy löste ihren Arm von dem ihres Begleiters. „Ich gehe Miss Chingford suchen und bringe sie und ihre Schwester in Ihr Arbeitszimmer."

„Und ich werde in der Zwischenzeit Ihren Vater aufsuchen.“ Er drückte leicht ihre Finger. „Viel Glück, Miss Harrington.“

Mehrere Stunden später, in denen sie sich mit Miss Chingfords verständnisloser Wut und den hysterischen Klagen von Dorothea auseinandersetzen musste, wünschte Lucy beinahe, dass sie es ihrem Vater erzählt und die Schwestern Major Kurland überlassen hätte. Laut dem Major hatte ihr Vater die Neuigkeiten erstaunlich gut aufgenommen und sich mit einer Flasche Brandy in sein Arbeitszimmer im Pfarrhaus zurückgezogen. Lucy schloss die Tür zum Zimmer der Chingfords und ging langsam die Treppe hinunter.

Sie und Major Kurland hatten die Schwestern zu Dr. Fletcher begleitet, um den Leichnam ihrer Mutter zu sehen. Danach hatten sie die beiden überzeugen können, ins Pfarrhaus zurückzukehren. Lucy hatte ihnen Taschentücher gegeben und schließlich eine Dosis Laudanum verabreicht, um ihnen beim Einschlafen zu helfen. Sie straffte die Schultern und betrat die kleine Hinterstube, in der sie Anna und Major Kurland hatte warten lassen.

Er erhob sich bei ihrem Eintreten und sah sie eindringlich an. „Ist alles in Ordnung?“

Sie ließ sich dankbar auf das Sofa sinken. „Sie schlafen beide. Dorothea hat nicht lange genug aufgehört zu weinen, um auch nur einen einzigen Satz hervorzubringen. Und Miss Chingford ist einfach nur wütend und hat mir tausend Fragen gestellt, die ich nicht beantworten konnte.“ Lucy seufzte und richtete eine verrutschte Haarnadel. „Immerhin konnten Sophia und Mr Stanford noch rechtzeitig entkommen, bevor ihre ganze Hochzeit ruiniert wurde.“

„Ich werde Andrew schreiben und ihm mitteilen, was passiert ist. Aber ich werde dabei deutlich machen, dass wir mehr als fähig sind, uns allein um die Angelegenheit zu kümmern." Major Kurland setzte sich wieder. „Ich möchte ihm nicht das Gefühl geben, dass er so schnell wie möglich zurückkommen muss. Aber ich will auch nicht, dass er durch die Zeitung davon erfährt und von den Neuigkeiten überrascht wird."

„Lucy, du siehst erschöpft aus. Lass mich dir eine Tasse Tee holen." Anna sprang auf. „Möchten Sie auch einen Tee, Major?"

„Da der Pfarrer den ganzen Brandy mitgenommen hat, schätze ich, dass ich mich mit Tee begnügen muss." Er zögerte kurz und setzte dazu an, sich zu erheben. „Außer Sie wünschen, lieber allein zu sein, Miss Harrington? Ich bin mir sicher, dass Foley auch im Gutshaus gut für mich sorgen wird."

Lucy bedeutete ihm mit einer Handbewegung, sitzen zu bleiben. „Nein, bitte bleiben Sie hier. Ich möchte Ihre Meinung in dieser Angelegenheit hören."

„Meine Meinung?" Major Kurland machte es sich wieder bequem, während Anna das Zimmer eilig verließ.

„Erscheint es Ihnen nicht auch ein wenig zu einfach, dass Mrs Chingford die Treppen hinuntergefallen sein soll?", fragte Lucy.

„Inwiefern?"

„Erinnern Sie sich nicht an Ihren Geschichtsunterricht? Robert Dudley wollte verzweifelt Königin Elisabeth die Erste heiraten, aber er konnte es nicht, weil er schon verheiratet war."

„Und was soll das mit Mrs Chingford zu tun haben?"

„Amy Dudley, Robert Dudleys Ehefrau, wurde unter mysteriösen Umständen tot am Fuße einer Treppe auf ihrem Landsitz aufgefunden. Er war zu der Zeit in London und umwarb die Königin. Die Meinungen gingen damals auseinander, ob Dudley den Tod seiner Frau befohlen hatte, um sich aus der Ehe zu befreien und die

Königin heiraten zu können, oder ob es Dudleys Feinde waren, die den Mord arrangiert hatten, um ihn zu diskreditieren. Denn wie könnte eine Königin einen Mann heiraten, der im Verdacht steht, die eigene Frau ermordet zu haben?"

„Aber die Königin hat ihn nicht geheiratet."

„Genau."

„Ich sehe nicht ganz, worauf Sie hinauswollen."

Lucy seufzte. „Mrs Chingford hat es genossen, die Leute aufzustacheln. Man muss sich also fragen, ob vielleicht jemand der Meinung gewesen sein könnte, dass sie mit etwas zu weit gegangen war, und die Gelegenheit ergriff, sie aus dem Weg zu räumen."

„Wenn man Ihrer interessanten Logik folgt, wären die Einzigen, die die Hochzeit aufhalten und Mrs Chingford umbringen wollten, Sie, Ihre Schwester oder die Chingford-Ladys."

„Nun, es waren weder ich noch Anna noch mein Vater. Aber damit haben Sie durchaus recht. Ich frage mich, ob Dorothea sich mit ihrer Mutter am oberen Ende der Treppe gestritten hat. Das könnte erklären, warum sie derart hysterisch reagiert hat."

„Oder Mrs Chingford ist lediglich über ihr eigenes Kleid gestolpert und gestürzt."

„Ihr Kleid war am Saum nirgendwo beschädigt. Das habe ich überprüft. Wenn sie sich derart verheddert hätte, müsste der Stoff an irgendeiner Stelle gerissen sein." Lucy lehnte sich vor und sah den Major eindringlich an. „Es erscheint mir alles nicht ganz geheuer."

„Und dennoch haben Sie keinerlei Beweise, ob überhaupt jemand in ihrer Nähe war, als es zum Unfall kam."

„Ich war nahe genug, um ihren Sturz zu hören, aber ich sah tatsächlich niemanden, als ich den Unfallort erreichte. Das bedeutet jedoch nicht, dass sie allein gewesen sein muss." Sie zog das Medaillon aus der Tasche und hielt es hoch. „Das hier hielt sie umklammert."

Er beugte sich vor und nahm die Kette entgegen. „Vielleicht hat es sich von ihrem Hals gelöst, als sie stürzte."

„Sie trug eine ausgesprochen schöne Rubinkette, die zu ihrem Kleid passte. Ich bezweifle, dass sie ein derart billiges Schmuckstück getragen hätte, außer es hätte irgendeinen sentimentalen Wert für sie."

„Sie schien mir keine sonderlich sentimental veranlagte Frau zu sein." Major Kurland versuchte das Medaillon zu öffnen, aber das Gehäuse war zu stark zerbeult. Er gab ihr die Kette zurück. „Sie vermuten also, dass sie es im Fallen vom Hals ihres Mörders gerissen haben könnte?"

„Das wäre eine Möglichkeit."

„Damit suchen wir also vermutlich nach einer Frau."

„Auch Männer tragen bisweilen Medaillons, Major."

„Allerdings tragen Männer sie normalerweise versteckt unter dem Hemd und lassen sie nicht für alle sichtbar um den Hals hängen."

„Das stimmt." Lucy runzelte die Stirn und ließ das Medaillon zurück in ihre Tasche gleiten. „Wenn das Medaillon um den Hals getragen wurde, dann könnte die Person durch das gewaltsame Entfernen sichtbare Spuren davongetragen haben." Sie unterdrückte ein Gähnen. Just in diesem Moment kehrte Anna mit dem Tee zurück und sie wechselte schnell das Thema.

Nachdem sie ein paar Schlucke Tee zu sich genommen hatten, erhob sich Major Kurland und verbeugte sich vor Lucy und Anna.

„Ich muss nach Hause zurückkehren und mich um meine verbliebenen Gäste kümmern. Vielen Dank für Ihre Gastfreundschaft, Miss Harrington, Miss Anna."

Lucy blickte ihm in die Augen. „Werden Sie Dr. Fletcher morgen einen Besuch abstatten?"
„Der Gedanke ist mir gekommen, ja."
„Würden Sie mich dann vielleicht in Ihrer Kutsche mitnehmen, wenn Sie am Pfarrhaus vorbeikommen?"
„Wenn Sie das wünschen, natürlich." Er sah sie forschend an. „Sie sehen müde aus. Ich werde frühestens am Mittag vorbeikommen."
„Vielen Dank."
Er nahm ihre Hand in die seine. „Bitte zerbrechen Sie sich wegen dieser Angelegenheit nicht zu sehr den Kopf. Es könnte alles nur ein Unfall gewesen sein."
„Ich hoffe, dass Sie damit recht haben. Ich versichere Ihnen, Major, dass ich meine Zeit nicht gern damit verbringe, Mörder zu jagen."
„Ich ebenfalls nicht, aber wir scheinen etwas an uns zu haben, das sie magisch anzieht." Er platzierte einen Kuss auf ihren Fingern und verbeugte sich. „Gute Nacht, Miss Harrington. Schlafen Sie gut."
Tief in Gedanken versunken brachte Lucy das Tablett mit der leeren Teekanne und den Tassen zurück in die Küche. Anna hatte sie bereits ins Bett geschickt. Überraschenderweise saß Mrs Fielding am langen Tisch aus Kieferholz und bediente sich an einer der Dekantierkaraffen aus Kristallglas, die normalerweise im Speisesaal standen.
„Miss Harrington?" Die Köchin begrüßte sie mit einem Lächeln. „Sie sollten ein Glas Portwein mit mir teilen."
„Und aus welchem Anlass, Mrs Fielding?"
„Weil Mrs Chingford tot ist. Ich habe oben beim Anwesen ausgeholfen und es dort aufgeschnappt." Auf ihrem Gesicht breitete sich ein selbstzufriedenes Grinsen aus. „Sie wird jetzt weder meine Küche noch den Pfarrer in die Hände kriegen."

„Das schätze ich auch nicht." Lucy zögerte. Den geröteten Wangen von Mrs Fielding nach zu schließen, war dies nicht das erste Glas Portwein, das sie getrunken hatte. „Sie waren in Kurland Hall?"

„Ja. Mrs Hochmut hat mir befohlen, dort auszuhelfen. Sie hat gedroht, mich anderenfalls des Diebstahls zu bezichtigen und zu entlassen." Mrs Fieldings Augen blitzten wütend auf. „Als ob es ein Verbrechen wäre, meinem Neffen ab und zu ein Stück Fleisch für die Suppe zu geben."

„Das ist es sicherlich nicht. Wir alle wissen, dass Sie die Familie Ihrer Schwester so gut Sie können unterstützen."

„Ich tue nur meine Pflicht, Miss Harrington. Es ist einfach nur lächerlich, dass diese alte Hexe mich dafür entlassen sehen wollte. Das habe ich ihr auch gesagt und sie drohte, ihm zu erzählen, dass ..." Mrs Fielding brach mitten im Satz ab und trank ausgiebig von ihrem Portwein.

„Worum ging es dabei?"

Die Köchin erhob sich und nahm das Teetablett an sich. „Gute Nacht, Miss Harrington. Ich bin mir sicher, dass morgen ein anstrengender Tag wird. Sicherlich werden viele Besucher für die Misses Chingford kommen. Ich muss noch mehr Kuchen backen und Fleisch für den Leichenschmaus zubereiten."

„Gute Nacht, Mrs Fielding."

Lucy verließ die Küche und ging zurück durch den Korridor. Einen Moment lang blieb sie vor dem Arbeitszimmer ihres Vaters stehen, aber sie konnte hinter der Tür keinen Laut ausmachen. Sie hatte ihm ohnehin nichts zu sagen, das er nicht falsch verstehen und wofür er ihr keine Schuldgefühle einreden würde. Sie raffte ihre Röcke und ging die Treppe hinauf. Offenbar hatte Mrs Chingford sogar etwas Belastendes über die

Köchin des Pfarrhauses herausgefunden. Und die Köchin hatte den ganzen Tag in Kurland Hall verbracht ...

Unglücklicherweise konnte Lucy sich nur allzu gut vorstellen, dass Mrs Fielding die Beherrschung verloren und Mrs Chingford die Treppe hinuntergestoßen haben könnte. Sie hatte Lucys Vater schon lange als ihr Eigentum angesehen – sowohl im Bett als auch außerhalb davon. Und der Pfarrer schien bisher mit diesem Arrangement recht zufrieden gewesen zu sein. Zumindest bis er Mrs Chingford getroffen hatte, die damit gedroht hatte, Mrs Fielding bei der ersten Gelegenheit zu entlassen.

Aber was war es nur, das Mrs Fielding vor ihrem Vater verheimlichte? War es möglich, dass sie vorhatte, das Pfarrhaus zu verlassen, um eine andere Stelle anzunehmen – oder ging es gar um einen anderen Mann? Lucy machte sich eine geistige Notiz, dass sie Betty zu jedweder skandalträchtigen Wendung im Liebesleben der Köchin befragen musste.

Lucy verbarg ein Gähnen hinter vorgehaltener Hand und beschloss, sich selbst zu entkleiden, anstatt nach ihrem Dienstmädchen zu rufen. Am Morgen gab es einiges zu tun. Die Chingfords brauchten Hilfe dabei, die Beerdigung ihrer Mutter zu organisieren, und das gesamte Dorf würde vermutlich darauf bestehen, dem Pfarrhaus einen Besuch abzustatten, um herauszufinden, was genau vorgefallen war. Es würde ein schwerer Tag werden, aber damit hatte sie auch die Gelegenheit, die anderen Hochzeitsgäste unter die Lupe zu nehmen und herauszufinden, ob jemand von ihnen Spuren am Hals aufwies oder vielleicht den Verlust eines Schmuckstücks zu beklagen hatte.

Major Kurland hätte ihr vermutlich geraten, ihre Fantasie im Zaum zu halten und sich auf die Faktenlage zu beschränken. Ihrer Erfahrung nach führte eine Mordermittlung oft dazu, dass die Mörder auch Pläne bezüglich der Ermittler schmiedeten. Sie sollte wirklich lernen, die Dinge einfach auf sich beruhen zu lassen.

Während sie ihr Kleid auszog, bemerkte sie das verbeulte Medaillon und legte es auf ihren Nachttisch. Wenn die Kette nicht gewesen wäre, wäre sie eher dazu bereit gewesen, den Rat des Majors zu befolgen. Aber das Medaillon musste irgendwem gehören und sie hätte einhundert Pfund gewettet, das dieser Jemand nicht Mrs Chingford war.

Kapitel 5

„Guten Tag, Miss Harrington, Major Kurland. Kommen Sie doch herein."

Dr. Fletcher öffnete die Haustür und ließ sie eintreten. Statt sie in den vorderen Salon zu führen, folgten sie ihm zur Rückseite des Hauses, wo, wie Lucy wusste, der Eingang zu seiner Praxis lag.

Ein leichter Duft von Reinigungsmitteln und anderen Chemikalien hing in der Luft und ließ sie nach ihrem Taschentuch suchen, damit sie es sich vor die Nase halten konnte. Das letzte Mal, als sie in einem wissenschaftlichen Labor gewesen war, war jemand auf schrecklichste Art gestorben.

„Sie müssen nicht mit hineinkommen, Miss Harrington", sagte Major Kurland leise. „Sie können in der Küche auf uns warten."

Lucy straffte die Schultern. „Es geht mir gut, Major."

Er sah auf sie hinunter und gab dann den Weg frei. „Dickköpfig wie immer, wie ich sehe."

Sie ignorierte ihn und fegte an ihm vorbei. Die regungslose Gestalt auf dem kalten Marmorblock in der Mitte des Raumes zog sofort ihre Aufmerksamkeit auf sich. Lucy nahm all ihren Mut zusammen und trat zu Dr. Fletcher, der gerade etwas in einem großformatigen Notizbuch vermerkte.

„Haben Sie Mrs Chingfords Todesursache feststellen können?"

Er sah über den Buchrand zu ihr hinüber. „Ihr Genick war gebrochen."

„Durch den Sturz?"

„Da bin ich mir nicht sicher.“ Er legte das Buch weg, ging hinüber zur Leiche und zog das über sie drapierte Laken ein Stück nach unten, sodass der Hals zu sehen war. „An ihrem Hals ist ein sehr starker Bluterguss. Das könnte an den gebrochenen Knochen liegen, die nach draußen ins Fleisch gedrückt haben, oder …“

„Es könnte daran liegen, dass sie jemand erwürgt hat“, beendete Major Kurland den Satz.

Lucy blickte sich um, erschrocken über seine direkte Wortwahl. „Was bringt Sie zu der Annahme?“

Seine Miene verzog sich angewidert. „Ich habe solche Verletzungen schon des Öfteren gesehen. Ich hatte während meiner Zeit in der Armee mit mehreren unschönen und ungeklärten Todesfällen zu tun. In mindestens dreien davon ging es um Frauen, die von Soldaten erwürgt wurden.“

Lucys Finger fuhren unwillkürlich an ihren eigenen Hals. „Wenn bewiesen werden könnte, dass sie erwürgt wurde, könnten wir einen Unfall ausschließen.“

„Ja.“ Major Kurland wandte sich an den Doktor, der dem Gespräch bisher aufmerksam gefolgt war. „Kann es sich so zugetragen haben?“

„Sie meinen, dass sie erwürgt worden ist? Ich war Chirurg in der Armee. Ich habe die gleichen Dinge gesehen wie Sie, Major.“ Er zuckte mit den Schultern. „Die Form des Blutergusses kann sicherlich durch Finger hervorgerufen worden sein. Allerdings kann es genauso gut sein, dass sie durch den Sturz starb. Das ist unmöglich sicher zu sagen.“

„Vielleicht wollte jemand dafür sorgen, dass sie auch wirklich tot ist“, warf Lucy in den Raum.

„Nun, das war absolut erfolgreich.“ Major Kurland trat einen Schritt vom Leichnam zurück und Dr. Fletcher zog das Laken wieder über das Gesicht. „Ich möchte Sie um einen Gefallen bitten, Doktor.“

„Und der wäre?“

„Ich würde es begrüßen, wenn Sie die Erkenntnisse für sich behalten könnten. Es wäre wünschenswert, dass die Hochzeitsgäste und die anderen Dorfbewohner in dem Glauben bleiben, dass Mrs Chingford durch einen tragischen Unfall ums Leben kam."

Dr. Fletcher verengte seine grünen Augen. „Ich werde nicht für Sie lügen."

„Das ist mir bewusst. Aber wenn Miss Harrington und ich einen Mörder überführen sollen, sind wir auf Ihre Diskretion angewiesen."

„Das sollte kein Problem sein. Wenn mich jemand direkt nach ihrer Todesursache fragt, werde ich einfach sagen, dass ihr Genick gebrochen war. Damit sind alle Eventualitäten abgedeckt." Dr. Fletcher ging zur Tür und hielt sie für Lucy und den Major auf. „Glauben Sie wirklich, dass Sie herausfinden können, wer hierfür verantwortlich ist?"

Major Kurland sah zu Lucy. „Miss Harrington und ich sind inzwischen recht erfahren darin, Mörder als solche zu entlarven. Wenn wir es nicht schaffen, bezweifle ich, dass es jemand anders könnte."

Nachdem sie sich von Dr. Fletcher verabschiedet hatten, ließ Lucy sich vom Major zurück zur Kutsche führen. Kurz davor blieb sie abrupt stehen. „Können wir ein Stück zusammen gehen?"

„Wenn Sie das wünschen." Er deutete auf sein verletztes Bein. „Ich bezweifle, dass ich den ganzen Heimweg schaffe, aber ich werde mein Bestes geben." Er rief Reg zu: „Warten Sie am Dorfplatz auf mich."

„In Ordnung, Sir."

Die Kutsche fuhr davon. Gemeinsam folgten sie der schmalen Landstraße in Richtung des Dorfplatzes von Kurland St. Mary. Der Himmel war bewölkt, aber es sah nicht nach Regen aus.

„Was also sollen wir als Nächstes tun?", fragte Lucy.

„Wir sollten unser Bestes geben, um einen Mord aufzudecken." Er seufzte. „Was für eine schreckliche Sache, die auch noch ausgerechnet an Andrews Hochzeitstag stattfinden musste."

„Vielleicht sollten wir anfangen, indem wir eine Liste mit allen erstellen, die Mrs Chingford tot sehen wollten oder bei denen es zumindest plausibel ist, dass sie sich mit ihr gestritten und dabei den tragischen Sturz verursacht haben könnten", sagte Lucy. „Man könnte meinen, dass sich inzwischen jemand gemeldet hätte oder bei der Toten geblieben wäre und um Hilfe gerufen hätte, wenn es wirklich ein Unfall gewesen sein sollte."

„Sie wären überrascht, wie Menschen sich in solchen Situationen verhalten", wandte er ein. „Selbst wenn es ein Unfall war, könnte die Person schlicht nicht gemerkt haben, wie schlimm der Sturz von Mrs Chingford tatsächlich war. Sie könnte in dem Glauben gegangen sein, ihr lediglich eine gehörige Lektion verpasst zu haben."

„Aber jetzt wissen alle, dass sie tot ist."

„Und wer immer es war, könnte zu viel Angst haben, die Tat zu gestehen, oder die Hochzeit direkt im Anschluss verlassen haben und nach Hause zurückgekehrt sein, ohne von den Folgen zu hören."

Lucy blickte auf. „Sie haben keine besonders hohe Meinung von der menschlichen Moral, Major."

„Ich habe in der Armee gedient. Ich weiß nur zu gut, dass zivilisiertes Verhalten nur ein oberflächlicher Anstrich ist. Es braucht nicht viel, um einen ansonsten anständigen Mann dazu zu bringen, sich wie ein Wilder zu benehmen."

Eine Weile gingen sie schweigend weiter, begleitet vom Geräusch des Gehstocks auf dem festgetretenen Weg.

Lucy dachte nach. „Dorothea Chingford schien mit ihrer Mutter im Streit zu liegen. Mrs Fielding hatte eine tiefe Abneigung ihr gegenüber, ebenso wie Mr Stanfords Schwester, Mrs Green und ..."

„Und Sie. Vergessen Sie nicht, sich selbst auf die Liste zu setzen. Ist Ihnen in den Sinn gekommen, dass man Sie für die Schuldige halten könnte, weil Sie den Leichnam gefunden haben?"

Lucy blieb stehen und erwiderte seinen ernsten Blick. „Sie wissen, dass ich sie nicht umgebracht habe."

„Ja, aber ich bin nicht jedermann. Auch Sie hatten gute Gründe, sie zu verachten. Keine Frau mag es, ersetzt zu werden."

„Da liegen Sie ausgesprochen falsch, Sir. Ich kann meinem Vater nicht übel nehmen, dass er die Gelegenheit für ein neues Glück nutzen wollte, und ich würde ihm nie dabei im Weg stehen, eine neue Frau zu finden." Sie zögerte, bevor sie weitersprach. „Tatsächlich wäre ich hocherfreut, die Fürsorge für ihn einer anderen Frau in die Hände zu legen, nur eben nicht in die von Mrs Chingford."

„Andere glauben Ihnen das aber vielleicht nicht", erwiderte er unverblümt.

„Sie glauben ernsthaft, ich könnte wegen des Todes von Mrs Chingford verdächtigt werden?"

„Ich möchte das fast schon als sicher ansehen, Miss Harrington." Er dachte kurz nach, bevor er weitersprach. „Wenn Sie sich auf irgendeine Art bedroht fühlen, seien Sie versichert, dass ich als Ihr Freund an Ihrer Seite stehen werde."

„Das weiß ich zu schätzen, Major, aber ich bezweifle, dass ich Ihre Unterstützung benötigen werde." Sie ging weiter und nur wenig später schloss er wieder zu ihr auf. „Soweit ich weiß, halten alle das Ableben von Mrs Chingford für das Ergebnis eines tragischen Unfalls und nicht für Mord."

„Dann hoffen wir, dass das auch so bleibt", murmelte er, als sie den Dorfplatz erreichten. „Wie sollen wir eigentlich die Hochzeitsgäste hier in Kurland St. Mary halten, um in dem Fall richtig ermitteln zu können?"

„Diesbezüglich hätte ich eine Idee." Lucy war erleichtert, dass sich das Gespräch nicht mehr um sie drehte. „Ich frage mich, ob sich die Chingfords dazu überreden ließen, die Beerdigung hier in unserer Kirche abzuhalten."

„Das ist eine exzellente Idee. Vielleicht sollte ich das im Gespräch mit dem Pfarrer ansprechen. Ich würde meinen Gästen dann vorschlagen, dass sie gern in Kurland Hall bleiben können, um der Beerdigung beizuwohnen." Major Kurland blickte zu ihr hinunter, als sie sich der Kutsche näherten. „Sie werden vorsichtig sein, Miss Harrington, nicht wahr?"

„Natürlich, Sir." Sie machte einen Knicks. „Ich werde weiter zum Pfarrhaus gehen. Danke, dass Sie mich zu Dr. Fletcher mitgenommen haben. Er scheint ein sehr angenehmer Mann zu sein."

„Er ist genau die Art von Mann, die man in einer Krisensituation braucht. Ohne ihn hätten sie mein Bein amputiert, um mich unter meinem Pferd hervorziehen zu können." Er salutierte und stieg in die Kutsche. „Guten Tag, Miss Harrington."

Als Robert zu den Ställen zurückkehrte, kam er gerade rechtzeitig, um zu beobachten, wie sein Pferdeknecht Andrews Sohn auf den Rücken der ältesten und zuverlässigsten Stute des Anwesens setzte. Er verspürte den Drang, den Jungen zur Vorsicht zu mahnen. Ihn zu warnen, dass Pferde unberechenbare Ungetüme waren und sich jederzeit völlig überraschend verhalten konnten. Trotz der wärmenden Sonne war seine Haut kühl und er zitterte.

„Geht es Ihnen gut, Sir?"

Er wandte sich um und sah Thomas Fairfax und die Witwe, die aus Richtung des Hauses gekommen waren.

„Mir ist ein wenig kalt." Robert trat einen Schritt vom sich nähernden Pferd zurück. Andrews Sohn Terence lächelte und hielt die Zügel voller Begeisterung in den Händen.

„Schauen Sie mal, Major Kurland! Schauen Sie mal!"

Robert zwang sich dazu, die Rufe des Jungen mit einem Nicken zu quittieren. Er zuckte zusammen, als etwas sein Bein berührte. Er sah nach unten und erblickte Andrews fünfjährige Tochter Charlotte, die zu ihm aufschaute. Sie zupfte erneut an seinem Hosenbein und er neigte seinen Kopf zu ihr hinunter.

„Ich mag Pferde auch nicht, Sir", flüsterte sie. „Aber sagen Sie es nicht Terence. Er lacht mich sonst aus."

Robert tätschelte ihren Kopf. „Ich werde nicht lachen. Aber du musst wissen, dass ein Pferd dich niemals verletzen wird, wenn du in seiner Umgebung gut achtgibst."

Sie traten beide einige nervöse Schritte zurück, als der Knecht das Pferd zum Traben animierte. Robert hob Charlotte hoch, setzte sie auf eine niedrige Steinmauer und lehnte sich ebenfalls dagegen.

„Das stimmt nicht, oder, Sir?"

„Was stimmt nicht?", fragte Robert.

„Dass Pferde einen nicht verletzen können. Papa hat gesagt, dass Ihr Pferd auf Sie gefallen ist und Ihnen sehr wehgetan hat."

Robert sah hinunter auf sein kaputtes Bein. „Das war etwas anderes. Ich war mitten auf dem Schlachtfeld und die Feinde haben auf uns geschossen. Es war nicht wirklich die Schuld meines Pferdes, dass es in Panik verfiel, als es getroffen wurde."

Charlotte tätschelte sein Knie. „Aber es tat trotzdem weh."

„Ja, das tat es." Robert sah ihr tief in die Augen. „Aber ich habe mich dadurch nicht davon abhalten lassen ..." Er überlegte kurz, was er sagen sollte, als ihm seine derzeitige Aversion gegenüber Pferden in den Sinn kam. „Ich werde nicht zulassen, dass ich deswegen in der Angst lebe, dass mir jedes Pferd dasselbe antun könnte."

Sie schenkte ihm ein goldiges Lächeln. „Papa sagte, dass Sie sehr mutig sind, und jetzt weiß ich warum." Sie seufzte. „Ich wünschte, ich wäre so mutig."

„Ich habe eine Idee." Robert hob sie hoch und setzte sie sich an seiner unverletzten Seite auf die Hüfte. „Lass uns einen kleinen Ausflug machen." Als er an Thomas vorbeiging, nickte er diesem zu. „Können Sie Terence im Auge behalten, während ich Miss Charlotte etwas zeige?"

„Natürlich, Major."

Robert betrat die Stallungen und sog den vertrauten Geruch von Pferdemist, Stroh und Leder ein, der einst seine gesamte Militärkarriere geprägt hatte. Jetzt kam er nur hierher, wenn er nicht anders konnte. Charlotte hatte ihn über seine Abneigung gegen den Ort nachdenken und diese hinterfragen lassen.

Vor der geschlossenen Box am Ende des Gangs stand ein junger Bursche, der sofort aufsprang, als er Robert näher kommen sah.

„Guten Morgen, Sir."

„Guten Morgen, Arthur. Würdest du uns die Tür öffnen, damit Miss Charlotte und ich einen Blick hineinwerfen können?" Charlottes Griff um seinen Hals wurde ein wenig schmerzhaft, aber er lächelte ihr ermutigend zu. „Mach dir keine Sorgen. Hier gibt es nichts, wovor du Angst haben müsstest." Er sprach die Worte ebenso sehr für sich selbst wie für sie aus.

Arthur öffnete die Tür und sie sahen gemeinsam hinein.

„Oh ...", flüsterte Charlotte. „Es ist eine Mutter mit ihrem Kind."

„Das Fohlen wurde letzte Nacht geboren“, sagte Robert mit sanfter Stimme. „Ist es nicht wunderschön?“

„Kann ich es streicheln?“ Fast wand sie sich aus seinem Arm bei den Bemühungen, näher heranzukommen.

„Noch nicht. Aber wir können morgen wiederkommen, wenn du möchtest.“

Sie griff nach seinen Ohren und gab ihm einen Kuss auf die Stirn. „Ja, bitte!“ Sie berührte seine Nase mit ihrer und sah ihm tief in die Augen. „Sie haben keine Angst vor ihm, oder?“

„Nein, ich habe keine Angst.“

„Ich auch nicht.“

Sie lächelten einander einhellig an. Dann ließ sie sich auf dem Boden absetzen und hüpfte ausgelassen an seiner Hand zurück nach draußen auf die Koppel. Währenddessen fragte sich Robert kurz, wie es Miss Harrington im Pfarrhaus wohl ging und ob sie erfolgreich gewesen war bei ihrem Versuch, herauszufinden, wem das Medaillon gehörte. Er hatte einige unangenehme Momente am Frühstückstisch damit verbracht, heimlich die Dekolletés seiner weiblichen Gäste nach Anzeichen einer Rötung abzusuchen. Vergeblich.

Er hatte sich außerdem mit Mrs Green unterhalten, die keinen Hehl aus ihrer Ansicht machte, dass der Tod von Mrs Chingford zum Besten aller war, und es hatte sie nicht gekümmert, wer sie das sagen hörte. Sie war zwar nicht so weit gegangen, zu sagen, dass sie wünschte, die Tat selbst begangen zu haben, aber es war nahe dran gewesen. Entweder war sie eine meisterhafte Manipulatorin oder sie war nicht auch nur in der Nähe von Mrs Chingford gewesen, als sich der Vorfall ereignet hatte.

„Major Kurland?“

Er sah auf und bemerkte Mrs Fairfax, die neben der Kutsche stand, die gerade mit frischen Pferden zurück in den Hof gebracht worden war.

„Guten Morgen, Madam. Genießen Sie die frische Luft? Großartig."

Thomas verbeugte sich. „Ich begleite Mrs Fairfax zum Pfarrhaus, damit sie den Chingfords ihr Beileid aussprechen kann. Ich verspreche, dass ich bald zurück sein werde."

Robert klopfte auf seine Westentasche. „Lassen Sie sich Zeit. Ich möchte unsere Pläne für die Erweiterung der Stallungen noch einmal durchgehen. Ich sammle meine Ideen bis zu Ihrer Rückkehr."

Während Lucy weiter durch das Dorf ging, dachte sie an die Hochzeitsgäste und ihre Interaktionen mit Mrs Chingford. Sie würde sich mit Miss Stanford, Mrs Green und Dorothea unterhalten müssen. Sie hoffte beinahe, dass eine von ihnen weich werden und die Tat gestehen würde, aber das war recht unwahrscheinlich. Tatsächlich gingen die meisten davon aus, dass Mrs Chingford bei einem tragischen Sturz ums Leben gekommen war, sodass keinerlei Notwendigkeit dafür bestand, irgendetwas zu gestehen. Vielleicht wollte der oder die Verantwortliche keine schlafenden Hunde wecken ...

Aber was, wenn der Eigentümer oder die Eigentümerin des Medaillons sein Fehlen bemerkte?

Sie betrat das Pfarrhaus und kümmerte sich um einige unwichtige Haushaltsangelegenheiten in der Küche, bevor sie nach oben zum ehemaligen Schlafzimmer von Mrs Chingford ging. Nachdem sie sich vergewissert hatte, dass keine der Schwestern bisher aufgestanden war, öffnete sie die Tür und schloss diese leise hinter sich. Sie wurde von einer Wolke aus abgestandenem Parfüm begrüßt, als sie auf Zehenspitzen über den Teppich schlich.

Das Zimmer war seit dem Morgen der Hochzeit nicht angetastet worden und es herrschte ein einziges Durcheinander von abgelegten Kleidern, Schönheitsmitteln und anderen Frauenprodukten. Lucy zog das Bett ab und häufte die Laken zum Waschen vor der Tür auf. Sie sammelte alle Kleidungsstücke von Mrs Chingford auf, die auf dem Boden verstreut lagen, faltete diese und durchsuchte die Taschen, bevor sie sie ordentlich auf dem Bett stapelte.

Ein großer Koffer stand geöffnet auf dem Boden und der Inhalt lag davor verteilt. Lucy kniete sich daneben und sah nach, was sich noch im Innern befand. Die verschiedenen Schuhe, die zum Vorschein kamen, legte sie zusammen mit den frisch gefalteten Kleidern wieder hinein. Schließlich wandte sie ihre Aufmerksamkeit der Frisierkommode zu und trug die Puderdöschen, Cremes und Lippenfarben in einem großen, emaillierten Kästchen zusammen. Mrs Chingfords Schmuckkästchen konnte sie nirgendwo finden. Lucy nahm an, dass Penelope sich seiner angenommen hatte.

Da alles noch immer still war, ging Lucy an den alten Schreibtisch ihrer Mutter, auf dem ein großer, lederner Schreibkoffer aufgeschlagen lag. Ein Tintenfässchen und eine Schreibfeder standen in gefährlicher Schieflage auf einem Stapel von Briefen. Es schien so, als sei Mrs Chingford eine eifrige Briefschreiberin gewesen. Lucy schloss das Tintenfässchen und legte die Feder beiseite auf das Löschpapier. Dabei fiel ihr Blick auf einen halb fertigen Brief, der vermutlich in Mrs Chingfords Handschrift verfasst war. Die Namen von Miss Stanford und Mrs Fairfax waren deutlich zu lesen. Lucy beugte sich mit angehaltenem Atem näher heran und zog ihre Lesebrille hervor.

„Kann ich Ihnen mit etwas helfen, Miss Harrington?"

Lucy unterdrückte einen überraschten Aufschrei, nahm das Tintenfässchen und drehte sich zu Miss Chingford um. Ihre alte Erzfeindin sah nicht besonders gut aus. Sie war blass und hatte tiefe Ringe unter den Augen. Sie trug ein schwarzes Kleid, das sie sich von Anna geliehen hatte.

„Guten Tag, Miss Chingford. Ich hoffe, Sie haben gut geschlafen." Lucy ließ den Brief unauffällig in ihre Tasche gleiten und stellte das Tintenfässchen und die Feder in eines der Sortierfächer des Schreibtischs. „Ich bin nur hier, um das Bett abzuziehen."

„Und herumzuschnüffeln?"

Lucy hob die Augenbrauen. „Was gäbe es hier denn zu finden?"

„Intime Details aus dem Leben meiner Mutter, damit Sie sie mit Ihren Dorffreundinnen teilen können?"

„So etwas würde ich nie tun", antwortete Lucy so sanft, wie sie nur konnte.

„Hat Ihr Vater Sie also gebeten, hierherzukommen?" Miss Chingford ließ sich mit harter Miene im nächsten Sessel nieder. „Er und meine Mutter haben sich auf der Hochzeitsfeier gestritten."

Lucy setzte sich ihr gegenüber. „Worüber haben sie gestritten?"

„Meine Mutter schätzte es nicht, dass er die Nachricht ihrer angeblichen Verlobung öffentlich gemacht hatte."

„Ich hatte mich schon gefragt, was dahintersteckte", gab Lucy zu.

Miss Chingford tupfte sich die Augen mit einem von Lucys Taschentüchern ab. „Ich glaube nicht, dass sie tatsächlich vorhatte, ihn zu heiraten. Sie wollte nur mit diesen Neuigkeiten nach London zurückkehren, um sie als Anreiz und Warnung für den Mann, den sie eigentlich wollte, zu verwenden."

„Ich nehme an, dass mein Vater in diesen Plan nicht eingeweiht war."

Miss Chingford schnaubte. „Wer weiß? Vielleicht hat sie ihm sogar davon erzählt. Sie hatte eine scharfe Zunge. Sie nannte es Ehrlichkeit. Ich habe oft vermutet, dass ihre ‚Ehrlichkeit' mit einer gehörigen Portion Boshaftigkeit einherging. Ihr Vater war sehr wütend auf sie."

„Er hasst es, bloßgestellt zu werden." Lucy sammelte ihre Gedanken. „Wann haben sie sich gestritten?"

„Das habe ich Ihnen doch schon gesagt, auf der Hochzeitsfeier, kurz bevor sie ..." Miss Chingford drückte das Taschentuch an die Lippen. „Ich hatte eine ausgeprägte Abneigung gegen sie, Miss Harrington, aber aus irgendeinem Grund kann ich nicht aufhören zu weinen."

„Sie war Ihre Mutter. Das ist durchaus verständlich." Lucy gab ihr ein sauberes Taschentuch. „Wie geht es Dorothea?"

„Ich kann kein klares Wort aus ihr herausbringen. Auch sie mochte unsere Mutter nicht und hat mit ihr auf der Feier über die geplante Hochzeit gestritten." Miss Chingford seufzte. „Jeder hat mit ihr über irgendetwas gestritten und sie schien diesen Umstand zu genießen. Sie hat es geliebt, im Mittelpunkt zu stehen. Nach dem Tod meines Vaters hat sie ihren sozialen Status verloren und hätte alles dafür getan, ihn wiederzuerlangen." Sie schwieg einen Moment und warf Lucy einen misstrauischen Blick zu. „Wieso sind Sie so nett zu mir?"

„Weil Sie und Ihre Schwester gerade einen schrecklichen Verlust erlitten haben", erwiderte Lucy. „Ich habe meine eigene Mutter vor acht Jahren verloren. Ich weiß, wie schwer so etwas ist."

„Nach allem, was man hört, war Ihre Mutter eine Heilige." Miss Chingford putzte sich mit großer Inbrunst die Nase. „Meine Mutter war ausgesprochen verhasst – und das aus gutem Grund."

Lucy stand auf. „Ich habe damit angefangen, die Sachen Ihrer Mutter zusammenzupacken, aber vielleicht möchten Sie das selbst zu Ende bringen. Ich hoffe, Sie haben das Schmuckkästchen Ihrer Mutter bereits an sich genommen?"

„Ja. Ich habe es gestern Abend in mein Zimmer geholt und die Rubinkette wieder hineingelegt."

„Besaß sie auch ein Medaillon?", fragte Lucy. „Ich habe eines auf der Hochzeitsfeier gefunden und suche nach dessen Besitzer."

„Soweit ich weiß, nicht. Sie bevorzugte Edelsteine, keine einfachen Schmuckstücke."

„Haben denn Sie oder Dorothea eine Kette verloren?"

„Ich mit Sicherheit nicht. Dorothea werden Sie selbst fragen müssen. Ich glaube, sie besitzt ein Medaillon, in dem sich eine Locke unseres Vaters befindet. Ich habe keinen Schimmer, warum sie ihn so sehr verehrte, obwohl er uns nicht einmal auseinanderhalten konnte."

Lucy legte ein weiteres Kästchen mit Lotionen und Parfüm in den Koffer und wandte dabei ihrer Gesprächspartnerin den Rücken zu. „Ich stelle nur ungern eine solch persönliche Frage, Miss Chingford – Penelope, wenn das in Ordnung ist –, aber haben Sie Angehörige, die Sie in dieser unglücklichen Situation unterstützen können?"

„Meiner Mutter ist es gelungen, sich von fast allen zu entfremden. Und da sie keinen männlichen Erben hervorgebracht hat, wird unser Haus an einen unserer Stanford-Cousins gehen."

„Wo werden Sie dann leben?"

Penelope zuckte mit den Achseln. „Sie wissen, wie das ist, Miss Harrington. Jemand in der Familie wird Mitleid mit uns haben, uns ein Zuhause geben und erwarten, dass wir dafür den Rest unseres Lebens unsere Dankbarkeit zeigen."

Ihre Worte klangen leicht verbittert, aber das konnte Lucy ihr nicht verübeln. Ungewollte oder unverheiratete weibliche Verwandte hatten nur wenig Möglichkeiten, wenn ihre männlichen Angehörigen verstarben. Sie hatte immer gewusst, dass Anthony oder ihre jüngeren Geschwister ihr ein Zuhause geben würden, in dem sie geschätzt wurde, wenn sie nicht heiraten sollte. Aber viele Frauen hatten nicht so viel Glück und wurden dadurch zu unbezahlten Arbeitskräften für ihre reicheren Verwandten.

Durch das geöffnete Fenster war eine Kutsche zu hören, die vor dem Pfarrhaus zum Stehen kam. Penelope erhob sich. „Ich schätze, ich kleide mich vollständig an, bevor die ersten Geier eintrudeln, um uns ihr Beileid zu bekunden."

„Geht es Dorothea gut genug, um nach unten zu kommen?" Lucy ging zur Tür und nahm den Haufen Bettlaken auf.

„Ich glaube nicht."

„Dann werde ich schon einmal nach unten gehen und unseren Besuch begrüßen." Lucy hielt inne. „Wenn Sie mit niemandem sprechen wollen, Penelope, wird Ihnen das keiner zum Vorwurf machen."

„Doch, das werden sie. Sie werden denken, dass ich mich zu sehr für meine Mutter schäme, um mich ihnen zu stellen, aber ich habe nichts falsch gemacht und lasse mich nicht einschüchtern."

Sie fegte an Lucy vorbei auf den Gang und in ihr benachbartes Schlafzimmer, dessen Tür sie mit einem sehr bestimmten Knall hinter sich schloss.

Am Treppenabsatz stieß Lucy beinahe mit Betty zusammen, die gerade nach oben geeilt war, um sie in den Salon zu rufen. Das Dienstmädchen nahm den Wäschehaufen und Lucy richtete ihr Haar, bevor sie die

Treppen hinunterstieg. Sie ging davon aus, dass das Pfarrhaus bald schon von Dorfbewohnern und Hochzeitsgästen bevölkert sein würde, die ganz wild darauf waren, die Chingfords zu sehen und die Tragödie bei Tee und Kuchen noch einmal durchzukauen. Glücklicherweise hatte Mrs Fielding genug für etwa hundert solcher Besucher gebacken.

Würde ihr Vater auch auftauchen, um die Beileidsbekundungen der Gemeindemitglieder entgegenzunehmen, oder würde er sich weiter in seinem Arbeitszimmer verkriechen? Und lag sein Nichterscheinen an Trauer, Wut oder Bedauern? Es gefiel ihr nicht, dass ihr Vater zu den Leuten gehörte, die an diesem schicksalsträchtigen Tag mit Mrs Chingford gestritten hatten, aber sie konnte es sich nicht erlauben, dass ihre eigene Voreingenommenheit ihr Urteilsvermögen trübte.

Sie öffnete die Tür zum Salon, wo sich bereits die ersten Besucher versammelt hatten. Die meisten davon waren ältere Dorfbewohner, die gern ihre Nasen in anderer Leute Angelegenheiten steckten und sich damit rühmten, als Erste über den pikantesten Tratsch informiert zu sein. Unter den Anwesenden war auch der neue Vikar George, der Kuchen verteilte und sich dabei mit den Gemeindemitgliedern sowie Mr Thomas Fairfax und Mrs Fairfax unterhielt.

Sie ging zuerst zu Mr Fairfax, der sich zur Begrüßung verbeugte. „Guten Tag, Miss Harrington. Mrs Fairfax wünschte, Sie zu besuchen und Ihnen und der Familie Chingford ihr Beileid auszusprechen."

Lucy sah zu, wie die Witwe ihren Schleier zurückzog, und war überrascht, auf ihren Wangen echte Tränen zu sehen.

„Es tut mir so leid", presste diese in einem schwachen Flüstern heraus. „Ihr armer, lieber Papa. Ich musste einfach kommen." Sie nahm Lucys Hand fest in die eigenen. „Die Chingfords müssen am Boden zerstört sein."

„Wird Miss Chingford heute ebenfalls nach unten kommen?“ Mr Fairfax streckte die Hand aus und löste die Finger der Witwe vorsichtig von Lucys Handgelenk. „Sollte sie dazu noch nicht in der Lage sein, werde ich Mrs Fairfax zurück zum Gutshaus begleiten und wir werden an einem anderen Tag zurückkehren.“ Er blickte Lucy über den Kopf seiner ehemaligen Arbeitgeberin hinweg besorgt an, als ob er sich wortlos für deren Verhalten entschuldigen wollte. Er senkte die Stimme. „Da Mrs Fairfax selbst erst kürzlich einen schmerzlichen Verlust erlitten hat, gehen ihr derartige Vorkommnisse sehr zu Herzen.“

„Das ist sehr einfühlsam von ihr.“ Lucy führte die weinende Witwe zu einem Sessel. „Wenn Sie sich für einen Moment ausruhen möchten, Madam, werde ich nachsehen, ob Miss Chingford abkömmlich ist.“

Sie wandte sich zum Gehen, nur um zu bemerken, dass Miss Chingford den Raum bereits betreten hatte. Ihr Kopf war hoch erhoben und sie blickte die Gäste herausfordernd an, wie als Warnung, sie bloß nicht zu bemitleiden. Ihr schwarzes Gewand tat ihrer eisigen blonden Schönheit keinen Abbruch. Der Vikar ließ beinahe den Teller mit Scones fallen, den er herumreichte, und Mr Fairfax blieb wie angewurzelt stehen und starrte in Miss Chingfords blasses Gesicht. Einen Moment lang verspürte Lucy Bewunderung für ihre einstige Feindin, deren Zukunft nun derart ungewiss war.

„Ah, Miss Chingford“, sagte Lucy. Ihre Blicke trafen sich. „Haben Sie schon Bekanntschaft mit Mrs Fairfax und Mr Thomas Fairfax machen dürfen? Sie sind vorbeigekommen, um Ihnen ihr Beileid zu Ihrem Verlust auszudrücken.“

Miss Chingfords Ankunft löste bei der Witwe eine zweite Welle des Weinens aus, was Lucy nutzte, um sich feige zurückzuziehen und unter die anderen Gäste zu mischen. Als die letzten der Tratschtanten verschwunden waren, traf Miss Stanford ein. Lucy ging ihr eilig entgegen, um sie zu begrüßen und ihr ein Getränk anzubieten. Nach einer Weile gelang es Lucy, einen Platz neben Miss Stanford zu ergattern und ihr eine Tasse Tee zu überreichen.

„Vielen Dank, Miss Harrington." Die Teetasse klapperte auf der Untertasse, als Miss Stanford sie auf dem Tisch abstellte.

„Geht es Ihnen gut, Miss Stanford?", fragte Lucy leise.

„So gut, wie es einem nur gehen kann, wenn der eigene Bruder am Vortag geheiratet hat und gleichzeitig die Frau, die geschworen hatte, diese Ehe und seinen Ruf zu zerstören, gestorben ist."

Ihre unverblümte Art erinnerte Lucy an Major Kurland und ließ sie hoffen, dass ein paar direkte Fragen vielleicht zu Antworten führen würden.

„Ich bezweifle, dass Mrs Chingford Ihrem Bruder oder Ihrer Familie besonders viel Schaden hätte zufügen können, Miss Stanford."

„Sie wären überrascht. Sie hat mir gegenüber offen zugegeben, dass sie von einigen Zeitungen und Skandalblättern bezahlt wurde, um diese mit Tratsch über die feine Gesellschaft zu versorgen." Miss Stanford verzog die Miene. „Mein Bruder ist Anwalt. Er kann es sich nicht leisten, dass sein Ruf infrage gestellt wird. Sie sagte mir auch, dass sie bereits einen Brief über seine neue Hochzeit an all ihre Quellen geschrieben habe."

Lucy erinnerte sich an die Vielzahl von Briefen, die sie in Mrs Chingfords Schlafzimmer gefunden hatte. In jedem Fall hatte sie einen großen Bekanntenkreis besessen und wie es schien, ging es ihr dabei in einigen Fällen um persönliche Bereicherung.

„Aber Mrs Chingford lebt nicht mehr", erinnerte Lucy ihre Gesprächspartnerin. „Sie kann nicht länger Tratsch über irgendjemanden verbreiten."

„Das stimmt." Miss Stanford biss sich auf die Lippe. „Ich fühle mich so schrecklich schuldig."

Lucy hielt den Atem an, als sie ihrem Gegenüber diskret ein Taschentuch anbot. „Wieso sollten Sie sich schuldig fühlen? So wie ich es sehe, sind Sie lediglich für Ihren Bruder eingetreten. Das war bewundernswert."

Miss Stanford erschauderte. „Und ich habe mich mit Mrs Chingford kurz vor ihrem Ableben gestritten. Vielleicht waren es meine harschen Worte, die dafür sorgten, dass sie auf der Treppe nicht richtig aufgepasst und den Halt verloren hat." Sie seufzte. „Und jetzt kann ich diese Worte nicht mehr zurücknehmen."

„Bei allem gebührenden Respekt, Miss Stanford, sofern Sie nicht im Augenblick von Mrs Chingfords Sturz anwesend waren, tragen Sie wohl kaum die Verantwortung dafür." Lucy beobachtete Miss Stanfords Reaktion sehr genau, konnte aber in ihrer Miene nichts Verdächtiges bemerken.

„Ich dachte darüber nach, Mrs Chingford nachzugehen und unseren Streit in einem privateren Umfeld fortzusetzen, aber dank Ihres rechtzeitigen Einschreitens ging ich nach oben, um Sophia beim Umziehen in ihr Reisegewand zu helfen."

Lucy versuchte sich ins Gedächtnis zu rufen, ob sie Miss Stanford in Sophias Zimmer gesehen hatte, konnte sich aber nicht an ihre Anwesenheit erinnern.

„Also haben Sie nichts, wofür Sie sich schuldig fühlen müssten."

„Außer meinem hitzigen Temperament." Miss Stanford biss sich auf die Lippe.

„Man möchte nicht schlecht über die Toten sprechen, aber meiner Meinung nach war es schwer, sich nicht mit Mrs Chingford zu streiten", murmelte Lucy. „Tatsächlich schien sie mit allen Anwesenden auf der Feier im Streit gelegen zu haben. Sie waren nicht die einzige Person an dem Abend, die wütend auf sie war."

Miss Stanford ergriff Lucys Hand. „Vielen Dank, Miss Harrington. Dadurch geht es mir viel besser. Robert sagte, Sie seien eine außergewöhnliche Frau."

Lucy hatte darauf keine Antwort. Major Kurland hielt sie für außergewöhnlich? Es schien so, als hätte er im Moment zu allen möglichen Dingen einige merkwürdige Ansichten.

„Sehr gern, Miss Stanford. Wir alle haben Dinge, die wir bedauern, aber Sie sollten sich von diesem Bedauern nicht überwältigen lassen." Lucy überlegte kurz. „Wenn Sie Ihr Handeln wiedergutmachen möchten, könnten Sie in Ihrer Familie fragen, ob es jemanden gibt, der die Chingford-Schwestern bei sich aufnehmen könnte. Sie haben nicht nur ihre Mutter verloren, sondern werden bald auch ihr Zuhause an einen männlichen Verwandten abtreten müssen."

„Ich werde mit meinem Bruder reden, sobald er zurückkehrt. Immerhin kann ich auf diesem Weg meinen Zorn wiedergutmachen." Miss Stanford atmete tief ein. „Ich werde jetzt mit Miss Chingford sprechen."

Kapitel 6

„Wenn die Familie Chingford dies wünscht, Major Kurland, wäre ich mehr als gewillt, die Trauerfeier in unserer Kirche auszurichten." Der Pfarrer überlegte kurz. „Das wäre die passende Art, die Frau zu verabschieden, die mir versprochen war."

„Das sehe ich auch so, Sir." Robert nickte. „Es wäre absolut angemessen. Ich glaube, Miss Harrington hat darüber bereits mit Miss Chingford gesprochen, und sie wäre erfreut, wenn Sie den Gottesdienst abhalten würden."

Der Pfarrer senkte die Stimme. „Gibt es ein Familiengrab, in das der Leichnam nach der Trauerfeier überstellt werden soll?"

„Nein. Ich glaube, Mrs Chingford kann hier in Kurland St. Mary beigesetzt werden." Bevor der Pfarrer wieder zum Sprechen ansetzen konnte, fuhr Robert fort: „Ich werde natürlich sämtliche Ausgaben für das Begräbnis und die Trauerfeier tragen."

„Das ist sehr gütig von Ihnen, Major."

„Da sie als Gast in meinem Haus starb, fühle ich mich in gewisser Weise dafür verantwortlich." Robert erhob sich. „Glauben Sie, dass Sie alles innerhalb von etwa einer Woche organisieren könnten? Ich bin mir sicher, dass wir einige unserer Gäste davon überzeugen könnten, noch ein paar Tage länger hierzubleiben."

Der Pfarrer beugte sich über seinen Terminkalender. „Ich werde George mit dem Kirchenältesten und den Totengräbern sprechen lassen, um in Erfahrung zu bringen, wann genau das Begräbnis arrangiert werden könnte. Ich empfehle normalerweise, dass ein Leichnam eher früher als später beerdigt wird."

„Vielen Dank." Robert verdrängte die Erinnerung an die mit Leichen übersäten Schlachtfelder Europas und schüttelte dem Pfarrer die Hand. „Sind die Damen zu Hause? Ich würde die Pläne gern von Miss Chingford absegnen lassen."

„Ich glaube, sie sind gerade in der Hinterstube, Sir. Ich werde Sie zu ihnen bringen."

Robert folgte dem Pfarrer durch die Gänge, bis er den unverwechselbaren Klang weiblicher Stimmen hören konnte.

„Ah, Anna, Miss Chingford. Major Kurland ist hier."

Anna Harrington kam zu ihm herüber, um ihn mit ihrem üblichen charmanten Lächeln zu begrüßen. „Major Kurland, wie schön, dass Sie vorbeikommen."

„Miss Anna." Er verbeugte sich über ihrer Hand, während der Pfarrer verschwand und etwas vor sich hinmurmelte, das wie „Tee" und „Lucy holen" klang. „Miss Chingford."

Seine frühere Verlobte hob den Blick und musterte ihn. „Major Kurland. Haben Sie die Angelegenheiten mit dem Pfarrer geklärt?"

Er setzte sich ihr gegenüber und lehnte den Gehstock gegen das Stuhlbein. „Das habe ich, Miss Chingford. Wir hoffen, die Trauerfeier kann nächste Woche stattfinden und Ihre Mutter auf dem hiesigen Friedhof beigesetzt werden."

„Ich schätze, dafür sollte ich Ihnen danken."

„Dazu besteht kein Grund. Wie ich bereits dem Pfarrer erklärt habe: Ihre Mutter ist in meinem Haus ums Leben gekommen. Ich fühle mich in gewisser Weise dafür verantwortlich."

„Verantwortlich genug, um mich zu heiraten?"

Robert zuckte erschrocken zusammen. „Ich verstehe nicht ganz."

Miss Chingford schien nicht zu scherzen. Sie sah ihn mit ihren blauen Augen scharf an. „Jetzt, da meine Mutter fort ist, sind meine Schwester und ich auf unsere entfernten Verwandten angewiesen, um ein Zuhause und eine Mitgift zu erhalten. Wenn ich das verhindern will, muss ich heiraten."

„Wir waren uns bereits einig, dass wir nicht zusammenpassen." Robert lockerte seinen Kragen. War es wärmer geworden im Zimmer?

Da schaltete sich Anna Harrington mit warmer Stimme ein: „Außerdem gibt es da noch die Absprache bezüglich meiner Schwester, Major, nicht wahr?"

Zunächst begrüßte er ihre Unterstützung, bis ihm auffiel, dass sie ihn vor dem Regen retten wollte, indem sie ihn in die Traufe stieß.

„Mein Vater hat doch mit Ihnen über Ihre Absichten gegenüber meiner Schwester gesprochen, oder?", fuhr Anna fort.

„Natürlich hat er das, aber ..."

Anna schenkte ihm ein Lächeln und sah danach mitfühlend Miss Chingford an. „Sie sehen also, dass Ihr Vorschlag leider gar nicht funktionieren kann. Allerdings kennen Sie doch einige andere Gentlemen, die einen ausgezeichneten Ehemann für Sie abgeben würden. Lassen Sie uns darüber sprechen, sobald der Major wieder gegangen ist."

„Sehr gern", murmelte Robert, als die Tür aufging und ein Dienstmädchen mit dem angekündigten Tee eintrat. Wo zum Teufel steckte Miss Harrington?

Lucy saß auf der Bettkante und strich Dorotheas wirres Haar aus ihrem Gesicht.

„Du solltest wirklich aufstehen, Dorothea. Du kannst nicht ewig im Bett bleiben."

Dorothea gab keine Antwort, sondern vergrub ihr Gesicht noch tiefer in den Laken. Lucy seufzte.

„Bald ist die Trauerfeier für deine Mutter. Glaubst du, dass es anständig ist, die ganze Last, die damit verbunden ist, Penelope aufzubürden? Sie braucht deine Unterstützung."

„Sie braucht gar nichts. Sie ist genau wie sie."

„Ich nehme an, mit ‚sie' meinst du eure Mutter?" Es kam keine Antwort, daher probierte Lucy es mit einem anderen Ansatz. „Auf der Hochzeit habe ich gesehen, wie du oben auf der Galerie standest und auf die Halle hinunterblicktest." Lucy spürte, dass Dorothea erstarrte, und sprach weiter. „Hast du deine Mutter gesehen, als du davonliefst? Ich vermute, dass du mit ihr über die Neuigkeiten bezüglich ihrer bevorstehenden Hochzeit reden wolltest."

„Sie hätte ihn niemals geheiratet."

„Was bringt dich zu der Annahme?"

Sie schreckte zusammen, als Dorothea plötzlich hochfuhr und die Laken von sich warf. „Weil sie es einfach nicht getan hätte! Weil sie eine Lügnerin und eine ..." Dorothea verstummte und sah sie wutentbrannt an. „Lassen Sie mich in Ruhe!"

Lucy war zu sehr an die Taktiken jüngerer Geschwister gewöhnt, um sich von Dorotheas plötzlicher Rage einschüchtern zu lassen, und erwiderte ihren zornigen Blick. „Warum bist du so wütend? Hast du den Sturz deiner Mutter gesehen?"

„Ich sagte, Sie sollen mich in Ruhe lassen!"

„Wenn du etwas gesehen hast oder weißt, was passiert ist, dann sag es mir", sagte Lucy bestimmt. „Wir können das alles regeln. Wir ..."

„Gar nichts können wir! Wir können meine Mutter nicht wieder zum Leben erwecken." Dorothea wandte sich von ihr ab, zog die Knie an die Brust und die Decke zurück über den Kopf.

Lucy wartete noch eine Minute lang, allerdings war ihr klar, dass sie hier keine weiteren Erkenntnisse erhalten würde. Sie tätschelte die Dorothea-förmige Beule unter der Decke. „Wenn du über irgendetwas sprechen willst, weißt du, wo du mich findest. Du kannst dich nicht ewig hinter deiner Trauer verstecken, Dorothea."

Lucy verließ das Zimmer und machte sich auf den Weg nach unten. Dabei sah sie Betty aus der Hinterstube kommen.

„Haben wir Besuch?"

Betty nickte. „Nur Ihr Major Kurland, Miss Harrington. Er ist hier, um mit dem Pfarrer über die Vorbereitungen für das Begräbnis der armen Frau zu sprechen. Ich habe gerade eine Kanne Tee in den Salon gebracht."

Lucy ging den Rest der Treppe hinunter. Seit wann war er „ihr" Major Kurland? Sie glaubte nicht, dass er es schätzen würde, als jemandes Besitz bezeichnet zu werden. Der Gedanke daran bescherte ihr ein Lächeln, das sie unterdrücken musste, als sie den Salon betrat.

Der Major stand auf und verbeugte sich. „Miss Harrington. Ich hatte gehofft, dass Sie heute hier sein würden. Ich wollte Ihren Rat zu einer bestimmten Angelegenheit einholen."

Er sah sie so eindringlich an, dass sie einen Moment nur verwundert blinzelnd dastand. „Ich bin immer gern bereit, Ihnen zu helfen, Sir. Worum genau geht es?"

Just als sie sich setzte, stand Penelope auf und verließ den Raum mit einem hörbaren Schniefen. Lucy ließ den Blick verunsichert zwischen dem Major und Anna hin- und herschweifen. „Ist alles in Ordnung?"

„Ich denke schon." Major Kurland hob eine Augenbraue. „Wieso fragen Sie?"

„Miss Chingford schien ein wenig bestürzt. Möchte sie doch nicht, dass die Trauerfeier hier abgehalten wird?"

„Oh, nein, dagegen hatte sie absolut nichts einzuwenden“, sagte Anna. „Aber sie war recht verstimmt, als der Major ihr Heiratsangebot ablehnte.“

Der Major wand sich vor Unbehagen sichtlich auf seinem Stuhl. „So kann man das kaum bezeichnen, Miss Anna. Ich glaube, Miss Chingford scherzte.“

Anna zwinkerte Lucy zu. „Das glaube ich nicht, aber ich denke, Sie haben die Situation sehr gut gehandhabt, Major.“ Sie beugte sich vor, um nach der Teekanne zu greifen. „Ich werde Betty für dich um frischen Tee bitten, Lucy. Entschuldigen Sie mich einen Moment.“

Nachdem Anna den Salon verlassen hatte, blieb nur Schweigen zurück. Major Kurland fummelte an seiner Taschenuhr herum und Lucy versuchte zu verstehen, was vor sich ging.

„Hat sie wirklich erwartet, dass Sie sie heiraten?“, platzte Lucy heraus.

„Sie ließ verlauten, dass ich ihr einen Antrag schulde, weil ihre Mutter auf meinem Anwesen zu Tode kam. Ich warf ein, dass wir bereits einvernehmlich festgestellt hatten, dass wir nicht zusammenpassen würden, und damit war die Unterhaltung beendet.“

„Die arme Miss Chingford.“ Lucy seufzte. „Sie muss sehr verzweifelt sein, wenn sie wieder in Erwägung zog, Sie zu heiraten.“

„Vielen Dank, Miss Harrington. Ich schätze, das habe ich verdient.“

„Sie wissen, wie ich das gemeint habe. Ihre Lebensumstände haben sich deutlich verschlechtert. Sie ist wirklich davon überzeugt, dass sich niemand für ihre Interessen einsetzen will, besonders bei ihrer Suche nach einem Ehemann. Das ist sehr traurig.“

„Vielleicht ist es das, aber ich bin nicht hier, um Miss Chingfords Aussichten auf eine gute Ehe zu besprechen. Ich bin gekommen, um Sie zu fragen, ob Sie vielleicht inzwischen die Eigentümerin oder den Eigentümer des Medaillons gefunden haben."

Lucy begrüßte die Ablenkung vom unangenehmen Thema rund um Miss Chingford und sammelte ihre Gedanken.

„Niemand hat das Medaillon offen für sich beansprucht oder danach gefragt. Ich vermute, dass man eher Sie fragen würde, wenn man davon ausgeht, dass es in Kurland Hall verloren gegangen ist. Hat es jemand Ihnen oder einem Ihrer Bediensteten gegenüber erwähnt?"

„Bisher nicht."

„Oder hat Foley jemanden bemerkt, der nach etwas suchte?"

„Soweit ich weiß, nein." Er seufzte. „Also sind wir in einer Sackgasse."

„Nicht ganz eine Sackgasse, Major." Lucy zog den halb fertigen Brief aus ihrer Tasche. „Miss Stanford hat mir gesagt, dass Mrs Chingford ihr gegenüber zugegeben hat, Tratsch über die feine Gesellschaft an die Skandalblätter zu verkaufen. Das war einer der Gründe, warum sie weiter mit Mrs Chingford über den Ruf ihres Bruders gestritten hat. Sie hatte Angst, dass Mrs Chingford in der Lage war, Mr Stanfords Ruf auf sehr öffentliche Art beträchtlichen Schaden zuzufügen."

Major Kurland zog eine Augenbraue hoch. „Skandalblätter zahlen Geld für den albernen Klatsch, den sie drucken? Ich war davon ausgegangen, dass das alles frei erfunden sei."

„Aber Sie können verstehen, warum Miss Stanford so entschlossen war, zu verhindern, dass der gute Name und Charakter ihres Bruders mit Lügen und Spekulationen in den Dreck gezogen werden würde."

„Miss Harrington, Andrew ist Anwalt. Wenn sich jemand gegen derartige Anschuldigungen verteidigen könnte, dann er. Seine Schwester muss ihn in keinerlei Weise beschützen. Und das sollte ihr auch klar sein."

„Hatte Mrs Chingford nicht auch etwas über Miss Stanfords Verlobten gesagt?"

„Ich kann mich an nichts Konkretes erinnern."

Lucy runzelte die Stirn. „Er wurde mit Sicherheit erwähnt. Vielleicht war Miss Stanford der Meinung, dass ihr Handeln gerechtfertigt war, wo sie doch für zwei ihrer Angehörigen eintrat."

„Sie haben also entschieden, dass Miss Stanford eine Mörderin ist, ja?"

„Noch nicht." Sie übergab Major Kurland den Brief. „Den hier habe ich im Zimmer von Mrs Chingford gefunden. Miss Stanford ist nicht die Einzige, die in dem Brief Erwähnung findet."

Major Kurland runzelte die Stirn. „Ich wünschte, Sie würden sich bei Ihrer Argumentation nicht immer im Kreis drehen, Miss Harrington." Lucy reichte ihm ihre Lesebrille und er versuchte mit zusammengekniffenen Augen, den Brief zu entziffern. „Danke. Ah, Sie meinen, Miss Stanford wird in dem Brief erwähnt, genauso wie ihr Bruder, ihr Verlobter und ..." Er las die Rückseite des Schreibens. „Mrs Fairfax." Er blickte auf und starrte Lucy an. „Wieso sollte Mrs Chingford sich für sie interessieren?"

„Sie waren eindeutig miteinander bekannt. Ich habe gesehen, wie sie sich auf der Hochzeit unterhielten." Lucy nahm den Brief wieder an sich. „Mr Fairfax war es schleierhaft, woher die beiden sich kannten."

„Wer hätte das gedacht?" Major Kurlands Blick verfinsterte sich. „Mrs Chingford sagte mir, dass sie glaubte, die Witwe schon einmal gesehen zu haben, aber sie wusste nicht mehr, wann das war. Vielleicht versuchte sie mit dem Brief mehr in Erfahrung zu bringen."

„Der Brief ist adressiert an eine Frau namens Madge."

„Dann ist es vielleicht hilfreich, herauszufinden, wer diese Madge ist."

Lucy nickte. „Ich werde mir etwas einfallen lassen, wie ich Penelope danach aushorchen kann. Ich werde sie außerdem fragen, ob sie sich an eine Bemerkung ihrer Mutter über Mrs Fairfax erinnert."

„Und wenn Sie mir das Medaillon anvertrauen, werde ich Foley meine Gäste und die Bediensteten fragen lassen, ob es jemandem gehört. Er kann sagen, dass es in der dreckigen Wäsche gefunden wurde."

„Das ist ein ausgezeichneter Plan." Sie wühlte in ihrer Tasche und zog das Medaillon hervor. „Sie könnten auch versuchen, es zu öffnen. Vielleicht befindet sich im Innern etwas, das uns die Arbeit erleichtern könnte, wie ein Bild oder eine Gravur."

Er ließ das Medaillon in der eigenen Tasche verschwinden, bevor er sich erhob. „Ich fange an zu glauben, dass das Geheimnis ein ebensolches bleiben wird."

„Vielleicht ist das ja auch besser so."

„Es sieht Ihnen nicht ähnlich, ein Unrecht auf sich beruhen zu lassen, Miss Harrington."

Lucy schlang ihr Umschlagtuch enger um die Schultern. „Manchmal fühlt es sich nur so an, als ob der Preis, um die Wahrheit ans Licht zu bringen, zu hoch ist."

„Als Soldat, der in die Schlacht gezogen ist, um Unrecht wiedergutzumachen, verstehe ich diesen Gedankengang nur zu gut." Er nahm seinen Hut und schien einen Moment nachzudenken. „Sollten wir die Sache auf sich beruhen lassen?"

Sie blickte zu ihm auf. „Lassen Sie uns zunächst noch tun, worauf wir uns verständigt haben, danach sehen wir weiter."

„Wie Sie wünschen."

Lucy stand ebenfalls auf. „Sie wollen mir nicht widersprechen, Major Kurland?"

„Diesmal nicht." Er verbeugte sich und wandte sich zum Gehen. „Ich habe nicht das Bedürfnis, Sie erneut in eine gefährliche Sache mit hineinzuziehen."

„Mich mit hineinziehen?" Lucy folgte ihm auf den Flur. „Ich war es, die sich den Plan ausgedacht hat, um unseren letzten Mörder zu überführen."

„Darum geht es doch gar –"

„Guten Tag, Major Kurland." Sie überholte ihn, öffnete die Vordertür und ließ ihn passieren. Der böse Blick, den er ihr dabei zuwarf, fühlte sich für sie beinahe beruhigend an. Sie zog es eindeutig vor, wenn er sich wie ein Tyrann aufführte und nicht wie ein Gentleman.

Kapitel 7

Da Dorothea sich noch immer weigerte, das Bett zu verlassen, war es an Lucy, Penelope dabei zu helfen, die restlichen Besitztümer ihrer Mutter zu sortieren. Außerdem begannen sie mit der mühseligen Aufgabe, all ihre Angehörigen und ihre regelmäßigen Briefkontakte über ihren Tod zu informieren. Nicht, dass es Lucy etwas ausmachte, zu helfen, denn es gab ihr die perfekte Gelegenheit, Penelope über Mrs Chingfords Beziehungen auszufragen. Da es noch weniger als zwei Wochen bis zur Trauerfeier waren, mussten die Briefe schnell versendet werden, damit die Trauergäste noch rechtzeitig zur Zeremonie eintreffen konnten.

Während Penelope eine Aufstellung der Schmuckstücke ihrer Mutter machte und notierte, welche davon der Chingford-Familie ausgehändigt werden mussten und welche ihr gehörten, begann Lucy damit, den Schreibtisch aufzuräumen.

„Ihre Mutter hat viele Briefe geschrieben."

„Sie war gern über den neuesten Tratsch informiert."

„Ich könnte damit anfangen, ihre Freunde über die Trauerfeier zu informieren, wenn Sie möchten."

Penelope zuckte mit den Achseln. „Die meisten werden ohnehin nicht kommen. Sie haben sie genauso benutzt, wie sie es mit ihnen gemacht hat."

„Glücklicherweise sind einige Mitglieder der Familie Stanford noch hier und wissen von der bevorstehenden Trauerfeier." Lucy dachte kurz nach. „War auf der Hochzeit noch jemand, den Ihre Mutter gut kannte? Ich habe sie mehrfach mit Mrs Fairfax sprechen sehen."

„Meine Mutter war der Meinung, dass sie und Mrs Fairfax dasselbe Kindermädchen beschäftigt hätten."

„Was für ein Zufall."

Penelope hielt einen Diamantohrring gegen das Licht, um ihn genauer zu untersuchen. „Mrs Fairfax bestand darauf, dass dies nicht möglich sei, aber meine Mutter ließ sich nicht davon abbringen. Sie war überzeugt, dass unser altes Kindermädchen im Anschluss eine Stelle bei der Familie Fairfax antrat."

„Und Mrs Fairfax hat dies bestritten?"

„So ist es. Meine Mutter könnte aber gelogen haben. Sie genoss es, die Leute auf Trab zu halten, indem sie behauptete, unbewiesene Dinge über sie zu wissen."

„Wie das Gerücht, dass Mr Stanford bei dem Tod seiner Frau nachgeholfen haben könnte."

Penelope verzog die Miene. „Auf das Gerücht war sie besonders stolz. Für sie war es ein großer Erfolg, die Braut, den Bräutigam *und* die Schwester des Bräutigams auf der Hochzeit zu verunsichern."

Es klopfte an der Tür und Betty trat ein. „Miss Harrington, Mr Fairfax ist im Salon. Er hat eine Nachricht von Major Kurland für Sie."

„Dann werde ich gleich unten sein." Sie warf Penelope, die gerade ins Nichts zu schauen schien, einen Blick zu. „Soll ich Anna ausrichten lassen, dass sie Ihnen helfen soll, sobald sie zurückkehrt? Ich glaube, sie ist mit Mr Jenkins ausgeritten."

„Sie mag ihn, nicht wahr?"

„Ich bin mir nicht sicher. Sie kennen einander schon seit Jahren. Nicholas hatte schon immer eine Schwäche für sie."

„Dann wäre er vermutlich nicht an mir interessiert."

Lucy blieb stehen. „Ich bin mir sicher, dass es Ihnen nicht in den Sinn kommen würde, sich einem Mann an den Hals zu werfen, der offensichtlich in jemand anderen verliebt ist." Sie hoffte, dass Penelope den warnenden Unterton in ihrer Stimme wahrnahm. „Anna mag vielleicht desinteressiert wirken und sie und Nicholas neigen dazu, sich zu streiten, aber …"

„Das scheint in der Familie zu liegen." Penelope nahm ihre Feder wieder auf. „Sie und Major Kurland streiten sich wie ein altes Ehepaar."

„Das tun wir nicht."

Penelope bedachte sie mit einem skeptischen Blick, den Lucy nicht kommentierte. Stattdessen verließ sie den Raum. Als sie den Salon erreichte, unterhielt Mr Fairfax sich gerade mit ihrem Vater. Der Landverwalter verbeugte sich zur Begrüßung.

„Guten Morgen, Miss Harrington. Ich hoffe, es geht Ihnen gut? Major Kurland hatte gehofft, Sie in einer bestimmten Angelegenheit um Rat fragen zu können, und bat mich, Sie nach Möglichkeit zum Anwesen zu geleiten."

Ihr Vater klopfte ihr auf die Schulter. „Geh nur mit Mr Fairfax und hilf Major Kurland aus, meine Liebe. Wir werden schon irgendwie ohne dich zurechtkommen." Er wandte sich wieder Mr Fairfax zu. „Und bitte richten Sie dem Major aus, dass die Vorbereitungen für die Zeremonie gut laufen und wir wie geplant vorgehen können."

„Das werde ich ihm sagen, Mr Harrington."

Lucy setzte ihre Haube auf, zog ihre Pelisse an und traf sich mit Mr Fairfax an der Eingangstür. Gerade als sie aufbrechen wollten, kam Dorothea Chingford die Treppe herunter. Ihr blondes Haar hing offen über ihren Rücken und ihr schwarzes Gewand war am Hals falsch zusammengeschnürt. Angesichts ihres abwesenden Blicks trat Lucy unwillkürlich einen Schritt auf sie zu.

„Dorothea?"

Mr Fairfax verbeugte sich. „Miss Dorothea."

Sie stolperte die letzte Stufe herunter und blieb vor ihm stehen. „Ist sie noch in Kurland Hall?"

„Ich bin mir nicht sicher, von wem Sie sprechen ..."

„Mrs Fairfax."

Mr Fairfax sah Lucy verwirrt über Dorotheas Kopf hinweg an. „Ja, sie gehört noch zu den Gästen. Möchten Sie mit ihr sprechen?"

Dorothea sank in sich zusammen. „Nein. Es ist schon gut."

„Ich weiß, dass sie enttäuscht war, Sie bei unserem letzten Besuch nicht anzutreffen. Sie wollte Ihnen ihr Beileid gern persönlich ausdrücken, Miss Dorothea." Er hielt inne. „Geht es Ihnen gut? Sie sehen sehr blass aus."

Dorothea wandte sich Lucy zu und sprach mit kaum hörbarer Stimme: „Mrs Fairfax war hier? Wieso haben Sie mir nichts davon gesagt?"

Lucy trat näher an Dorothea heran, um sie besser verstehen zu können. „Ich glaube, zu dem Zeitpunkt hast du noch geschlafen. Deine Schwester hat im Namen eurer Familie mit Mrs Fairfax gesprochen."

„Ja, das ist richtig", stimmte Mr Fairfax zu.

„Mrs Fairfax sollte Kurland St. Mary verlassen." Obwohl sie flüsterte, lag in Dorotheas Stimme eine stärker werdende Note von Hysterie.

Lucy legte die Hand an den Ellbogen des Mädchens und führte sie sanft ein paar Schritte von Mr Fairfax weg. „Reg dich bitte nicht zu sehr auf. Ich bin mir sicher, dass Mrs Fairfax direkt im Anschluss an die Beerdigung deiner Mutter nach Hause zurückkehren wird."

Dorothea riss ihren Arm los. „Sie sollte sofort abreisen!", zischte sie, wirbelte herum, rannte die Treppen hoch und ließ die Tür ihres Zimmers hinter sich zuknallen.

Lucy zuckte zusammen. „Ich bitte vielmals um Entschuldigung, Mr Fairfax. Dorothea verhält sich seit dem Tod ihrer Mutter recht merkwürdig."

„Das macht doch nichts. Sie ist sehr jung und offensichtlich mitgenommen von dem, was vorgefallen ist."

„Das ist sehr nachsichtig von Ihnen, Sir."

Er bot ihr den Arm und sie gingen zusammen die Auffahrt hinunter. Es war ein trostloser, grauer Morgen, allerdings regnete es immerhin nicht, was ein Segen war.

„Wie geht es Miss Penelope Chingford heute?", fragte Mr Fairfax.

„Sie ist damit beschäftigt, die Besitztümer ihrer Mutter durchzugehen und zu entscheiden, wer zur Trauerfeier eingeladen werden soll. Mrs Chingford hatte einen sehr großen Bekanntenkreis." Lucy sah ihn von der Seite an. „Genau genommen, Mr Fairfax, haben wir uns gefragt, ob Mrs Fairfax uns den Namen ihrer gemeinsamen Freundin verraten könnte, sodass wir sie von der Trauerfeier in Kenntnis setzen können."

„Gemeinsame Freundin?" Mr Fairfax ging unbeirrt, aber mit verwirrtem Gesichtsausdruck weiter. „Mir war nicht bewusst, dass die Frau meines Vaters und Mrs Chingford sich gut genug kannten, um eine gemeinsame Freundin zu haben."

„Es wurde ein Kindermädchen erwähnt, das für beide gearbeitet haben soll."

„Ich schätze, das wäre möglich, aber ich kann nicht behaupten, dass Mrs Fairfax mir gegenüber etwas in der Richtung erwähnt hätte."

Sie bogen von der Auffahrt des Pfarrhauses auf die Straße Richtung Kurland Hall ab.

„Eine Sache ist mir allerdings aufgefallen." Er hielt inne und wandte sich Lucy zu. „Es ist wahrscheinlich nicht wichtig, jetzt, wo die arme Frau tot ist, aber wie Sie sich vielleicht erinnern, begleitete ich Mrs Fairfax nach der Hochzeit nach oben."

„Ja?", hakte Lucy nach.

„Nun, Mrs Fairfax war über irgendetwas, das Mrs Chingford zu ihr gesagt hatte, ausgesprochen wütend."

Er seufzte. „Ich weiß nicht genau, worum es ging, aber ich habe sie noch nie so zornig erlebt."

„Ich kann mir nur schwer vorstellen, dass Mrs Fairfax sich derart aufregen könnte, aber Mrs Chingford hatte diese Wirkung wohl auch auf die sanftmütigsten Menschen."

„Ja. Sie hat versucht, mir ihr Mitleid für den Umstand auszudrücken, dass ich ein Bastard bin", bemerkte Mr Fairfax trocken. „Und sagte, wie schwer es mir fallen müsse, als gesellschaftlich Geächteter zu leben."

„Oje", murmelte Lucy. „Es graut mir davor, daran zu denken, was sie Major Kurland gesagt haben mag."

„Ich stand nahe genug, um die Konversation mit anhören zu können. Sie bedauerte ihn dafür, zurückgezogen als Krüppel leben zu müssen, den keine geistig gesunde Frau je heiraten wollen würde."

„Hat er sie sehr zurechtgewiesen?"

„Nein. Er lächelte nur und wechselte das Thema."

Lucy schüttelte den Kopf. Sie näherten sich einem der Seiteneingänge zum Herrenhaus.

„Wissen Sie, warum Major Kurland nicht reitet, Miss Harrington?"

Lucy blieb stehen und sah Mr Fairfax in die Augen. „Das sollten Sie ihn besser selbst fragen."

„Sie haben recht. Das sollte ich. Ich habe mich bereits gefragt, ob er aufgrund seiner Verletzungen je wieder reiten können wird." Er zögerte, bevor er fortfuhr. „Mir ist nur aufgefallen, dass er es zu meiden scheint, überhaupt in die Nähe von Pferden zu kommen."

„Das Reiten würde ihm sicherlich noch sehr viel schwerer fallen, Mr Fairfax", sagte Lucy vorsichtig. „Sein gesamtes linkes Bein wurde vom Gewicht seines Pferdes bei Waterloo zertrümmert. Er hatte Glück, dass keine Amputation vorgenommen werden musste. Vielleicht ist es daher verständlich, dass er noch zögert, überhaupt zu versuchen, erneut auf ein Pferd zu steigen."

„Das kann ich mir denken." Mr Fairfax verbeugte sich. „Er ist ein tapferer Mann, der seine Erhebung in den Adelsstand mehr als verdient hat."

„Er macht mich dafür verantwortlich."

Mr Fairfax grinste. „Das hat er mir auch gesagt. Es ist eine Schande, dass Sie nicht als Sekretärin für den Major arbeiten können, Miss Harrington. Ich glaube, wir würden ausgesprochen gut zusammenarbeiten."

Sie erwiderte sein Lächeln. „Dann haben Sie sich also dazu entschlossen, hierzubleiben und nicht mit Mrs Fairfax in Ihr altes Zuhause zurückzukehren?"

Er sah sich im leeren Flur um, bevor er mit gesenkter Stimme weitersprach. „Ich bin nicht davon überzeugt, dass Mrs Fairfax ihre Trauer ausreichend überwunden hat, um im besten Interesse des Anwesens zu handeln. Ich befürchte, sie würde versuchen, ständig meine Autorität zu untergraben oder mich als Sündenbock für Fehler hinzustellen, wenn ich wirklich zurückkehre."

„Dann sollten Sie auf jeden Fall hierbleiben", sagte Lucy mit Nachdruck. „Man kann viel über Major Kurland sagen, aber er würde Sie nie anlügen oder hintergehen."

„Das weiß ich zu schätzen, Miss Harrington." Er räusperte sich. „Nach all den Jahren, in denen ich mich jetzt schon mit Mrs Fairfax' misstrauischer Art auseinandergesetzt habe und in denen ich nicht einmal die Gelegenheit erhielt, meinen jungen Halbbruder kennenzulernen ..." Er brach mitten im Satz ab. „Verzeihen Sie bitte. Sie haben etwas an sich, Miss Harrington, das es einem Mann leicht macht, sich Ihnen anzuvertrauen."

Lucy versuchte, nicht zu erröten. „Mrs Fairfax scheint sich sehr von ihren Gefühlen leiten zu lassen."

„Sie haben ja keine Ahnung, Miss Harrington. Sie überzeugte meinen Vater, dass ich vorhätte, meinem

Halbbruder das Erbe zu stehlen. Nichts, was ich sagte, konnte ihn vom Gegenteil überzeugen." Er seufzte. „Zum Zeitpunkt seines Todes sprachen wir nicht miteinander und ich sah für mich in dem einzigen Zuhause, das ich je gekannt hatte, keine Zukunft mehr."

„Dann stellt sich doch die Frage, warum Mrs Fairfax Ihnen nachgereist ist."

Mr Fairfax ging weiter. „Das habe ich mich auch schon gefragt. Es wirkt, als hätte sie vergessen, wie schlecht sie mich behandelt hat."

„Einigen Menschen fällt es schwer, zu akzeptieren, dass sie im Unrecht sind, und stattdessen tun sie so, als sei nichts vorgefallen. Ein Mann aus unserem Dorf ist mit der besten Freundin seiner Frau nach London durchgebrannt. Nach etwa einer Woche beschloss seine Geliebte, dass sie einen Fehler gemacht hatte, verließ ihn und kam zurück ins Dorf. Sie besaß sogar die Frechheit, den Versuch zu wagen, die Freundschaft mit der zurückgelassenen Ehefrau wieder aufleben zu lassen." Lucy schüttelte den Kopf. „Es dauerte nicht lange, bis sie bemerkte, dass die Leute hier ein sehr gutes Gedächtnis haben und die Chance, dass man einfach vergessen und vergeben würde, nicht besonders groß war."

Mr Fairfax gluckste. „Ah, die Freuden und Tücken des Landlebens." Er blieb an der Tür zum Esszimmer stehen. „Ich glaube, Major Kurland wartet dort drinnen auf Sie."

Robert sah von seinem Platz am Kopf des Frühstückstischs auf und bemerkte Thomas und Miss Harrington, die im Türrahmen standen. Miss Harringtons beifälligem Lächeln nach zu urteilen, schienen sie eine angenehme Unterhaltung zu führen. Erst jetzt fiel ihm auf, dass die beiden ein recht gutes Paar abgeben würden.

Er stand auf und verbeugte sich. „Guten Morgen, Miss Harrington."

„Major Kurland." Sie machte einen Knicks. „Sie frühstücken noch? Ich kann in Ihrem Arbeitszimmer auf Sie warten, wenn Sie das vorziehen."

„Bitte kommen Sie herein und gesellen Sie sich zu uns." Er rückte den Stuhl zu seiner Linken unter dem Tisch hervor. „Ich bin mir sicher, dass alle meine Gäste nur zu gern Neuigkeiten über das Befinden von Miss Chingford und ihrer Schwester hören würden."

Miss Stanford verschluckte sich fast an ihrem Toast und Mrs Green klopfte ihr zur Hilfe auf den Rücken. „Ja, wie geht es den beiden jungen Damen?"

Miss Harrington nahm den Platz ein, den Robert ihr angeboten hatte, während Thomas sich an das untere Ende des Tischs gegenüber von Mrs Fairfax hinsetzte. Diese knabberte halbherzig an einem Stück Toast herum.

„Miss Chingford kommt erstaunlich gut mit der Situation zurecht. Dorothea ist noch immer sehr bestürzt."

Mrs Green nickte. „Sie schien sich mit ihrer Mutter kurz vor deren Tod zerstritten zu haben. Es ist immer sehr schockierend, wenn man erkennt, dass es zu spät ist, die Dinge wieder geradezurücken oder sich zu entschuldigen."

Robert kannte das selbst nur allzu gut. Er hatte viele Freunde im Kampf verloren. Männer, mit denen er morgens noch zusammen gescherzt und sich das Quartier geteilt hatte, die schon am Abend tot gewesen waren und nie wieder zurückkehren würden. Er war danach nicht umhergelaufen und hatte der Welt seine Zuneigung für die gefallenen Kameraden erklärt, aber er spürte den Verlust dennoch schmerzlich.

Miss Harrington nahm dankend eine Tasse Kaffee an und lehnte sich zu ihm hinüber. „Wollten Sie mit mir über etwas Bestimmtes sprechen, Major?"

„Ja. Ich war der Meinung, dass es eine gute Idee wäre, wenn Sie anwesend wären, wenn Foley meinen Gästen gegenüber das Medaillon erwähnt. Sie sind viel geübter darin, Mienen zu lesen, als ich es je sein werde."

„Ich habe die Fähigkeit im Umgang mit meinen jüngeren Geschwistern erlernt." Miss Harrington nahm einen Schluck Kaffee. „Dorothea Chingford hat im Pfarrhaus den armen Mr Fairfax belästigt und darauf bestanden, dass Mrs Fairfax Kurland St. Mary umgehend verlassen solle."

„Was könnte sie dazu nur bewogen haben?"

„Ich glaube, sie weiß mehr über den Vorfall, als sie bisher zugegeben hat. Ich habe vor, sie eingehender zu befragen, wenn ich nach Hause komme."

„Vielleicht hat Mrs Fairfax gesehen, dass Dorothea ihre Mutter die Treppe hinunterstieß."

„Das ist möglich." Miss Harrington seufzte. „Ich nehme an, das Medaillon könnte Dorothea gehören. Vielleicht hatte sie eine heimliche Liebschaft, die ihr die Kette als Geschenk gab. Wenn man ihrer Mutter allerdings glauben darf, war sie in Mr Stanford verliebt."

„Was hat Andrew nur an sich, das in den Frauen derartige Gefühle auslöst?"

Sie hob eine Augenbraue. „Das ist recht einfach zu beantworten: Er ist ein angenehmer, höflicher und charmanter Gentleman."

„Im Gegensatz zu mir, möchten Sie sagen."

„Ihnen mangelt es nicht an den gleichen Qualitäten, Major, Sie entscheiden sich nur selten dazu, diese auch zu zeigen."

Robert schnaubte. „Wenn ich es versuche, Miss Harrington, sehen Sie mich an, als hätte ich mich auf magische Weise in eine Kröte verwandelt."

Das Rot auf ihren Wangen wurde intensiver. „Vielleicht habe ich mich nur an Ihre ... unhöfliche Art gewöhnt."

„Und es ist viel einfacher für Sie, mich nicht zu mögen und mich auf Distanz zu halten, wenn Sie derartiges Verhalten von mir provozieren."

„Es ist nicht so, als ob ich Sie nicht mögen würde. Ich ..." Ihre Blicke trafen sich. „Das ist keine angemessene Konversation für den Frühstückstisch."

„Dann sollten wir sie vielleicht fortsetzen, wenn wir das nächste Mal die Gelegenheit haben, derartige Dinge in einem privateren Umfeld zu diskutieren." Robert sah zur Tür, durch die Foley gerade eingetreten war. „Ich glaube, wir werden ohnehin gleich unterbrochen."

Foley trat zu ihnen an den Kopf des Tisches und auf Roberts aufforderndes Nicken hin räusperte der Butler sich laut. „Ich wünsche Ihnen einen guten Morgen." Er verbeugte sich langsam und präsentierte das Medaillon, das er von Robert erhalten hatte. „Eines der Dienstmädchen hat das hier in der Wäsche gefunden. Kommt es irgendjemandem bekannt vor?"

Nachdem einige Momente des Schweigens verstrichen waren, nahm Robert das Medaillon von Foley entgegen. „Wenn jemandem auffallen sollte, dass es sich hierbei um seinen Besitz handelt, sagen Sie mir bitte Bescheid und ich werde es Ihnen umgehend aushändigen." Er verstaute das Medaillon in seiner Westentasche. „Sollen wir jetzt über unsere Pläne für den Besuch in Saffron Walden heute Nachmittag sprechen? Wie ich höre, soll der Tag noch sonnig werden."

Er wandte sich Miss Harrington zu, die recht beunruhigt zu sein schien. „Würden Sie auch den Chingford-Damen und Ihrer Schwester die Einladung zuteilwerden lassen?"

„Natürlich, Major. Werden Sie dafür sorgen, dass auch Mrs Fairfax mitkommt?"

„Ich werde versuchen, Sie davon zu überzeugen. Möchten Sie etwa mit ihr sprechen? Vielleicht sollte ich das lieber übernehmen. Sie scheint sich von Ihnen ein wenig eingeschüchtert zu fühlen."

„Und Sie würde sie um ihren kleinen Finger wickeln."

„Man kann einfach nicht anders, als für eine so junge Witwe Mitleid zu empfinden. Denken Sie nur an all die Verantwortung, die damit auf ihr lastet."

Miss Harrington schnaubte wenig anmutig. „Laut Thomas hat sie seine Hilfe mit dem Anwesen abgelehnt und ihn dazu gezwungen, es zu verlassen."

„*Thomas* hat das gesagt? Sie scheinen mit meinem Landverwalter recht vertraut zu sein, Miss Harrington."

„Sie nennen ihn ebenfalls Thomas."

„Weil ich sein Arbeitgeber bin." Robert stand schwungvoll auf. „Wo wir gerade von Thomas sprechen, ich muss mich mit ihm über meine Milchkühe unterhalten."

„Lassen Sie sich von mir nicht davon abhalten."

Er bedachte sie mit einem bösen Blick. „Nur wenn Sie sicher sind, dass Sie seine Dienste nicht vor mir benötigen." Sie presste die Lippen zusammen, was in ihm den Impuls auslöste, sie kräftig zu schütteln. Stattdessen fuhr er trocken fort: „Nein? Dann werde ich mich auf den Weg machen. Ich hoffe, ich werde Sie heute Nachmittag auf dem Ausflug sehen, aber falls Sie zu beschäftigt sind, werde ich es auf mich nehmen und mich mit Mrs Fairfax unterhalten."

„Ich werde dort sein, Major Kurland."

Er verbeugte sich. „Ich freue mich bereits darauf."

Es war zum Wahnsinnigwerden. Je mehr er sich bemühte, nett zu ihr zu sein, desto mehr provozierte sie ihn, zu seinem jähzornigen Temperament zurückzukehren. Es war ausgesprochen frustrierend. In Begleitung seines Landverwalters benahm sie sich völlig anders. Thomas erhob sich, als Robert sich dem Ende des Tischs näherte.

„Möchten Sie jetzt über die Milchkühe reden, Sir?"

„In der Tat." Robert bedeutete Thomas, vorauszugehen. Für einen Morgen hatte er genug von dem Versuch, Miss Harrington zu verstehen. Immerhin hatte er Ahnung von seinen Milchkühen.

Lucy stapfte wutentbrannt die Auffahrt von Kurland Hall hinab und regte sich dabei zu sich selbst murmelnd über die unstete Natur von Männern und besonders die von Major Kurland auf. Er hatte sie indirekt beschuldigt, ihn zu unfeinem Benehmen zu provozieren, was natürlich völlig lächerlich war! Sie hatte ihn gesund gepflegt und dabei sein Temperament und seine bissigen Bemerkungen ertragen müssen. Sie kannte ihn besser als jede andere Person. Mit seinem Versuch, höflich zu sein, verwirrte er sie nur.

Und warum machte er sich überhaupt die Mühe? Was hoffte er dadurch zu gewinnen?

Wenn sie doch nur endlich herausfinden könnte, ob Mrs Chingford tatsächlich Unheil zugefügt worden war, dann würde sie nicht mehr so viel Zeit mit Major Kurland verbringen müssen, was vermutlich besser so wäre.

Als sie das Pfarrhaus erreichte, ging sie als Erstes in die Küche, wo sie Mrs Fielding antraf. Erstaunlicherweise sang diese, während sie ihrer Arbeit nachkam. Sie brachte sogar ein Lächeln für Lucy hervor, was vermutlich noch nie vorgekommen war. Lucy seufzte und trottete weiter die Treppe nach oben. Es wäre alles so viel einfacher gewesen, wenn die Köchin Mrs Chingford nur eine der gusseisernen Pfannen über den Schädel gezogen hätte. Wenn tatsächlich jemand Mrs Chingford ermordet haben sollte, war es auf ausgesprochen geschickte Art geglückt. Selbst mit dem Medaillon in Mrs Chingfords Hand hätte alles noch als Versehen abgetan werden können, denn der Eigentümer oder die Eigentümerin hätte nur einräumen müssen, sie im Streit unabsichtlich gestoßen zu haben.

Lucy blieb am oberen Ende der Treppe stehen. Niemand hatte gestanden und jede Gelegenheit dazu war nun verstrichen. Entweder war Mrs Chingford gestolpert, was aufgrund des Medaillons unwahrscheinlich war, oder sie wurde absichtlich hinuntergestoßen und der Täter oder die Täterin wollte nicht, dass irgendjemand davon erfuhr.

Betty kam polternd die Treppe hinauf und Lucy rief sie zu sich.

„Ja, Miss?"

„Könnten Sie bitte Miss Chingford fragen, ob sie mich und einige von Major Kurlands Gästen auf einen Ausflug nach Saffron Walden zu begleiten wünscht?"

„Ich gehe sofort und frage sie, Miss."

„Betty, warten Sie einen Augenblick." Lucy fuhr mit gesenkter Stimme fort: „Hat Mrs Fielding vielleicht angedeutet, dass sie vorhaben könnte, das Pfarrhaus zu verlassen?"

„Soweit ich weiß, nein, Miss Harrington. Allerdings hatte sie darüber nachgedacht, das Angebot des Metzgers anzunehmen, als Mrs Chingford – möge sie in Frieden ruhen – noch lebte und den Pfarrer zu heiraten drohte."

„Welches Angebot des Metzgers?"

Betty kicherte. „Sie zu heiraten natürlich. Wieso, glauben Sie, haben wir in letzter Zeit so wunderbares Fleisch erhalten?"

Lucy nickte nur und sah zu, wie Betty sanft an Penelopes Tür klopfte. Das Fleisch war tatsächlich ausgesprochen gut gewesen. Hatte Mrs Chingford herausgefunden, dass Mrs Fielding sich mit dem Metzger eingelassen hatte, und gedroht, alles ihrem künftigen Bräutigam zu erzählen? Das klang ausgesprochen plausibel. Hätte Mrs Fielding in dem Fall darum gekämpft, ihre

Stelle im Pfarrhaus – und im Bett des Pfarrers – zu behalten?

Bei ihrem nächsten Besuch in Kurland Hall würde Lucy die Küchenhilfen befragen, wo sich Mrs Fielding während der Hochzeitsfeierlichkeiten aufgehalten hatte. Nachdem die Hauptspeise serviert worden war, hätte sie genug Zeit gehabt, ungesehen zu verschwinden und Mrs Chingford zur Rede zu stellen.

Ein dumpfes Geräusch aus dem Gästezimmer ließ Lucy aufhorchen. Jemand war in Mrs Chingfords Schlafzimmer. Lucy schlich mit angehaltenem Atem auf Zehenspitzen zur Tür. Sie stand einen Spalt breit offen. Lucy schob sie vorsichtig weiter auf, bis sie die Gestalt erkannte, die den Schreibtisch durchwühlte.

Im Kamin brannte ein kleines Feuer, das gierig die zerknüllten Papiere verschlang, die hineingeworfen wurden. Lucy trat ein und schloss die Tür hinter sich.

„Dorothea, was *tust* du da?“

„Haben Sie mich erschreckt!“ Dorothea keuchte erschrocken auf und wirbelte, mit den Armen voller Briefe, zu ihr herum.

„Was tust du da?“

Dorothea errötete. „Nichts, um das Sie sich kümmern müssten, Miss Harrington.“

„Du und deine Schwester seid Gäste im Haus meines Vaters. Ich habe jedes Recht, dich nach deinen Absichten zu befragen.“ Lucy machte eine Kunstpause. „Soll ich deine Schwester oder den Pfarrer holen?“

„Bitte nicht!“

„Dann sag mir, wonach du gesucht hast.“ Lucy trat einen Schritt auf das Mädchen zu. „Hat es mit dem Tod deiner Mutter zu tun?“

„Natürlich, womit denn sonst?“

„Suchst du nach Beweisen?“

„Beweise wofür?“

Lucy zog die Augenbrauen hoch. „Sag du es mir. Du warst die letzte Person, die deine Mutter lebend gesehen hat. Was ist vorgefallen, Dorothea?"

„Meiner Mutter hat es Spaß gemacht, Lügen und Unwahrheiten zu verbreiten."

„So viel habe ich auch schon gehört." Lucy setzte sich auf die Bettkante und versuchte, so wenig bedrohlich wie möglich auszusehen. „Sie ist tot, wen also willst du decken?"

„Leute, deren Ruf nicht ihretwegen zerstört werden sollte."

„Leute wie Mrs Fairfax?"

Dorothea sah Lucy an, als wäre sie minderbemittelt. „Nein!" Sie erschauderte. „Allerdings sollte sie Kurland St. Mary so schnell wie möglich verlassen."

„Wieso?"

„Weil meine Mutter es genoss, sich in anderer Leute Leben einzumischen. Ich werde ihre Briefe zerstören, damit niemand mehr ihre Unwahrheiten lesen kann."

Lucy ließ Dorothea ihren strengsten Blick zuteilwerden. „Du wirst keinen einzigen weiteren Brief verbrennen. Deine Schwester muss dafür sorgen, dass alle Bekannten eurer Mutter über ihren Tod in Kenntnis gesetzt werden. Wenn du die Briefe zerstörst, wird sie nicht mehr dazu in der Lage sein."

Dorothea machte keine Anstalten, die Briefe abzulegen. Lucy erhob sich wieder.

„Mach keine Albernheiten, Dorothea. Hier ist nichts mehr, was irgendjemandem schaden könnte." Tränen sammelten sich in Dorotheas blauen Augen und Lucy trat einen Schritt näher an sie heran. „Was, wenn ich verspreche, dass wir nach der Trauerfeier alles verbrennen, was deine Schwester nicht behalten möchte?", bot Lucy ihr an. „Würdest du mir vertrauen, dieses Versprechen einzuhalten?" Sie wollte verhindern, dass Dorothea noch mehr zerstörte.

„Ich schätze schon.“ Dorothea sah nicht überzeugt aus. Aber wie Lucy vermutet hatte, war sie noch zu jung, um die Willensstärke aufzubringen, die nötig war, um einer älteren Frau mit einer gewissen Autorität den Gehorsam zu verweigern.

Dorothea ließ die zerknüllten Briefe zurück auf den Schreibtisch fallen.

„Vielen Dank“, sagte Lucy. „Das war eine gute Entscheidung. Ich werde alles zerstören, sobald deine Schwester damit fertig ist.“ Sie ging an Dorothea vorbei und nahm sich einen Moment Zeit, um die Papiere grob zu ordnen und wieder in Mrs Chingfords Schreibkoffer zu legen.

„Bitte erwähnen Sie Penelope gegenüber hiervon nichts.“

„Von mir hört sie kein Wort.“

Dorothea zog ein Taschentuch hervor und wischte sich die Augen ab, bevor sie Richtung Tür ging.

„Wieso denkst du, dass Mrs Fairfax noch vor der Trauerfeier abreisen sollte?“, fragte Lucy.

„Weil sie in Gefahr ist.“

„Von wem sollte diese denn ausgehen?“

„Was glauben Sie denn?“ Unverhohlener Spott lag in Dorotheas Stimme, und sie knallte die Tür so stark hinter sich zu, dass die Scharniere schepperten.

„Ich weiß es nicht“, sagte Lucy in den leeren Raum hinein. „Ich wünschte, ich hätte eine Ahnung, was hier vor sich geht.“ War Dorothea besorgt, dass ihre tote Mutter Mrs Fairfax Ärger eingebracht haben könnte? Oder war es viel einfacher und Dorothea wollte die Witwe aus egoistischen Motiven loswerden? Hatte Mrs Fairfax vielleicht den Streit zwischen Mutter und Tochter beobachtet und sogar den tödlichen Stoß gesehen? Diese Möglichkeit war die plausibelste.

Lucy blickte auf die Uhr und setzte sich dann an den Tisch, um Mrs Chingfords verbliebene Briefe genauer unter die Lupe zu nehmen. Sie hatte mindestens eine halbe Stunde, bevor sie sich zu dem Ausflug mit Major Kurland und seinen Gästen auf den Weg machen musste. Sie würde die Zeit bestmöglich nutzen.

Kapitel 8

„Haben Sie gerade etwas gesucht, Sir?“

Robert blickte auf, als sein Leibdiener Silas Smith das Zimmer mit einem Krug voll heißem Wasser betrat, welchen er neben dem Rasierständer abstellte.

„Was zum Beispiel?“

„Ich weiß nicht.“ Silas legte ein warmes, gefaltetes Handtuch neben das Waschbecken. „Auf Ihrer Ankleidekommode lag alles durcheinander, als hätten Sie nach etwas gesucht.“

Robert unterbrach das Zuknöpfen seiner Weste. „Ich war seit dem Frühstück nicht mehr oben.“

„Dann frage ich mich, wer es sonst war.“ Silas runzelte die Stirn. „Es könnte wohl Mr Foley oder eins der neuen Dienstmädchen gewesen sein, aber man würde annehmen, dass sie zuerst mit mir sprechen würden.“

„In der Tat.“

Robert tastete in seiner Westentasche herum und zog das kaputte Medaillon hervor, das er von Miss Harrington erhalten hatte. Er wog es in seiner Handfläche. Hatte jemand hiernach gesucht? An jedem anderen Tag hätte er sich nach dem Frühstück vermutlich sein Reitgewand angezogen, um sich auf die Arbeit auf dem Anwesen vorzubereiten. Aber den heutigen Tag hatte er mit Thomas drinnen verbracht, mit dem Vorsteher des Gehöfts geredet und die Buchhaltung erledigt. Es hatte keine Notwendigkeit bestanden, sich umzuziehen, zumal er für den Ausflug am Nachmittag ohnehin erneut die Kleidung wechseln musste.

„Silas.“

„Ja, Major?“

„Sorgen Sie bitte dafür, dass meine Tür verschlossen ist, wenn ich nicht da bin, in Ordnung?"

„Glauben Sie, wir könnten einen Dieb unter uns haben, Sir?"

„Ich bin mir nicht sicher. Könnten Sie vielleicht prüfen, ob irgendetwas entwendet wurde?"

„Sofort, Sir." Silas verweilte noch einen Moment. „Soll ich Mr Foley Bescheid geben?"

„Guter Gott, nein. Sagen Sie ihm nichts, sonst wird er alle aufscheuchen."

Er konnte kurz das Grinsen auf Silas' Gesicht aufblitzen sehen, bevor es seinem Leibdiener gelang, es zu unterdrücken. „Wie Sie wünschen, Major."

Robert wusch sich und zog sich seine Wildlederhose, hohe Stiefel und einen Wollmantel an, der ideal geeignet für einen typisch englischen bewölkten Frühlingstag war. Zuletzt nahm er seinen Mantel mit Kutscherkragen und begab sich nach unten.

Wenn er hätte raten müssen, hätte er darauf gewettet, dass jemand das Medaillon zurückhaben wollte. Unglücklicherweise konnte das beinahe jeder gewesen sein. Seine Zimmer waren weder bewacht noch verschlossen und es gab zahlreiche Gänge und Treppen, die man nutzen konnte, um von ihm und seinen Bediensteten unentdeckt zu bleiben. Aber es deutete darauf hin, dass das Medaillon von großer Bedeutung war. Er hielt es sicherheitshalber weiter in seiner Westentasche verwahrt. Wenn es darauf ankam, war er dazu bereit, es als Köder zu benutzen, um den Eigentümer aus der Reserve zu locken.

Vom oberen Ende der Treppe überblickte er die in der Eingangshalle wartenden Gäste. Unter ihnen waren Mrs Fairfax in Begleitung von Thomas sowie Mrs Green und Miss Stanford. Die meisten anderen Gäste hatten die Einladung ausgeschlagen oder bereiteten sich auf die Abreise aus Kurland Hall vor. Mrs

Chingfords Beerdigung war in weniger als zwei Wochen und dann würde auch die letzte Gelegenheit verstreichen, herauszufinden, ob man sie vorsätzlich umgebracht hatte.

Robert zog sich die Handschuhe an und ging mithilfe seines Gehstocks vorsichtig die Stufen hinunter. Wenn Miss Harringtons Versuche, mit Mrs Fairfax zu sprechen, im Sande verlaufen sollten, würde er selbst einen Plan auf die Beine stellen, um den Mörder zu überführen. Und dabei würde das Medaillon als Köder dienen. Es war an der Zeit, die Sache aufzuklären und hinter sich zu lassen. Wenn er dazu in der Lage war, ohne Miss Harrington in Gefahr zu bringen, wäre das eine große Erleichterung.

Zwei Kutschen fuhren auf dem kreisförmigen Vorplatz des Pfarrhauses vor und Lucy führte ihre Schützlinge vor die Tür. George, der Vikar, half Miss Chingford in die zweite Kutsche, in der Miss Stanford und Mrs Green bereits ihre Plätze eingenommen hatten. Lucy stieg zu Major Kurland und den Herrschaften Fairfax, was ihren Absichten sehr zuträglich war.

Die Witwe war in schwarze Schleier gehüllt und gab die gesamte Fahrt über kaum mehr als ein Flüstern von sich, trotz Lucys Anstrengungen, sie in ein Gespräch zu verwickeln. Major Kurland und Mr Fairfax tauschten sich über landwirtschaftliche Angelegenheiten aus, die unter anderem mit der Vergrößerung der Milchkuhherde zu tun hatten. Zu diesem Thema konnte Lucy kaum etwas beitragen, daher verbrachte sie einen Großteil der Fahrt damit, die am Wegrand vorbeiziehenden hohen Hecken und Felder zu bewundern.

Es war Markttag in Saffron Walden, daher mussten sie die Kutschen beim *Sun Inn* verlassen und sich unter die Menschenmenge aus Besuchern und Bauern der umliegenden Dörfer mischen. Major Kurland lud seine

Gäste in ein für den Ausflug angemietetes Zimmer im Wirtshaus auf eine Stärkung ein.

Lucy sah ihm in die Augen, als er sie durch die Tür hineinführte. „Eine gute Idee, ein Zimmer zu reservieren."

„Thomas hatte den Einfall. Er ist wirklich sehr tüchtig."

„Gott sei Dank." Lucy betrat den warmen Raum, dessen Decke von niedrig hängenden Balken getragen wurde. Sie löste die Schleife ihrer Haube. „Ich habe neue Informationen aus Mrs Chingfords Briefen in Erfahrung bringen können."

„Informationen worüber?"

„Die Frau, der sie geschrieben hat, heißt mit Sicherheit Madge." Sie machte eine kurze Pause, bevor sie fortfuhr: „Unglücklicherweise gibt es drei Frauen namens Madge, denen sie regelmäßig geschrieben hat." Sie reichte ihm ein Stück Papier, auf dem sie die Namen und Adressen der Frauen notiert hatte.

Der Major schnaubte, faltete das Papier und ließ es in seine Westentasche gleiten. „Typisch. Was sollen wir also damit anfangen?"

„Ich habe vor, jeder der drei zu schreiben. Allerdings leben zwei von ihnen nur etwa zwanzig Meilen außerhalb von Kurland St. Mary. Vielleicht würde es sich lohnen, ihnen einen Besuch abzustatten und ihnen von Mrs Chingfords Ableben zu erzählen."

„Eine exzellente Idee. Lassen Sie uns das näher besprechen, wenn wir zurück in Kurland Hall sind."

Die übrigen Gäste betraten hinter ihnen den Raum und Lucy entschuldigte sich für einen Moment beim Major. Mrs Fairfax lüftete ihren Schleier und ließ sich auf einem Sessel am Feuer nieder. Lucy gesellte sich sofort auf dem gegenüberliegenden Sessel zu ihr.

„Kann ich Ihnen etwas zu essen holen, Madam?"

Die Witwe zuckte erschrocken zusammen, als hätte Lucy ihr einen Dolchstoß verpasst. „Oh! Nein, danke, Miss Harrington. Ich könnte jetzt nichts herunterkriegen."

„Dann vielleicht ein warmes Getränk? Sie müssen bei Kräften bleiben, Mrs Fairfax. Denken Sie nur an die mühselige Heimreise, die noch vor Ihnen liegt, und Ihren kleinen Jungen, der zu Hause auf Sie wartet."

Mrs Fairfax erschauderte, während Lucy weitersprach. „Haben Sie von Ihrem Sohn gehört seit Ihrer Abreise? Er muss Sie schrecklich vermissen. Es ist bestimmt wichtig, ein gutes Kindermädchen zu haben, wenn man verreisen und sein Kind zu Hause zurücklassen muss." Sie ließ die Worte wirken. „Ich habe gehört, dass Ihr Kindermädchen früher für Mrs Chingford gearbeitet hat. Was für ein interessanter Zufall."

„Wer hat Ihnen das gesagt?", flüsterte Mrs Fairfax. „Das ist nicht wahr."

„Ich glaube, Mrs Chingford hat es erwähnt." Lucy runzelte in gespielter Verwunderung die Stirn. „Aber vielleicht habe ich mich auch geirrt."

„*Sie* hat sich geirrt."

„Wenn Sie das sagen, Madam." Lucy zuckte mit den Schultern. „Ich nehme an, dass es das war, worüber Sie und Mrs Chingford auf der Hochzeitsfeier stritten. Sie konnte ausgesprochen hartnäckig sein, wenn sie auf etwas Bestimmtes hinauswollte."

„Wir haben nicht gestritten! Ich habe mit der Frau kaum ein Wort gewechselt." Die Stimme der Witwe wurde mit jedem Wort lauter und eine Spur Hysterie war herauszuhören. „Die einzigen Leute, die ich im Streit mit Mrs Chingford sah, waren Miss Stanford und ihre eigene Tochter Dorothea, die wegen der bevorstehenden Hochzeit mit Ihrem Vater ausgesprochen bestürzt war."

„Miss Harrington?"

Lucy wandte sich auf dem Sessel um und bemerkte Major Kurland und Mr Fairfax, die an ihre Seite getreten waren. Der Major blickte düster drein und Mr Fairfax wirkte irritiert. Ersterer bot ihr die Hand, die sie annahm, um sich zu erheben. Sie glättete ihre Pelisse.

„Ich fragte Mrs Fairfax gerade, ob sie eine kleine Stärkung möchte. Sie hatten doch gesagt, dass Sie uns ein Mittagessen bestellt hätten, nicht wahr, Major?"

„So ist es."

Er führte sie mit festem Griff am Ellbogen zu einem Randbereich des Raumes, der in einiger Entfernung zu Mrs Fairfax lag.

„Was haben Sie sich nur dabei gedacht, Miss Harrington?", fragte Major Kurland tadelnd. „Es sah aus, als würden Sie die arme Frau belästigen. Ich dachte, Sie wollten diskret vorgehen."

„Ich fragte sie nur, ob sie dasselbe Kindermädchen hatte wie einst Mrs Chingford. Ich konnte kaum ahnen, dass sie derart gereizt auf die Frage reagieren würde."

„Sie ist frisch verwitwet!" Er seufzte. „Ich habe Ihnen doch gesagt, dass *ich* mich darum kümmern sollte."

„Weil Sie so ein ausgezeichnetes Gespür für die Gefühle von Witwen haben?"

„Offenbar bin ich darin besser als Sie. Ich habe sie immerhin noch nie zum Weinen gebracht."

Lucy blickte über die Schulter zu Mrs Fairfax, die sich die Augen mit einem schwarzen Spitzentaschentuch abtupfte.

„Sie weint wegen jeder Kleinigkeit. Ich hatte nicht einmal die Gelegenheit, zu fragen, ob sie Dorothea in der Nähe ihrer Mutter gesehen hat. Allerdings gab sie mir zu verstehen, dass dem so gewesen ist, denn sie sagte, dass Miss Stanford und Dorothea Mrs Chingford aufgesucht hätten, um ihre Meinungsverschiedenheiten weiter mit ihr auszutragen. Nur wie kann sie davon wissen, wenn sie nicht selbst anwesend war?" Lucy sah zu Major Kurland auf. „Vielleicht sollte ich Sie wirklich mit ihr reden lassen."

„Ja, vielleicht sollten Sie das." Er wandte sich den auf dem Tisch ausgebreiteten Leckereien zu und legte sich ein paar verlockende Häppchen auf einen Teller. „Ich werde versuchen, sie aus der Reserve zu locken."

Lucy inspizierte das Essen, was ihren Magen knurren ließ. Sie nahm sich ein großes Stück Lammpastete sowie ein paar eingelegte Eier und setzte sich zu Miss Stanford, die kaum etwas zu sich nahm.

„Miss Harrington."

„Ja, Miss Stanford?"

„Ich habe Ihr Gespräch mit Mrs Fairfax verfolgen können."

Lucy versuchte, sich ihr Gefühl von Scham nicht anmerken zu lassen. „Ich vermute, das haben alle."

„Sie hat mich tatsächlich gesehen."

Lucy ließ das Essen auf den Teller sinken und starrte ihre Gesprächspartnerin an. „Ich verstehe nicht ganz."

„Auf der Hochzeit. Ich bin die Treppe hochgegangen, um Sophia zu helfen, entschied mich dann aber um und suchte Mrs Chingford erneut auf." Sie schluckte schwer. „Ich bin nicht stolz darauf, aber ich war so voller Zorn wegen ihrer rücksichtslosen Haltung zur zukünftigen Karriere meines Bruders, dass ich kaum klar denken konnte."

„Ich hörte auch, dass Mrs Chingford angedeutet haben soll, dass Ihr Verlobter nicht das ist, was er vorgibt zu sein."

„Das stimmt. Sie hatte es selbst auf ihn abgesehen und nur Verachtung für mich übrig, weil ich sein Herz erobern konnte. Unglücklicherweise führte ihre Wut über unsere Verlobung dazu, dass sie damit begann, seinen Ruf infrage zu stellen."

„Ich glaube, sie hat angedeutet, dass er als Spieler bekannt sein soll." Lucy überlegte kurz. „Das muss für Sie sehr schwierig gewesen sein."

„Er ... hat sich geändert. Ich weiß, dass das jede Frau über den Mann sagt, den sie liebt, aber er ist wirklich erwachsen geworden und hat gelernt, sich seiner Verantwortung zu stellen. Ich fürchte, dass er nicht länger nach Besserung streben wird, wenn sein Ruf noch einmal infrage gestellt wird." Miss Stanford atmete unruhig. „Ich konnte es nicht ertragen, ihn erneut die Hoffnung verlieren zu sehen."

Mrs Green setzte sich auf die andere Seite von Miss Stanford und Lucy ließ die beiden reden, während sie über ihre Erkenntnisse der heutigen Gespräche nachdachte. Es war unmöglich, sich anständig mit Mrs Fairfax zu unterhalten, und Miss Stanford deutete immer wieder an, dass sie sich von ihren Emotionen zu schwerwiegenden Fehlern hinreißen ließ. Aber würde sie jemals ein Geständnis ablegen? Sie war so darauf fixiert, den Ruf ihres Bruders und ihres Verlobten zu schützen, dass sie wohl kaum etwas getan hätte, um den eigenen zu beschmutzen.

Lucy durchsuchte ihr Retikül nach ihrer Einkaufsliste und studierte sie. Sie hatte die Befürchtung, dass Mrs Fairfax sie den Rest des Tages meiden würde. Damit hatte sie allerdings genug Zeit, sich um ihre eigenen Angelegenheiten zu kümmern.

Miss Stanford, Mrs Green und Penelope waren nur allzu bereit, sie in die Läden und auf den Markt zu begleiten. George bot an, ihnen eine Führung durch die Marienkirche zu geben, von der er stolz sagte, dass sie die größte Kirche in ganz Essex sei.

Mr Fairfax sah mit resigniertem Lächeln zu Major Kurland hinüber. „Ich glaube, Mrs Fairfax würde einen ruhigen Spaziergang am Fluss bevorzugen. Wir werden Sie bei der Kirche oder hier am Wirtshaus für die

Rückreise treffen.“ Er zögerte kurz. „Sofern das für Sie in Ordnung ist, Sir?“

Der Major neigte zur Bestätigung den Kopf. „Natürlich. Ich führe die anderen Damen nur zu gern durch die Stadt.“ Lucy zog als Reaktion eine Augenbraue hoch, was er allerdings geflissentlich ignorierte. „Vielleicht sollten wir uns darauf einigen, uns hier um drei Uhr für die Rückreise zu treffen.“

„Ja, Major.“

Lucy stellte ihren Teller auf dem Tisch ab und trat mit einem mitfühlenden Lächeln an Major Kurlands Seite.

„Was gibt es, Miss Harrington?“

„Es scheint so, als würde keiner von uns die Gelegenheit erhalten, sich mit der Witwe zu unterhalten.“

Er seufzte. „Sie war erstaunlich immun gegen meinen Charme. Ich habe nichts herausgefunden, außer dass sie ausgesprochen gut weinen und dabei auch noch gut aussehen kann.“

„Dann kann sie sich ja wirklich glücklich schätzen. Wie Sie wissen, habe ich diese Fähigkeit nie gemeistert.“ Lucy sammelte ihre Besitztümer, setzte die Haube wieder auf und zog ihre Einkaufsliste hervor. „Zuallererst muss ich auf jeden Fall Prynnes Kurzwarenladen aufsuchen.“

Major Kurland stöhnte und bot ihr den Arm. „Ich kann es kaum abwarten.“

Mit all den Einkäufen beladen, war die Kutsche für die Rückkehr bis an den Rand gefüllt. Lucys Füße ruhten auf mehreren sperrigen Paketen und unter ihrem Sitz waren noch einige weitere verstaut. Major Kurland hatte sich offenbar mit seinem Schicksal abgefunden, den Rest der Fahrt in eine Ecke gedrängt sitzen zu müssen. Zwischen Mr Fairfax und der Witwe stand ein großer Korb mit allerlei kostbaren Leckereien.

Lucy gähnte hinter vorgehaltener Hand und betrachtete die grünen Felder, hinter denen sich die Sonne bereits dem Horizont zuneigte. Sie hatten zwar nicht viel über Mrs Chingfords Tod in Erfahrung bringen können, aber der Tag hatte sich doch noch in anderer Weise als zufriedenstellend erwiesen. Sie bemerkte, dass Major Kurland sich immer wieder unauffällig das linke Knie rieb. Einen Moment lang verspürte sie Gewissensbisse, weil sie ihn durch jeden Laden in Saffron Walden geschleift hatte.

Sie schob das größte der in braunes Papier eingeschlagenen Pakete mit dem Fuß zu ihm hinüber. „Legen Sie Ihre Ferse darauf ab, Major. Darin befinden sich nur einige Wollknäuel, Sie können also nichts kaputt machen."

„Vielen Dank."

Der fehlende Widerspruch verriet ihr, dass er tatsächlich große Schmerzen haben musste. Sie kannte ihn gut genug, um es nicht anzusprechen. Immerhin waren sie beinahe am Ziel. Langsam fielen ihre Augen zu und sie neigte sich unwillkürlich in Richtung der gemütlichen, breiten Schulter des Majors. Auch Mrs Fairfax schien eingeschlafen zu sein. Mr Fairfax zuckte mit den Achseln und stellte den Korb aus dem Weg, sodass sich die Witwe an seine Seite schmiegen konnte.

Lucy wünschte sich, dass Major Kurland es ihm gleichtun würde ... Sie kannte bereits das glückselige Gefühl, den Kopf an seine Brust zu legen, und war dem alles andere als abgeneigt. Lucy fuhr hoch in eine aufrechte Position und verschränkte die Hände im Schoß.

„Miss Harrington?", murmelte Major Kurland. „Geht es Ihnen gut?"

Gerade wollte sie ihm antworten, als sich die Ereignisse überschlugen. Die Kutsche geriet bedrohlich ins Schlingern, Lucy wurde in Richtung des Majors geschleudert, die gesamte Kabine geriet in Schieflage, kippte und kam schließlich auf der Seite zum Liegen. Zum zweiten Mal in ihrem Leben fand sich Lucy in engem Körperkontakt mit Major Kurland wieder. Er hatte die Arme um sie geschlungen, um sie vor dem Sturz zu schützen. Ihr Gesicht war an seinen Hals gedrückt und sie nahm mit jedem Atemzug seinen beruhigenden Duft in sich auf.

„Geht es Ihnen gut, Miss Harrington?"

Seine Stimme ertönte nahe an ihrem Ohr. Sie versuchte verzweifelt, sich aufzurichten, bis er ihr bedeutete aufzuhören.

„Warten Sie! Meine Beine haben sich in Ihrem Kleid verheddert."

Er klang viel zu ruhig für ihren Geschmack. Von draußen vernahm sie Rufe und das Wiehern verschreckter Pferde. Der Major lag mit dem Rücken auf der Kabinentür und sie war auf höchst unelegante Weise auf ihn gefallen. Wo waren Mr Fairfax und seine Sitznachbarin?

„Was ist passiert?", brachte sie hervor.

„Ich bin mir nicht sicher. Die Kutsche liegt auf der Seite. Wir sind unter den Paketen begraben und über uns versucht Mr Fairfax gerade, die andere Tür zu öffnen."

Sie bemühte sich, an dem Weidenkorb vorbeizusehen, und konnte einen Stiefel ausmachen, der Halt auf den Sitzen suchte. Irgendwo über ihrem Kopf hing der schwarze Stoff der Pelisse der Witwe.

„Ich habe sie aufbekommen, Sir. Ich helfe Mrs Fairfax hinaus und komme Sie dann holen." Mr Fairfax klang beinahe so ruhig wie der Major.

Lucy versuchte sich in eine bequemere Position zu begeben, aber sie hatte kaum Platz, sich zu bewegen. Der Major sog scharf den Atem ein, als sie ihn versehentlich mit dem Knie anstieß.

„Guter Gott, Miss Harrington. Seien Sie doch bitte vorsichtig."

Aus Erfahrung mit ihren Brüdern wurde ihr klar, welchen Körperteil sie getroffen hatte, und sie errötete. „Ich wollte nur ihrem verletzten Bein mehr Platz verschaffen."

„Dann unterlassen Sie das bitte", brachte er zwischen zusammengepressten Zähnen hervor. „Thomas wird jeden Augenblick zurück sein und uns hier rausholen."

„Ich habe Sie, Miss Harrington." Ein Paar starker Hände packte sie an der Hüfte und sie wurde unsanft nach oben an die frische Luft gehievt.

„Vielen Dank", keuchte sie an den Kutscher gerichtet, der ihr hinausgeholfen hatte. „Gehen Sie vorsichtig mit dem Major um. Passen Sie auf sein linkes Bein auf."

„Keine Sorge, Miss Harrington, das werde ich."

Lucy ließ sich auf dem Gras am Straßenrand nieder. Die andere Kutsche, die vor ihnen gewesen war, war nirgends zu sehen. Mr Fairfax kniete am Boden neben der Witwe, tätschelte ihre Hand und rief immer wieder ihren Namen. Die Kutsche war tatsächlich vollständig auf die Seite gekippt. Die Pferde waren noch immer angeschirrt und bäumten sich gegen die verdrehten und verhedderten Zügel auf.

Sie stand taumelnd auf und näherte sich dem Leitpferd.

„Bleiben Sie dem Biest fern, Miss Harrington!", ertönte Major Kurlands Ruf direkt hinter ihr. Er stand inzwischen mit schmerzverzerrtem Gesicht neben dem Kutscher und starrte das panische Pferd eindringlich an.

„Jemand muss sie beruhigen, bevor sie sich verletzen." Lucy streckte die Hand aus und ging einen Schritt näher. Das Pferd schnappte mit den Zähnen in ihre Richtung. Die Augen rollten wild und an der Schnauze begann sich Schaum zu sammeln. „Es ist schon in Ordnung. Lass mich dir helfen."

„Der Teufel hole diese Frau! Warten Sie auf den Kutscher!"

„Er kümmert sich um das andere Pferd." Sie versuchte die Stimme ruhig zu halten, obwohl das Pferd nach ihr austrat.

„Oh Gott ...", hörte sie Major Kurland murmeln, als er sich humpelnd auf sie zubewegte. Das Pferd ließ er dabei nicht aus den Augen. „Lassen Sie mich das machen."

„Aber –"

„Aus dem Weg." Er blickte sie zornig an. „Ich kann nicht wie ein Feigling danebenstehen und zusehen, wie Sie zu Tode getrampelt werden."

„Ich werde nicht –"

Er schob sie aus dem Weg, war in wenigen Schritten beim Pferd und packte es geübt am Zaumzeug. Er zwang den Kopf weg vom anderen panischen Pferd und flüsterte ins Ohr des Tiers.

„Ich durchtrenne die Stränge, wenn Sie Jupiter so lange stillhalten können", rief ihm der Kutscher zu.

„Das kann ich."

Das Pferd beruhigte sich unter dem sanften Zuspruch von Major Kurland. Er fuhr mit der Hand durchs Fell, um das Tier gleichzeitig zu besänftigen und mögliche Verletzungen zu ertasten.

„Ich nehme ihn, Sir." Der Kutscher hakte einen Führstrick ins Zaumzeug ein und nahm dem Major damit die Kontrolle ab. „Ich werde sie ein Stück führen, um sicherzugehen, dass sie nicht schwer verletzt sind, und sie dann unter dem Baum dort anbinden."

„Vielen Dank, Coleman."

Major Kurland wandte sich mit einem letzten Tätscheln vom Pferd ab. Er war kreidebleich und taumelte an den Rand der Straße.

„Major Kurland –"

„Jetzt nicht, Miss Harrington."

Bevor sie etwas erwidern konnte, beugte er sich über den Straßengraben und erbrach sich.

Lucy entfernte sich aus Respekt ein paar Schritte. Sie konnte sich vorstellen, was die Konfrontation mit einem panischen, sich aufbäumenden Pferd in ihm ausgelöst haben musste. Aber er war nicht davor zurückgewichen. Er hatte seine Angst besiegt und das Pferd vor schlimmeren Verletzungen bewahrt. Und auch sie beschützt ... Vielleicht war es etwas weit hergeholt, aber es schien, als habe er sie nicht in Gefahr sehen wollen.

Sie sah hinüber zu Mrs Fairfax, die inzwischen mit der Hilfe von Mr Fairfax aufrecht saß.

„Ist alles in Ordnung, Miss Harrington?", rief er ihr zu. „Tut mir leid, dass ich keine große Hilfe war, aber ..." Er blickte hinunter zur Witwe, die inzwischen wie eine Klette an ihm hing.

„Alles ist gut, Mr Fairfax."

Sie sah noch einmal zum Major hinüber, musste sich dann aber hinsetzen, weil ihre Beine zu sehr zitterten. Sie schlang die Arme um ihre Knie, wie es sich für eine Dame ganz und gar nicht ziemte. Ihre Zähne begannen zu klappern und plötzlich verspürte sie den unerklärlichen Drang zu weinen.

Coleman, der Kutscher, kam zu ihr herüber. „Major Kurland hat mich gebeten, Ihnen auszurichten, dass Sie nur noch eine Weile durchhalten müssen. Ich reite ins nächste Dorf und hole Hilfe. Es ist nicht weit, Sie werden noch vor Einbruch der Nacht zu Hause sein."

„Geht es ihm gut?", fragte Lucy.

„Dem Major?" Coleman lächelte. „Nachdem er seinen Mageninhalt losgeworden ist, geht es ihm schon deutlich besser."

Sie erkannte in den Augen des Kutschers, dass er weit mehr von Major Kurlands Abneigung gegen Pferde wusste, als seinem Arbeitgeber vielleicht klar war.

„Er kommt schon in Ordnung, Miss." Er zwinkerte ihr zu. „Und er dürfte bald wieder im Sattel sitzen, möchte ich meinen."

„Das hoffe ich."

Sie wartete noch ein paar Augenblicke, bis das Schwindelgefühl verflogen war und sie sich ein wenig gefangen hatte, bevor sie aufstand und zum Wrack der Kutsche ging.

„Was haben Sie vor, Miss Harrington?"

Major Kurland saß mit ausgestreckten Beinen unter dem Baum, an dem die Pferde festgezäumt waren. Sie konnte an seinem verkrampften Kiefer erkennen, dass er starke Schmerzen haben musste.

„Ich möchte nur unsere Sachen aus der Kutsche holen, Sir. Sie müssen dafür nicht aufstehen."

Er verzog das Gesicht. „Ich glaube, das könnte ich nicht, selbst wenn ich wollte." Er sagte einen Moment nichts, dann fügte er an: „Seien Sie vorsichtig."

„Das werde ich, Major."

Als Coleman mit der neuen Kutsche zurückkehrte, hatte sie bereits den Gehstock und die meisten ihrer Pakete aus der Kabine geborgen. Mr Fairfax trug Mrs Fairfax in die Kutsche und Lucy folgte ihnen. Sie war entschlossen, nicht zu viel Wirbel um den Zustand von Major Kurland zu machen, der beim Einstieg die Hilfe von Coleman brauchte. Es gelang ihr auch, ihm während der weiteren Fahrt keinen Vortrag darüber zu halten, was er zur Entlastung seines Beins tun sollte, sobald er nach Hause kam. Wenn man bedachte, wie strapaziert ihre Nerven ohnehin bereits waren, war dies eine beachtliche Leistung ihrerseits.

Den Rest der Reise sprach niemand ein Wort und zur Abwechslung war Lucy für das Schweigen dankbar. Sie war höchst erfreut, als sie am Pfarrhaus endlich aussteigen konnte und in ihr Heim kam, wo sie mit unzähligen Fragen über ihr spätes Eintreffen überhäuft wurde.

Bis sie die Sorgen der anderen zerstreut hatte und sie davon überzeugen konnte, dass niemand verletzt worden war, war sie so müde, dass sie kaum noch den Weg nach oben in ihr Schlafzimmer schaffte. Als sie sich entkleidete, entdeckte sie zahlreiche Abschürfungen und Blutergüsse im Frühstadium. Vermutlich würde sie noch viel schlimmer aussehen, wenn Major Kurland sie nicht aufgefangen hätte. Sie konnte nur hoffen, dass sein Bein durch ihren Sturz auf ihn nicht verletzt worden war. Sie war alles andere als ein Federgewicht. Mit diesem letzten klaren Gedanken sank sie endlich in den Schlaf.

Kapitel 9

„Major Kurland!"

Robert öffnete ein Auge und schloss es schnell wieder. Es war noch viel zu früh für ihn, um aufzustehen – wenn er dazu überhaupt in der Lage sein würde. Am Vorabend waren die Schmerzen in seinem linken Bein unerträglich gewesen und er hätte beinahe Foleys Drängen nachgegeben, Laudanum zu sich zu nehmen. Stattdessen hatte er drei große Gläser Brandy getrunken, weshalb er sich jetzt neben den quälenden Schmerzen in der Hüfte auch noch über Kopfweh freuen konnte.

„Major Kurland!"

„Was zum Teufel gibt es denn?", fragte er. Ihm war bewusst, dass Silas und Foley beide neben seinem Bett standen und Sonnenlicht durch die geöffneten Vorhänge hereinströmte. Er schaffte es mühevoll, sich aufzusetzen und ihnen seinen besten ungehaltenen Blick zuteilwerden zu lassen. „Was in Gottes Namen bedarf zu solch früher Stunde meiner Aufmerksamkeit?"

Foley schien händeringend nach den richtigen Worten zu suchen. „Es geht um Mrs Fairfax, Sir." Er machte eine kurze Pause. „Sie ist tot."

„Was?"

„Ruth hat ihr heute Morgen einen Tee bringen wollen und sie vollständig bekleidet auf ihrem gemachten Bett vorgefunden. Kalt und tot, Sir. Tot!"

Robert zwang sich dazu, aufzustehen. Sein Atem stockte, als seine Füße den Boden berührten. Silas half ihm, einen Morgenmantel anzuziehen, und reichte ihm den Gehstock.

„Wer weiß noch von der Sache?“

„Ruth ist umgehend zu mir gekommen, Major. Ich wies sie an, bis zu meiner Rückkehr im Hauswirtschaftsraum zu warten.“ Foley reichte ihm einen Schlüssel. „Ich habe außerdem die Tür zu Mrs Fairfax’ Zimmer verriegelt.“

„Gute Arbeit, Foley.“ Robert wandte sich an Silas. „Ich muss mich vollständig ankleiden. Man darf mich nicht in Nachthemd und Morgenmantel das Zimmer einer Witwe betreten sehen.“

„Ja, Sir.“ Silas hatte sich bereits der Kleidertruhe zugewandt. „Ich beeile mich, so sehr ich kann.“

Weniger als eine Viertelstunde später humpelte Robert durch den Flur zu Mrs Fairfax’ Zimmer. Im Haus war es still und er war dankbar, dass niemand da war, der sein unbeholfenes Hinken sehen konnte oder sich fragen würde, wo er zu dieser Stunde hinwollte. Er sperrte die Tür zum Zimmer auf, trat ein und lehnte sich von innen dagegen, um zu Atem zu kommen, während er sich einen Überblick über den Raum verschaffte. Wie Foley berichtet hatte, lag Mrs Fairfax angekleidet, das Gesicht von ihrem schwarzen Schleier verhüllt, mit auf der Brust verschränkten Armen auf dem Bett. Der Anblick erinnerte Robert an die Bildnisse auf den Sarkophagen seiner Vorfahren in der Kirche von Kurland St. Mary.

Den Gehstock fest umklammert, trat er mit drei holprigen Schritten näher ans Bett, um sich die Witwe genauer anzusehen. Er hatte während seiner Zeit in der Armee mehr als genug Leichen gesehen, um zu erkennen, dass Mrs Fairfax völlig leblos war. Sie lag da, als ob sie schlafen würde. Vorsichtig hob er mit einem Finger den Schleier an und berührte ihre Wange. Sie war sehr kalt und der Körper hatte sich bereits versteift.

Neben dem Bett stand eine große, schwarze Flasche. Robert nahm sie an sich, um an ihr zu riechen, und wich schnell vor dem ekelhaften Geruch von Laudanum zurück. Er wollte die Flasche gerade wieder abstellen, als er ein Stück Papier bemerkte, das gefaltet an einer abgenutzten Bibel lehnte. Das Schreiben war an Thomas adressiert.

Mit zitternden Händen hob er den Brief auf und stieß unwillkürlich einen leisen Fluch aus. Er musste umgehend mit Thomas und den Bewohnern des Pfarrhauses sprechen. Er verließ den Raum und kehrte in sein Schlafzimmer zurück, wo Foley und Silas ihn erwarteten.

„Wissen Sie, wo sich Mr Fairfax aufhält, Foley?"

„Er hat früh gespeist. Ich glaube, er wollte dem Gehöft einen Besuch abstatten und dann weiter zum Pfarrhaus, um Miss Harrington nach ihrem Befinden nach dem Unfall zu fragen."

„Wann ist er aufgebrochen?"

„Vor etwa zwei Stunden, Sir."

Robert nickte. „Silas, gehen Sie bitte zum Pfarrhaus und holen Sie Mr Fairfax."

„Was soll ich ihm sagen, Sir?"

„Dass er umgehend hierher zurückkommen soll." Robert überlegte einen Moment. „Falls Miss Harrington abkömmlich ist, soll sie bitte mit Mr Fairfax kommen."

„Ja, Sir."

„Foley, ich möchte, dass Sie jemanden losschicken, um Dr. Fletcher zu holen."

„Nicht Dr. Baker, Sir?"

„Nein. Ich möchte nicht, dass gleich das ganze Dorf weiß, was passiert ist." Robert setzte sich auf die Bettkante, da sein Knie unter der Last einzuknicken drohte. „Ich werde in meinem Arbeitszimmer auf sie warten."

Auf dem Weg zur Tür hielt Foley inne. „Soll ich James Bescheid sagen, dass er Ihnen die Treppen hinunterhelfen soll, Major?"

Robert seufzte. „Ja, zum Teufel. Schicken Sie ihn hoch."

Lucy folgte Mr Fairfax durch die Küchentür, die Treppen hinauf und durch den Flur zur Vorderseite von Kurland Hall. Sein zügiger Gang machte es ihr schwer, mitzuhalten. Sie konnte ihm seine Eile kaum zum Vorwurf machen. Major Kurlands abrupter Aufruf, zu ihm zu kommen, hatte sie beide überrascht. Sie hatte die Kutsche ihres Vaters ausleihen müssen, um so schnell wie möglich am Anwesen einzutreffen.

„Ich hoffe, Major Kurland geht es gut", murmelte Mr Fairfax, als er endlich einmal stehen blieb, um ihr eine Tür aufzuhalten. „Er ist in der Kutsche gestern ziemlich ramponiert worden."

Bei dem Gedanken, dass sie es war, die mit voller Wucht auf dem Major gelandet war, verspürte Lucy furchtbare Gewissensbisse. Dennoch versuchte sie, optimistisch zu klingen. „Wenn es Major Kurland gut genug ging, um Befehle zu erteilen, kann es um ihn nicht allzu schlecht stehen. Man muss sich erst Sorgen machen, wenn er aufhört, sich zu beschweren."

Auf Mr Fairfax' Gesicht zeichneten sich erste Ansätze eines blauen Auges ab. Seiner Erzählung nach, hatte er dort einen versehentlichen Tritt von Mrs Fairfax abbekommen, während er ihr aus der Kutsche geholfen hatte. Auch Lucy war recht mitgenommen und sie konnte die Vorstellung kaum ertragen, wie viel schlechter es Major Kurland gehen musste.

Sie erreichten die Haupthalle im gleichen Moment, als Foley gerade Dr. Fletcher hereinbat. Dieser nahm seinen Hut ab und verbeugte sich vor Lucy. „Guten Morgen, Miss Harrington, Mr Fairfax. Welche Laus ist dem Major jetzt über die Leber gelaufen?"

Lucy sprach mit gesenkter Stimme. „Nach dem Kutschunfall gestern hatte er große Schmerzen. Tatsächlich sagt es schon einiges aus, dass er Sie überhaupt hergerufen hat. Er hasst es, sich mit Ärzten auseinandersetzen zu müssen, aber offenbar braucht er Ihre Hilfe."

„Ich weiß ganz genau, wie stur er ist." Dr. Fletcher lächelte. „Sie hätten ihn mal auf dem Schlachtfeld sehen müssen. Ich verstehe es als Kompliment, dass er nach mir schicken ließ."

Sie folgten Mr Fairfax und Foley ins Arbeitszimmer von Major Kurland, der dort an seinem Schreibtisch auf sie wartete. Seine Miene war ausgesprochen finster, sodass Lucy unwillkürlich einen Schritt zurücktrat und dabei Mr Fairfax anstieß. Der Major stand zur Begrüßung nicht auf, aber unter diesen Umständen wollte sie ihm seine mangelnden Manieren nicht übel nehmen.

„Guten Morgen, Miss Harrington, Dr. Fletcher." Major Kurland neigte den Kopf. „Thomas, ich habe schlechte Nachrichten für Sie."

Mr Fairfax wurde bleich. „Geht es um meinen Halbbruder? Sagen Sie mir nicht, dass er erkrankt ist. Soll ich die Abreise von Mrs Fairfax vorbereiten oder –"

„Es geht nicht um Ihren Halbbruder." Major Kurland sprach mit sanftem, aber bestimmtem und ernstem Ton, den Lucy nur bewundern konnte. „Es ist Mrs Fairfax. Es tut mir leid, dass ich Ihnen das mitteilen muss, aber sie ist tot."

Falls es überhaupt möglich war, wurde Mr Fairfax noch bleicher. „Wie ... kann das sein? Sie war doch gar nicht schwer verletzt! Richtig, sie wurde kurz ohnmächtig, aber –"

„Ich glaube nicht, dass der Unfall der Kutsche bei ihrem Tod eine Rolle gespielt hat. Allerdings wird Dr. Fletcher besser beurteilen können, welche Auswirkungen ein Schlag auf den Kopf haben kann."

„Ist jemand eingebrochen und hat sie ermordet?" Mr Fairfax trat einen Schritt auf Major Kurland zu. „Was, in Gottes Namen, ist passiert?"

Major Kurland seufzte. „Neben ihrem Bett fand ich eine leere Flasche Laudanum und diesen Brief." Lucy presste sich die Hand auf den Mund, als der Major ein Blatt Papier hervorzog und Mr Fairfax aushändigte. „Er ist an Sie adressiert. Ich habe ihn nicht gelesen."

Mr Fairfax nahm das Schreiben entgegen und brach das Wachssiegel auf.

„Sehr geehrte Damen und Herren, ich gestehe, dass ich Mrs Chingford die Treppe hinuntergestoßen habe. Es war ein Unfall. Das schwöre ich. Bitte vergeben Sie mir und beten Sie für meine Seele. Ich gebe meinen Sohn in die Obhut von Mr Thomas Fairfax. Emily Fairfax."

Das Arbeitszimmer war von Schweigen erfüllt. Mr Fairfax schüttelte den Kopf, als könne oder wolle er nicht wahrhaben, was er gerade gelesen hatte.

„Ist das die Handschrift von Mrs Fairfax?", fragte Major Kurland.

„Ja." Mr Fairfax schluckte schwer. „Ich habe sie nicht besonders gemocht, aber so etwas hätte ich ihr nie gewünscht." Er zerknüllte den Brief und ließ ihn zu Boden fallen.

„Das hätte auch niemand von Ihnen erwartet." Major Kurland erhob sich schwerfällig. „Ich würde es begrüßen, Dr. Fletcher, wenn Sie uns nach oben begleiten könnten, um den Leichnam zu untersuchen."

„Sie sollten hierbleiben", sagte Dr. Fletcher an Major Kurland gewandt. „Sie haben offensichtlich Schmerzen."

„Und dennoch werde ich Sie begleiten." Major Kurland deutete zur Tür. „Wollen wir?"

Lucy nahm den weggeworfenen Brief auf. Sie glättete die Seite und las das Geständnis noch einmal still für sich, bevor sie das Papier zusammenfaltete und in ihrer Tasche verstaute. Sie ging die Treppe hoch und ließ Mr Fairfax und Dr. Fletcher vor ihr ins Zimmer von Mrs Fairfax eintreten. Die Witwe lag wie aufgebahrt auf ihrem Bett. Major Kurland brauchte eine ganze Weile, bevor er zu ihnen stieß. Begleitet wurde er von James, der ihn auf einen Stuhl bugsierte und dann im Flur vor der Tür Stellung bezog.

Lucy durchschritt langsam das Zimmer, merkte sich die Positionen der verschiedenen Gegenstände und überprüfte die verschlossene Tür, hinter der sich früher ein Ankleidezimmer befunden hatte. Mrs Fairfax hatte ihre Besitztümer wohlgeordnet hinterlassen, fast so als hätte sie gerade ihre Koffer packen wollen. Hatte sie darüber nachgedacht, aus Kurland Hall abzureisen, dann aber entschieden, sich das Leben zu nehmen? Lucy näherte sich dem Bett und sah hinunter ins blasse Gesicht der Witwe.

Dr. Fletcher richtete sich mit einem Seufzen auf. „Sieht mir nach einer Laudanum-Vergiftung aus. Sie hat außerdem eine Beule am Kopf. Vielleicht hatte sie derartige Kopfschmerzen, dass sie sich in der Dosierung geirrt hat. Oder sie hat vergessen, wie viel Laudanum sie bereits zu sich genommen hatte, und mehr davon geschluckt." Er wandte sich an den bekümmert dreinblickenden Mr Fairfax. „Mein Beileid, Mr Fairfax. Der einzige Trost ist, dass sie sich vermutlich nicht über ihr Handeln im Klaren war und friedlich im Schlaf verschieden ist."

„Aber sie hat diesen Brief hinterlassen", sagte Mr Fairfax zögerlich. „Darin klingt es sehr nach Vorsatz."

„Dazu wage ich nicht, mir ein Urteil zu bilden, aber wenn sie tatsächlich benommen vom Unfall war, könnte sie sogar derart verwirrt gewesen sein, dass sie etwas gestand, das sie gar nicht getan hatte."

Major Kurland schaltete sich in das Gespräch ein. „Mr Fairfax, wäre es Ihnen lieber, wenn wir den Brief für uns behalten würden? Durch das Geständnis ändert sich nichts an dem tragischen Tod von zwei Frauen und wenn es stimmt, was Dr. Fletcher sagt, dann wurde es vielleicht fälschlicherweise abgegeben."

Lucy sah sich zu Major Kurland um, der Mr Fairfax genau studierte.

Er fuhr fort: „Wir könnten sagen, dass Mrs Fairfax an unerwarteten Komplikationen als Folge des Kutschunfalls verstarb. Es wäre besser für ihren Sohn, wenn ihr Vermächtnis nicht von anderen Dingen getrübt wäre."

Mr Fairfax atmete tief und unstet ein. „Das stimmt. Aber was ist mit den Chingfords? Haben sie nicht ein Recht auf die Wahrheit? Es klingt so, als hätte Mrs Fairfax unabsichtlich den Tod ihrer Mutter verursacht."

„Ich frage erneut: Was hätten sie davon?" Major Kurland zuckte mit den Schultern. „Mrs Chingford wird dadurch nicht wieder lebendig und im Großen und Ganzen wurde ihr Tod als tragischer Unfall betrachtet, was er in jedem Fall gewesen zu sein scheint. Selbst wenn Mrs Fairfax sie wirklich die Treppe hinunterstieß, bin ich mir sicher, dass sie nicht vorhatte, sie umzubringen."

Schweigen füllte das Zimmer und Lucy trat an die Seite von Major Kurland, der immer noch auf seinem Stuhl saß.

„Ich schätze, Sie haben recht, Major. Es gibt nichts, was ich tun könnte, um das hier in Ordnung zu bringen, oder?" Mr Fairfax ließ hoffnungslos die Schultern sinken. „Wir können nur für eine möglichst gute Ausgangslage für meinen Halbbruder sorgen und die Chingfords in Ruhe trauern lassen."

Lucy räusperte sich. „Ich werde die Chingfords und meinen Vater darüber unterrichten, was Mrs Fairfax widerfahren ist. Dafür müssen Sie nicht anwesend sein, Mr Fairfax."

„Vielen Dank, Miss Harrington." Er verbeugte sich vor ihr. „Und vielen Dank, Major Kurland und Dr. Fletcher, für Ihre christliche Nächstenliebe in dieser Angelegenheit."

„Ich werde mich mit Foley absprechen, wie wir den Leichnam in mein Haus bringen lassen können, und mich mit dem Totengräber unterhalten." Dr. Fletcher ging zur Tür. „Ich nehme an, Sie möchten sie zurück nach Hause überführen lassen, um sie dort beizusetzen?"

„Ich denke, das wäre am besten. Es gibt ein Familiengrab." Mr Fairfax fuhr sich mit der Hand durchs Haar. „Ich werde ihren Bevollmächtigten kontaktieren und eine Nachricht an Fairfax Park schreiben."

„Tun Sie, was notwendig ist, und machen Sie sich keine Sorgen wegen Ihrer Arbeit hier", sagte Major Kurland. „Ich habe Verständnis dafür, dass sich Ihre Umstände drastisch geändert haben und Sie daher möglicherweise nach Hause zurückkehren möchten, um sich für Ihren Halbbruder um den Nachlass zu kümmern."

„Das hängt sehr davon ab, was im Testament von Mrs Fairfax steht. Ich bin mir nicht sicher, ob ich nur auf Grundlage des Briefes als Vormund eingesetzt werden kann. Alles, was ich erst einmal tun kann, ist, ihrem Anwalt in London zu schreiben. Wenn Sie gestatten, Sir, könnte er nach Kurland Hall kommen, um zu besprechen, was mit dem Erbe passieren soll." Mr Fairfax zögerte. „Ich würde Ihre Hilfe dabei sehr zu schätzen wissen. Ich muss zugeben, dass ich doch recht überwältigt bin."

„Das ist verständlich. Bitte laden Sie den Anwalt hierher ein. Ich stehe Ihnen in dieser Sache nur zu gern zur Seite."

„Vielen Dank, Sir."

Major Kurland nickte. „Dürfte ich vorschlagen, dass Sie sich gleich an die nötigen Briefe machen? Sie können Coleman anweisen, sie eiligst zustellen zu lassen."

Mr Fairfax war schon auf dem Weg nach draußen, als er neben dem Stuhl von Major Kurland stehen blieb. „Ich kann meiner Dankbarkeit gar nicht angemessen Ausdruck verleihen, Major Kurland, aber –"

Der Major winkte ab. „An die Arbeit mit Ihnen. Sagen Sie mir Bescheid, wenn die Briefe versendet sind."

Nachdem Mr Fairfax und der Doktor das Zimmer verlassen hatten, blieb nur Stille zurück. Lucy verweilte noch. Ihre Hand ruhte auf der Lehne des Stuhls, auf dem der Major saß.

„Was haben Sie, Miss Harrington? Ich kann Sie fast schon denken *hören*."

„Es fällt mir schwer, zu glauben, dass Sie tatsächlich gewillt sind, die Angelegenheit so beizulegen – den Chingfords die Wahrheit darüber vorzuenthalten, was wirklich mit ihrer Mutter passiert ist." Sie musterte ihn. „Das sieht Ihnen gar nicht ähnlich."

„Sie meinen, dass ich den Umstand akzeptiere, dass ich nichts ändern kann?" Er schnaubte. „Der Tod ist nur selten erwartet oder kommt unter günstigen Umständen, Miss Harrington. So viel habe ich im Krieg gelernt. Wenn ich Beileidsbriefe an die Familien der unter meinem Kommando gefallenen Männer schreiben musste, erwähnte ich die Umstände ihres Todes nicht, denn es geschah fast nie besonders heroisch oder tapfer. Manche starben an Krankheiten, durch die eigene Inkompetenz oder die ihrer Verbündeten. Aber sie sind trotzdem gestorben und ihre Angehörigen mussten nur hören, dass sie heldenhaft auf dem Schlachtfeld für König und Vaterland gefallen sind." Seine klaren blauen Augen blickten zu Lucy auf. „Was würde es Miss Chingford bringen, wenn sie wüsste, wer ihre Mutter die

Treppe hinunterstieß? Es ändert nichts daran, dass Mrs Chingford tot ist."

Lucy nickte. „Ich schätze, damit ist die Sache dann erledigt. Wir wissen, was Mrs Chingford zugestoßen ist, und wir wissen, dass Mrs Fairfax sich selbst das Leben nahm." Sie blickte zum Bett. „Sie sieht so makellos aus im Tod, nicht wahr?"

„Fast als wäre jemand hereingekommen und hätte alles so arrangiert."

„Genau."

Sie studierten beide nachdenklich den Leichnam.

„Es ist nur so ...", sagte Lucy vorsichtig.

„Was denn?"

„Wir wissen immer noch nicht, was Mrs Chingford zu Mrs Fairfax gesagt hat, um sie so gegen sich aufzubringen, dass diese sich dazu genötigt sah, sie die Treppe hinunterzustoßen und umzubringen."

„Spielt das eine Rolle?"

„Ich schätze nicht." Lucy seufzte schwer. „Ich hasse es nur, wenn Rätsel ungelöst bleiben." Sie klopfte Major Kurland sanft auf die Schulter. „Sie werden Dr. Fletcher aber noch darum bitten, sich Ihr Bein anzusehen, bevor er geht, nicht wahr?"

„Den Teufel werde ich tun." Er wand sich weg von ihrer Hand und stand mit schmerzverzerrtem Gesicht auf. „Es geht mir bestens."

„Wenn James Ihnen die Treppen rauf und runter helfen muss, geht es Ihnen alles andere als gut."

Er hob eine Augenbraue. „Wenn Sie mich weiter piesacken wollten, Miss Harrington, dann hätten Sie meinen Heiratsantrag annehmen müssen. Aber so ist mein Befinden nicht länger Ihre Angelegenheit."

Sie streckte ihm trotzig das Kinn entgegen. „Damit weiß ich, dass Sie wirklich große Schmerzen haben müssen. Nur dann verhalten Sie sich mir gegenüber so unausstehlich und unhöflich." Sie machte einen übertrieben ausladenden Knicks. „Guten Morgen, Major. Ich werde zum Pfarrhaus zurückkehren und die Nachricht von Mrs Fairfax' Tod überbringen. Ich verspreche, ich werde Ihr offensichtlich verletztes Bein mit keinem Wort mehr erwähnen!"

Sie öffnete die Tür und winkte James herbei, der wartend an der Wand gelehnt hatte. „Sie können Major Kurland jetzt wieder nach unten helfen."

„Sehr wohl, Miss Harrington."

Sie warf einen letzten finsteren Blick, der auf eine ebenso mürrische Miene traf, über ihre Schulter. „Guten Tag, Major Kurland."

Sie ging die Treppe hinunter und unterhielt sich noch kurz mit dem Doktor, bevor sie sich zur Kutsche begab und diese zurück zum Pfarrhaus steuerte. Während sie die Auffahrt hinunterfuhr, überlegte sie sich, was sie den Chingfords sagen würde. Glücklicherweise war sie als Tochter eines Pfarrers geübt darin, schlechte Neuigkeiten zu überbringen. Sie war mit Major Kurland einer Meinung, dass es niemandem nützen würde, wenn die Verantwortliche für Mrs Chingfords Tod aufgedeckt wurde. Dennoch war ihr nicht wohl dabei, zu lügen, auch wenn nur ein Teil der Wahrheit verschwiegen wurde.

Wenn sie ehrlich mit sich war, wollte sie unbedingt wissen, warum Mrs Fairfax Mrs Chingford die Treppe hinuntergestoßen hatte. Sie brachte die Kutsche hinter dem Pfarrhaus zum Stehen und übergab die Zügel an den Stallknecht. In der Auffahrt parkte noch eine weitere Kutsche, die sie jedoch nicht erkannte. Sie klopfte den Staub von ihren Kleidern und ging durch das Haus in die Hinterstube, wo sie ihren Vater in Gesellschaft von Miss Stanford, Penelope und einem unbekannten schwarzhaarigen Mann antraf, der ein wenig angespannt wirkte.

Ihr Vater wandte sich ihr mit kühler Miene zu. „Lucy, Miss Stanfords Verlobter ist für die Trauerfeier von Mrs Chingford angereist. Ich bin mir sicher, dass du dafür Sorge tragen wirst, dass er sich hier wie zu Hause fühlt." Er verneigte sich. „Bitte entschuldigen Sie mich. Ich muss noch eine Predigt schreiben."

Lucy sah Miss Stanford fragend an, deren Hand auf dem Arm des fremden Gentlemans lag. „Miss Harrington, darf ich Ihnen Mr Reading vorstellen?"

„Ich bin entzückt, Miss Harrington." Mr Reading verbeugte sich. „Ich wünschte, mein Besuch würde unter glücklicheren Umständen stattfinden, aber es ist mir eine Freude, Ihre Bekanntschaft zu machen." Er sah sich um. „Ich war schon seit Jahren nicht mehr in Kurland St. Mary. Ich habe das Pfarrhaus als weit älteres Gebäude in Erinnerung."

„Mein Vater hat das Haus vor etwa zehn Jahren neu bauen lassen." Lucy bedeutete ihm mit einer Geste, Platz zu nehmen. „Haben Sie viel Zeit im Ort verbracht, Sir?"

„Nicht besonders viel." Mr Reading lächelte. „Es betrübt mich, unter derartigen Umständen hier zu sein, aber ich wollte Miss Stanford zur Seite stehen und bin zu ihr geeilt, als ich von der Tragödie erfuhr."

Penelope schnaubte verächtlich, weshalb Lucy sich ihr zuwandte. „Stimmt etwas nicht, Penelope?"

„Nein, es ist nichts. Ich bin nur überrascht, Mr Reading hier zu sehen. Er hat einst meiner Mutter einen Antrag gemacht, als er sie noch für wohlhabender hielt, als sie tatsächlich war."

Miss Stanford setzte sich kerzengerade hin. „Das ist nicht wahr. Paul hat mir alles erklärt. Ich möchte nicht schlecht von den Toten sprechen, aber Ihre Mutter war diejenige, die eine Hochzeit anstrebte."

Lucy stellte sich zwischen die beiden Damen. „Hat mein Vater schon Tee bringen lassen? Vielleicht sollte ich –"

„Es tut mir leid, wenn ich Sie mit meiner Anwesenheit beleidigt haben sollte, Miss Chingford, aber soweit ich hörte, war Ihre Mutter mit dem Pfarrer verlobt." Mr Reading sah verblüfft aus. „Stimmt das etwa nicht?"

„Sie stimmte dem nur zu, um Sie eifersüchtig zu machen." Penelope bedachte Mr Reading mit einem wütenden Blick. „Auch wenn ihr das kaum etwas genützt hätte. Es war offensichtlich, dass Sie sich für Miss Stanford entschieden hatten."

„Vielen Dank für Ihr Verständnis, Miss Chingford." Mr Reading neigte anerkennend den Kopf.

„Aber nur, weil sie weit wohlhabender ist als meine Mutter", fügte Penelope hinzu.

Miss Stanford sprang auf. „Paul ist hergekommen, um sein Beileid zu bekunden! Wie können Sie ihn nur so abscheulich behandeln?"

„Ich sage lediglich die Wahrheit." Penelope hob das Kinn.

„So wie Ihre Mutter? Warum, glauben Sie, ist sie jetzt tot?" Miss Stanford keuchte erschrocken auf und schlug sich die Hand vor den Mund. „Vergeben Sie mir. Das war unverzeihlich."

Mr Reading legte ihr die Hand auf die Schulter. „Vielleicht sollten wir gehen. Vielen Dank für Ihre Gastfreundschaft, Miss Harrington. Ich entschuldige mich, wenn ich Bestürzung ausgelöst haben sollte. Bitte glauben Sie mir, dass dies nicht meine Absicht war."

Lucy konnte nur hilflos zusehen, wie Mr Reading die blasse Miss Stanford nach draußen geleitete. Sie nahm an, dass sie nach Kurland Hall zurückkehren würden, wo Major Kurland sie über das vorzeitige Ableben von Mrs Fairfax unterrichten würde. Es oblag ihr, den

Chingford-Schwestern und ihrem Vater die Neuigkeiten zu überbringen.

Sie verabschiedete den Besuch und kehrte dann in die Hinterstube zurück, wo Penelope noch immer mit einer Tasse Tee saß.

„Sie waren Miss Stanford und Mr Reading gegenüber ausgesprochen unhöflich“, sagte Lucy.

„Es steht mir zu, unhöflich zu sein. Ich bin in einer Phase der Trauer und Miss Stanford ist eine Närrin, wenn sie glaubt, dass dieser Mann sie wahrhaftig liebt. Er ist ein Schuft und ein Tunichtgut.“

„Das mag sein, aber sicherlich muss Miss Stanford das selbst herausfinden.“

Penelopes Schultern sackten zusammen. „Ich schätze, Sie haben recht. Sie ist verliebt und erkennt seine Schwächen nicht. Deshalb sollte man in den Mann, den man heiraten möchte, niemals verliebt sein. Es beeinträchtigt nur das Urteilsvermögen.“

Lucy war nicht gewillt, sich in eine Diskussion über die Ehe mit der ehemaligen Verlobten von Major Kurland verwickeln zu lassen, daher ging sie zu ihrer anstehenden Aufgabe über. „Ist Dorothea wach? Ich habe Neuigkeiten aus Kurland Hall.“

„Ich gehe sie holen, wenn es um etwas Wichtiges geht.“ Penelope erhob sich.

„Das würde ich sehr zu schätzen wissen. Ich sage meinem Vater Bescheid und komme dann wieder hierher.“ Lucy verließ den Salon und ging zum Arbeitszimmer ihres Vaters. Gerade als sie die Tür erreichte, trat George mit einer Reihe von Schriftstücken auf dem Arm daraus hervor. „Guten Morgen, Miss Harrington!“ Er lächelte fröhlich und hielt ihr die Tür auf. „Ist Miss Chingford im Salon?“

„Sie wird gleich wieder da sein, George, aber –“

Doch er war schon voller Eifer verschwunden.

Sie wandte sich ihrem Vater zu, der hinter dem Schreibtisch saß. „Ist George von Miss Chingford angetan, Vater? Er scheint sehr darauf erpicht zu sein, mit ihr zu sprechen."

„Ich habe keine Ahnung." Ihr Vater lächelte nicht. „Möchtest du etwas Bestimmtes, Lucy? Ich bin heute sehr beschäftigt."

„Ich habe schlechte Neuigkeiten aus Kurland Hall. Mrs Fairfax ist letzte Nacht verstorben."

„Mrs Fairfax? Die junge Witwe?" Er runzelte die Stirn. „Ich hatte ja keine Ahnung, dass sie krank war."

„Das war sie nicht. Es sieht ganz danach aus, als hätte sie versehentlich zu viel Laudanum eingenommen. Dr. Fletcher glaubt, dass sie sich bei dem Kutschunfall gestern schwerer am Kopf verletzt haben könnte, als uns zunächst klar war."

„Guter Gott, was für eine Tragödie." Er schüttelte den Kopf. „Soll ich George zum Gutshaus schicken und ein Totengebet sprechen lassen?"

„Ich glaube, das wird nicht nötig sein. Soweit ich weiß, wird sie zu Dr. Fletcher gebracht und von dort aus für das Begräbnis im Familiengrab nach Hause überführt."

„Gott sei Dank." Er lehnte sich erleichtert zurück. „Ich hatte schon die Befürchtung, eine weitere Trauerfeier vorbereiten zu müssen."

„*Vater.*"

„So habe ich das nicht gemeint, Lucy. Obwohl es natürlich sehr ungünstig wäre, wenn ich noch weniger Zeit für meine Pferde aufbringen könnte als ohnehin schon. Was ich ausdrücken wollte, war, dass es schwer für mich wäre, eine weitere junge Frau beisetzen zu müssen, die mich an deine Mutter erinnert."

Lucy schloss kurz die Augen. „Es tut mir leid, Vater. Das muss sicher schwer für dich sein, besonders weil du vorhattest, Mrs Chingford zu heiraten."

„Und jetzt statt einer Hochzeit eine Trauerfeier vorbereite.“ Er verzog das Gesicht. „Dieser Mann, der uns heute die Ehre erwiesen hat …“

„Mr Reading?“

„Ja. Mrs Chingford hat mir bei der Stanford-Hochzeit von ihm erzählt. Sie war verärgert, weil ich unsere Verlobung angekündigt hatte, ohne es mit ihr abzusprechen.“ Sein Blick traf den von Lucy. „Ich habe den Eindruck gewonnen, dass sie meinen Antrag nur nutzen wollte, um eine Drohkulisse für Mr Reading aufzubauen und ihn dazu zu bringen, Miss Stanford für sie zu verlassen.“

„Das hat sie dir selbst gesagt?“

„Ich glaube, dass sie doch nicht wirklich vorhatte, mich zu heiraten, Lucy.“ Er lächelte traurig. „Ich muss gestehen, dass ich mich auf ausgesprochen unchristliche Weise erleichtert fühle, dass sie so tragisch verstarb, bevor ich mein Versprechen einlösen musste.“

„Unter diesen Umständen ist das völlig nachvollziehbar, Vater“, sagte Lucy mit Nachdruck. „Sie hat dich nicht verdient. Ich werde jetzt den Chingfords von Mrs Fairfax’ Tod erzählen müssen, ich behellige dich also nicht weiter.“

Sie war schon an der Tür, als er wieder ansetzte zu sprechen. „Danke, Lucy.“

„Wofür, Sir?“

„Dass du mir nicht vorgehalten hast, was für ein Narr ich doch war.“

Sie verließ das Zimmer und machte sich auf zum Salon. Ihre Gedanken wirbelten um all die Ereignisse dieses Morgens. Es hatte nun zwei Tragödien gegeben, die ihrer Meinung nach hätten vermieden werden können und müssen. Wie wahrscheinlich war es, dass im selben Dorf innerhalb von nur wenigen Tagen zwei völlig gesunde Frauen unabhängig voneinander starben? Es musste mehr als bloßer Zufall dahinterstecken.

Lucy betrat den Salon und fand Dorothea und Penelope auf dem Sofa vor. Die jüngere Schwester sah zwar immer noch ein wenig zerzaust aus, aber immerhin weinte sie gerade nicht.

„Hat George Sie gefunden, Penelope?", fragte Lucy.

„Ja, das hat er. Ich habe ihm angeboten, über seine Sonntagspredigt zu lesen." Penelope lächelte selbstzufrieden. „Er schätzt meine Meinung."

„Es ist sehr freundlich von Ihnen, ihm zu helfen. Es mangelt ihm noch an Selbstbewusstsein für das freie Reden, daher tut er sich sehr schwer damit, eine Predigt zu halten." Lucy setzte sich und atmete tief durch. „Es tut mir leid, dass ich noch mehr schlechte Nachrichten für Sie beide habe. Mrs Fairfax ist letzte Nacht verstorben."

Dorothea keuchte erschrocken auf. „Oh, nein. Das ist nicht möglich. Sie –" Dorothea erschauderte, sprang auf und stürmte aus dem Zimmer.

„Gute Güte, dieses Mädchen!" Penelope machte ebenfalls Anstalten aufzustehen. „Was ist jetzt schon wieder in sie gefahren?" Die Haustür knallte zu und ließ sie beide zusammenzucken. „Ich vermute, dass sie zurückkommen wird, wenn sie sich ausgeweint hat." Penelope drapierte ihre Röcke wieder ordentlich über ihre Beine und wandte sich an Lucy. „Was genau ist Mrs Fairfax zugestoßen?"

„Dr. Fletcher glaubt, dass der Unfall mit der Kutsche sie vielleicht mehr mitgenommen haben könnte, als uns klar war. Möglicherweise hatte sie derart starke Kopfschmerzen, dass sie zu viel Laudanum einnahm, um sie zu lindern, und so versehentlich ums Leben kam."

„Wie furchtbar. Sie hatte einen jungen Sohn, nicht wahr?"

„Ja. Ich vermute, dass Mr Fairfax Kurland Hall verlassen muss, um die Familienangelegenheiten zu regeln.

Major Kurland würde ihn sehr vermissen, sollte er sich dazu entschließen, nicht hierher zurückzukehren."

„Und was ist mit Ihnen? Werden Sie ihn ebenfalls vermissen?"

„Mr Fairfax?"

„Ich habe gesehen, wie er Sie ansieht."

„Ich mag ihn. Er ist intelligent, fleißig und lässt es fast schon einfach erscheinen, sich mit Major Kurland auseinanderzusetzen. Aber da endet auch schon mein Interesse an ihm."

„Weil Sie immer noch darauf warten, dass Major Kurland selbst ein Interesse an Ihnen bekundet."

Lucy sah Penelope ungehalten an. „Gute Güte, werden Sie davon je ablassen? Major Kurland ist nicht für mich bestimmt."

„Meine Mutter hat mir gesagt, dass er Ihnen einen Antrag gemacht hat und Sie ihn abgelehnt haben. Stimmt das?"

„Ihre Mutter – Gott sei ihrer Seele gnädig – war eine sehr indiskrete Frau." Lucy erhob sich und räumte das Teegeschirr auf dem Tablett zusammen. „Ich muss das zurück in die Küche bringen."

Penelope stand ebenfalls auf, mit einem leichten Lächeln auf den Lippen. „Er hat Ihnen tatsächlich einen Antrag gemacht, nicht wahr? Wieso um alles in der Welt haben Sie ihn nicht angenommen?"

Lucy hob das Tablett vom Tisch. „Das ist meine Angelegenheit, Miss Chingford, nicht Ihre."

„Seien Sie auf der Hut, Miss Harrington. Wenn Sie weiterhin mögliche Ehemänner ablehnen, könnten Sie sich eines Tages in meiner Lage wiederfinden und verzweifelt nach irgendeinem Mann suchen."

„Ich hoffe, dass ich niemals so verzweifelt sein werde."

„Weil Sie sich hier sicher fühlen?" Penelope deutete auf die gemütliche Sitzecke. „Ihr Vater will offensichtlich wieder heiraten, wenn er wirklich in Erwägung zog, meine Mutter zu ehelichen. Man wird Sie ersetzen. Zweifeln Sie niemals daran."

„Dann hoffe ich, dass mich in dem Fall eines meiner Geschwister zu sich holen wird."

„Damit Sie Lieblingstante spielen können?" Penelope schnaubte abschätzig. „Sie werden völlig machtlos sein. Sie mischen sich viel zu gern ein, um das aushalten zu können."

Lucy wandte sich von ihrer Gesprächspartnerin ab und zog sich in die Sicherheit der Küche zurück. Sie musste schon auf genug Fragen Antworten finden, ohne auch noch über ihre mögliche Zukunft nachdenken zu müssen. Sie würde sich nicht gestatten, Penelopes Vorhersagen Glauben zu schenken. Ob ihr Vater beschließen würde, wieder zu heiraten, oder nicht, sie würde sich nie in eine Lage bringen, in der sie gezwungen war, den nächstbesten Heiratsantrag anzunehmen. Sie würde lieber als alte Jungfer enden, als unter der Knute eines Mannes zu leben, den sie nicht lieben oder respektieren konnte.

Mit einem tiefen Atemzug ging sie die Treppe hinauf. Sie musste eine Entscheidung treffen: Entweder würde sie die unbeantworteten Fragen rund um die beiden Todesfälle auf sich beruhen lassen oder sich ihrem Drang zur Wahrheitsfindung hingeben.

Kapitel 10

„Dorothea ist noch nicht zurückgekehrt."

Lucy sah von den Laken auf und erblickte Penelope, die in der Tür zur Wäschekammer stand.

„Soll ich eins der Dienstmädchen im Dorf nach ihr suchen lassen?"

„Ich habe vor, zusammen mit Mr Culpepper selbst auf die Suche zu gehen. Aber ich wäre für jede weitere Hilfe dankbar. Der Himmel zieht sich zu und ich befürchte, dass es noch regnen wird."

„Ich hoffe sehr, dass es Dorothea gut geht." Lucy legte die letzten gefalteten Laken in den Wäschekorb. „Vielleicht sollte ich Sie begleiten oder nach Kurland Hall gehen und darum bitten, dass man auch dort die Augen nach ihr aufhält. In der Gegend gibt es nicht viele Möglichkeiten, wo sie Unterschlupf finden könnte."

Sie folgte Penelope in die Küche und fand dort Betty vor, die gerade am Tisch Äpfel schälte.

„Betty? Würde es Ihnen etwas ausmachen, Miss Chingford zu helfen?"

„Natürlich nicht, Miss."

„Lass dir ja nicht einfallen, die Äpfel unvollendet zu lassen, junge Dame. Heute ist mein freier Nachmittag und ich will, dass alles fertig ist, bevor ich gehe." Mrs Fieldings sonniges Gemüt war inzwischen offenbar wieder verschwunden. „Ich brauche die Äpfel für einen Kuchen. Der Pfarrer liebt ein gutes Stück Apfelkuchen."

„Dann suchen Sie bitte Miss Chingford auf, sobald Sie Ihre Aufgaben für Mrs Fielding erledigt haben, Betty", änderte Lucy ihre Bitte. „Miss Dorothea wird vermisst.

Wir sind besorgt, dass sie sich irgendwo im Dorf verlaufen haben könnte." Sie wandte sich zu Penelope um, die gerade ihre Haube festzurrte. „Soll ich hoch nach Kurland Hall gehen?"

„Es wäre mir lieber, wenn Sie hierbleiben würden, für den Fall, dass Dorothea zurückkehrt. Ansonsten wird niemand da sein, um sicherzustellen, dass es ihr gut geht. Der Pfarrer ist nicht im Haus, Mrs Fielding bricht gleich auf und die Küchenhilfe hat den Nachmittag frei."

„Ich werde den Stalljungen Bran zum Herrenhaus schicken, um nach Dorothea zu fragen."

Bis Lucy Bran gefunden und ausgesandt hatte, hatten sich schwere Wolken zusammengebraut, die den Himmel bedrohlich verdunkelten, obwohl es erst zwei Uhr war. Das leichte Nieseln wurde zu Regen und es wurde immer kälter. Als sie in die Küche zurückkehrte, wurde sie vom Duft nach Äpfeln und Zimt begrüßt. Auf dem Tisch lag eine Notiz in der Handschrift der Köchin, in der sie Betty mitteilte, dass sie den Kuchen in einer Stunde aus dem Ofen nehmen solle und dass in der Speisekammer eine kalte Fleischplatte und Schweinepasteten standen, die für das Abendessen bestimmt waren.

Lucy notierte sich die Uhrzeit. Wenn Betty nicht zurückkehrte, wollte sie nicht Mrs Fieldings Zorn auf sich ziehen, indem sie ihren Apfelkuchen im Ofen verbrennen ließ. Das Pfarrhaus wirkte ungewohnt ruhig. Sie vermisste den Radau, den die Zwillinge und ihr Bruder Anthony normalerweise im Haus veranstalteten. Selbst die wohlerzogene Anna hatte für gewöhnlich zum Krach beigetragen, wenn sie sich mit ihren Brüdern zankte ...

Lucy atmete tief ein. Manchmal fühlte es sich so an, als hätten alle neue Wege beschritten und sie dabei zurückgelassen. Die kurze Zeit, in der sie gedacht hatte, dass sie ihre Zuständigkeiten an Mrs Chingford würde abtreten müssen, hatte ihr klargemacht, dass ihre Rolle im Pfarrhaus nicht für die Ewigkeit bestimmt war. Ihr Vater verdiente eine liebevolle Partnerin, allerdings verdiente sie selbst auch einen fürsorglichen Mann. Unglücklicherweise war London der einzige Ort, an dem sie einen Ehemann finden würde.

Sie sah noch einmal nach dem Kuchen und zündete eine Kerze an. Sie legte die Stiefel ab, die mit Matsch aus den Ställen bedeckt waren, und ging die Treppen nach oben. Das Knarzen einer Bodendiele ließ sie erstarren.

Hatte Dorothea sich heimlich zurück ins Haus geschlichen und war zu Bett gegangen? Lucy ging in Richtung des Schlafzimmers von Dorothea. Nebenan schimmerte Licht durch den Türspalt von Mrs Chingfords früherem Zimmer. Sie runzelte die Stirn. Vielleicht war Dorothea wieder da, um die Briefe ihrer Mutter zu zerstören. Glücklicherweise hatte Lucy schon alle wichtigen Namen notiert und sicher in ihrem Retikül verstaut.

Natürlich würde sie die Kontaktdaten gar nicht brauchen, wenn sie Major Kurland gehorchte und das Rätsel um die mysteriösen Todesfälle einfach fallen ließ ... Sie legte die Hand auf den Riegel, hob ihn vorsichtig an und betrat das Zimmer. Ein Mann wirbelte herum. In der Hand hielt er eine Pistole, die direkt auf sie gerichtet war. Sie keuchte erschrocken auf und ließ fast ihre Kerze fallen.

„Miss Harrington!"

„Mr Reading?"

„Ich muss mich entschuldigen." Er steckte die Pistole in seine Manteltasche. „Ich dachte, dass niemand im Haus sei und es kein Problem wäre, wenn ich hereinkommen würde und ..." Er breitete die Arme aus und lächelte charmant.

„Und was, Mr Reading?“ Lucy stellte die Kerze auf dem Nachttisch ab, weiterhin darauf bedacht, genug Distanz zwischen sich und dem Eindringling zu wahren. „Was um alles in der Welt könnten Sie wollen, das es akzeptabel machen würde, hier im Dunkeln herumzuschleichen?“

Er seufzte. „Ich kann verstehen, dass es recht verdächtig wirken muss.“

Lucy sagte nichts, und er setzte sich schließlich an den Schreibtisch, auf dem Mrs Chingfords Briefe ausgebreitet lagen.

„Ich bin auf Ihre Güte angewiesen, Miss Harrington.“ Er schenkte ihr ein reumütiges Lächeln. „Miss Stanford deutete an, dass Mrs Chingford eine bestimmte Sache geschrieben haben könnte, die meiner derzeitigen finanziellen und sozialen Position schaden könnte.“ Er nahm einen der Briefe an sich. „Ich habe versucht, ihre Korrespondenz zu lesen, in der Hoffnung, alle Erwähnungen meiner Person zu beseitigen.“

„Haben Sie selbst an Mrs Chingford geschrieben?“, fragte Lucy.

Er befeuchtete nervös seine Lippen. „Ich fürchte, ich könnte etwas geschrieben haben, was man aus dem Kontext gerissen falsch interpretieren könnte.“

„Wie zum Beispiel einen Heiratsantrag?“

Kurz blitzte erneut ein Lächeln auf, das sie an irgendjemanden erinnerte, der ihr jedoch nicht recht einfallen wollte. „Sie sind offensichtlich eine sehr intelligente junge Frau, Miss Harrington. Ich wäre nie so weit gegangen, per Brief einen Heiratsantrag zu machen, aber meine romantische Seele verführt mich manchmal zu Übertreibungen.“

„Aber Mrs Chingford ist tot. Welchen Schaden könnte sie Ihnen schon zufügen?“

„Das ist eine ausgezeichnete Frage. Ich denke, dass ihre Töchter mir nicht sonderlich wohlgesinnt sind.

Wenn Miss Chingford Beweise findet, die ihre Mutter zu bestimmten Annahmen bezüglich einer gemeinsamen Zukunft mit mir geführt haben könnten, könnte sie sich dazu entschließen, diese für ihre persönlichen Zwecke zu nutzen und mich wegen Bruchs des Eheversprechens zu verklagen."

„Das wäre wohl ihr zu überlassen."

„Das kann ich nicht einfach hinnehmen, Miss Harrington. Ich kann es keiner anderen Person erlauben, mein Schicksal zu kontrollieren."

In seiner Stimme lag ein unerbittlicher Ton, der Lucy misstrauisch machte.

„Und was ist mit Miss Stanford? Sind Sie ihr nicht eine Erklärung schuldig?"

Er zuckte mit den Schultern. „Sie weiß alles. Wieso, glauben Sie, hat sie mich darum gebeten, hierherzukommen? Sie wusste, dass ich ihr helfen würde."

„Helfen wobei?"

Er zog die Augenbrauen hoch. „Was immer getan werden muss. Sie können sich sicher sein, Miss Harrington, dass ich bereit bin, alles zu tun, um mich und meine Liebsten zu beschützen."

Lucy hob das Kinn. „Soll das eine Drohung sein, Mr Reading?"

Er lachte. „Natürlich nicht, Miss Harrington. Es ist lediglich eine Tatsache. Wie ich bereits erwähnte, liegt mein Schicksal in Ihren Händen. Ich versuche, für Miss Stanford zu einem besseren Menschen zu werden, und ich kann es nicht gestatten, dass Mrs Chingfords boshafte Lügen weiterhin verbreitet werden."

„Ich denke, Sie sollten jetzt gehen", sagte Lucy mit Nachdruck. „Sie haben kein Recht, hier zu sein, und das wissen Sie."

Er stand langsam auf, was bei ihr eine ungemeine Anspannung auslöste. „Dürfte ich einen Vorschlag machen, Miss Harrington?"

„Wenn es denn sein muss."

Sein Blick fiel auf den Schreibkoffer. „Zerstören Sie alles, was Mrs Chingford je geschrieben hat. Ein derartiger Quell von Bösartigkeit kann nichts Gutes hervorbringen."

„Ich werde es Miss Chingford vorschlagen. Sie muss diese Entscheidung treffen."

„Wenn Sie es sagen." Er deutete mit einer Kopfbewegung Richtung Fenster. „Ich kann ein Pferd hören."

„Das ist mein Vater, der zum Abendessen zurückkehrt. Er ist immer pünktlich." Sie hoffte, Gott würde ihr diese Lüge vergeben.

„Glück für Sie." Er ging betont lässig auf sie zu und neigte den Kopf in ihre Richtung. „Guten Abend, Miss Harrington. Ich weiß Ihre Nachsicht in dieser Angelegenheit zu schätzen. Ich bin mir sicher, dass Sie die Chingford-Schwestern und Miss Stanford nicht beunruhigen möchten, indem Sie ihnen von meinem etwas unfeinen Benehmen heute berichten."

„Ich werde darüber nachdenken. Bleiben Sie bis zur Trauerfeier in Kurland Hall?"

„Im Herrenhaus? Ich glaube nicht, dass ich dort willkommen wäre. Ich bin bisher in Saffron Walden untergekommen, jetzt aber ins Wirtshaus im Dorf umgezogen." Seine blauen Augen verengten sich. „Wenn Sie Kontakt mit mir aufnehmen möchten, treffen Sie mich dort an. Ich bezweifle, dass das nötig sein wird, aber falls man mich festnehmen sollte, werde ich wissen, wer dafür verantwortlich war."

„Guten Tag, Mr Reading."

Er warf ihr eine Kusshand zu und verschwand geräuschlos über die Hintertreppe. Sie blieb zurück und musste sich am Türrahmen abstützen, als die Anspannung von ihr abfiel. Unter seinem oberflächlichen Charme hatte sie erkannt, dass er gefährlich sein konnte, wenn man sich ihm in den Weg stellte. Es war reines Glück, dass ihr Vater beschlossen hatte, schon früher zum Abendessen zurückzukehren. Mit zitternden Händen nahm sie den Kerzenhalter und trug ihn zum Schreibtisch. Im Gegensatz zu Dorothea war Mr Reading geordnet und methodisch vorgegangen. Er hatte aussortierte Briefe sauber gestapelt und den Rest zu einem zweiten Stapel aufgehäuft. So schnell sie konnte, sah sie die Briefe durch, die noch ungelesen waren, und suchte nach jeglicher Erwähnung von Miss Stanford, Mr Reading oder nach Schreiben in einer anderen Handschrift.

Mr Reading hatte behauptet, dass Miss Stanford von seinen Absichten wusste. Hatte sie ihn darum gebeten, nach Kurland St. Mary zu kommen, um sicherzustellen, dass man sie nicht verdächtigte, Mrs Chingford Schaden zugefügt zu haben? War es möglich, dass Mrs Fairfax tatsächlich eine Tat gestanden hatte, die sie gar nicht begangen hatte? Oder hatte Mr Reading den Besuch bei Miss Stanford lediglich als Vorwand missbraucht, um dafür zu sorgen, dass seine Geheimnisse nicht ans Licht kamen? Wusste seine Verlobte vielleicht gar nichts von seinen Plänen?

„Lucy? Wo bist du?" Die Stimme ihres Vaters hallte durchs Treppenhaus und ließ sie zusammenfahren.

Sie nahm den Papierstapel und verstaute ihn gefaltet in ihrer Tasche, bevor sie nach unten ging, um ihren Vater zu begrüßen.

„Major Kurland, wir haben Dorothea Chingford gefunden."

Robert hatte nachdenklich aus dem Arbeitszimmerfenster gesehen, als er jäh vom eintretenden Foley aus den Gedanken gerissen wurde.

„Wo war sie?"

„Coleman hat sie in den Ställen gefunden, Sir. Es sieht so aus, als hätte sie vorgehabt, ein Pferd zu stehlen, allerdings ist sie dabei wohl gestürzt, hat sich den Kopf gestoßen und ist bewusstlos geworden." Foley schüttelte den Kopf.

„Aber sie lebt?"

„Ja, Sir. Einer der Diener bringt sie gerade in eines der ungenutzten Schlafzimmer. Mrs Bloomfield wird es ihr gemütlich machen. Ich habe schon nach Dr. Fletcher schicken lassen."

„Vielen Dank, Foley", sagte Robert erleichtert. „Ich habe mich verdammt nutzlos gefühlt, während ich hier einfach tatenlos herumsitzen musste."

„Dr. Fletcher hat gesagt, dass Sie morgen wahrscheinlich schon wieder besser gehen können, wenn Sie heute den Rest des Tages das Bein schonen, Sir."

„Ich will doch hoffen, dass er damit recht hat", murmelte Robert und hob vorsichtig das Bein vom Fußhocker. „Wir sollten Miss Chingford darüber informieren, dass ihre Schwester in Sicherheit ist. Es wäre vielleicht gut, ihr zu sagen, dass Dorothea noch schläft und sie sie morgen besuchen kann." Er dachte kurz nach. „Allerdings gibt es vermutlich ohnehin nichts, was ich sagen könnte, um die Frauenhorde aus dem Pfarrhaus von einem Krankenbesuch abzuhalten."

Foley durchquerte das Zimmer und zog die Vorhänge zu. „Da draußen ist es ausgesprochen ungemütlich, Sir. Vielleicht sollten Sie den Damen mitteilen, dass Dr. Fletcher auf dem Heimweg bei ihnen vorbeischaut, um sie über Miss Dorotheas Zustand zu unterrichten und ihnen die Sorge zu nehmen."

„Das ist eine ausgezeichnete Idee." Robert setzte sich an den Schreibtisch, schrieb eine kurze Nachricht und adressierte sie an Miss Chingford. Es klopfte an der Tür und Dr. Fletcher trat ein. Er stellte seine Tasche auf Roberts Schreibtisch ab.

„Guten Abend, Major Kurland. Miss Dorothea hat sich stark verkühlt und einen Schlag auf den Kopf erlitten.

Sie hat erhöhte Temperatur und ist kaum lange bei Bewusstsein. Ich würde von Besuchern abraten."

„Aber sie wird sich erholen?", fragte Robert.

„Ich sehe nichts, das dagegensprechen würde. Sie ist jung und gesund, und ich weiß, dass Mrs Bloomfield sich bestens um sie kümmern wird." Er kam näher und musterte Robert mit kritischem Blick. „Sie sollten sich doch nicht bewegen."

Robert deutete auf den Stuhl und den Fußhocker am Kamin. „Ich habe den ganzen Tag nur dagesessen. Fragen Sie Foley, wenn Sie mir nicht glauben. Und ich habe mich auch nicht draußen an der Suche nach Miss Dorothea beteiligt."

„Gut." Dr. Fletcher schenkte ihm ein Lächeln. „Endlich hören Sie auf mich." Er nahm seine Tasche vom Schreibtisch. „Ich werde morgen früh wiederkommen. Möchten Sie, dass ich auf dem Heimweg beim Pfarrhaus Halt mache, um ihnen mitzuteilen, wie es Miss Dorothea geht?"

„Ich wollte gerade selbst fragen, ob es Ihnen etwas ausmachen würde, dort vorbeizuschauen und die Sorgen zu zerstreuen", sagte Robert. „Ich habe eine Nachricht an Miss Chingford geschrieben, die Sie ihr mitbringen könnten. Ich würde es vorziehen, wenn die Damen mich heute Abend nicht mehr heimsuchen würden."

„Dann betrachten Sie es als erledigt." Dr. Fletcher nahm den versiegelten Brief und setzte sich seinen Hut auf. „Gute Nacht, Major Kurland. Schonen Sie Ihr Bein."

Foley begleitete den Doktor zu dessen Kutsche, während Robert den Schreibtisch aufräumte und darüber nachdachte, ins Bett zu gehen. Es war zwar noch recht früh, aber tatsächlich fühlte er sich erschöpft. Unter Schmerzen war alles anstrengender. Mithilfe seines Gehstocks schaffte er es, auf die Beine zu kommen und sich zur Tür umzudrehen. Er würde zwar immer noch

James brauchen, um die Treppe hinaufzukommen, aber zumindest ein paar Schritte konnte er allein bewältigen.

Ihm fiel ein Stück Papier, das in seiner Kladde steckte, ins Auge. Er zog es heraus und erkannte Miss Harringtons klare Handschrift. Es war die Liste von Frauen namens Madge, die sie ihm in Saffron Walden gegeben hatte. Er wollte sie gerade zerknüllen, als er stirnrunzelnd innehielt. Wie war die Notiz nur von seiner Westentasche auf den Schreibtisch gekommen?

„Verdammt." Er stieß den Fluch leise aus, während er seine Westentasche durchsuchte. Schnell wurde ihm klar, dass das Medaillon verschwunden war. Miss Harrington würde sehr verärgert über den Verlust sein. Er war sich sicher, dass er die Liste in dieselbe Tasche wie das Medaillon gesteckt hatte. Silas hatte die Weste nach dem Unfall zur Reinigung gebracht und vermutlich die Taschen geleert. Robert konnte sich jedoch nicht daran erinnern, was er mit dem Inhalt angestellt haben könnte, da er an dem Abend vor Schmerzen kaum hatte denken können.

Er nahm den Gehstock und ging langsam zur Treppe, wo James geduldig auf ihn wartete. Er würde zuerst mit Silas sprechen, aber er vermutete, dass der Inhalt der Weste irgendwann in dem Durcheinander der letzten Tage aus seinem Schlafzimmer verschwunden sein musste. Wie Miss Harrington erwähnt hatte, gab es noch ungelöste Rätsel in dem Fall, und gerade war noch ein weiteres hinzugekommen. Mrs Chingfords Tod mochte mit Mrs Fairfax' Geständnis vielleicht eine zufriedenstellende Erklärung erhalten haben, aber wer hatte das Medaillon entwendet und warum?

Kapitel 11

Lucy gestattete es Penelope, nach oben zu gehen, um ihre Schwester zu sehen, und suchte dann Major Kurland in seinem Arbeitszimmer auf. Er sah hoch, als sie an die halb geöffnete Tür klopfte und eintrat.

„Miss Harrington. Ich hatte gehofft, dass ich Sie heute sehen würde."

Sie machte einen Kicks. „Ich bin zusammen mit Penelope hier, um Dorothea zu sehen. Ich bin so froh, dass Sie sie gefunden haben."

„Ich habe gar nichts getan. Richten Sie Ihren Dank an Thomas und meine Angestellten. Dr. Fletcher sagt, dass Dorothea in den nächsten Tagen ruhen sollte, solange ihr Fieber nicht abgeklungen ist. Ich werde dafür sorgen, dass Mrs Bloomfield sich mit ihrer ganzen Aufmerksamkeit um sie kümmert."

„Wo genau haben sie sie gefunden?"

„In den Ställen. Offenbar hat sie versucht, ein Pferd zu stehlen."

Lucy setzte sich vor den Schreibtisch des Majors. „Ich frage mich, wo sie überhaupt hinwollte." Sie seufzte. „Ich sagte ihr und Miss Chingford, dass Mrs Fairfax gestorben ist. Noch bevor ich die näheren Umstände überhaupt erläutern konnte, war Dorothea aufgesprungen und durch die Haustür verschwunden, ohne dass sie jemand von uns davon hätte abhalten können."

„Es ist sicherlich merkwürdig." Major Kurland legte die Hände gefaltet auf den Schreibtisch. „Immerhin ist sie hier für eine Weile in Sicherheit. Ich werde dafür sorgen, dass sie nicht noch einmal die Möglichkeit erhält, davonzulaufen."

„Aber wovor läuft sie überhaupt weg, Major? Was hat der Tod von Mrs Fairfax mit ihr zu tun?“

„Das ist eine ausgezeichnete Frage.“ Er spielte mit einigen Gegenständen auf dem Schreibtisch herum und sah sie dann direkt an. „Wären Sie gewillt, heute mit mir auszugehen?“

Lucy starrte ihn überrascht an. „Und was haben Sie vor?“

„Ein paar Nachforschungen zu tätigen.“

„Aber ich dachte, dass wir beschlossen hätten, dass es nichts mehr nachzuforschen gibt.“

„Ich bin mir da nicht mehr so sicher. Dorotheas Verhalten lässt mich annehmen, dass wir der Wahrheit noch nicht sehr nah gekommen sind. Wieso hat sie immer noch Angst, Miss Harrington, und was gibt es noch, das wir nicht wissen?“

Lucy faltete die Hände vor der Brust und strahlte ihn an. „Ich bin so froh, dass Sie das sagen, denn auch ich habe meine Zweifel.“ Sie studierte seine Miene. Sollte sie das merkwürdige Verhalten von Mr Reading erwähnen oder mit ihren Erkenntnissen aus Mrs Chingfords Briefen anfangen? Wenn sie Mr Reading erwähnte, war sie sich sicher, dass Major Kurland ihr eine Predigt darüber halten würde, sich nicht in gefährliche Situationen zu begeben, und sie wollte ihn nicht von dem Fall ablenken. Daher entschied sie sich dazu, mit dem Inhalt ihrer Tasche zu beginnen.

„Ich wollte, dass Sie die hier sehen.“ Sie ging um den Schreibtisch herum und zog die Papiere hervor, die aus Mrs Chingfords Schreibkoffer stammten. „Leider konnte Dorothea schon einige der Briefe vernichten, bevor ich sie alle ausführlich lesen konnte.“ Sie deutete auf eines der Schreiben. „In diesem hier erwähnt die Verfasserin Miss Stanfords Verlobung mit einem echten Halunken und führt eine Reihe von Gerüchten aus, die ihn nicht gerade wie einen Gentleman erscheinen lassen."

Major Kurland zog eine Augenbraue hoch. „Was hat Miss Stanford damit zu tun? Mich interessiert viel mehr der Austausch von Mrs Chingford mit Madge."

„Ich konnte keine weiteren Schreiben von ihr finden." Lucy verzog das Gesicht. „Ich habe an alle drei Madges geschrieben und sie gefragt, ob sie von dem Kindermädchen wussten, jedoch keine Antwort erhalten."

„Daher werden wir die Gelegenheit nutzen und selbst zu den beiden Frauen in unserer Nähe fahren, um sie persönlich zur Trauerfeier einzuladen."

„Ich verstehe immer noch nicht, warum Sie plötzlich so davon überzeugt sind, dass das wichtig ist. Soweit wir wissen, könnte Dorotheas jetzige Gefühlslage gar nichts mit dem Tod ihrer Mutter zu tun haben, sondern durch ihr junges Alter bedingt sein."

Er lehnte sich zurück und sah ihr in die Augen. „Das ist nicht alles. Letzte Nacht habe ich geträumt, dass ich Mrs Fairfax erwürgt aufgefunden habe. Ich konnte die Spuren an ihrem Hals sehen. Ich wachte auf und versuchte meinen Atem wieder zu beruhigen, als mir etwas Wichtiges auffiel. Wenn Mrs Chingford erwürgt wurde, wie hätte eine zierliche Frau wie Mrs Fairfax das bewerkstelligen können? Sie hätte niemals genug Kraft in den Fingern gehabt, um das zu schaffen."

„Aber wir wissen nicht, ob Mrs Chingford wirklich erwürgt wurde." „Ich weiß, aber es ist noch etwas anderes vorgefallen." Er atmete tief durch. „Das Medaillon ist verschwunden."

„Sie meinen, Sie haben es verloren?"

„Ich meine, dass es mir jemand gestohlen hat. Ich habe es zuletzt am Abend des Kutschunfalls gesehen. Meine Kleidung war verdreckt, daher brachte Silas alles – auch meine Weste – zur Reinigung. Das Medaillon war zusammen mit der Namensliste, die Sie mir gaben, in meiner Tasche. Die Liste fand ich wieder, aber das Medaillon ist verschwunden."

„Haben Sie gefragt, was Silas damit gemacht hat?"

„Er hat geschworen, es auf meine Ankleidekommode gelegt zu haben." Er stöhnte. „Ich habe in der Nacht wie ein Toter geschlafen. Gott, mir widerstrebt der Gedanke, dass jemand in meinem Zimmer gewesen ist, während ich schlief. Jeder hätte in mein Schlafzimmer kommen und das Medaillon stehlen können."

„Selbst Mrs Fairfax." Lucy schüttelte den Kopf. „Konnten Sie das Medaillon eigentlich öffnen?"

„Nein. Ein weiteres meiner Versäumnisse", sagte er mürrisch. „Ich bin ein ausgesprochen unfähiger Ermittlungspartner, Miss Harrington."

„Damit wird es umso wichtiger, die richtige Madge zu finden. Ich werde Sie zu den beiden Kandidatinnen begleiten."

„Wir können nur hoffen, dass wir teuflisches Glück haben und eine der beiden bereits die richtige Frau ist." Er erhob sich. „Sind Sie bereit, sofort aufzubrechen?"

Sie zog die Augenbrauen hoch. „Ich kann nicht ohne Anstandsdame mit Ihnen kommen, Major, und ich habe auch Dorothea noch nicht gesehen."

Er sah sie finster an. „Dann gehen Sie hoch zu ihr und holen Sie danach eines der Dienstmädchen als Begleitung für unseren Ausflug. Ich werde Sie in einer Viertelstunde bei den Ställen treffen."

„Major Kurland, haben Sie einen Augenblick?"

Robert wurde aus seinen Gedanken über den Zustand des Zauns, der die Koppel einsäumte, gerissen, als Coleman, der Kutscher, sich zu ihm gesellte.

„Was gibt es, Coleman?"

„Ich bitte um Verzeihung, Major, aber ich dachte, dass Sie wissen sollten, dass wir die verunglückte Kutsche geborgen haben und dass es beiden Pferden gut geht."

„Vielen Dank." Einen kurzen Moment blitzte vor seinem geistigen Auge Miss Harrington auf, wie sie neben dem außer Kontrolle geratenen Pferd stand. „Ist die Kutsche noch zu retten?"

„Ich glaube nicht, Major. Und was die ganze Sache angeht ..." Coleman schien seine Worte vorsichtig zu wählen. „Ich habe das Wrack ausführlich untersucht, um sicherzugehen, dass ich beim Fahren keinen Fehler gemacht habe, Sir."

„Und?"

„Etwas stimmte nicht. Jemand hat die Räder auf der rechten Seite der Kutsche sabotiert. Eins davon ist glatt durchgebrochen. Das ist mir in der gesamten Zeit meiner Anstellung in diesem Stall noch nicht untergekommen, Sir. Und wir halten die Pferde und Kutschen hier in bestem Zustand."

„Ja, in der Tat." Robert sah Miss Harrington mit einem der Dienstmädchen im Schlepptau den Weg hinunter zu den Ställen kommen. „Wer weiß davon?"

„Nur ich und der junge Crawford, Sir, und er kann Verschwiegenheit wahren." Coleman zögerte. „Ich hatte mich gefragt, ob vielleicht jemand beim Wirtshaus in Saffron Walden an der Kutsche hantiert haben könnte, während wir mit dem Essen beschäftigt waren, Sir. Das ist der einzige Zeitraum, in dem die Kutsche nicht von jemandem beaufsichtigt wurde."

„Können Sie die Sache für sich behalten, Coleman? Ich möchte meine Gäste und die anderen Angestellten nicht beunruhigen."

„Sehr wohl, Major. Und ich werde einen der Jungs damit beauftragen, ein paar Nächte lang Wache zu halten, damit wir sicher sein können, dass hier nichts Verdächtiges passiert. Man kann nicht vorsichtig genug sein.“ Die Kutsche für die anstehende Fahrt kam mit Reg auf dem Kutschbock herbei und Coleman untersuchte sie genau. „Hier gibt es keinen Grund zur Sorge, Sir. Die habe ich heute Morgen selbst überprüft.“

„Danke. Ich würde Miss Harrington ungern noch einmal zumuten, zu verunglücken.“

Coleman gluckste. „Sie ist eine tapfere junge Dame, nicht wahr? Sie wollte sofort mit den Pferden helfen, ohne sich um die eigene Sicherheit Gedanken zu machen.“

„Ja, sie ist durchaus impulsiv.“ Er musterte seine Reisebegleiterin, als sie mit vor Aufregung geröteten Wangen an seine Seite trat. „Manchmal wünschte ich, sie wäre vorsichtiger.“

„Sind Sie bereit, Major Kurland?“ Miss Harrington wandte sich Mr Coleman zu und schenkte ihm ein Lächeln. „Und wie geht es Ihnen, Mr Coleman? Hat Ihre Tochter sich von der Mumpsinfektion erholt?“

„Es geht ihr schon viel besser, Miss. Danke der Nachfrage.“ Er berührte zum Abschied seine Hutkrempe und trat einen Schritt zurück. „Mr Fairfax hat sich nach Ihnen erkundigt, Major. Er sagte, ich solle Ihnen ausrichten, dass er noch etwas in Kurland St. Anne zu erledigen habe und bei Einbruch der Dunkelheit zurück sein werde.“

„Ja, das hat er gestern bereits erwähnt. Ich bin froh, dass es ihm wieder so gut geht, dass er sich den Weg zutraut.“

„Er scheint es gut überstanden zu haben, Sir. Abgesehen von dem blauen Auge, das er bei dem Unfall gestern erlitten hat.“ Coleman schüttelte den Kopf. „Sie sollten besser bald aufbrechen, Major, bevor es wieder anfängt zu regnen. Sie wollen doch nicht, dass Miss Harrington völlig durchnässt wird, oder?“

Robert half Miss Harrington in die Kutsche und folgte ihr auf dem Fuße. Coleman setzte das Dienstmädchen neben Reg auf den Bock und schon waren sie bereit aufzubrechen. „Wenn es regnen sollte, habe ich einen Regenschirm dabei, Major", sagte Miss Harrington, während sie die Bänder ihrer sehr funktionalen Haube verschnürte. „Wir werden also nicht nass werden. Wie weit ist es denn bis zum Haus der ersten Madge?"

Weniger als zwei Stunden später erreichten sie das Dorf Great Dunmow, wo Robert am *Saracens Head* haltmachen ließ, um nach dem Weg zum *Goose Green Cottage* zu fragen. Die Adresse wurde ihm als nahe gelegen beschrieben, sodass Robert sich dazu entschied, die Kutsche und Reg am Wirtshaus zurückzulassen und sein Bein mit einem kurzen Spaziergang auf die Probe zu stellen.

Miss Harrington hakte sich bei ihm ein und zusammen überquerten sie, gefolgt vom Dienstmädchen, den Dorfplatz und bogen in eine der offenbar selten befahrenen Straßen ein. Es fühlte sich gut an, das Bein ein wenig zu fordern. Das Cottage mit seinen roten Ziegeln und dem strohgedeckten Dach war umringt von einem weitläufigen, blühenden Garten. In der leichten Brise schaukelte sanft eine Wäscheleine und aus dem Haus hörten sie dumpfes Bellen, als sie sich näherten.

Robert entriegelte das vordere Tor und ließ Miss Harrington den Vortritt in den Garten.

„Ich nehme an, Sie haben noch Ihren Regenschirm", murmelte er, als ihnen zwei Hunde entgegengerannt kamen. „Lassen Sie uns hoffen, dass die Biester uns freundlich gesinnt sind."

Eine Frau erschien an der Eingangstür und winkte sie heran. „Keine Sorge wegen der Hunde. Sie werden Ihnen nichts tun."

„Vielen Dank, Madam", rief Miss Harrington. „Sind Sie Mrs Madge Troughton?"

„So ist es. Und mit wem habe ich das Vergnügen?"

„Ich bin Miss Harrington aus dem Pfarrhaus in Kurland St. Mary und das ist Major Sir Robert Kurland. Dürften wir einen Moment hereinkommen? Wir haben Neuigkeiten für Sie."

Mrs Troughton rieb sich die Hände an der Schürze ab. „Natürlich, Miss. Kommen Sie herein, kommen Sie herein." Sie trat einen Schritt zurück und öffnete die erste Tür zur Rechten. „Setzen Sie sich doch. Ich werde einen Tee aufsetzen."

„Das wäre sehr freundlich von Ihnen, Mrs Troughton." Miss Harrington schenkte ihr ein Lächeln.

Robert seufzte, als er sich auf den Stuhl gegenüber von Miss Harrington sinken ließ. „Wieso müssen wir Tee trinken? Wieso können wir ihr nicht einfach unsere Fragen stellen und dann wieder gehen?"

Miss Harrington strich ihr Kleid glatt. „Weil wir höflich sind, Major Kurland, und weil wir um ihr Wohlwollen bemüht sind. Wenn wir uns wie vernünftige Leute mit Manieren benehmen, wird sie eher geneigt sein, uns zu vertrauen."

Robert sagte nichts weiter und wartete nur brav, bis ihre Gastgeberin mit drei Tassen starken Tees und einem Teller mit Keksen zurückkehrte. Er machte leider den Fehler, ein Stück Gebäck zu nehmen. Beinahe hätte er sich damit ein Stück Zahn herausgebrochen. Er ließ den Rest des Kekses auf seiner Untertasse liegen und lauschte Miss Harrington beim Austausch unzähliger Höflichkeiten. Nach ein paar Minuten gelang es ihm, ihren Blick auf sich zu ziehen, und er nickte in Richtung der Uhr.

„Mrs Troughton, wir sind leider hier, um Ihnen traurige Nachrichten zu überbringen", sagte Miss Harrington mit sanfter Stimme. „Eine gemeinsame Bekannte von uns, Mrs Maria Chingford, ist verstorben. Ich habe Ihnen bereits davon geschrieben, aber da wir heute ohnehin in der Gegend waren, hielten wir es für das Beste,

Sie direkt zu kontaktieren, für den Fall, dass Sie zu der Trauerfeier in Kurland St. Mary erscheinen wollen."

„Mrs Chingford?"

„Ja. Sie war für eine Hochzeit mit zweien ihrer Töchter in Kurland St. Mary, als sie in einem tragischen Unfall die Treppe hinunterstürzte."

Mrs Troughton setzte sich abrupt hin. „Sie ist tot?"

„Ja. Es tut mir wirklich leid."

„Gut, sie los zu sein", stieß Mrs Troughton hervor. „Sie war eine furchtbare Arbeitgeberin. Sie hat mich ohne Empfehlungsschreiben entlassen, als sie herausfand, dass Mr Chingford gut von mir sprach." Sie schnaubte. „Als ob ich dem alten Mann gestattet hätte, mir zu nahe zu kommen."

„In was für einer Funktion haben Sie für sie gearbeitet?", fragte Robert.

„Ich war ihre Ankleiderin, ihre Zofe. Sie hat mich wie Dreck behandelt." Mrs Troughton verschränkte die Arme vor der Brust. „Als mein Ehemann damit begann, mich zu umwerben, habe ich das Haus nur zu gern für immer hinter mir gelassen."

„Sie waren nicht an der Erziehung der Kinder beteiligt?", fragte Miss Harrington.

„Nein, allerdings habe ich natürlich auch ihre Töchter kennengelernt. Die waren wirklich zu bemitleiden."

„Bitte entschuldigen Sie die Frage, aber wenn Sie sich im Schlechten getrennt haben, wieso haben Sie sich dann noch mit Mrs Chingford geschrieben?", warf Robert ein.

Mrs Troughton seufzte. „Weil meine Cousine Rachel noch immer für sie gearbeitet hat. Nur auf diese Weise hat Mrs Chingford uns erlaubt, zu schreiben."

Robert runzelte die Stirn. „Ich verstehe nicht ganz."

„Mrs Chingford bestand darauf, all unsere Briefe zu lesen, bevor sie sie weitergab. Also habe ich sie direkt an sie adressiert und sie gab sie dann Rachel."

Miss Harrington beugte sich vor, um einen der Hunde am Kopf zu kraulen. „Dann war unser Besuch vermutlich nicht notwendig und ich entschuldige mich für die Störung. Ich bezweifle, dass Sie der Trauerfeier für Mrs Chingford beiwohnen wollen."

„Schon in Ordnung, Miss. Es ist gut, dass ich es weiß." Mrs Troughton dachte kurz nach. „Was wird jetzt mit dem Haushalt passieren, wo doch sowohl der Herr als auch die Herrin des Hauses nicht mehr sind?"

„Ich vermute, Miss Chingford und ihre Schwestern werden bei Verwandten wohnen und das Haus wird geschlossen", sagte Miss Harrington.

„Dann wird meine Cousine eine neue Stelle finden müssen."

„Außer ein anderes Mitglied der Familie Chingford übernimmt das Haus und entscheidet sich dazu, die Bediensteten zu behalten."

„Das ist unwahrscheinlich, Miss. Immerhin weiß Rachel, dass sie hier immer ein Heim haben wird. Ich frage mich, was die anderen dann mit sich anfangen werden."

„Hatte Mrs Chingford ein Kindermädchen für die jüngste Tochter angestellt – diejenige, die noch im Schulalter ist?"

„Nein. Madge Summers ist etwa zur gleichen Zeit gegangen wie ich."

„Noch eine Madge?" Miss Harrington lächelte. „Das muss verwirrend gewesen sein."

„Oh nein, Miss. Wir haben uns zumeist nur in unseren Teilen des Hauses aufgehalten und einander kaum gesehen."

„Hat sie woanders eine Anstellung als Kindermädchen gefunden oder ist sie ganz fortgegangen?"

„Ich weiß es nicht, Miss. Sie hat mir gegenüber nichts davon gesagt."

„Ein gutes Kindermädchen ist immer gefragt." Miss Harrington erhob sich endlich, und Robert tat es ihr gleich. „Vielen Dank für den Tee, Mrs Troughton, und entschuldigen Sie bitte die Störung."

„Das ist kein Problem, Miss Harrington, Sir." Mrs Troughton machte einen Knicks. „Ich werde Rachel heute schreiben und hoffe, dass sie längere Zeit hier verbringen wird."

„Nun, ich bin froh, dass unser Besuch nicht ganz umsonst war." Miss Harrington lächelte. „Auf Wiedersehen, Mrs Troughton."

„Auf Wiedersehen, Miss." Sie öffnete die Vordertür und ließ sie nach draußen treten. „Auf Wiedersehen, Sir."

Robert wartete, bis sie sich ein Stück vom Cottage entfernt hatten, bevor er seine Gedanken laut aussprach. „Wir haben nicht besonders viel in Erfahrung bringen können, oder?"

„Nun, das war zwar sicherlich nicht die Madge, nach der wir gesucht haben, aber immerhin hat sie bestätigt, dass die andere Madge Mrs Chingfords Kindermädchen war. Wir wissen jetzt, mit welcher der verbliebenen Kandidatinnen wir sprechen müssen."

„Ich schätze, so ist es – allerdings schien diese Madge Mrs Chingford nicht gerade zu schätzen. Wenn sie von Rachel erfahren hätte, dass ihre ungeliebte ehemalige Arbeitgeberin in Kurland St. Mary sein würde, wäre sie dann dorthin gereist, um ein wenig Unheil zu stiften?"

„Und Sie sagen, ich hätte lächerliche Ideen." Miss Harrington blickte ihm in die Augen. „Die Theorie ist doch sehr weit hergeholt, nicht wahr, Major?"

„Ich schätze schon." Er seufzte, als das Dorf wieder in Sichtweite kam. „Lebt Madge Summers hier in der Nähe oder haben wir Pech?"

Miss Harrington zog ihre Liste zurate und wandte sich ihm mit einem optimistischen Lächeln zu. „Sie lebt in Thaxted, das nur eine weitere Stunde entfernt liegt."

„Dann sollten wir ihr schleunigst einen Besuch abstatten, bevor die Sonne untergeht, wir im Dunkeln zurückfahren und ich mich erneut vor Ihrem Vater rechtfertigen muss."

Als sie Thaxted erreichten, hatten sich dichte Wolken über ihnen zusammengebraut und die Sonne war nicht mehr zu sehen. Lucy war im Nachhinein froh, ihre stabilsten Stiefel und den dicksten Mantel gewählt zu haben. Als sie das *Swan Inn* erreichten, wehte ihnen der Wind direkt ins Gesicht und brachte sie zum Husten.

„Entweder müssen in der Herberge die Schornsteine gefegt werden oder es hat irgendwo in der Nähe gebrannt", bemerkte Major Kurland. Er schluckte schwer. Nachdem sie bereits viele seiner albtraumhaften Kriegsgeschichten gehört hatte, fragte Lucy sich, woran genau er sich gerade erinnert fühlte.

Major Kurland wies Reg an, auf den Hof des *Swan Inn* zu fahren. Er stieg vorsichtig aus und half dann Lucy und dem Dienstmädchen von der Kutsche. Ein Stallknecht näherte sich, um sich um die Pferde zu kümmern, und Major Kurland rief ihm zu: „Was brennt hier?"

„Ein Haus die Straße runter, Sir", antwortete der Junge. „Aber kein Grund zur Sorge. Das Feuer ist schon gelöscht."

„Gott sei Dank", erwiderte Major Kurland. „Kannst du mir bitte sagen, wo die Field Lane ist?"

„Direkt hinter der Herberge, Sir. Einfach zur Vordertür raus, dann links und an der Kreuzung wieder links."

„Danke. Sind Sie bereit, Miss Harrington, oder müssen Sie ... die Örtlichkeiten der Herberge aufsuchen?"

„Vielleicht bevor wir wieder aufbrechen." Sie deutete auf Alice, das Dienstmädchen, das stark zitterte. „Alice sollte hier bei Reg bleiben."

„In Ordnung. Ich bezweifle, dass wir jemanden treffen werden, den wir kennen, der sich Gedanken machen könnte, was wir beide zusammen hier draußen ohne Anstandsdame treiben."

„Das ist wirklich ausgesprochen unwahrscheinlich, Sir." Sie legte die Hand auf seinen Arm. Sie durchquerten die Herberge und traten auf der anderen Seite durch die Vordertür auf die Straße. „Madge Summers wohnt im achten Haus."

Mit jedem Schritt auf der matschigen Straße wurde der Rauch dichter und Lucy presste ihr Taschentuch auf den Mund.

„Guter Gott." Major Kurland blieb stehen und sie beide untersuchten die rauchenden Überreste von Nummer acht Field Lane. „Davon ist nichts übrig."

Kapitel 12

„Wir können nicht einfach gehen“, protestierte Lucy, als Major Kurland sie fest am Arm packte und mit ihr die Straße zurückmarschierte.

„Wir haben keine andere Wahl. Das Haus ist bis auf die Grundmauern niedergebrannt. Da finden wir niemanden mehr, mit dem wir reden könnten. Wäre ich ein misstrauischer Mann, würde ich sagen, dass jemand nicht möchte, dass wir Madge Summers besuchen.“

„Ein Grund mehr, warum wir bleiben und die Nachbarn befragen sollten. Nur weil das Haus zerstört wurde, heißt das nicht, dass sie tot ist. Vielleicht hat sie irgendwo anders Unterschlupf gefunden und ...“

Er blieb stehen und wandte sich ihr zu. „Miss Harrington, ich werde Ihnen nicht gestatten, das ganze Dorf zu befragen.“

„Ich glaube nicht, dass ich um Ihre Erlaubnis gebeten habe, Sir.“

„Wenn Sie meine Frau wären, müsste ich nicht einmal bitten. Ich würde davon ausgehen, dass Sie tun, wie Ihnen geheißen.“

„Nun, glücklicherweise sind wir nicht verheiratet.“

Sie blitzten einander wütend an und vergaßen dabei völlig die anderen Leute auf der Straße.

„Sie haben meinen Heiratsantrag nur ausgeschlagen, weil Sie mir nicht Gehorsam schuldig sein wollten?“

„Das war nicht der einzige Grund und Sie wollten mich nicht wirklich heiraten. Sie sollten froh sein, dass ich nicht einwilligte, denn selbst wenn wir verheiratet wären, würde ich Ihnen in diesem Fall nicht gehorchen!"

„Ach wirklich?" Mit kühlem Blick zog er eine Augenbraue hoch.

„Ja, weil Sie im Unrecht sind. Wenn wir jetzt nicht handeln, finden wir vielleicht nie heraus, ob Madge überlebt hat."

Einen Augenblick lang funkelten sie sich gegenseitig an.

„Wie Sie wünschen. Wir werden die direkten Nachbarn nach Madges Verbleib fragen. Und wenn sie dort nirgendwo ist, werden wir wieder gehen. Einverstanden?"

„Ich denke schon."

„Gut." Er machte kehrt und ging zum ersten Haus neben der ausgebrannten Ruine. Er klopfte mit dem Gehstock an die Tür, bis ihm ein älterer Herr öffnete.

„Ja, Sir?"

„Wo ist die Frau, die nebenan wohnte?", fragte Major Kurland unwirsch.

Der Blick des alten Mannes wanderte von Major Kurland in Richtung der qualmenden Überreste. „Wer will das wissen?"

„Ich bin Major Robert Kurland. Ich suche Madge Summers."

„Ich weiß von nichts, Sir. Ich war nicht hier, als das Feuer ausgebrochen ist."

„Wissen Sie überhaupt, ob die Frau noch lebt?", fragte Major Kurland.

„Versuchen Sie es bei Mr und Mrs Collins in der Nummer sieben, Sir. Sie könnten etwas wissen." Der Mann schlug die Tür mit Nachdruck vor Major Kurlands Nase zu.

Er wandte sich Lucy zu und sie gab ihr Bestes, nichts zu sagen, als er zum Haus auf der anderen Seite der Trümmer stampfte.

„Würden Sie mich –"

„Ich erledige das, Miss Harrington."

„Aber –"

Er marschierte zum Eingang und klopfte an die blau angestrichene Tür. Lucy sah, dass sich die Vorhänge am Fenster des vorderen Salons leicht bewegten, aber niemand reagierte auf das eindringliche Klopfen des Majors.

Er schlug erneut mit dem Gehstock gegen das Holz. „Vielleicht ist niemand da."

„Ich denke doch," erwiderte Lucy. „Vielleicht haben sie zu viel Angst, die Tür aufzumachen, weil Sie so laut dagegenhämmern", gab sie ihm zu bedenken.

Er drehte sich langsam zu ihr um und trat ihr aus dem Weg. „Dann versuchen Sie es eben."

„Vielen Dank." Lucy schritt an ihm vorbei und klopfte sanfter. Schließlich öffnete ein kleines Mädchen die Tür und starrte sie an, als stünde ein Geist vor ihr.

„Ist deine Mutter zu Hause, meine Liebe?", fragte Lucy behutsam.

Das Mädchen schüttelte den Kopf.

„Dein Vater vielleicht?"

Ein weiteres Kopfschütteln.

Lucy ging in die Hocke, sodass ihr Gesicht auf gleicher Höhe mit dem des Kindes war. „Wirst du Ärger kriegen, weil du die Tür aufgemacht hast? Wir werden es niemandem sagen." Sie nahm ein Malzbonbon aus ihrer Tasche und bot es dem Mädchen an. „Hast du das Feuer heute gesehen?"

Diesmal war es ein Nicken und eine zögerliche Hand streckte sich in Richtung des angebotenen Bonbons.

„Geht es der Lady, die in dem Haus wohnte, gut?"

„Ja."

Lucy übergab ihr das Bonbon. „Weißt du, wo sie hingegangen ist?"

„Nein."

„Bist du ganz sicher?"

Das Kind nickte energisch, während es das Bonbon lutschte.

Hinter sich bemerkte Lucy Major Kurland, der unruhig auf und ab ging. Sie erhob sich und wandte sich ihm zu. „Wie Sie sehen können, weiß sie nicht viel. Ich denke, wir müssen später zurückkehren und mit ihren Eltern sprechen."

„Und ich denke, wir sollten zurück zur Herberge gehen, uns sammeln und uns über das weitere Vorgehen beraten, wenn wir zurück in Kurland St. Mary sind." In seiner Stimme lag ein unerbittlicher Tonfall, den sie aus ihrer früheren Erfahrung mit ihm nur allzu gut kannte.

„Wenn Sie darauf bestehen."

„Das tue ich, Miss Harrington. Ist Ihnen in den Sinn gekommen, dass die Person, die das Haus angezündet hat, noch hier in Thaxted sein könnte? Wenn diese Tragödie mit den Todesfällen in Kurland St. Mary in Verbindung steht, dann könnte unser Erscheinen hier weitere Komplikationen nach sich ziehen und uns vielleicht in Gefahr bringen."

„Dann sollten wir in der Tat nach Hause zurückkehren. Wir können uns auf der Fahrt unterhalten." Lucy lächelte das kleine Mädchen an. „Schließ die Tür wieder und lass niemanden sonst herein, in Ordnung?"

Sie schüttelte energisch den Kopf und schloss die Tür hinter sich.

Lucy schwieg auf dem Weg zum *Swan Inn*. Erst jetzt bemerkte sie, dass ihre Kleider vom Gestank der durchnässten und verkohlten Holzbalken durchdrungen waren. Sobald sie zu Hause ankamen, würde sie den Geruch von Rauch auch aus ihrem Haar waschen müssen. Was, wenn Major Kurland recht hatte und jemand aus Kurland St. Mary sie in Thaxted gesehen hatte? Befanden sie sich jetzt beide in Gefahr?

Reg und Alice genossen in der Herberge Suppe und Ale, wobei der Major und Lucy sich ihnen anschlossen. Während Reg losging, um die Pferde an die Kutsche zu spannen, und Alice die Toilette aufsuchte, aß Lucy den Rest ihrer Suppe auf.

„Ich wünschte, ich hätte die geschlossene Kutsche genommen", murmelte Major Kurland. „So, wie der Himmel aussieht, wird es auf dem Weg teuflisch kalt werden."

„Ihre geschlossene Kutsche wurde an dem schicksalhaften Tag in Saffron Walden beschädigt."

„Das ist korrekt." Major Kurland senkte die Stimme. „Coleman glaubt, dass sich jemand daran zu schaffen gemacht hat."

Lucy verschluckte sich an einem Stück Brot. „Wie bitte?"

„Es war kein Unfall." Die Stimme des Majors war düster. „Wer in Gottes Namen würde so etwas tun? Wir hätten alle sterben können."

„Vielleicht war es ein Versuch, Mrs Fairfax zum Schweigen zu bringen."

„Was offenbar fehlgeschlagen ist. Oder es hat sie so sehr verängstigt, dass sie sich das eigene Leben nahm."

„Mir fällt kein anderes Motiv ein ... es sei denn ..." Sie hielt kurz inne. „Mr Reading wohnte zu der Zeit in Saffron Walden."

„Wer ist Mr Reading?"

„Der Verlobte von Miss Stanford. Offenbar schrieb sie ihm und bat ihn darum, zur Trauerfeier nach Kurland St. Mary zu kommen. Er war im Pfarrhaus, um Miss Chingford sein Beileid auszusprechen. Es ist nicht besonders gut gelaufen. Miss Chingford behauptete, dass er ihrer Mutter einen Antrag gemacht, es sich dann aber anders überlegt habe, als ihm klar wurde, dass sie nicht sehr wohlhabend war."

„Er klingt nicht wie ein ehrbarer Mann."

„Das denke ich auch." Lucy atmete tief durch. „Ich glaube nicht, dass er nach Kurland St. Mary kam, um Miss Stanford zu unterstützen, sondern um dafür zu sorgen, dass in seinen Briefen an Mrs Chingford keine belastenden Beweise zu finden sein würden."

„Sie wissen erstaunlich gut Bescheid über den Gentleman, den Sie nur für ein paar Minuten im Salon des Pfarrhauses getroffen haben."

„Er kehrte noch einmal zurück, als alle auf der Suche nach Dorothea waren. Ich fand ihn im Schlafzimmer von Mrs Chingford vor, wie er ihre Briefe durchsuchte."

Auf ihre Beichte folgte nichts als Schweigen und sie hielt ihren Blick nach unten auf die Suppenschüssel gesenkt, solange sie konnte.

„Und ich nehme an, Sie haben ihn damit konfrontiert." Der Major klang viel zu ruhig für ihren Geschmack.

„Ich hatte kaum eine andere Wahl."

„Natürlich nicht. Keine vernünftige Frau würde loslaufen und Hilfe holen."

Sie fühlte sich peinlich berührt. „Nachdem er seine Pistole gesenkt hatte, dachte ich nicht, dass er –"

„Er hat eine Pistole auf Sie gerichtet?"

„Nur, bis er realisierte, mit wem er es zu tun hatte. Dann hat er sich vielmals entschuldigt und war auf seine Art recht charmant."

Es folgte mehr Stille. Diesmal riskierte sie einen Blick nach oben. Seine Augen blitzten sie voller Zorn an.

„Miss Harrington, Sie haben keine Ahnung, wie gern ich Sie hochheben und schütteln würde, bis Ihre Zähne klappern." Der Tonfall des Majors war beinahe gelassen, allerdings wenig beruhigend.

„Ich weiß, was Sie denken, Major", sagte Lucy hastig. „Aber ich habe ihn dort nicht erwartet und wurde von ihm praktisch überrumpelt. Worauf ich aber hinauswollte: Vielleicht hatte Mr Reading etwas mit dem Kutschunfall zu tun, denn er war an dem Tag in Saffron Walden." Da keine Antwort kam, sprach sie weiter. „Ist es möglich, dass Miss Stanford mehr mit dieser Angelegenheit zu tun hat, als uns bisher klar war? Vielleicht hat sie Mr Reading darum gebeten, ihr Verbrechen zu verschleiern. Vergessen Sie nicht, dass sie den Ruf ihres Bruders und ihres Verlobten beschützen wollte. Sie könnte Mrs Chingford die Treppe hinuntergestoßen und dann zur Sicherheit dafür gesorgt haben, dass Mrs Fairfax nicht überlebte."

Major Kurland erhob sich langsam. „Wir müssen zurück. Ich treffe Sie bei den Ställen."

Lucy sah ihm nach. Ihre Gedanken kreisten verwirrt umher, während er aus dem Zimmer humpelte und sie allein zurückließ. Sie atmete tief durch und bemerkte, dass sie zitterte. Es war überraschend, dass er auf ihr Geständnis kaum eine Reaktion gezeigt hatte. Sie hatte erwartet, dass er sie zusammenstauchen und für dumm erklären würde. Dass er einfach gehen würde, als ob sie nicht existierte, hatte sie nicht erwartet ...

Sie band die Schnüre ihrer Haube zusammen und folgte ihm hinaus. Sie würde, selbst wenn sie den kürzesten Weg nach Hause nahmen, mindestens die nächsten zwei Stunden mit ihm in der Kutsche eingepfercht sein. Es war also noch genug Zeit, in der er sie in einem privateren Umfeld als hier in der Herberge zurechtweisen konnte. Dann würde sie sich verteidigen können. Er würde zur Vernunft kommen und alles wäre wieder in Ordnung.

Zumindest hoffte sie, dass es so ablaufen würde.

Robert starrte stur geradeaus, während die Kutsche zügig der Landstraße Richtung Kurland St. Mary folgte. Es war inzwischen recht dunkel, aber er konnte in einiger Entfernung die Lichter des Dorfes und des Herrenhauses vor dem purpurnen Himmel ausmachen. Er liebte sein Zuhause, aber selbst der Anblick von dessen schlichter Schönheit reichte heute Abend nicht aus, um seinen Zorn zu mildern.

„Major Kurland ...“

Sein Kiefer arbeitete und er bemerkte, dass seine Muskeln inzwischen schmerzten, weil er sich davon abhalten musste, Miss Harrington anzuschreien.

„Ich weiß, dass Sie wütend auf mich sind, aber bitte versuchen Sie die Situation aus meiner Sicht zu sehen.“

Er nahm seinen Gehstock in die Hand und drückte fest zu. Ein Teil von ihm verspürte immer noch das Bedürfnis, Miss Harrington auf der anderen Seite der Kutsche bei den Schultern zu packen und kräftig durchzuschütteln. Auch wenn ihm die Vorstellung gefiel, hatte er den Verdacht, dass er sie nach dem Schütteln in die Arme nehmen und sie anflehen würde, nicht noch einmal so dumm zu sein und sich in derartige Gefahr zu begeben, damit er ...

„Major Kurland.“

Er räusperte sich und rief Reg zu: „Lassen Sie Miss Harrington am Pfarrhaus aussteigen.“

„Ja, Sir.“

Die Kutsche wurde langsamer und bog in die Auffahrt ein, die einmal um das Gebäude zum Vordereingang des Pfarrhauses führte. Robert stieg aus, ging um die Kutsche herum und half Miss Harrington beim Aussteigen.

Als sie mit den Füßen wieder auf festem Boden stand, packte sie ihn kräftig am Arm und machte keine Anstalten weiterzugehen. „Ich würde es bevorzugen, wenn Sie mich anschreien würden, anstatt mich zu ignorieren. Wie sollen wir unsere Nachforschungen weiterführen, wenn wir im Streit liegen?“

Schließlich erwiderte er doch ihren Blick. „Wir werden nie wieder gemeinsam in irgendeiner Angelegenheit Nachforschungen betreiben."

Aus ihren braunen Augen waren Schock und Kränkung abzulesen. „Wieso nicht?"

„Weil ..." *Weil ich den Gedanken nicht ertragen kann, dass Sie verletzt oder bedroht werden könnten. Weil ich es nicht ertragen kann, wie mutig Sie sind, während ich verängstigt vor allem zurückschrecke wie ein Feigling.* „Diese Ermittlungen sind vorbei."

„Das sind sie nicht. Wir ..."

„Wir werden überhaupt nichts tun", sagte Robert erbittert. „Alle Welt ist in dem Glauben, dass Mrs Chingford die Treppe hinuntergestürzt ist und Mrs Fairfax nach einer Kopfverletzung versehentlich zu viel Laudanum eingenommen hat."

Miss Harrington hob das Kinn und sah ihm entschlossen in die Augen. „Sie haben keinerlei Autorität über mich." Ihre Stimme zitterte. Ihre Hand war fest um seinen Arm geschlungen. „Wenn Sie sich dazu entschließen, nichts mehr damit zu tun haben zu wollen, dann ist das Ihre Entscheidung. Aber ich kann nicht –"

„Natürlich können Sie, verdammt noch mal." Er ergriff ihr Handgelenk. „Wenn Sie glauben, dass ich es Ihnen gestatten werde, sich noch einmal in Gefahr zu begeben, dann liegen Sie sehr falsch. Ich werde Ihren Vater darüber in Kenntnis setzen, was Sie vorhaben, und ihn dabei um Hilfe bitten, Sie im Haus zu halten."

„Meinem rechtmäßigen Platz?" Sie riss sich von seiner Hand los. „Mir war bis jetzt nie klar, wie sehr Sie meinem Vater doch ähneln. Wie können Sie es wagen, mich wie Ihr Eigentum zu behandeln!" Sie wirbelte herum und stürmte in Richtung des Pfarrhauses. Die Tür ließ sie kräftig hinter sich ins Schloss krachen.

Robert zuckte unwillkürlich zusammen und atmete schwer aus. Es war besser, wenn sie ihn für einen arroganten Mann hielt, als für einen überängstlichen, der sich viel zu sehr um ihr Wohlergehen sorgte. Er wandte sich zur wartenden Kutsche und kletterte zurück auf seinen Sitz.

„Lassen Sie uns nach Hause fahren, Reg."

Reg drehte sich zu ihm um und warf ihm einen mitfühlenden Blick zu. „Ja, Sir."

In Kurland Hall war alles still. Miss Stanford und Mrs Green waren schon früh zu Bett gegangen. Dr. Fletcher war vorbeigekommen, um nach Dorothea zu sehen, und hatte Foley ausrichten lassen, dass sich an ihrem Zustand nichts geändert hatte. Robert schleppte sich in sein Arbeitszimmer, setzte sich an den Schreibtisch und starrte über den Garten hinweg hinüber zur Dorfkirche. Er stank noch immer nach Rauch vom Feuer in Thaxted und war sich nicht sicher, ob er genug Kraft hatte, um den Weg nach oben zu schaffen und ein Bad zu nehmen.

Ein leichtes Klopfen an der Tür ließ ihn aufmerken. Er erblickte Thomas, der in Begleitung eines unbekannten Gentlemans eintrat. Robert zwang seinen müden Körper, sich zu erheben. Es gelang ihm nur, nicht vor Erschöpfung zu schwanken, indem er sich an der Tischplatte festklammerte.

„Major Kurland, ich bitte um Entschuldigung für die späte Störung." Thomas verbeugte sich. „Mr Tompkins hat nur wenig Zeit und möchte morgen schon wieder nach London zurückreisen."

Thomas war ganz in Schwarz gekleidet und hatte tiefe Ringe unter den Augen. Er sah aus, als hätte er seit Tagen nicht geschlafen.

„Guten Abend, Mr Tompkins." Robert verneigte sich. „Ich nehme an, Sie sind der Anwalt aus London, der Mrs Fairfax und ihren Nachlass vertritt."

„So ist es, Major Kurland." Mr Tompkins erwiderte die Verbeugung. „Mrs Fairfax kam tatsächlich zu mir, kurz bevor sie ihre Reise nach Kurland St. Mary antrat. Es ist untertrieben, wenn ich sagen würde, dass ich überrascht war, von ihrem Ableben zu erfahren."

„Es hat uns alle sehr schockiert, Mr Tompkins." Robert setzte sich und die beiden anderen taten es ihm gleich. „Mein Doktor hat den Verdacht, dass sich Mrs Fairfax bei einem Kutschunfall den Kopf angestoßen haben könnte. Möglicherweise verspürte sie in der Folge derart starke Schmerzen, dass sie zu viel Laudanum zu sich nahm."

„Das wurde mir auch gesagt." Mr Tompkins nahm einige Dokumente aus seiner Tasche. „Nachdem ich den Brief von Mr Fairfax erhalten hatte, habe ich alle Unterlagen zum Nachlass und zu Mrs Fairfax' neuem Testament zusammengetragen."

„Sie hat ein neues Testament aufsetzen lassen?"

„Ja. Ich hatte sie seit dem Tod ihres Ehemannes dazu gedrängt. Es ist von Glück zu reden, dass sie meiner Bitte nachkam und entsprechende Vorkehrungen traf, bevor sie so plötzlich verstarb. Das wird die Sache für ihren Erben sehr viel leichter machen."

„In der Tat." Robert drückte zwei Finger gegen seine Stirn, wo sein Kopf zu pochen begonnen hatte. „Falls Mr Fairfax dem zustimmt, dürfte ich fragen, was in dem neuen Testament steht?"

„Selbstverständlich, Major. Ich habe es bei mir. Der Teil, der Mr Fairfax am meisten betreffen dürfte, ist dieser hier." Er räusperte sich, entfaltete das Schriftstück und begann laut vorzulesen. „Im Falle meines Todes benenne ich Mr Thomas Edward Fairfax als Vormund für meinen Sohn Robin Edward Fairfax und lege den Nachlass zur Verwaltung in seine Hände, bis Robin volljährig ist." Über den Rand seiner Brillengläser hinweg sah er abwechselnd Thomas und Robert an. „In dem vorherigen Testament wurde die Vormundschaft den Anwälten Tompkins, Bailey und Dibbs zugeschrieben."

„Hat sie den Grund für die Änderung erwähnt?", fragte Robert, da Thomas offenbar noch keine Worte fand. „Wie ich hörte, war das Verhältnis zwischen ihr und dem Sohn ihres Ehemannes nie besonders gut."

„Vielleicht war sie der Meinung, dass ein Blutsverwandter, egal wie ... weit entfernt, sich mehr der Zukunft ihres Sohnes verpflichtet fühlen und den Nachlass mit mehr Bedacht verwalten würde. Nicht, dass wir nicht unser Möglichstes getan hätten, um den jungen Robin bestens zu beraten. Aber das ist nun einmal nicht das Gleiche wie ein Familienmitglied."

„Das kann ich verstehen, Mr Tompkins." Robert streckte die Hand aus. „Haben Sie eine Kopie des Testaments? Ich bin mir sicher, dass Mr Fairfax es in Ruhe durchzulesen wünscht. Er kann Ihnen dann schreiben, wenn er Bedenken oder Fragen haben sollte."

„Ich habe eine Kopie, Sir." Mr Tompkins legte das Dokument auf Roberts Schreibtisch ab. „Ich bin gern bereit, alle Fragen zu beantworten, die Mr Fairfax in den kommenden Wochen haben mag, wenn er diese neue Verantwortung übernimmt."

„Um wie viel Uhr gedenken Sie morgen früh aufzubrechen?"

„Sehr früh, Major. Mich hat es noch nie lange im Bett gehalten, wenn es so viel zu tun gibt." Mr Tompkins erhob sich. „Vielen Dank für Ihre Gastfreundschaft. Ihr Butler hat mir ein Zimmer zugewiesen und ich habe sehr gut zu Abend gegessen."

Robert stand ebenfalls auf und schüttelte dem Anwalt die Hand. „Vielen Dank, dass Sie sich die Umstände gemacht haben, Mr Fairfax persönlich aufzusuchen."

„Es war mir ein Vergnügen, Sir. Ich hoffe doch, dass Mr Fairfax uns weiterhin mit Nachlassfragen betraut lässt."

„Ja, natürlich." Thomas sprang auf, als hätte ihn jemand unsanft angestoßen. „Vielen Dank für alles, Mr Tompkins."

Robert läutete die Glocke und Foley erschien derart schnell, dass Robert vermutete, dass er sich nie von der Tür entfernt hatte.

„Ah, Foley, bitte begleiten Sie Mr Tompkins hoch in sein Zimmer und sorgen Sie dafür, dass er morgen zeitig geweckt wird."

„Sehr wohl, Major Kurland." Foley verbeugte sich. „Wenn Sie mir bitte folgen würden, Sir?"

Thomas blieb mit leerem Blick stehen, während Robert wieder seinen Platz auf dem Stuhl einnahm. Dann wirbelte der Landverwalter plötzlich mit geballten Fäusten herum. „Ich ... kann nicht glauben, dass sie das getan hat. Ich dachte –" Er hielt mitten im Satz inne und fuhr dann fort: „Ich war überzeugt, dass sie mich vom Anwesen verbannen und mir jeglichen Kontakt mit meinem Bruder verbieten würde." Er ging aufgeregt im Zimmer auf und ab. „Wieso hat sie mir nichts davon gesagt? Sie kam hierher und sagte nur, dass sie mich zurückhaben wollte, damit ich das Anwesen als Angestellter verwalten würde."

„Vielleicht war sie davon ausgegangen, dass Sie vom Testament nichts wissen mussten, weil sie nicht damit rechnete, dass sie bald sterben würde."

„Oh Gott, natürlich, da dürften Sie recht haben. Sie hatte vermutlich gehofft, dass diese Situation nie eintreten würde, aber trotzdem ..." Er schluckte schwer. „Ich fühle mich so unwürdig. Sie hat einen Keil zwischen mich und meinen Vater getrieben und erreicht, dass ich mich in meinem eigenen Zuhause unerwünscht fühlte. Und dann hat sie dennoch das hier getan." Eine einzelne Träne rann seine Wange hinunter und er wischte sie hastig ab. „Wenn ich das nur gewusst hätte, hätte ich mich viel mehr angestrengt und ihr

Angebot, nach Hause zurückzukehren, mit mehr Respekt behandelt ..."

„Rückblickend lässt sich das leicht sagen, Thomas", sagte Robert mit besänftigender Stimme. „Sie haben ihr Bestes getan. Und am Ende war ihr bewusst, dass ihr Sohn in Ihrer Obhut sicher sein würde. Es gibt kein besseres Kompliment als das, oder?"

Thomas nickte und räusperte sich. „Danke, Major Kurland."

„Gehen Sie ins Bett. Wenn es für Sie in Ordnung ist, werde ich das Testament noch lesen, bevor ich selbst schlafen gehe. Ich muss etwas Langweiliges lesen, damit ich heute überhaupt die Augen zubekomme."

„Natürlich, Sir. Ich sehe Sie morgen früh. Wir müssen noch einige geschäftliche Angelegenheiten besprechen, bevor ich –"

„Nach Fairfax Park aufbreche?" Robert neigte den Kopf. „Ich verstehe, dass Sie keine andere Wahl haben, aber ich muss gestehen, dass ich Ihre Fähigkeiten vermissen werde."

„Und ich werde Sie alle hier vermissen", erwiderte Thomas. „Gute Nacht, Sir."

„Gute Nacht, Thomas."

Robert las das Testament, ohne auch nur ein Wort richtig aufzunehmen. Wenn es so weiterginge, würde er bald wieder allein im Haus sein und nur noch Foley haben, der sich um ihn kümmerte. Thomas würde sich besseren Dingen widmen und Miss Harrington ... Nach seinem diktatorischen Auftreten heute würde sie vermutlich nie wieder mit ihm reden. Aber er musste sie beschützen. Er hatte das Gefühl, dass einer von ihnen es früher oder später bereuen würde, wenn sie weiter ihre Nasen in derartige Angelegenheiten steckten. Miss Harrington war bereits einmal fast ums Leben gekommen, weil er unfähig gewesen war, ihr zu Hilfe zu eilen. Er würde nie wieder zulassen, dass so etwas geschah.

Mit einem Seufzen setzte er die Lesebrille auf und konzentrierte sich auf das Testament.

„Geht es Ihnen gut, Miss Harrington? Lucy?"

Lucy zuckte zusammen und sah zu Penelope auf, die sie vom oberen Ende der Treppe aus musterte. Sie blinzelte einige Male, um die plötzlich und unerwartet aufwallenden Tränen zurückzuhalten.

„Ich scheine etwas im Auge zu haben", sagte Lucy, während sie nach ihrem Taschentuch suchte, bis Penelope ihr eins der ihren anbot. „Vielen Dank."

Sie ging gefolgt von Penelope über den Flur zu ihrem Schlafzimmer.

„Wie geht es Dorothea?", fragte Lucy, während sie diskret ihr Gesicht abtupfte. „Waren Sie heute erneut da, um sie zu sehen?"

„Sie schläft noch immer und mir wurde gesagt, dass ich sie nicht stören sollte. Dr. Fletcher scheint der Ansicht zu sein, dass sie sich vollständig erholen wird." Penelope lehnte sich gegen die Tür und sah Lucy eindringlich an. „Wo sind Sie mit Major Kurland gewesen?"

„Der Major hat mich gerade nach Hause gebracht."

„Das beantwortet nicht meine Frage." Penelope verschränkte die Arme. „Es sah aus, als hätten Sie sich gestritten."

Lucy nahm ihre Haube ab und zog die mit Schlamm bespritzte Pelisse aus. „Wie Sie schon mehr als einmal erwähnt haben, scheint es unser Schicksal zu sein, ständig im Streit zu liegen."

„Worum ging es dabei?"

„Um alles." Lucy zwang sich zu einem Lächeln. „Ich muss mich vor dem Abendessen noch umziehen. Würde es Ihnen etwas ausmachen, Betty zu mir zu schicken, damit sie mir zur Hand gehen kann?"

„Ich habe Sie noch nie weinen sehen."

„Ich weine nicht. Wir sind an einem brennenden Haus vorbeigekommen und der Rauch sticht in meinen Augen."

„*Wir*?"

Lucy beugte sich vor, um die Knöpfe an ihren Stiefeln zu lösen. „Ich wünschte, Sie würden aufhören, mir all diese lächerlichen Fragen zu stellen, und verschwinden."

„Wenn ich sie nicht stelle, wer dann? Keine von uns hat noch eine Mutter, die auf uns aufpassen könnte, und Ihr Vater ist zu sehr damit beschäftigt, sich um seine Pferde zu kümmern, als dass ihm besonders viel auffallen würde."

„Außer, etwas bereitet ihm Unannehmlichkeiten oder er wird darauf aufmerksam gemacht", murmelte Lucy. Wie konnte Major Kurland ihr nur derart drohen? Sie hatte gedacht, dass sie Freunde waren ...

Es klopfte an der Tür und Betty trat mit einem Krug voll heißem Wasser ein. „Da sind Sie ja, Miss." Sie verzog das Gesicht, als sie Lucys abgelegte Pelisse aufhob. „Ich nehme die hier mit und wische den Matsch ab." Sie hielt den Stoff an ihre Nase. „Das riecht nach Rauch."

Lucy gab ihr auch die Haube. „Glauben Sie, dass noch genug Zeit für ein Bad ist?"

„Die Köchin wird es nicht gern sehen, wenn ich so kurz vor dem Abendessen noch Wasser auf dem Herd erhitze, aber ich sehe, was ich tun kann, Miss."

„Danke, Betty." Lucy warf Penelope, die noch immer an der Tür stand, einen demonstrativen Blick zu. „Ich nehme an, Sie möchten nicht hierbleiben und mir beim Baden zusehen."

Ihr Gegenüber erschauderte. „Nein danke." Dennoch verließ sie das Zimmer nicht sofort, sondern verweilte mit einer Hand am Türrahmen. „Darf ich noch etwas sagen?"

„Mir scheint, Sie haben es sich ohnehin schon in den Kopf gesetzt, also wieso nicht?“

„Major Kurland ...“

Lucy drehte Penelope den Rücken zu und tat so, als würde sie sich die Hände am Feuer wärmen. „Was soll mit ihm sein?“

„Lassen Sie sich nicht von ihm einschüchtern.“

„Das habe ich nicht vor.“ Lucy atmete tief durch. „Tatsächlich habe ich vor, nie wieder etwas mit ihm zu tun zu haben.“

Kapitel 13

„Also, Mr Fairfax, wann haben Sie vor, auf das Anwesen Ihres Vaters zurückzukehren?", fragte Lucy und reichte dem Landverwalter eine Tasse Tee. Er hatte den Weg vom Gutshaus im Regen auf sich genommen, um die Damen im Pfarrhaus darüber in Kenntnis zu setzen, dass Dorothea noch immer leichtes Fieber hatte und zu schwach für Besuch war. Dr. Fletcher hatte ebenfalls versprochen, später vorbeizukommen und ihnen ausführlicher über den Zustand seiner Patientin zu berichten.

„Ich will in der Woche nach der Trauerfeier für Mrs Chingford abreisen. Der genaue Tag steht aber noch nicht fest. Das hängt davon ab, wann ich meine Arbeit für Major Kurland erledigt habe." Mr Fairfax dachte kurz nach. „Wenn mir die Frage gestattet ist, Miss Harrington, hatten Sie und der Major einen Streit? Ich habe Sie die ganze Woche nicht im Herrenhaus gesehen und mein Arbeitgeber ist extrem reizbar."

Lucy lehnte sich zurück. Sie saßen allein im Salon des Pfarrhauses. „Vielleicht begehrt das Bein des Majors wieder auf. Mir ist aufgefallen, dass er weniger umgänglich ist, wenn er Schmerzen hat."

„Das könnte sein, aber ich vermute, dass mehr dahintersteckt." Mr Fairfax hielt Blickkontakt mit ihr. „Hat er Sie in irgendeiner Form gekränkt?"

„Wann hat er das je nicht getan?", fragte Lucy und erschrak über den Zorn in ihrer Stimme. „Entschuldigen Sie vielmals. Meine albernen Streitereien mit Major Kurland sind es nicht wert, offen diskutiert zu werden."

„Sie vergessen, dass ich eng mit dem Major zusammenarbeite und weiß, wie schwierig er manchmal sein kann. Ich möchte Sie nicht in Verlegenheit bringen, Miss Harrington, aber ich glaube wirklich, dass er Ihre Gesellschaft vermisst."

„Das bezweifle ich", sagte Lucy verbittert. „Er hat mir sehr deutlich gemacht, dass ich es ihm nicht wert bin, in sein Vertrauen gezogen zu werden, und daheimbleiben solle, um mich um die Familie meines Vaters zu kümmern."

„Dann ist er ein Narr. Ich habe noch nie eine Frau mit Ihrer Charakterstärke und Intelligenz getroffen, Miss Harrington." Er lehnte sich vor. „Um ehrlich zu sein, hätte ich meine Zuneigung für Sie schon viel deutlicher gemacht, wenn es nicht allgemein heißen würde, dass Sie und der Major füreinander bestimmt seien."

Lucy fiel erst jetzt wieder ein, dass Penelope ihr bereits gesagt hatte, dass Mr Fairfax Interesse an ihr hatte. „Da sind Sie einem Irrtum aufgesessen. Zwischen Major Kurland und mir besteht keine derartige Beziehung. Wir sind nur alte Freunde, die dazu neigen, sich kindisch aufzuführen."

„Nichtsdestotrotz ist Major Kurland Ihnen gegenüber recht vereinnahmend."

„Was mehr mit seiner Arroganz zu tun hat als mit Ergebenheit meinerseits."

„Das ist sehr gut zu wissen." Mr Fairfax schenkte ihr ein Lächeln. „Dürfte ich noch etwas Tee haben?"

Lucy schenkte ihm nach. „Haben Sie vor, für Mrs Fairfax eine Trauerfeier abzuhalten, sobald Sie nach Hause zurückkehren?"

Sein Lächeln verschwand. „Zu Fairfax Park gehört eine Kapelle, in der die Zeremonie ausgerichtet werden kann. Außerdem gibt es ein Familiengrab. Ich habe den Vikar vor Ort über die Lage unterrichtet und ihn darum gebeten, den Gottesdienst zu leiten." Er seufzte. „Ich kann immer noch nicht glauben, dass sie tot ist. Ich wünschte nur, ich hätte irgendetwas tun können, um sie zu retten."

„Es ist nicht Ihre Schuld, Mr Fairfax. Der Kutschunfall hat sie offensichtlich weit mehr mitgenommen, als uns bewusst war."

„Aber ..." Er senkte die Stimme. „Glauben Sie wirklich, dass sie Mrs Chingford die Treppe hinuntergestoßen hat?"

Lucy zuckte mit den Schultern. „Ich verstehe nicht, was für Gründe sie gehabt haben könnte. Ich weiß, dass Mrs Chingford darauf beharrte, dass sie dasselbe Kindermädchen angestellt hatten, aber das scheint mir kein Grund zu sein, so wütend zu werden, dass man jemanden die Treppen hinunterstößt."

„Das sehe ich auch so." Er dachte nach. „Ich wünschte, sie hätte sich mir anvertraut, aber ich gestehe, dass mir vielleicht die Geduld fehlte, richtig zuzuhören. Und um ehrlich zu sein, kannten wir uns auch nicht besonders gut. Zwischen uns lag eine Menge Misstrauen. Es dauerte allein mehrere Tage, bis sie herausbrachte, dass sie mich zurückhaben wollte, um das Anwesen zu verwalten."

„Sie wirkte auf mich wie eine recht schüchterne Frau."

„Das war sie." Er seufzte. „Ich schätze, wir werden wohl nie wissen, was genau passiert ist, oder?"

„Das nehme ich auch an."

Er stellte seine Tasse ab. „Ich hoffe, es macht Ihnen nichts aus, dass ich mit Ihnen über diese Angelegenheit spreche, Miss Harrington, aber Sie sind die einzige Person, mit Ausnahme von Major Kurland, die die genauen Umstände ihres Todes kennt."

„Und ich verspreche, dass ich diese Informationen niemals einer anderen Seele anvertrauen werde."

„Das weiß ich zu schätzen. Das Leben meines Halbbruders wird mit dem Verlust seiner Eltern so schon schwer genug sein, auch ohne dass seine Mutter als Mörderin angesehen wird."

„Aber er wird Sie haben, auf den er sich verlassen kann. Wie könnte er da kein erfolgreiches Leben haben?"

Mr Fairfax nahm ihre Hand fest in die seine. „Vielen Dank, Miss Harrington. Ihr Vertrauen in meine Fähigkeiten bedeutet mir sehr viel."

Betty klopfte an der Tür und Lucy löste eilig ihre Hand aus Thomas' warmem Griff. „Miss Stanford und Mr Reading sind hier, um mit Ihnen zu sprechen, Miss Harrington."

Mr Fairfax erhob sich. „Ich sollte wohl gehen."

„Würde es Ihnen etwas ausmachen, noch ein paar Minuten zu bleiben, Mr Fairfax? Ich würde gern Ihre Meinung zu Mr Reading hören."

„Selbstverständlich, Miss Harrington."

Er blieb stehen, als die beiden Verlobten eintraten, und stellte sich Mr Reading vor, der heute ein ausgesprochen breites Lächeln trug. Lucy konnte kaum glauben, dass Mr Reading die Dreistigkeit besaß, noch einmal das Pfarrhaus zu betreten. Er blickte ihr schamlos herausfordernd in die Augen und sie spürte die Verärgerung in sich aufsteigen.

Sie bemerkte erst jetzt, dass Mr Fairfax redete. „Haben wir uns schon einmal getroffen, Mr Reading? Sie kommen mir bekannt vor."

„Seitdem ich volljährig bin, habe ich die meiste Zeit in Indien und London gelebt, Mr Fairfax. Könnte es sein, dass wir uns in der Hauptstadt begegnet sind?"

„Das bezweifle ich, Sir. Ich habe bisher kaum Zeit dort verbracht und bin mir sicher, dass wir uns nicht in denselben Kreisen bewegen."

Miss Stanford ließ sich von Lucy eine Tasse Tee geben und Mr Reading setzte sich neben seine Verlobte auf das Sofa. Mr Fairfax sah Lucy an und verbeugte sich dann.

„Ich muss mich entschuldigen, Miss Harrington, aber ich muss wieder meinen Pflichten im Gutshaus nachkommen. Dr. Fletcher wird um sechs Uhr vorbeikommen und Sie über Miss Dorotheas Zustand und ihre weitere Genesung informieren."

„Das arme Mädchen", murmelte Miss Stanford. „Sie hatte wirklich hohes Fieber."

„Was um alles in der Welt hatte sie in den Ställen von Kurland Hall vor?", fragte Mr Reading und schlug ein Bein über das andere, womit er die Aufmerksamkeit auf seine eleganten Stiefel lenkte.

„Wir wissen es nicht sicher, Sir", sagte Mr Fairfax. „Sie ist seit dem Tod Ihrer Mutter ausgesprochen bekümmert."

„Vielleicht hat sie dafür ja allen Grund", sagte Mr Reading.

„Wie meinen Sie das?", bohrte Lucy nach.

Er zuckte mit den Achseln. „Ein junges Mädchen mit einer tyrannischen Mutter ... Vielleicht ist ihr emotionales Befinden auf Schuldgefühle zurückzuführen."

„Wollen Sie andeuten, dass Dorothea etwas mit dem Sturz ihrer Mutter zu tun hatte?", fragte Lucy.

„Das wäre eine Möglichkeit."

Lucy zog in bester Major-Kurland-Manier eine Augenbraue hoch. „Ich glaube nicht, dass Sie auf der Hochzeit anwesend waren, Mr Reading. Das wirft die Frage auf, wieso Sie zu wissen glauben, dass dieser schreckliche Unfall doch anderer Natur war."

Er lächelte. „Ich stimme Ihnen darin zu, dass ich nicht anwesend war, aber Miss Stanford erzählte mir, was vorgefallen ist."

„Ich habe nicht angedeutet, dass Dorothea etwas mit dem unglücklichen Sturz ihrer Mutter zu tun haben könnte, Mr Reading“, warf Miss Stanford eilig ein. „Ich sagte lediglich, dass ich sie im gleichen Korridor wie Mrs Chingford beobachtet habe, kurz bevor es zu dem Unfall kam.“

„Und wenn Sie Dorothea sahen, Miss Stanford, dann müssen ja auch Sie kurz vor ihrem Fall in Mrs Chingfords Sichtweite gewesen sein“, bemerkte Lucy. „Vielleicht hat Dorothea auch Sie gesehen und ist zu ganz eigenen Schlüssen gekommen.“ Sie erhob sich. „Ich werde kurz Mr Fairfax zur Tür begleiten. Ich bin gleich zurück.“

Mr Fairfax folgte Lucy zur Eingangstür. Er wirkte leicht abwesend, als er sich ihr zuwandte.

„Glauben Sie, dass Dorothea vielleicht Mrs Fairfax in Mrs Chingfords Nähe beobachtet haben könnte?“, fragte er nachdenklich.

„Ich bin mir nicht sicher. Es erscheint mir merkwürdig, dass Miss Stanford nicht selbst etwas von Mrs Fairfax erwähnt hat. Vielleicht haben beide Mrs Fairfax gesehen und für die jeweils andere gehalten.“

„Das erscheint mir unwahrscheinlich. Mrs Fairfax war als einzige Frau auf der Hochzeit ganz in Schwarz gekleidet.

„Es war dort recht dunkel“, gab Lucy zu bedenken. „Ich halte es jedoch auch für recht unwahrscheinlich. Vielleicht hat Mrs Fairfax ja wirklich Mrs Chingford nur versehentlich die Treppe hinuntergestoßen.“

Mr Fairfax seufzte. „Ich hoffe für ihren Sohn, dass Sie damit recht haben. Es tut mir leid, dass ich gehen muss, aber wie ich bereits erwähnt habe, ist Major Kurland heute recht fordernd.“

„Es war freundlich von Ihnen, dass Sie geblieben sind, um Mr Reading kennenzulernen.“

„Ich kann nicht behaupten, dass ich den Herrn mag, und ich bin mir recht sicher, dass ich ihn schon einmal irgendwo gesehen habe. Ich kann nur nicht einordnen, wo das gewesen sein könnte."

„Wenn es Ihnen wieder einfällt, lassen Sie es mich bitte wissen. Ich halte auch nicht besonders viel von ihm."

Mr Fairfax nahm ihre Hand und führte sie an seine Lippen. „Vielen Dank für alles, Miss Harrington. Sie sind eine exzellente Vertrauensperson. Ich werde Ihre Vernunft vermissen, wenn ich nach Fairfax Park aufbreche."

„Ich werde Sie auch vermissen, Sir. Sie haben Ordnung nach Kurland Hall gebracht und, was viel wichtiger ist, Sie sind mit Major Kurland zurechtgekommen."

„Ein recht schwieriges Unterfangen, wie Sie nur allzu gut wissen." Er zwinkerte ihr zu, bevor er ihre Hand losließ. „Guten Tag, Miss Harrington."

Lucy nahm den gleichen Weg zurück in Richtung des Salons. Als sie sich der Tür näherte und eindringlich sprechende Stimmen hörte, verlangsamte sie ihre Schritte.

„Bist du ganz sicher, dass du Dorothea Chingford gesehen hast?"

„*Ja.*"

„Und was, wenn Miss Harrington recht hat und Dorothea dich auch gesehen hat? Was, wenn sie glaubt, dass du etwas mit dem Tod ihrer Mutter zu tun hattest? Was passiert dann, wenn sie sich von ihrer Krankheit erholt und ihren Verdacht unserer allzu neugierigen Gastgeberin verrät? Dein impulsives Verhalten hat mich in eine ausgesprochen heikle Lage gebracht, Melissa. Eine wirklich sehr heikle Lage."

„Aber Paul, Liebster –"

Lucy ging auf Zehenspitzen zur Küche und öffnete die Tür, wobei sie Betty überraschte, die gerade selbst mit einer frischen Kanne Tee hindurchtreten wollte.

„Bringen Sie sie in den Salon, Betty. Ich werde gleich da sein." Lucy blieb noch eine Weile an der Küchentür stehen und dachte über alles nach, was sie heute Morgen erfahren hatte. Major Kurland hatte vielleicht beschlossen, dass ihre Ermittlungen zu den mysteriösen Todesfällen beendet waren, aber sie war anderer Meinung. Wenn er ihr nicht helfen wollte, würde sie die Angelegenheit für ihre eigene Genugtuung zu Ende bringen.

Sobald Dr. Fletcher vorbeikam, würde sie ihn fragen, ob es möglich wäre, Dorothea ins Pfarrhaus bringen zu lassen, wo ihre Schwester und sie sich um sie kümmern könnten. Da Miss Stanford als Gast im Herrenhaus wohnte, war für sie die Verlockung, die junge Frau endgültig zum Schweigen zu bringen, möglicherweise zu groß ... Lucy runzelte die Stirn. Könnte es sein, dass Mr Reading genau wusste, was Miss Stanford getan hatte, und hergereist war, um seine Aussicht auf eine gute Partie nicht zu gefährden?

Wenn Miss Stanford ihm ihr Verbrechen gestanden hatte, würde man von ihm als Gentleman erwarten, dass er sich sofort von ihr distanzierte. Aber vielleicht würde sein sozialer Rang zu sehr darunter leiden, dass er eine gut betuchte Verlobte aus einer angesehenen Familie verloren hatte. Vielleicht zog er es vor, Miss Stanford zu helfen und sich damit auf Lebenszeit ihr Schweigen zu erkaufen. Denn er war kein Gentleman. Dafür hatte Lucy bereits den Beweis gesehen.

Betty kehrte ohne Teekanne zurück und musterte Lucy neugierig. „Geht es Ihnen gut, Miss?"

„Betty, arbeitet Ihr Cousin Alf noch als Stallbursche beim *Queen's Head*?"

„Ja, das tut er, Miss. Wünschen Sie ihn zu sprechen?"

„Nicht sofort. Hat schon jemand Miss Chingford darüber informiert, dass Besuch hier ist?"

„Wenn Sie es wünschen, frage ich sie, ob sie auch herunterkommen will, sobald ich den Kümmelkuchen und den Madeirawein in den Salon gebracht habe."

„Danke, Betty. Sie sind ein wahrer Schatz."

Lucy kehrte in den Salon zurück und nahm ihren alten Platz am Feuer wieder ein. Miss Stanford sah noch recht bedrückt aus, aber Mr Reading war charmant wie eh und je. Nicht, dass Lucy sich auch nur in irgendeiner Form von dem Charme einwickeln lassen würde.

„Die Lady, die vor Kurzem gestorben ist, war eine Mrs Fairfax, sagten Sie, Miss Harrington?", fragte Mr Reading. „Wird auch sie in Kurland St. Mary beigesetzt?"

„Nein. Sie wird zurück in ihre Heimat nach Cheshire überführt und im Fairfax-Familiengrab beerdigt werden." Lucy musterte ihn gründlich. „Kannten Sie Mrs Fairfax, Sir?"

„Möglicherweise." Er zuckte mit den Achseln. „Der Name ist recht häufig."

Miss Stanford schaltete sich hastig ein. „Ich glaube nicht, dass du diese Mrs Fairfax kanntest, Paul. Sie sagte mir, dass sie selbst zu Lebzeiten ihres Mannes nur selten in London war. Er bevorzugte den Komfort seines eigenen Zuhauses und war sehr gefestigt in seinen Gewohnheiten."

„Das passiert, wenn man jemanden heiratet, der alt genug ist, um der eigene Vater zu sein."

Lucy zuckte zusammen und drehte den Kopf in Richtung der Tür, von der aus Penelope sprach.

„Ich frage mich, wie es ihr gelungen ist, einen Gentleman davon zu überzeugen, sie zu heiraten, wo doch offensichtlich war, dass sie kaum eine echte Lady war."

Lucy sprach an Penelope gerichtet: „Auf welcher Grundlage basiert Ihre recht abschätzige Annahme, Miss Chingford?"

Penelope setzte sich neben Lucy. „Ich habe mehrmals mit ihr gesprochen. Sie hat kaum ein Wort hervorgebracht, weil sie panische Angst hatte, nicht wie eine Lady zu klingen." Sie wandte sich an Miss Stanford. „Auch Sie haben mit ihr geredet. Was ist Ihre Einschätzung?"

„Ich ... kann mich kaum daran erinnern."

Penelope zog eine Augenbraue hoch. „Wie diplomatisch von Ihnen. Mrs Fairfax sagte mir, dass sie hoffte, Mr Fairfax zu überreden, auf das Anwesen zurückzukehren und es für sie zu führen. Wird er Kurland St. Mary verlassen, Miss Harrington?"

„Ich glaube schon." Lucy seufzte. „Er hat kaum eine andere Wahl."

Penelope schnaubte. „Ich an seiner Stelle würde die Familie ihrem Schicksal überlassen. Sie hat seine Hilfe wohl kaum verdient."

„Diese Entscheidung wird Mr Fairfax selbst treffen müssen", sagte Lucy. „Er wirkt wie die Art von Mann, die ihre Verpflichtungen gegenüber der Familie einhält."

„Im Gegensatz zu manch anderen Familien", murmelte Mr Reading.

„Hat Ihre Familie Sie verstoßen, Mr Reading?", fragte Penelope mit zuckersüßer Stimme. „Man fragt sich, woran das liegen könnte."

Lucy warf Penelope einen zornigen Blick zu. „Hat Ihre Familie einen Wohnsitz in dieser Gegend, Sir? Sie erwähnten, dass Sie früher in Kurland St. Mary gelebt haben."

„Nicht im Dorf selbst, Miss Harrington." Mr Reading erhob sich und bot Miss Stanford den Arm. „Wir müssen jetzt wirklich aufbrechen. Ich muss Miss Stanford zurück nach Kurland Hall begleiten und dann zum Gasthaus zurückkehren, um einige Briefe zu schreiben."

Lucy wandte sich an die unglücklich dreinblickende Miss Stanford. „Wenn Sie bleiben und mir und Miss Chingford Gesellschaft leisten wollen, sind Sie herzlich willkommen."

Miss Stanford blickte kurz zu ihrem lächelnden Begleiter und dann wieder zu Lucy. „Ich gehe besser auch. Ich muss auch noch einige Briefe schreiben."

„Dann will ich Sie nicht aufhalten." Lucy machte einen Knicks und holte Betty, um das Paar hinauszubegleiten. Sie erinnerte sich, dass Mr Reading den größten Teil von Mrs Chingfords Korrespondenz gelesen hatte. Waren ihm die Verweise auf Mrs Fairfax aufgefallen? Der erste Brief, den *sie* gefunden hatte, handelte von Miss Stanford *und* Mrs Fairfax.

„Was ist los, Lucy?"

Sie drehte sich um und bemerkte, dass Penelope sie aufmerksam beobachtete. „Ich frage mich nur, warum Miss Stanford sich mit einem so unangenehmen Mann verlobt hat."

„Er ist normalerweise nicht so unangenehm. Tatsächlich kann er sowohl charmant als auch charismatisch sein, wenn es ihm gerade passt. Im Moment braucht er uns für nichts, und er hat Miss Stanford völlig unter seiner Fuchtel, also muss er nicht charmant sein. So finde ich ihn viel interessanter."

„Ich nicht." Lucy unterdrückte ein Schaudern. „Ich frage mich, warum er sich für Mrs Fairfax interessiert hat."

„Weil er meiner Mutter recht ähnlich ist. Er sammelt nützliche Informationen und verkauft sie oder erpresst Leute zu seinem eigenen Vorteil. Ich glaube, so haben sie sich kennengelernt. Sie haben versucht, dieselbe Person zu erpressen. Eine Ehe zwischen ihnen wäre eine wahre Katastrophe gewesen."

„Oder ein gewaltiger Erfolg, bei dem sie Tausende Menschen bestohlen oder um ihr Geld betrogen und sich dann würdevoll auf ihr Anwesen in Italien zurückgezogen hätten." Lucy sah zu Penelope hinüber. „Ich glaube, Ihre Mutter hatte Glück, ihn los zu sein."

„Ich bin mir da nicht mehr so sicher. Wenn es ihr gelungen wäre, Mr Reading zu heiraten, wäre sie wahrscheinlich noch am Leben." Penelope seufzte. „Ich schätze aber auch, dass er durchaus dazu in der Lage gewesen wäre, sie zu töten, wenn sie versucht hätte, ihn zu hintergehen."

„Hat sie das?"

„Ihn bedroht? Ich könnte es mir gut vorstellen. Keine Frau lässt sich gern einfach so auf öffentlicher Bühne durch eine jüngere und wohlhabendere Frau ersetzen." Penelope verzog die Miene. „Sie hat es genossen, denjenigen Schmerzen zu bereiten, die ihr nicht den gebührenden Respekt entgegenbrachten."

„Indem sie unvorteilhafte Gerüchte über sie an die Skandalblätter weitergab oder in der Stadt verbreitete?"

„Genau. Einige der Leute haben durchaus verdient, was sie über sie gesagt hat. Die meisten allerdings nicht." Penelope hielt inne. „Wenn der Tod meiner Mutter kein Unfall war, wäre Mr Reading die erste Person, die ich verdächtigen würde."

„Nur war er nicht auf der Hochzeit."

„Aber seine kleine Marionette, Miss Stanford, schon."

Lucy legte einen Finger auf die Lippen und sprang auf, um die Tür zum Salon zu schließen, bevor sie wieder ihren Platz einnahm. „Was wollen Sie damit andeuten?"

„Kurz vor ihrem Tod hat mir meine Mutter erzählt, dass sie einen Weg gefunden hätte, Mr Reading zu diskreditieren."

„Und wie?"

„Sie sagte, es hätte mit Major Kurland zu tun."

Lucy starrte ihre Gesprächspartnerin an, während ihre Gedanken im Kopf herumschwirrten. „Major Kurland? Das ist alles so furchtbar verwirrend. Mrs Fairfax reiste während der Stanford-Hochzeit an, um mit dem unehelichen Sohn ihres Mannes zu sprechen, und Mr Reading, der nicht eingeladen war, aber mit Miss Stanford, Mrs Chingford, Mrs Fairfax *und* Kurland St. Mary bekannt ist, taucht kurz darauf auf. Glauben Sie, er ist hierhergekommen, um seine Verlobte oder vielmehr seine eigenen Interessen zu schützen?"

„Nun, was in Miss Stanfords Interesse liegt, liegt auch in seinem. Wenn er sie heiratet, wird er die vollständige Kontrolle über ihr Vermögen erlangen, das, wie ich hörte, beträchtlich ist."

„Dann hat er vielleicht gehofft, dass Miss Stanford in seinem Namen mit Ihrer Mutter sprechen und ihr Herz erweichen würde."

„Oder vielleicht hat er Miss Stanford dazu gebracht, sie die Treppe hinunterzustoßen."

Lucys und Penelopes Blicke trafen sich. Keine von ihnen sagte ein Wort.

„Sie ... glauben, dass der Tod Ihrer Mutter kein Unfall war?", durchbrach Lucy das Schweigen.

„Kein Grund, so überrascht zu klingen. Ich bin mir sicher, dass Sie sich dasselbe gefragt haben. Die Umstände kommen ihm ein wenig zu gelegen, nicht wahr? Meine Familie ist ruiniert. Meine Schwestern und ich verlieren unsere Chance, einen guten Ehemann zu finden, und sind der Gnade unserer wohlhabenderen Verwandten ausgeliefert. Gleichzeitig muss sich Miss Stanford unwiderruflich an Mr Reading binden, damit er ihr Verbrechen geheim hält."

„Sie glauben also, dass Miss Stanford Ihre Mutter die Treppe hinuntergestoßen hat?"

„Das ist eine Möglichkeit." Penelope hatte eine ernste Miene aufgesetzt. „Glauben Sie nicht auch?"

„Aber warum haben Sie nicht schon früher etwas gesagt?"

„Welchen Zweck hätte das gehabt? Es ändert nichts an ihrem Tod." Penelope setzte sich aufrecht hin. „Vielleicht hassen Sie mich ja, wenn ich es sage, aber ich bin auf gewisse Art erleichtert, dass sie fort ist."

Einen langen Augenblick fiel Lucy keine Antwort ein. Sie hatte versprochen, Mrs Fairfax' Geständnis für sich zu behalten, und sie würde ihr Wort nicht brechen. „Was ist mit Dorothea? Was glauben Sie, warum sie so heftig auf den Tod Ihrer Mutter reagiert hat?"

„Ich weiß es nicht." Penelope erstarrte. „Wieso fragen Sie? Glauben Sie, dass Dorothea sie umgebracht hat?"

Lucy hob das Kinn. „Das ist eine durchaus begründete Annahme. Wenn Dorothea einen Streit mit Ihrer Mutter hatte, könnte sie sie die Treppe hinuntergestoßen haben, obwohl sie nicht die Absicht hatte, sie zu töten. Und wie Sie schon sagten, es ändert nichts an der Sache. Ihre arme Mutter wird dadurch nicht wieder lebendig."

Penelope starrte sie wütend an. „Aber Dorothea ist meine Schwester. Sie mag manchmal ein wenig lästig sein, aber ich habe sie trotzdem gern."

„Das weiß ich doch. Ich habe selbst Geschwister." Lucy erwiderte Penelopes Blick. „Ich schließe Ihre Theorie nicht aus, dass Miss Stanford und Mr Reading in die Sache verwickelt sein könnten. Ich wünschte einfach, Dorothea würde sich erholen und uns mitteilen, was sie weiß."

„Keine Sorge, Miss Harrington. Ich werde mit ihr sprechen, sobald sie aufwacht, und Antworten von ihr verlangen. Vielleicht könnten Sie in der Zwischenzeit Ihr Möglichstes tun, um herauszufinden, was um alles in der Welt Mr Reading mit Major Kurland zu tun haben soll." Penelope nickte Lucy zu, stand auf und verließ das Zimmer, wobei sie die Tür hinter sich zuschlug.

Lucy schüttelte den Kopf. Sie hatte nicht die Absicht, Major Kurland irgendetwas zu fragen. Seit seiner abrupten Weigerung, weiter mit ihr zusammenzuarbeiten, um die Wahrheit aufzudecken, hatte er sie nicht mehr aufgesucht, was ihr ausgesprochen recht war. Mit plötzlicher Entschlossenheit ging sie auf den Flur hinaus, zog ihre festen Stiefel an, nahm ihren Schirm, trat hinaus in den Regen und machte sich auf den Weg in Richtung des Dorfes.

Ausnahmsweise wurde ihr Spaziergang nicht von anderen gestört, was ihr die Möglichkeit gab, nachzudenken. Sie traute Mr Reading nicht. Penelope lag ihrer Meinung nach richtig mit der Annahme, dass er Miss Stanford unter seiner Fuchtel hatte. Aber was um alles in der Welt hatte Mr Reading mit Major Kurland zu tun? Lucy blieb stehen und starrte über den Dorfplatz hinweg zur Marktuhr.

Vielleicht hatten sie die Sache bisher völlig falsch betrachtet. War Major Kurland der wahre Grund für Mr Readings Rückkehr nach Kurland St. Mary? Und wenn dem so war, was waren seine Absichten?

Kapitel 14

Robert machte sich allein an den Treppenaufstieg. Er brauchte eine Weile, aber es war weniger demütigend, als James zur Hilfe zu rufen. Im Haus war es still. Soweit er wusste, war Miss Stanford zum Pfarrhaus hinuntergegangen, Mrs Green hatte sich in der Bibliothek niedergelassen und Dorothea lag vermutlich, unter der Aufsicht einer der Bediensteten, noch im Bett.

Obwohl er schon auf dem Weg zu den Gästezimmern war, wusste Robert nicht ganz, was er da eigentlich tat. Auch wenn er Miss Harrington gesagt hatte, dass der Fall abgeschlossen war, wollte ihm die Sache einfach nicht aus dem Kopf gehen. Er warf einen Blick über die Schulter, um sich zu vergewissern, dass er unbeobachtet war, sperrte die Tür zum früheren Zimmer von Mrs Fairfax auf und trat ein.

Alles war an seinem Platz geblieben, damit Thomas es noch einmal durchsehen konnte. Er war so sehr mit dem Kurland-Anwesen beschäftigt gewesen, dass er kaum Zeit gefunden hatte, sich um die Angelegenheiten der verstorbenen Frau seines Vaters zu kümmern. Robert nahm an, dass er Mrs Fairfax' Besitztümer einpacken würde, sobald er sie begutachtet und entschieden hatte, was er mit zurück nach Fairfax Park nehmen wollte. Thomas würde hiervon nie etwas erfahren, wenn Robert nur vorsichtig war, während er seinem merkwürdigen Drang folgte und die Sachen der Witwe durchsuchte, bevor er dazu keine Gelegenheit mehr haben würde.

Er ging zum Fenster und öffnete die Vorhänge. Das Bett hatte man abgezogen und auf dem Sessel neben der hohen Kommode lag die ordentlich gefaltete schwarze Kleidung von Mrs Fairfax. Robert durchsuchte möglichst umsichtig alle Kleidungsstücke, Taschen, Schals und Retiküls, fand aber nichts außer einem silbernen Sixpencestück, das er sogleich wieder an den Fundort zurücklegte. Er öffnete alle Schubladen der hohen Kommode und die Kleidertruhe unter dem Fenster, doch dort waren schon alle Fächer geleert worden. In einer der Wände unterhalb der Wendeltreppe war noch ein Schrank eingelassen, doch auch darin befand sich nichts außer einer Haube und einem schwarzen Mantel.

Robert wandte sich dem Schminktisch zu, setzte sich auf den Hocker davor, um das Bein einen Moment auszuruhen, und betrachtete den Inhalt von Mrs Fairfax' Kosmetikkästchen. Er hatte keine Ahnung, wofür die meisten Lotionen und Tinkturen gebraucht wurden, aber er bezweifelte, dass sich in den Glastöpfen und -tiegeln etwas verstecken ließ. Ein schwacher Hauch von Lavendelduft umwehte ihn und erinnerte ihn an Miss Harringtons hochgeschätzte Lavendelseife.

Er wühlte sich durch das Sortiment an Schönheitsmitteln, schüttelte die Taschentücher aus und kramte in den Schubladen der Frisierkommode, entdeckte jedoch nichts Unerwartetes. In stirnrunzelndem Schweigen starrte er auf das Bett. Nach einer Weile beschloss er, es näher unter die Lupe zu nehmen. Wo würde er etwas verstecken, wenn dies hier sein Zimmer wäre? Er bückte sich und fuhr mit der Hand zwischen die Federmatratze und den Bettrahmen, wobei er zwei Spinnen aufschreckte und mehr Staub aufwirbelte, als er erwartet hatte.

Das Bett war groß, und er brauchte ein paar Minuten, um sich über die gesamte Länge ans obere Ende vorzuarbeiten. Er kletterte auf die Matratze und ließ seine Hand hinter das Kopfteil gleiten. Seine Finger trafen auf etwas, das sich wie Papier anfühlte. Er griff zu und zog die Hand hervor. Als er sich aufrichtete, fiel sein Blick auf die abgenutzte Bibel auf dem Nachttisch und er nahm sie in die Hand.

Ein leises Geräusch, das draußen vom Flur zu hören war, veranlasste Robert dazu, unbeholfen vom Bett zu klettern und sich zu den langen Vorhängen zurückzuziehen. Beinahe fiel ihm die Bibel aus der Hand, daher verstaute er sie zusammen mit dem Fetzen Papier in seiner Manteltasche. Zu seinem Entsetzen erkannte er die Stimme der Haushälterin Mrs Bloomfield und die von Miss Stanford vor der Tür, gefolgt vom Klappern eines Schlüssels.

„Das ist so freundlich von Ihnen, Madam. Ich kann mir nicht vorstellen, wo ich meine Halskette verloren haben könnte, aber ich habe überall nach ihr gesucht."

Robert schaffte es noch zum Schrank und kletterte überstürzt hinein. Die Tür ließ er einen Spalt breit geöffnet. Er versteckte sich hinter dem aufgehängten Mantel und hielt so still wie möglich, als die Tür aufgesperrt wurde und Miss Stanford eintrat.

Durch den Spalt beobachtete er, wie sie Mrs Fairfax' Besitztümer sorgfältig durchsuchte und dann in der Mitte des Raumes mit geballten Fäusten stehen blieb. Sie sah aus, als ob sie jeden Augenblick in Tränen ausbrechen würde. Robert hielt den Atem an, als sie sich seinem Versteck näherte. Dann drehte sie sich plötzlich in Richtung des Bettes um und untersuchte es recht gründlich, so wie er es zuvor getan hatte.

Da sie sich immer weiter dem Schrank näherte, schloss er die Tür und hielt den Riegel fest. Wenig später spürte er, wie sie versuchte, die Tür zu öffnen, aber er hielt verbissen ihren Öffnungsversuchen stand. Zu seiner Erleichterung gab sie die Bemühungen, den Schrank gewaltsam zu öffnen, schnell auf, und er hörte schon wenig später, wie sie den Raum verließ. Er zählte bis tausend, bevor er die Tür öffnete und zurück ins Schlafgemach trat. Es schien nichts entwendet worden zu sein.

Um nicht zu riskieren, beim Verlassen des Zimmers ertappt zu werden, nahm Robert die Treppe für die Bediensteten hinunter ins Erdgeschoss und kam neben der Eingangstür in der großen Halle heraus. Foley verbeugte sich vor ihm und bot an, ihm Tee zu kochen. Robert lehnte jedoch ab und zog sich in sein Arbeitszimmer zurück.

Er schloss die Tür hinter sich ab, setzte sich an seinen Schreibtisch und zog den Zettel und die Bibel von Mrs Fairfax hervor. Er glättete das zerknitterte Stück Papier und versuchte, die Schrift darauf zu entziffern. Es schien sich um Bibelverse zu handeln. Die Handschrift war wenig geübt und wirkte sehr kindlich. Robert fragte sich, ob es sich dabei um einen Auszug aus den Schularbeiten von Mrs Fairfax' Sohn handelte, den sie als Andenken behalten hatte. Er hatte keine Ahnung, wie alt der Junge war, aber genau so etwas würde eine liebevolle Mutter vielleicht bei sich tragen. War es ihr aus der Bibel gefallen und hinter dem Bett gelandet? Es erschien ihm sehr wahrscheinlich.

Die Handschrift war derart fürchterlich, dass die Bibelverse nicht zu entziffern waren. Wäre Miss Harrington bei ihm, hätte sie sie vermutlich in kürzester Zeit identifizieren können. Nicht, dass dadurch etwas klarer geworden wäre. Robert blätterte in der alten Bibel und bemerkte mehrere unterstrichene Abschnitte, die alle von Tod und Zerstörung zu handeln schienen. Außerdem waren einige Seiten mit Zetteln und Bändern markiert.

Er musste das Buch wieder an seinen Platz zurücklegen, sonst würde man es vermissen. Er blätterte zu den einst leeren ersten Seiten und stellte fest, dass in mehreren verschiedenen Handschriften zusätzliche Gebete und eine Liste mit Namen hinzugefügt worden waren – vermutlich die der Vorbesitzer der Bibel. Der letzte Eintrag war der von Emily Fairfax, wobei zwischen Vor- und Nachnamen ein anderes Wort durchgestrichen worden war. Robert versuchte vergeblich, es zu entziffern. Mit großer Wahrscheinlichkeit war die Bibel noch vor Emilys Hochzeit mit Mr Fairfax in ihren Besitz übergegangen.

Unglücklicherweise hatte sie ihren Mädchennamen völlig unkenntlich gemacht ... Dennoch nahm er die Lupe aus der Schublade seines Schreibtischs und studierte das Geschriebene eingehender. Wenn er sich nicht irrte, waren sogar zwei Wörter durchgestrichen worden. Robert runzelte die Stirn. Vielleicht hatte sie nicht nur ihren Mädchennamen, sondern auch den zweiten Vornamen anlässlich ihrer Hochzeit ändern lassen. Nur wieso hätte sie das tun sollen? Schämte sie sich für ihre Familie oder für ihren eher einfachen Hintergrund? Mrs Chingford hatte angedeutet, dass Mrs Fairfax nicht ganz das war, was sie vorgab zu sein. Hatte sie außerhalb ihres Standes geheiratet und verzweifelt versucht, es geheim zu halten?

Robert legte die Lupe weg. Er würde nie die Feinheiten des weiblichen Geistes verstehen. Genau deshalb hatte sich Miss Harrington bei der Interpretation der Geschehnisse in ihren vergangenen gemeinsamen Ermittlungen als so nützlich erwiesen. Ihre weibliche Denkweise hatte oft Schlussfolgerungen hervorgebracht, die ihn verblüfften, sich aber später als richtig erwiesen hatten.

Aber er konnte sie nicht in diese Sache hineinziehen. Wenn er weiter ermitteln wollte, musste er einen anderen Weg finden. Er dachte darüber nach, was Miss Stanford im Schlafgemach der Verstorbenen zu suchen gehabt hatte. Sie war die Schwester seines ältesten Freundes. Vielleicht konnte sie ihm ja dabei helfen, herauszufinden, was genau vor sich ging.

Lucy ging unter dem Torbogen hindurch auf den Hof vor den Ställen des örtlichen Gasthauses, des *Queen's Head*, und musste sofort einem Karren und vier Pferden ausweichen, die in die andere Richtung unterwegs waren. Der Gasthof war nicht an einer Hauptverkehrsstraße gelegen, sodass die Stallknechte nicht viel Durchgangsverkehr zu bewältigen hatten. Dennoch herrschte reger Betrieb dank der Bauern von den umliegenden Weilern und Höfen, die nach Kurland St. Mary kamen, um ihre Waren zu verkaufen oder ins nur fünfundzwanzig Meilen südlich gelegene London zu verschicken.

Die alte Römerstraße hinauf nach Newmarket, das nur zwei Meilen entfernt lag, war vom pferdeverrückten König Karl II. ausgebaut worden. Obwohl Lucy nie viel Sympathie für die Verschwendungssucht des Mannes übriggehabt hatte, wusste sie die Qualität der Straße, die das Reisen in beide Richtungen so viel einfacher machte, sehr zu schätzen.

Sie raffte ihre Röcke, um sie vom Schlamm und Pferdemist fernzuhalten, und überquerte das Kopfsteinpflaster zum Hauptstall, wo sie den Blick eines der Jungen auf sich zog, der neben der Tür Pause machte.

„Ist Alf Smith heute hier, Jamie?"

Der Junge nahm den Strohhalm aus dem Mund und sprang auf. „Ja, Miss Harrington. Soll ich ihn für Sie holen?"

Lucy nickte, und der Junge eilte davon. Sie nutzte die Zeit, um einen Kübel voller blühender Nelken neben der Hintertür des Gasthauses zu bewundern. Sie fragte sich, ob die Frau des Gastwirts ihn dort platziert hatte, um dem Geruch der Ställe entgegenzuwirken. Als sie sich wieder umdrehte, kam ihr Alf grinsend aus der Tür entgegen. Irgendwann einmal waren ihm wohl die beiden Vorderzähne von einem Pferd ausgeschlagen worden, sodass er beim Sprechen leicht pfiff.

„Guten Tag, Miss Harrington."

„Alf." Lucy schenkte dem wettergegerbten Stallknecht ein breites Lächeln. „Geht es Ihnen gut?"

„Sehr gut sogar, Miss. Meine Tochter hat mir gerade einen neuen Enkel geschenkt."

„Das habe ich schon gehört. Wie schön für Sie alle. Ich habe Betty einen Geschenkkorb für sie bringen lassen."

„Ja, richtig, vielen Dank dafür." Alf zupfte an der Locke auf seiner Stirn. „Wie kann ich Ihnen heute behilflich sein? Soll ich ein paar Ratten für Sie fangen?"

„Diesmal nicht." Lucy unterdrückte ein Erschaudern, als sie sich an die drei riesigen Ratten erinnerte, die Alf und sein Hund im vergangenen Jahr im Pfarrhaus gefangen hatten. „Im Gasthaus wohnt ein Mr Reading. Ist er mit dem Pferd oder mit der Kutsche gekommen?"

„Ein großer Herr mit schwarzem Haar und blauen Augen? Gekleidet wie ein feiner Pinkel?"

„Genau der."

„Er ist mit seinem Pferd angereist, aber das arme Tier taugt nur noch für den Schlachthof. Mrs Jarvis ist besorgt, dass er versuchen könnte zu verschwinden, ohne zu bezahlen."

Es war eine erfrischende Abwechslung, dass Alf es offenbar nur wenig interessierte, warum Lucy ihm so gezielte Fragen stellte.

„Sie können sich nicht erinnern, ihn schon einmal hier gesehen zu haben, Alf?"

Er kratzte sich am Kopf. „Wie letzte Woche zum Beispiel?"

„Ich meine, als er noch jünger war. Er hat mir gegenüber angedeutet, dass er früher irgendwo in der Nähe des Dorfes gewohnt hat."

„Ich erinnere mich nicht an ihn, Miss. Ich war jahrelang mit dem guten Major in der Armee auf Feldzug. Ich weiß nicht, ob er vielleicht in diesem Zeitraum hier war." Er fuhr mit gesenkter Stimme fort: „Will Major Kurland, dass ich den Kerl im Auge behalte und dafür sorge, dass er nicht abhaut, ohne zu bezahlen?"

„Genau darum wollte ich Sie bitten, Alf." Lucy lächelte. „Aber der Major hat auch gesagt, dass Sie sich nicht scheuen sollen, zu mir zu kommen und mir von Mr Readings Treiben zu berichten, da das Gasthaus näher am Pfarrhaus liegt als an Kurland Hall."

„Dann werde ich das tun, Miss Harrington."

„Besonders, wenn Sie das Gefühl haben, dass er sich verdächtig verhält oder vorhat aufzubrechen."

„Betrachten Sie es als erledigt."

Lucy ging zurück zur Dorfstraße, zufrieden mit dem Wissen, dass Alf Mr Reading gegenüber bereits vorher misstrauisch gestimmt gewesen war. Es machte ihr auch ganz und gar nichts aus, Major Kurlands Autorität für ihre eigenen Zwecke auszunutzen. Der Regen wurde stärker und trommelte unablässig auf ihren Schirm, als sie sich auf den Rückweg zur Kirche und dem daneben liegenden Pfarrhaus machte.

Warum wollte sich Mr Reading nicht bei Major Kurland vorstellen? Hatte der Major, als sie seinen Namen erwähnt hatte, absichtlich nicht zugegeben, dass er den Mann kannte? War er deshalb so darauf bedacht gewesen, die Ermittlungen in der Sache einzustellen? Sie hatte angenommen, dass er wütend auf sie gewesen war, aber vielleicht war das gar nicht der Grund. Doch warum sollte Major Kurland ihr nichts von der Bekanntschaft sagen?

Sie wich einer großen Pfütze aus und ging zielstrebig weiter. Wenn sie annahm, dass Major Kurland wirklich nichts von Mr Reading wusste, war es dann umgekehrt möglich, dass Mr Reading den Major kannte?

Wenn er in der Nähe von Kurland St. Mary aufgewachsen war, musste er mit der bedeutendsten Familie des Bezirks in Berührung gekommen sein ...

Aber vielleicht war die Erklärung sogar noch einfacher. Mrs Chingford könnte Mr Reading mitgeteilt haben, dass Penelope einst mit Major Kurland verlobt gewesen war. Wenn die beiden sich wirklich so nahegestanden hatten, wie Penelope behauptete, hätte Mr Reading sicherlich davon erfahren. Und hatte Mr Reading vielleicht beschlossen, seine alte Verbindung zu Kurland St. Mary zu nutzen, um sich wieder mit dem Major bekannt zu machen?

Lucy beschleunigte ihre Schritte. Vielleicht sollte sie ihre weiteren Pläne zurückstellen und direkt zum Herrenhaus gehen, um Major Kurland zur Vorsicht zu mahnen. Der Wind wurde stärker, sodass sie den Regenschirm nach vorn neigte, um den plötzlichen Böen zu widerstehen. Dabei schlug das Gestell um und sie musste kämpfen, um es wieder zurückzubiegen. Sie hörte, wie sich ein Pferd näherte, und wurde wenige Momente später kurzerhand von der Straße halb in den Graben geschubst.

Mit Mühe kämpfte sie sich wieder auf die Beine, nur um sich vor dem lächelnden Mr Reading, der vor ihr auf seinem Pferd thronte, wiederzufinden. Er machte keine Anstalten, ihr dabei zu helfen, im glitschigen Schlamm die Balance wiederzuerlangen.

„Miss Harrington? Ich habe Sie völlig übersehen. Ich bitte vielmals um Entschuldigung."

Lucys Finger schlossen sich fester um den zerfetzten Regenschirm und sie trat wankend aus dem Straßengraben heraus. Mr Reading setzte sein Pferd wieder in Bewegung und brachte sie beinahe erneut aus dem Gleichgewicht. Plötzlich war sie von Angst erfüllt. Sie strich sich die nassen Harre aus dem Gesicht und funkelte ihn an.

„Was wollen Sie von mir?"

Er zuckte mit den Schultern. Der Regen lief in einem Rinnsal von seinem Hut. „Ich wollte mich nur dafür entschuldigen, dass ich Sie am Straßenrand nicht gesehen habe." Er warf einen Blick über sie hinweg auf den wenig einladenden Graben hinter ihr, der sich rasch mit Wasser füllte. „Wir würden doch nicht wollen, dass Sie hineinstürzen. Sie würden vielleicht nie wieder auftauchen."

„Nichts dergleichen dürfte passieren, wenn Sie einfach gehen." Lucy kämpfte mit ihren klappernden Zähnen und gegen die Kälte und Nässe, die durch ihre Pelisse eindrangen. Sie machte einen weiteren vorsichtigen Schritt, aber er lenkte sein Pferd so, dass er ihr erneut den Weg versperrte.

„Was wollen Sie?", schrie sie ihm zu.

„Hören Sie auf, sich in Dinge einzumischen, die Sie nichts angehen."

„Ich habe keine Ahnung, wovon Sie reden", erwiderte Lucy. „Wenn Sie sich nicht sofort zurückziehen, werde ich mit Major Kurland sprechen."

„Oh, das glaube ich nicht. Wie ich höre, sind Sie und er zerstritten. Er wird Ihnen nicht helfen."

„Dann werde ich eben mit meinem Vater sprechen." Sie schaute an ihm vorbei, als sie das Geräusch einer herannahenden Kutsche vernahm. „Gehen Sie mir aus dem Weg oder ich schreie."

Er ließ sein Pferd zurücktreten und tippte sich zum Abschied an den Hut. „Guten Tag, Miss Harrington. Vergessen Sie meine Worte nicht."

Er galoppierte davon, bevor der herannahende Pferdewagen sie erreichte. Lucy raffte ihre völlig durchnässten Röcke und versuchte wieder festeren Boden unter die Füße zu bekommen.

„Miss Harrington!" Der Kutschwagen hielt an und Mr Fairfax sprang ab, um auf sie zuzulaufen. „Was ist passiert? Sind Sie gestürzt?" Er packte ihren Ellbogen fest und half ihr zurück auf den Weg. „Ich bringe Sie sofort ins Pfarrhaus."

Sie ließ sich von ihm in die Kutsche helfen und saß ruhig da, während er das Pferd zum Trab anspornte. Sie erreichten das Pfarrhaus in wenigen Minuten, er bog auf den Hof ein und rief um Hilfe. Als Bran herauskam und die Zügel des Pferdes übernahm, öffnete Mr Fairfax die Kutschentür, hob Lucy hoch und trug sie durch die Küchentür hinein.

„Wo geht es zu Miss Harringtons Schlafgemach?"

Mrs Fielding keuchte erschrocken auf und Betty sprang sofort vom Stuhl, um ihm die Tür zum Flur zu öffnen.

„Hier entlang, Sir."

Lucy ließ sich die Treppe hinauftragen und von Mr Fairfax, der sich von ihrem Gewicht und den nassen Kleidern scheinbar kaum beirren ließ, behutsam auf ihrem Bett absetzen.

„Wenn Sie gestatten, warte ich unten, bis ich höre, ob Sie sich wieder ganz erholt haben, Miss Harrington."

Sie brachte ein gemurmeltes Dankeschön hervor, bevor Betty ihn aus dem Schlafgemach scheuchte. Penelope trat ein. Als sie Lucy in ihrem erbärmlichen Zustand vorfand, zog sie entsetzt die Augenbrauen hoch.

„Großer Gott! Sind Sie in den Ententeich gefallen?"

Lucy hatte Mühe, sich aufzusetzen. „Nein, aber ich wäre fast in den Graben gefallen, dank Ihres werten Mr Reading."

„Mit Sicherheit nicht *mein* Mr Reading." Penelope verzog das Gesicht, während Lucy damit kämpfte, ihre klatschnasse Pelisse auszuziehen. „Zum Glück war Mr Fairfax da, um Sie zu retten."

Lucy war zu kalt, um einen bösen Blick aufzusetzen, aber sie versuchte es trotzdem. „Ich war gerade dabei, mich selbst zu retten. Mr Fairfax ist allerdings rechtzeitig gekommen, um mich nach Hause zu fahren, wofür ich ihm sehr dankbar bin."

„Vergessen Sie nicht, Ihrem heldenhaften Retter auch zu danken." Penelope besaß die Frechheit, ihr zuzuzwinkern, bevor sie sich umdrehte und ging.

Betty half Lucy, sich bis auf das Hemdkleid und das Korsett auszuziehen, und setzte sie, in eine Decke gewickelt und mit den Füßen in einer Schüssel mit warmem Wasser, vor den Kamin. Es dauerte eine ganze Weile, bis Lucy aufhörte zu zittern. Sie konnte nur hoffen, dass sie sich so durchnässt nicht erkälten würde. Aber die Sorge um ihre Gesundheit musste warten, bis sie sich entschieden hatte, was sie wegen Mr Reading unternehmen wollte.

„Holen Sie mir bitte ein paar warme Kleider und stecken Sie meine Haare wieder hoch, Betty. Ich muss nach unten gehen und Mr Fairfax versichern, dass ich mich erholt habe."

Als sie den Salon betrat, war es gerade eine halbe Stunde her, dass sie nach Hause gekommen war. Mr Fairfax schritt mit besorgter Miene auf dem Kaminvorleger auf und ab.

Lucy machte einen Knicks. „Vielen Dank, dass Sie mich nach Hause gebracht haben, Mr Fairfax. Ich weiß nicht, was ich getan hätte, wenn Sie nicht vorbeigekommen wären."

Natürlich hätte sie sich allein zurückgekämpft, aber es schadete nie, einen Akt der Großzügigkeit anzuerkennen, besonders wenn er von einem Mann kam.

Er kam zu ihr und nahm ihre Hand. „Ich bin mir sicher, Sie wären auch ohne mich zurechtgekommen, Miss Harrington. Ich bin nur froh, dass ich im richtigen Moment vorbeikam, um Ihnen einen ausgesprochen unangenehmen Heimweg zu ersparen."

„Wie Sie sehen können, bin ich unverletzt aus dieser Erfahrung hervorgegangen. Aber lassen Sie sich bitte nicht weiter von mir aufhalten." Lucy befreite sanft ihre Hand aus seinem Griff, setzte sich neben das Feuer und wartete, bis er sich zu ihr gesellt hatte. „Ich bin mir sicher, dass Sie noch etwas zu erledigen haben."

„Ich hatte ohnehin vor, Sie heute Abend auf dem Rückweg von Dr. Fletcher zu besuchen. Er hat einige Medikamente für Miss Dorothea zusammengemischt und mich darum gebeten, sie Ihnen vorbeizubringen, bevor seine Patientin zum Pfarrhaus zurückkehrt." Er sah stirnrunzelnd aus dem Fenster. „Wenn es weiter so regnet, dann kann ich Miss Dorothea nicht besten Gewissens in einer zugigen Kutsche herfahren lassen. Aber machen Sie sich nicht allzu viele Sorgen, Miss Harrington. Ich werde dafür sorgen, dass sie spätestens morgen hergebracht wird, sobald das Wetter wieder aufklart."

„Miss Chingford wird sich sehr freuen, sich wieder selbst um ihre Schwester kümmern zu können."

„Da bin ich mir sicher. Man kann nur schwer zur Ruhe kommen, wenn es einem Familienmitglied schlecht geht und man sich nicht selbst darum kümmern kann. Ich weiß gar nicht, wie Sie es schaffen, die Abwesenheit Ihrer Geschwister so gut auszuhalten, Miss Harrington. Ich vermute, Sie müssen sie sehr vermissen."

„Das tue ich. Ich vermisse sie alle, selbst die Zwillinge, die manchmal wirklich anstrengend sein können. Aber sie werden bald zurück sein und dafür bin ich dankbar."

Mr Fairfax lächelte. „Ich muss gestehen, dass ich mich ebenfalls darauf freue, meinen Halbbruder wiederzusehen. Er ist ein bezaubernder junger Bursche und ein wirklich helles Köpfchen."

Betty klopfte an die Tür und trat mit einem Tablett auf dem Arm ein. „Mrs Fielding sagt, dass Sie ihren Ingwer-Tee trinken sollen, solange er noch heiß ist, Miss Harrington. Und es ist ein Schluck Brandy beigemischt, um Sie aufzuwärmen."

Lucy betrachtete die dampfende braune Flüssigkeit. „Das ist ... sehr freundlich von ihr. Bitte richten Sie ihr meinen Dank aus."

Mr Fairfax sprach weiter, als Betty den Raum verlassen hatte. „Ist Mrs Fieldings Gebräu ungenießbar?"

„Ich habe noch nie eins angeboten bekommen. Sie lässt mich normalerweise allein zurechtkommen, wenn es mir nicht gut geht." Sie probierte einen Schluck. „Ah, das tut gut."

Mr Fairfax erhob sich. „Ich sollte Sie sich erholen lassen. Ich werde Miss Dorothea heute Abend herbringen, wenn das Wetter mitspielt. Wenn nicht, sagen Sie bitte Miss Chingford, dass sie mich morgen früh erwarten kann.

Lucy setzte die Tasse ab und erhob sich. „Vielen Dank noch einmal, Mr Fairfax."

Er nahm ihre Hand. „Thomas." Er zögerte. „Ich dachte, ich hätte noch ein weiteres Pferd bei Ihnen gesehen, bevor ich Sie fand."

Lucy runzelte die Stirn. „Ich glaube, da könnte jemand gewesen sein, der an mir vorbeiritt, aber ich glaube, er hat mich im Regen nicht gesehen."

Mr Fairfax schnaubte verächtlich. „Oder hatte einfach keine Lust anzuhalten."

„Das ist schon möglich." Lucy atmete durch. „Kommen Sie in Ihrer Funktion als Landverwalter unter Umständen in der nahen Zukunft einmal nach Thaxted, Mr Fairfax?"

„Thaxted?" Er dachte kurz nach. „Erstaunlicherweise muss ich mich zufällig morgen dort mit einem Getreidehändler vom Kurland-Anwesen treffen."

„Würde es Ihnen etwas ausmachen, mich mitzunehmen? Natürlich in Begleitung einer Anstandsdame“, schob Lucy hastig hinterher. „Wenn Sie mich mitnehmen könnten, müsste ich meinen Vater nicht damit belästigen, mir die Pferde fertigmachen zu lassen. Ich muss in Thaxted noch eine Einladung zur Trauerfeier von Mrs Chingford zustellen.“

„Es wäre mir eine Freude, Ihnen zu Diensten zu sein, Miss Harrington.“ Er verbeugte sich. „Um wie viel Uhr möchten Sie aufbrechen?“

Kapitel 15

„Ich komme mit Ihnen."

Lucy versuchte Penelope zu ignorieren, während sie ihre Haube anlegte. „Was ist mit Dorothea? Wir können sie nicht allein hierlassen."

Entgegen der Sorge von Mr Fairfax wegen des schlechten Wetters hatte Dr. Fletcher Dorothea am vorigen Abend zurück ins Pfarrhaus gebracht. Die jüngere Miss Chingford lag jetzt in ihrem Bett und wurde von einer der Küchenhilfen beaufsichtigt.

„Sie ist erschöpft von der Fahrt und sagte mir, dass sie vorhabe, den ganzen Tag zu schlafen", sagte Penelope mit Nachdruck. „Das neue Dienstmädchen sagte, sie würde bei Dorothea bleiben und ihr Gesellschaft leisten, falls sie aufwachen sollte. Selbst Dr. Fletcher sagte, dass sie sich auf dem Weg der Besserung befände und man sie nicht verhätscheln müsse."

„Es wird in Thaxted nicht viel für Sie zu tun geben", erwiderte Lucy.

Penelopes blassblaue Augen verengten sich. „Sie sagten, Sie hätten vor, eine Einladung zur Trauerfeier meiner Mutter am Samstag zu überbringen. Sicherlich sollte ich in so etwas eingebunden werden."

„Ich wollte Ihnen lediglich ein wenig Arbeit abnehmen." Lucy zwang sich zu einem Lächeln. „Wenn Sie mich begleiten wollen, dann tun Sie das. Ich habe aber keine Zeit, mich deswegen mit Ihnen zu streiten. Mr Fairfax wird jeden Moment hier sein."

Penelope lächelte triumphierend. „Ich hole meine Haube und meinen Mantel."

Lucy erblickte die Kutsche des herannahenden Mr Fairfax und ging nach unten, um nachzufragen, ob Betty bereit war, sie zu begleiten. Tatsächlich würde der Ausflug in Begleitung von Penelope Mr Fairfax vielleicht davon abbringen, zu sehr zu hinterfragen, warum sie so plötzlich Thaxted einen Besuch abstatten wollte. Vielleicht würde es auch die Frau, die sie dort anzutreffen hoffte, dazu ermuntern, ihr gegenüber freier zu sprechen.

Penelope presste ihr Taschentuch an die Nase und begutachtete die verrußten Überreste von Nummer acht Field Lane.

„Was um alles in der Welt tun wir hier?“

„Wir versuchen die Besitzerin des Hauses aufzuspüren.“

Lucy ging an die Nachbartür und klopfte energisch. Sie hatten Mr Fairfax bei der Herberge zurücklassen können, während dieser sich noch um die Pferde kümmerte, und versprochen, ihn zur Heimfahrt um zwei Uhr zu treffen.

Das ernst dreinblickende kleine Mädchen von Lucys erstem Besuch öffnete die Tür.

„Guten Morgen, ist deine Mutter zu Hause?“

Mit einem zaghaften Nicken öffnete das Mädchen die Tür weiter, flitzte den Flur hinunter und rief nach ihrer Mutter. Lucy folgte ihr ebenso wie Penelope. Sie betraten eine kleine Küche, wo sie eine Frau antrafen, die in einem Topf auf dem Herd herumrührte.

„Mrs Collins?“, fragte Lucy. „Ich bin Miss Harrington aus dem Pfarrhaus in Kurland St. Mary. Entschuldigen Sie bitte die Störung, aber wir haben gehört, dass Sie vielleicht wissen, wo Ihre Nachbarin, Mrs Madge Summers, sein könnte.“

„Madge ist ja sehr gefragt im Moment.“ Mrs Collins wischte die Hände an der Schürze ab und bedeutete

Lucy und Penelope mit einer Handbewegung, sich am Tisch niederzulassen. „Polly, pass auf die Suppe auf."

Ihre kleine Tochter kletterte gehorsam auf einen Stuhl beim Herd und begann im Topf zu rühren.

„Offenbar hat sich schon am Tag des Feuers ein ausgesprochen aufdringlicher Gentleman nach ihr erkundigt."

Lucy hielt es für klüger, nichts darauf zu erwidern. „Wir würden gern Mrs Summers sprechen, um sie über eine Trauerfeier für eine Bekannte zu informieren, die in Kurland St. Mary stattfinden wird. Ist sie nach dem Feuer in Thaxted geblieben?"

„Sie hat die erste Nacht bei uns geschlafen, nachdem wir für sie beim Doktor etwas zur Beruhigung ihrer Nerven geholt hatten." Mrs Collins schüttelte den Kopf. „Sie war wirklich erschüttert von dem, was vorgefallen ist."

„Konnte sie sich daran erinnern, wie es zu dem Feuer kam?"

„Sie sagte nein, aber sie ist schon etwas älter und hat vielleicht etwas auf dem Herd vergessen oder den Schornstein seit dem letzten Winter nicht mehr reinigen lassen. Wie auch immer, ich habe sie davon überzeugen können, den Schlaftrunk des Doktors zu nehmen, und sie hat geschlafen wie ein Engel."

„Und wo ist sie jetzt?"

Mrs Collins lehnte sich vor. „Das ist es ja gerade. Am nächsten Morgen war sie verschwunden."

„Sie wollen mir sagen, dass sie sich in Luft aufgelöst hat?"

„Oh nein, Miss. Sie hat ihre Sachen gepackt und ist wie eine gute Christin abgereist, aber ich bin mir nicht sicher, wohin. Madge war früher Kindermädchen bei mehreren vornehmen Familien. Mr Collins und ich hatten den Gedanken, dass ihr vielleicht eine der Familien Hilfe angeboten haben könnte."

„Aber sie hat Ihnen gegenüber nicht erwähnt, welche das gewesen sein könnte?“

„Ich habe sie ja nicht einmal gehen sehen, Miss. Ich habe zu der Zeit im Garten gearbeitet. Als ich wieder hereinkam, war sie verschwunden.“

Lucy runzelte die Stirn. „Und sie hat Ihnen keine Nachricht hinterlassen?“

„Sie hat Polly beauftragt, uns in ihrem Namen Lebewohl zu sagen und ihren Dank auszurichten.“ Mrs Collins schüttelte den Kopf. „Auf dem Tisch lag außerdem ein Gold-Sovereign, was für sie ein wenig zu großzügig gewesen ist, aber vielleicht stammte die Münze ja von jemandem, der sie abgeholt hat.“

„Sie war nicht besonders wohlhabend?“

Mrs Collins überlegte kurz. „Ihr gehörte das Haus und sie hatte einige bescheidene Renteneinkünfte von ihren ehemaligen Arbeitgebern. Sie kam also gut über die Runden und hat auch eine Tochter. Also bezweifle ich, dass sie verhungern würde.“

„Sind Sie sicher, dass es nicht ihre Tochter war, die sie abgeholt hat, oder ein anderes Familienmitglied? Wohnen sie in der Gegend?“

„Sie hat außer ihrer Tochter nie von anderen Familienmitgliedern gesprochen. Und die hat es wohl geschafft, jemanden aus weit besseren Verhältnissen an Land zu ziehen, wenn Sie wissen, was ich meine. Sie hat ihre Mutter nicht so oft besucht, wie es sich gehört hätte.“

„Also könnte es Madges Tochter gewesen sein, die sie abgeholt hat.“

„Das ist möglich, aber unwahrscheinlich. Sie haben sich schon vor Jahren zerstritten. Madge war nur traurig, dass sie ihren Enkel nicht mehr so oft zu sehen bekam. Ein fröhlicher Knabe, nach dem, was ich gehört habe.“ Mrs Collins erhob sich, um nach der Suppe zu sehen, und ließ Polly eine Kanne Tee machen.

Penelope zupfte an Lucys Ärmel und flüsterte: „Wollen Sie sie nicht nach meiner Mutter fragen oder ob sie Miss Stanford kennt?"

Lucy brachte sie mit einem Blick zum Schweigen, als Mrs Collins sich wieder setzte. „Hat die Tochter von Madge je hier bei ihrer Mutter gewohnt?"

„Ab und zu. Sie hat sehr jung geheiratet. Einen Soldaten aus der örtlichen Kaserne, der aber in den Krieg zog und nie zurückgekehrt ist. Kaum hat man sichs versehen, war sie erneut verheiratet und weggezogen. Madge war darüber nicht sehr glücklich. Sie war der Ansicht, dass Emmy sich nicht anständig benommen hatte."

„Die Tochter von Madge hieß Emily?"

„Ich glaube schon. Wegen ihres feinen Ehemannes mochte sie es nicht, von ihrer Mutter Emmy genannt zu werden." Mrs Collins verzog das Gesicht. „Und sie kam auch immer seltener zu Besuch."

„Das ist in der Tat rätselhaft." Lucy seufzte. „Wenn wir Madge nicht aufspüren können, dann war unsere Reise umsonst." Sie nahm eine Tasse Tee entgegen und nippte daran. „Ich frage mich, ob sie zurückkehren wird, um ihr Haus wiederaufzubauen."

„Wer weiß, Miss? Vielleicht setzt sie sich auch in einem der großen Häuser zur Ruhe, wo man sich den Rest ihres Lebens um all ihre Anliegen kümmern wird. Ich kann nicht behaupten, dass sich das für mich nicht auch verlockend anhören würde." Mrs Collins hob Polly vom Stuhl und setzte sie an den Tisch, um dann nach der Suppe zu sehen. Lucy schob den Teller mit Keksen zu dem Mädchen hinüber. Dieses nahm einen davon an und murmelte ein undeutliches Dankeschön.

„Erinnerst du dich an den Tag, an dem Mrs Summers ging, Polly?"

Polly nickte. „Sie ist in eine große, schwarze Kutsche gestiegen."

„Wer war an der Tür, um sie abzuholen?"

„Jemand in ganz feinen Sachen." Polly rümpfte die Nase. „Wie ein Soldat, aber nicht richtig."

„Wie ein Diener in Dienstuniform?", schlug Lucy vor.

„Vielleicht, Miss."

„Und schien Mrs Summers glücklich darüber zu sein, abgeholt zu werden?"

„Sie hat geweint, aber vor Freude, glaube ich." Polly schüttelte den Kopf. „Sie hätte fast vergessen, sich zu verabschieden."

„Du wirst sie bestimmt vermissen", sagte Lucy mitfühlend.

„Sie hat Lebkuchen gebacken und ich habe ihr im Garten geholfen. Manchmal hat sie mir dafür einen Penny gegeben."

„Nun, ich bin sicher, dass du sie wiedersehen wirst."

Polly sah traurig aus und rutschte vom Stuhl hinunter. „Ich muss los und schauen, ob die Wäsche trocken ist."

Lucy wandte sich an Mrs Collins. „Vielen Dank für Ihre Hilfe. Falls Madge zurückkehrt, würden Sie ihr ausrichten, dass Miss Harrington vom Pfarrhaus in Kurland St. Mary nach ihr gefragt hat?"

„Das werde ich sicher tun, und Gott segne Sie dafür, dass Sie versucht haben, sie zu finden, um ihr eine so traurige Nachricht zu überbringen." Mrs Collins wischte sich die Hände ab und ging zur Tür, um sie zu öffnen. „Soll ich ihr sagen, um wessen Trauerfeier es geht, Miss?"

„Die für Mrs Maria Chingford."

„Ich habe Madge diese Dame schon einmal erwähnen hören. Sie war eine ihrer Arbeitgeberinnen." Mrs Collins warf einen Blick auf Penelope, die ganz in Schwarz gekleidet war. „War sie eine Verwandte von Ihnen, Miss?"

„Sie war meine Mutter."

„Dann bedaure ich Ihren Verlust, Miss Chingford." Mrs Collins machte einen Knicks.

„Vielen Dank."

Lucy ging zuerst hinaus und schritt den Weg durch den Vorgarten hinunter, wobei sie das Tor sorgfältig hinter ihnen verriegelte, während Mrs Collins ihnen zum Abschied zuwinkte.

Penelope begann fast sofort zu sprechen. „Es scheint also, dass Mrs Summers meine Mutter gekannt hat. Ich kann mich nicht erinnern, dass sie in unserem Haushalt jemanden namens Madge erwähnt hat, abgesehen von ihrer Zofe, aber sie hat auch selten mit mir über die Dienerschaft gesprochen."

„Ich bezweifle, dass sie Sie mit solch banalen Kleinigkeiten behelligen wollte."

„Aber was beweist das?"

„Für sich genommen nichts, aber Madge kannte auch Mrs Fairfax ausgesprochen gut, nicht wahr?"

Penelope runzelte die Stirn. „Wie um alles in der Welt kommen Sie zu diesem Schluss?"

„Sie selbst haben gesagt, dass Mrs Fairfax sich in der gehobenen Gesellschaft unwohl zu fühlen schien. Wenn sie über ihrem Stand geheiratet hat, stimmte das vermutlich."

„Sie glauben, Mrs Fairfax ist die Tochter von Madge Summers?" Penelope blieb stehen und wandte sich zu Lucy um.

„Natürlich glaube ich das. Sie hat geheiratet und einen Sohn bekommen, und ihr Vorname ist Emily oder Emmy, der gleiche Name wie bei Mrs Fairfax."

Penelope schloss langsam den Mund und schüttelte den Kopf, während Lucy fortfuhr: „Madge kannte Ihre Mutter *und* könnte ihrerseits die Mutter von Mrs Fairfax sein."

„Und sie sind beide tot."

„Und Madge ist verschwunden, was bedeutet, dass jemand nicht möchte, dass wir diese Verbindungen aufdecken."

„Aber wer könnte das sein?"

„Auch Mr Reading kannte sowohl Ihre Mutter als auch Mrs Fairfax." Lucy runzelte die Stirn. „Aber was könnte Madge wissen, das es so wichtig machte, sie aus ihrem Haus zu vertreiben?"

„Sie war Kindermädchen in beiden Familien. Vielleicht weiß sie von einem Skandal, den Mr Reading nicht ans Licht kommen lassen möchte."

Lucy seufzte. „Ich weiß nicht, was ich denken soll. Aber ich mache mir Sorgen um Madge Summers, obwohl sie offenbar nicht widerwillig dem Diener, der sie abholte, folgte."

„Aber vielleicht dachte sie, dass die Kutsche von ihrer Tochter geschickt worden war."

„Von der wir wissen, dass sie zu dem Zeitpunkt schon seit mehreren Tagen tot war." Lucy ging weiter. „Ich muss darüber nachdenken. Bitte sagen Sie Mr Fairfax gegenüber nur, dass wir die Einladung überbracht haben."

„Sie wollen, dass ich unseren stattlichen Begleiter anlüge?"

„Ich möchte nicht, dass er sich Gedanken wegen seiner Stiefmutter macht oder bei seiner Rückkehr Major Kurland irgendetwas erzählt."

Penelope schnaubte unelegant. „Sie haben recht. Er ist so anständig, dass er wahrscheinlich sofort alles ausplaudern würde. Ich bezweifle, dass Major Kurland erfreut wäre, zu hören, dass Sie und ich in einem Mordfall herumfragen."

„Und wir haben immer noch keine Antworten." Lucy beschleunigte ihre Schritte, als die Herberge in Sichtweite kam. „Ich bin mir sicher, dass uns noch ein Puzzleteil fehlt, aber ich weiß noch nicht, was es sein könnte. Vielleicht hilft mir etwas stille Bedenkzeit bei einer guten Mahlzeit, meine Gedanken zu ordnen."

Robert fand Miss Stanford im Salon vor und trat an sie heran. Sie starrte aus dem Fenster und schien die Stickerei, die auf ihrem Schoß lag, vergessen zu haben.

„Guten Morgen, Miss Stanford, wie geht es Ihnen heute?", begrüßte Robert sie gut gelaunt. „Das Wetter ist ausgesprochen unangenehm. Ich hoffe, Andrew und seine neue Braut haben in Cornwall mehr Glück."

Sie blickte zu ihm auf und wandte sofort den Blick wieder ab. „Da bin ich mir sicher."

Robert nahm den Platz ihr gegenüber ein und streckte die Beine aus. „Ich hoffe, es regnet nicht bei der Beerdigung. Das lässt einen ohnehin schon düsteren Anlass irgendwie noch schlimmer wirken." Sie antwortete nicht, daher fuhr er fort und wünschte sich, Miss Harrington wäre hier, um das Gespräch auf ihre eigene, unschätzbare Art zu führen. „Es ist sehr freundlich von Ihnen und Mrs Green, dass Sie noch zur Beerdigung bleiben."

„Ich denke, das würde Andrew von mir erwarten." Miss Stanford lenkte ihre Aufmerksamkeit wieder auf ihre Stickerei.

„Es ist trotzdem bewundernswert, dass Sie der Beerdigung einer Frau beiwohnen, die Sie wahrscheinlich nicht einmal gut kannten." Robert hielt inne. „Oder haben Sie sie gekannt? Ich meine mich zu erinnern, Sie beide mehr als einmal miteinander plaudern gesehen zu haben."

„Ich kannte nicht sie, sondern ihren Ruf. Wie jeder in der Londoner Gesellschaft. Sie galt als eine Art bösartige Tratschtante."

„Aus eigener Erfahrung muss ich sagen, dass es nicht leicht war, Mrs Chingford zu mögen."

„Sie war unausstehlich! Sie –" Miss Stanford brach ab und presste ihr Taschentuch an die Lippen. „Verzeihen Sie bitte. Ich bin heute Morgen etwas überreizt."

„Ah, liegt das daran, dass Sie Ihre Halskette verloren haben? Mrs Bloomfield hat mir erzählt, dass Sie sehr bestürzt deswegen seien. Sie erwähnte auch, dass Sie sich überlegt hatten, ob sie vielleicht bei Mrs Fairfax' Sachen gelandet sein könnte."

Miss Stanford schluckte verkrampft. „Ich ... ich habe Mrs Bloomfield geholfen, die Leiche aufzubahren. Ich hatte die Eingebung, dass meine Halskette dabei vielleicht heruntergefallen sein könnte."

Robert schaute betont beiläufig aus dem Fenster. „Ich werde mit Foley darüber sprechen, sofern Mrs Bloomfield das nicht schon getan hat. Das Schmuckstück, das er kürzlich gefunden hat, war ein altes Medaillon. Das gehörte aber nicht ebenfalls Ihnen, oder?"

„Nein!" Miss Stanfords Stimme war unstet und wurde lauter. „Ich habe keine Ahnung, wem dieses Medaillon gehören könnte."

Robert blickte sie direkt an. „Sind Sie sich da ganz sicher?"

„Warum stellen Sie mir diese Fragen, Major Kurland?"

Er hielt seinen eindringlichen Blick aufrecht. „Warum haben Sie mich nicht mit Ihrem Verlobten bekannt gemacht? Wie ich höre, hält er sich in meinem Dorf auf."

„Er hat mit all dem nichts zu tun. Er war nicht einmal bei der Hochzeit anwesend, also können Sie ihm nichts vorzuwerfen haben."

„Mir war nicht bewusst, dass ich überhaupt jemandem etwas vorzuwerfen habe." Robert wägte seine Worte ab. „Warum will er nicht hierherkommen und dem besten Freund des Bruders seiner Verlobten vorgestellt werden?"

„Er hat seine Gründe."
„Die offenbar schwerer wiegen als einfachste Höflichkeit", sagte Robert. „Vielleicht sollte ich ihn selbst aufsuchen, um seine Bekanntschaft zu machen."
„Das ist nicht nötig, Sir", erwiderte Miss Stanford schnell. „Wie ich schon sagte: Er hat nichts mit meinem verlorenen Schmuck zu tun, genauso wenig wie mit den Vorkommnissen auf der Hochzeit. Er ist lediglich gekommen, um mich während der Trauerfeier zu unterstützen. Und er hat es nicht für nötig erachtet, dafür beim örtlichen Adel vorstellig zu werden."
„Aber er wird bei der Beerdigung anwesend sein?", fragte Robert. „Dann werde ich mich sicherlich mit ihm bekannt machen können. Ich fühle mich in Andrews Abwesenheit dazu verpflichtet, Miss Stanford, so zu handeln, wie er es sich wünschen würde. Hat er Ihren Verlobten schon kennengelernt?"
„Ich glaube schon." Sie senkte den Blick. „Unsere Verlobung fand erst kürzlich statt. Meine Mutter wurde darüber informiert und hat ihr Einverständnis gegeben. Mehr brauche ich nicht."
„Es ist immer eine Erleichterung, wenn die eigene Familie einer Heirat zustimmt", sagte Robert diplomatisch. „Für wann ist der fröhliche Anlass geplant, Miss Stanford?"
„Innerhalb des nächsten Jahres. Wir wollten nicht Andrews Glück schmälern."
„Wie rücksichtsvoll von Ihnen beiden." Robert erhob sich und blickte auf Miss Stanfords gesenkten Kopf hinunter. „Ich hoffe, Sie finden Ihre Halskette. Können Sie sie mir beschreiben, damit ich Foley besser sagen kann, wonach er suchen soll?"
„Sie ist nichts Besonderes. Lediglich ein Schmuckstück mit sentimentalem Wert, das die Aufregung nicht wert ist."

Robert erkannte den abweisenden Tonfall in ihrer Stimme und ließ sie allein. Er war nicht klüger als vor dem Gespräch. Wie schaffte Miss Harrington es nur, den Leuten so leicht Informationen zu entlocken? Er wünschte, er hätte diese besondere Fähigkeit. Eigentlich wünschte er sich natürlich, sie jetzt an seiner Seite zu haben, damit sie die Fragen stellen könnte. Nachdem er sie jetzt mehrere Tage absichtlich gemieden hatte, vermisste er sie viel stärker, als er vermutet hätte.

War er zu voreilig gewesen, als er ihre Hilfe ablehnte? Zurück in der vertrauten Umgebung seines eigenen Hauses kam ihm sein Wunsch, sie vor einer unbekannten Bedrohung beschützen zu wollen, irgendwie lächerlich vor. Aber irgendetwas war zweifellos im Gange. Er konnte nicht erklären, wie Miss Stanfords seltsames Verhalten mit den beiden Todesfällen zusammenhing, aber er war sich sicher, dass es eine Verbindung gab. Sie verhielt sich ausgesprochen eigenartig.

Er vermutete auch, dass der Verlust irgendeiner mysteriösen Halskette nicht der Grund für ihr Eindringen in Mrs Fairfax' Schlafzimmer war, sondern mit etwas anderem, das sie suchte, zu tun haben musste. Nur was war das? Er kannte sie seit mehreren Jahren, und ihr Verhalten wirkte auf ihn untypisch. Früher hatte sie ihn fast wie einen Bruder behandelt, und jetzt war er offenbar ein Gegner. Er bekam die Feindseligkeit in ihrem Blick nicht aus dem Kopf.

Was hatte sich nur geändert? Robert ging die Treppe hinunter in sein Arbeitszimmer. Es schien, dass ihr Verlobter, der unbekannte Mr Reading, eine Menge zu verantworten hatte. Mrs Chingfords Trauerfeier stand vor der Tür. Er würde es sich zur Aufgabe machen, Mr Reading auf der Feier aufzusuchen und sich einen Eindruck zu verschaffen, was für einen Mann Miss

Stanford zu heiraten beschlossen hatte. Er befürchtete, dass ihm nicht gefallen würde, was er dabei herausfinden würde.

„Aber –"

Lucy ging weiter die Treppe hinauf und ignorierte Penelopes erhobene Stimme.

„Langsam, Lucy. Ich verstehe das immer noch nicht."

Lucy drehte sich schließlich um und legte den Finger auf die Lippen. „Wenn Sie es unbedingt besprechen müssen, dann kommen Sie mit in mein Schlafgemach, und zwar leise!"

Mit einem gequälten Seufzer folgte Penelope Lucy in ihr Schlafzimmer und schloss die Tür hinter ihnen.

„Wie kommen Sie darauf, dass Mrs Fairfax mit Madge Summers verwandt ist?"

Lucy setzte sich, zog ihre Stiefel aus und legte sie zum Trocknen auf den Kamin. „Ich bin mir ziemlich sicher, dass ich richtigliege. Was mich viel mehr beunruhigt, ist die Frage, wer die Kutsche am Morgen nach dem Brand zu Madge geschickt hat. Ich bezweifle, dass einer von Madges früheren Arbeitgebern in der Nähe von Thaxted wohnt. Sie arbeitete für die Adeligen und Edelleute aus den Häusern in London oder den großen Landgütern. Woher hätte jemand wissen sollen, dass sie Hilfe brauchte?"

Penelope setzte sich ihr gegenüber. „Wenn man misstrauisch wäre, würde man annehmen, dass es die Person war, die auch das Feuer gelegt hat."

„Das bedeutet, dass Madge vielleicht entführt und getötet worden ist."

„Aber Polly sagte, sie sei freiwillig mitgegangen."

„Vielleicht wusste sie nicht genau, wer sie mitnahm. Sie könnte angenommen haben, dass es ihre Tochter war."

„Die da bereits tot war."

Lucy atmete tief aus. „Ich weiß nicht, wie wir jetzt vorgehen sollen. Madge ist verschwunden, und wir haben keine weiteren Anhaltspunkte, denen wir nachgehen könnten. Ich wünschte, Major Kurland hätte das Medaillon nicht verloren."

Penelope gähnte. „Wenigstens sind wir für eine Weile aus dem Dorf herausgekommen. Ich gehe jetzt besser und sehe nach, wie es Dorothea geht."

„Glauben Sie, sie wird gesund genug sein, um an der Trauerfeier teilzunehmen?"

„Dr. Fletcher hat gesagt, dass es ihr bis dahin wieder gut gehen sollte." Penelope zögerte. „Ich hoffe sehr, dass er damit recht hat. Jetzt, wo ich weiß, dass Mr Reading anwesend sein wird, würde ich mich freuen, ihre Unterstützung zu haben."

„Vergessen Sie nicht, sie zu fragen, was am Tag des Todes Ihrer Mutter vorgefallen ist."

Penelope blickte über die Schulter, als sie die Tür öffnete. „Oh, glauben Sie mir, das werde ich. Und dieses Mal werde ich es ihr nicht erlauben, mir etwas anderes als die Wahrheit aufzutischen."

Kapitel 16

Robert warf einen verstohlenen Blick auf seine Taschenuhr, während der Pfarrer von der Kanzel aus sprach und seine kultivierte, wenn auch desinteressierte Stimme von den steinernen Säulen und den hoch aufragenden normannischen Gewölbedecken widerhallte. Obwohl die meisten Angestellten von Kurland Hall und dem Pfarrhaus anwesend waren, war die Kirche halb leer. Er wusste, dass Miss Chingford viele der angeblichen Freunde ihrer Mutter eingeladen hatte, aber außer dem Anwalt der Familie und ein paar älteren Damen war niemand aus London angereist, um ihr die letzte Ehre zu erweisen.

Er fragte sich, wie viele Leute wohl zu *seiner* Beerdigung kommen würden.

Miss Harrington saß in der ersten Reihe mit den Chingford-Schwestern zu beiden Seiten von ihr. Sie trug einen Schleier, sodass er ihr Gesicht in dem kurzen Moment, als sie an ihm vorbeigegangen war, um zu ihrem Sitzplatz zu gelangen, nicht erkannt hatte. Er war sich nicht einmal sicher, ob er überhaupt mit ihr sprechen wollte. Was sollte er sagen? Ihm war bewusst, dass er *irgendetwas* sagen musste, aber er befürchtete, dass er zu viel verraten oder die Sache noch schlimmer machen würde, wenn er damit anfing, ihr seine Gründe dafür zu erläutern, warum er sich von ihr ferngehalten hatte.

Sein Blick wanderte von der Stirnseite der Kirche zu Miss Stanford, die neben Mrs Green saß. Von Mr Reading war keine Spur zu sehen. Hatte Miss Stanford ihn vorgewarnt, nachdem Robert ihr seine Absicht, ihn zu konfrontieren, erklärt hatte? Es spielte keine Rolle. Wenn Mr Reading zu feige war, ihm bei der Trauerfeier zu begegnen, würde es ihm ein großes Vergnügen sein, ihn im einzigen Gasthaus von Kurland St. Mary zu besuchen.

Die versammelten Trauergäste regten sich, als der Pfarrer zurücktrat und den kurzen Gottesdienst abschloss. Es gab keine Musik, sodass von den luftigen Gewölbedecken des Kirchenschiffs jedes Geräusch, das die Leichenträger beim Anheben des Sarges von sich gaben, laut widerhallte. Robert hatte seine Hilfe angeboten, aber man hatte ihm versichert, dass seine Unterstützung nicht notwendig sei.

Der Pfarrer führte die traurige Prozession aus der Kirche und bog hinter dem Gotteshaus auf den Weg zum Friedhof ein. Nach Miss Harringtons unangenehmen Abenteuern auf dem Kirchhof fragte sich Robert, ob sie erleichtert sein würde, dass von Damen nicht erwartet wurde, dem Begräbnis beizuwohnen. Er hatte Kurland Hall als Abhaltungsort für das Frühstück nach der Beerdigung angeboten. Aber Miss Chingford hatte höflich abgelehnt und bevorzugte das Pfarrhaus.

Aus dem Augenwinkel sah er, wie die schwarz gekleideten Frauen die Straße überquerten und die Auffahrt zum Pfarrhaus hinaufgingen. Außer ihm, Thomas und dem Anwalt des Chingford-Nachlasses waren nur noch die Sargträger und einige von Roberts Mitarbeitern anwesend, um Mrs Chingford die letzte Ehre zu erweisen. Das Grab unter einer Ulme am Ende einer langen Reihe von Grabsteinen war bereits ausgehoben worden. Innerhalb der hohen, steinernen Friedhofsmauern herrschte derselbe Frieden, den Robert auf jedem Friedhof, den er je besucht hatte, verspürt hatte. Selbst im kriegsgebeutelten Frankreich war es nicht anders gewesen. Es war, als ob die Toten gemeinsam den Atem anhielten und die Zeit zum Stillstand brachten.

Als die Brise auffrischte, knöpfte er sich den Mantel bis zum Hals zu. Er hatte schon zahllose Männer inmitten der blutigen Schlachten mit eingefrorener, überraschter Miene sterben sehen und verstand daher dieses Gefühl der Zeitlosigkeit. Obwohl sie sich ihrer Lage bewusst waren, rechnete niemand damit, zu sterben – nicht einmal im Krieg.

Er riss sich von seinen melancholischen Gedanken los. Ihm war klar, dass er später in der Nacht in Albträumen versinken würde. Er hob den Kopf, um den Rest des Friedhofs zu betrachten. Eine Bewegung erregte seine Aufmerksamkeit. Halb versteckt hinter den Trauernden und dem Pfarrer, der ein weiteres Gebet sprach, während der Sarg langsam in das Grab hinabgelassen wurde, stand ein Mann.

Robert war sich bewusst, dass er nichts gegen den Eindringling unternehmen konnte, bis der Gottesdienst beendet war, und lauschte ungeduldig den letzten Worten des Pfarrers. Würde er sich ein solches Ritual zu seinem Tod überhaupt wünschen? Er war immer davon ausgegangen, dass er in der Schlacht auf fremdem Boden sterben und den Aasfressern und Krähen überlassen werden würde. Nach den Schrecken des Krieges war er sich nicht ganz sicher, ob er an Gott glaubte, aber als örtlicher Magistrat und größter Landbesitzer in der Region konnte er sich einem guten christlichen Begräbnis kaum entziehen. Der Schein musste gewahrt werden ...

Der Pfarrer wandte sich ab und überließ es den Totengräbern, die Erde über dem Sarg aufzuschütten. Er blickte zu Robert auf.

„Sie kommen doch mit ins Pfarrhaus, Major Kurland? Mrs Fielding hat ein sehr schönes Mahl angerichtet."

„Natürlich, Mr Harrington." Robert nickte ihm zu. „Ich weiß Ihre Gastfreundschaft zu diesem traurigen

Anlass sehr zu schätzen und würde mich freuen, mich Ihnen anzuschließen."

Zu seiner Erleichterung sagte der Pfarrer nichts weiter, sondern schritt in Begleitung des Anwalts der Chingfords in Richtung des Hauses. Robert nahm einen größeren Umweg, der ihn um die Rückseite der Kirche führte – genau zu dem Pfad, auf dem er den unbekannten Herrn bemerkt hatte. Natürlich war dieser längst verschwunden.

„Soll der Teufel ihn holen", fluchte Robert leise. Es lag noch ein Hauch von Qualm in der Luft. Mit einem Blick nach unten entdeckte er die Überreste eines Zigarillos, der unter einem Stiefelabsatz auf dem Boden zertreten worden war.

* * *

Die Kirchenglocke läutete zur Viertelstunde, und Robert machte sich auf den Weg über die Straße zum Pfarrhaus. Er musste den Chingford-Schwestern seine Aufwartung machen, ihnen sein Beileid aussprechen und versuchen, mit Miss Harrington zu reden. Seine Gedanken während der Beerdigung hatten ihn daran erinnert, wie kurz das Leben war und dass er sich viel glücklicher gefühlt hatte, als er und Miss Harrington sich noch gut verstanden hatten. Wenn er sich aufrichtig bei ihr entschuldigte, würde sie ihm vielleicht verzeihen, ohne den verschiedenen Ursachen für seine Wut auf sie auf den Grund gehen zu wollen.

Als er die Auffahrt hinaufging, konnte er sich ein kurzes Lachen auf eigene Kosten nicht verkneifen. Keine Frau, die er kannte, hatte jemals eine Entschuldigung angenommen, ohne eine Erklärung zu fordern. Und Miss Harrington war da keine Ausnahme.

Die Vordertür des Pfarrhauses war mit einer schwarzen Schleife am Türklopfer geschmückt und unverschlossen, also trat Robert in die Eingangshalle und legte Hut und Handschuhe auf dem Kleiderständer ab.

Aus dem Salon drang das leise Raunen verschiedener Gespräche begleitet vom Geruch von Backwaren und warmem Punsch, der gerade mehr als willkommen war. Als Robert hineinging, fiel ihm Thomas ins Auge, der umgehend an seine Seite trat.

„Soll ich Ihnen einen Punsch bringen, Sir? Ich wollte mir selbst gerade eine Tasse holen."

„Ja, bitte", sagte Robert. „Ich werde Miss Chingford meine Aufwartung machen."

Er entdeckte die beiden blonden Schwestern auf einem Sofa am Feuer und ging zögerlich zu ihnen hinüber.

„Major Kurland." Miss Chingford blickte zu ihm auf. Ihre Augen wiesen keine Spuren von Tränen auf und sie wirkte so gelassen wie immer. „Wie nett, dass Sie gekommen sind."

Robert verbeugte sich. „Ihr Verlust tut mir leid, Miss Chingford, Miss Dorothea. Noch mehr tut es mir leid, dass es in meinem Haus passiert ist. Wenn ich Ihnen irgendwie helfen kann ..."

„Abgesehen davon, dass Sie mich zur Frau nehmen, meinen Sie?", warf Miss Chingford ein. „Es ist in Ordnung. Ich habe diese törichte Idee aufgegeben."

Robert hielt ihrem Blick stand. „Das freut mich zu hören. Aber wenn Sie noch etwas benötigen, zögern Sie bitte nicht zu fragen."

„Vielen Dank."

Er drehte sich um, als er bemerkte, dass jemand hinter ihm wartete. Es war Thomas, der zwei Gläser in den Händen hielt.

„Bitte sehr, Major."

Robert nahm das heiße Getränk und genoss den scharfen Duft von Kräutern und Gewürzen, der ihn an die exotischen Hölzer erinnerte, die für die Truhe in seinem Schlafzimmer verwendet worden waren. „Das wird mir guttun."

Sein Blick wanderte durch den Raum und blieb an Miss Harrington hängen, die sich mit den beiden alten Damen unterhielt, die aus London angereist waren. Sie stand seitlich zu ihm, sodass er einen Moment Zeit hatte, um nicht nur das leichte Grübchen auf ihrer linken Wange zu bewundern, das sie meist zu verbergen versuchte, sondern auch den Funken ihrer scharfen Intelligenz in ihren haselnussbraunen Augen. Als ob sie merkte, dass sie beobachtet wurde, sah sie durch den Raum zu ihm herüber und setzte dann ihr Gespräch fort, als ob sie ihn nicht gesehen hätte. Ihr Grübchen war verschwunden, und ihr Kinn war nun herausfordernd angehoben. Offensichtlich war ihre Beziehung noch nicht wieder in Ordnung, und das war seine Schuld. Vielleicht wäre es besser, ihr einen Brief zu schreiben, um sich zu entschuldigen. Auf diesem Weg hätte er weniger Gelegenheit, etwas Falsches zu sagen ...

Großer Gott, was für ein Feigling er doch war.

„Major Kurland."

Er wandte sich erleichtert seinem Landverwalter zu. „Ja, Thomas?" „Ich habe überlegt, in drei oder vier Tagen nach Fairfax Park aufzubrechen."

„Ah, ja. Ich hatte vergessen, dass Sie nach Hause zurückkehren wollen. Wird das Personal noch im Haus sein? Wenn Sie einen Stallknecht oder ein paar Dienstmädchen von Kurland Hall ausleihen möchten, bin ich gern bereit, sie Ihnen zur Verfügung zu stellen."

„Das ist sehr freundlich von Ihnen, Sir. Ich glaube, das Haus ist voll besetzt. Ich war schon eine ganze Weile nicht mehr dort, aber ich habe ihnen geschrieben, dass sie mich erwarten sollen." Er runzelte die Stirn. „Ich glaube nicht, dass Mrs Fairfax eine Haushälterin beschäftigt hat, und ich weiß wenig darüber, wie man einen Haushalt führt."

„Sie sollten Miss Harrington um Rat bitten. Sie ist sehr fähig darin, einen Haushalt zu führen."

„Das ist sie in der Tat. Was für ein ausgezeichneter Vorschlag."

In Thomas' Antwort schwang eine warme Note mit, die Robert dazu veranlasste, den Landverwalter genauer zu mustern. Dessen Blick war gerade auf Miss Harrington gerichtet. Zu Roberts Überraschung lächelte sie Thomas an, als sie seinen Blick auf sich bemerkte, und sie errötete. Robert drückte Thomas das leere Glas in die Hand, ging zu ihr hinüber und konnte sie schließlich trotz ihrer Ausweichversuche in einer Ecke des Raumes in ein Gespräch verwickeln.

„Major Kurland."

Er verbeugte sich. „Miss Harrington. Ich möchte mich entschuldigen."

Sie zog die Augenbrauen hoch und bedachte ihn mit einem kühlen Blick. „Wofür denn?"

„Für meine Unhöflichkeit bei unserem letzten Treffen. Ich habe ohne Rücksicht auf Ihre Gefühle gesprochen." Er schluckte schwer. „Ich hatte mir nur ... Sorgen um Sie gemacht."

Sie setzte zu einer Antwort an, hielt dann aber inne. „Sorgen?"

„Ja. Dass ich mich als unfähig erweisen könnte, Sie zu beschützen, wenn es darauf ankommt."

Sie musterte ihn einen langen Moment. „Ich weiß Ihre Sorge um mein Wohlergehen zu schätzen, Sir, aber ich bin durchaus in der Lage, auf mich selbst aufzupassen."

„Das ist mir klar, aber –"

„Sie denken, alle Frauen brauchen einen starken Mann mit starker Hand, der sie schützen kann."

„Ja, genau so ist es. Ich –"

„Was, wenn ich diese Meinung nicht teile?" Sie hielt seinem Blick stand. „Sie haben mich wie ein ungezogenes Kind behandelt, Major Kurland, oder wie einen Hund, der jedem Ihrer Befehle zu gehorchen hat. Keine Frau will so behandelt werden."

„Es war nicht meine Absicht –"

„Sicherlich nicht, aber so sind Sie nun einmal, nicht wahr? Sie sind zu sehr daran gewöhnt, das Kommando zu haben, und Sie erwarten, dass jeder sofort strammsteht und Ihnen Gehorsam leistet."

Er bemerkte, dass er sie schon wieder zornig anfunkelte. „Sie missverstehen mich mit Absicht. Warum machen Frauen die einfachsten Dinge so kompliziert?"

„Sagen Sie mir doch bitte, was genau ich mache, um es so kompliziert werden zu lassen, Major Kurland."

„Sie weigern sich zu verstehen, dass ich mich um Sie sorge, weil Sie mir, wie der Teufel es will, nun mal etwas bedeuten."

Schock blitzte in ihren haselnussbraunen Augen auf, und sie öffnete den Mund, um zu antworten.

„Major Kurland?" Die laute Stimme des Pfarrers direkt neben Roberts linkem Ohr ließ ihn zusammenzucken. „Mr Fairfax hat mir mitgeteilt, dass er noch in dieser Woche zu den Ländereien seines verstorbenen Vaters aufbricht. Wie werden Sie ohne ihn zurechtkommen?"

Widerstrebend drehte sich Robert um und sah den Pfarrer an. „Ich habe keine Ahnung. Wir werden ihn sehr vermissen." Als es ihm nach einer Weile gelang, sich aus dem Gespräch zu befreien, stellte er fest, dass Miss Harrington nirgends mehr zu sehen war.

Lucy rannte die Treppe hinauf, die Hand fest an ihre erhitzte Wange gepresst. Sie war sich immer noch nicht sicher, ob sie ihren Vater für seine Unterbrechung anschreien oder ihm aus tiefstem Herzen danken wollte. Und warum war sie eigentlich so verwirrt? Major Kurland hatte nur angedeutet, dass sie ihm etwas bedeutete ...

Sie blieb auf dem Treppenabsatz stehen und fühlte ihr Herz schwer in der Brust pochen. Sie verspürte den seltsamen Wunsch, die Treppe wieder hinunterzugehen und Major Kurland eine Ohrfeige zu verpassen. Vielleicht lag ihm wirklich etwas an ihr – auf die gleiche Art, wie er sich um Mr Stanfords Kinder und seine Pferde kümmerte. Wie sonst konnte er das gemeint haben?

„Miss Harrington, geht es Ihnen gut?"

Sie drehte sich halb um und sah Dorothea auf sich zukommen. „Es tut mir leid. Ich bin stehen geblieben, weil mir gerade etwas eingefallen war, und habe nicht bemerkt, dass ich dir im Weg stehe." Sie zwang sich dazu, sich zu beruhigen, und musterte Dorothea genauer. Sie trug Schwarz, und ihr Gesicht hatte die Farbe von Pergament angenommen. „Du siehst ziemlich blass aus. Fühlst du dich nicht gut?"

„Ich will nur, dass das alles hier vorbei ist", platzte Dorothea heraus. „Ich will nach Hause, aber wo soll das sein, jetzt, wo man uns enteignet hat?"

„Mach dir bitte keine Sorgen." Lucy nahm die zitternde Hand des Mädchens in die ihre. „Du und deine Schwester könnt so lange hierbleiben, wie ihr möchtet. Vielleicht kann der Familienanwalt der Chingfords, der heute zur Trauerfeier gekommen ist, die Angelegenheit für euch klären."

„Penelope hat mir schon eröffnet, dass wir mittellos der Gnade unserer Verwandten ausgeliefert sein werden." Tränen glänzten in Dorotheas Augen. „Ich hätte nie gedacht, dass uns so etwas passieren würde. Ich habe nicht *nachgedacht*."

„Nicht nachgedacht?", hakte Lucy nach. „Über die Folgen des Todes deiner Mutter meinst du? Bist du *ganz* sicher, dass du mir nicht erzählen willst, was an diesem Tag geschehen ist?"

Dorothea schüttelte den Kopf. „Penelope hat mir schon dieselbe Frage gestellt. Aber was spielt es denn noch für eine Rolle? Es erweckt meine Mutter nicht wieder zum Leben. Was soll nur aus *mir* werden?"

Sie ging die Treppe wieder hinunter und ließ Lucy voller Verdruss stehen. Junge Damen, die gerade erst aus der Schule kamen, waren oft anstrengend, und Dorothea Chingford war keine Ausnahme. Ihre ganze Welt drehte sich um die eigenen Bedürfnisse und Gefühle. *Wenn* sie ihre Mutter die Treppe hinuntergestoßen hatte, lernte sie gerade, dass Handlungen Konsequenzen nach sich zogen. Und was genau hatte Dorothea zu Penelope gesagt? Lucy öffnete stirnrunzelnd die Tür zu ihrem Schlafgemach und nahm ein sauberes Taschentuch aus der obersten Schublade ihrer Kommode. Penelope hatte versprochen, Lucy die Erkenntnisse aus ihrem Gespräch mit Dorothea mitzuteilen, aber bis jetzt hatte sie nichts dergleichen getan. Nach einem tiefen Atemzug beschloss Lucy, wieder nach unten zu gehen. Sie war vor Major Kurland davongelaufen und dabei konnte sie es keinesfalls belassen. Sie hatte immer noch Pflichten als Gastgeberin im Namen ihres Vaters und musste sich noch mit vielen Gästen unterhalten. Die verhalten wirkende Miss Stanford war mit Mrs Green da, aber von Mr Reading fehlte jede Spur. Man hätte fast den Eindruck gewinnen können, dass er nicht gesehen werden wollte.

Nach der Beerdigung würde es für Miss Stanford und ihren Verlobten keinen Grund mehr geben, in Kurland St. Mary zu verweilen, und jede Gelegenheit, Mr Readings Absichten zu enthüllen, würde mit dem Paar verschwinden. Vielleicht hatte Major Kurland trotz allem recht und es war besser, die Dinge auf sich beruhen zu lassen.

„Miss Harrington?"

Sie blickte hinunter und war überrascht, Mr Fairfax zu sehen, der sie am Fuß der Treppe erwartete. Sie zwang sich zu einem Lächeln.

„Mr Fairfax."

Er reichte ihr die Hand. „Könnte ich Sie vielleicht kurz unter vier Augen sprechen?"

Robert entschuldigte sich und ging hinaus in den Garten des Pfarrhauses. Da das Bauwerk kaum zehn Jahre alt war, war die Anlage recht kahl und mit einer Vielzahl von Setzlingen, Bäumen und Pflanzen bepflanzt, die noch einige Zeit zum Wachsen brauchten. Zum Glück für den Pfarrer gab es im hinteren Teil des Gartens ein schönes altes Buchenwäldchen, das nicht nur Schatten spendete, sondern auch die harte Begrenzung durch die neu errichteten Stein- und Ziegelmauern weniger abrupt wirken ließ.

Er folgte dem Weg hinunter zu den Bäumen und blieb dort kurz stehen, um sich einen Zigarillo anzuzünden. Es war ihm gelungen, Miss Harrington erneut zu verärgern und Miss Stanfords umtriebigen Verlobten nicht aufzuspüren. Jetzt müsste nur noch Miss Chingford jeden davon in Kenntnis setzen, dass er eingewilligt hatte, sie zu heiraten, und sein Tag wäre perfekt gewesen.

„Major Kurland?"

Er drehte sich um und erblickte Dorothea Chingford hinter sich, die ohne Handschuhe mit ineinander verkrampften Händen und ängstlicher Miene im Garten stand.

„Miss Dorothea?"

Sie machte einen Schritt auf ihn zu. „Ich ... habe etwas in Kurland Hall gefunden. Ich denke, Sie sollten es haben."

Sie streckte die Hand aus und er öffnete instinktiv die seine, um das nur allzu vertraute Gewicht des ramponierten goldenen Medaillons in Empfang zu nehmen.

„Wo haben Sie das gefunden?", fragte er sanft.

Sie biss sich auf die Lippe. „Ich weiß es nicht mehr. In einem der oberen Flure, glaube ich."

Er glaubte das nicht, aber er wollte sie am Tag der Beerdigung ihrer Mutter nicht ins Kreuzverhör nehmen. „Warum geben Sie es mir und nicht dem rechtmäßigen Besitzer?"

„Sie haben danach gefragt, Sir. Ich dachte, Sie sollten es haben."

„Darf ich fragen, warum Sie dachten, Sie könnten es ... gebrauchen?"

„Ich dachte, es könnte sich als nützlich erweisen, Sir."

„Für welchen Zweck?"

„Als Beweismittel."

Robert musterte sie aufmerksam. „Für ein Verbrechen?"

„Ich bin mir nicht sicher. Ich dachte nur, es ist besser, auf Nummer sicher zu gehen." Sie trat einen Schritt von ihm weg. „Aber das spielt jetzt keine Rolle mehr, oder?"

„Haben Sie eine Ahnung, wem es gehören könnte?"

„Geben Sie es Mr Fairfax." Sie wandte sich ab. „Mrs Fairfax sollte es haben, meinen Sie nicht?"

„Warten Sie", sagte Robert. „Ich bin mir nicht ganz sicher, was Sie damit andeuten wollen."

Sie blickte ihn über die Schulter an. „Mrs Fairfax sollte das Medaillon mit ins Grab nehmen."

„Haben Sie gesehen, dass sie es getragen hat?"

Zu seinem Ärger ging sie, ohne die Frage zu beantworten. Er blieb zurück und starrte das Medaillon in seiner

Hand an. Miss Dorothea war genauso schlimm wie Miss Harrington, wenn es darum ging, die Dinge komplizierter zu machen, als sie sein mussten – vielleicht war sie sogar noch schlimmer. Er musste das verfluchte Ding wirklich zum Schmied oder zu einem Juwelier bringen, der es für ihn öffnen konnte.

Noch während er diesen Gedanken hegte, wurde ihm bewusst, dass er nicht mehr allein im Garten war. Jemand bewegte sich durch die Buchen auf ihn zu. Roberts Hand griff instinktiv nach seinem Schwert, das nicht mehr an seiner Hüfte hing.

„Guten Tag, Bobby."

Robert richtete sich auf, steckte das Medaillon in die Tasche und stellte sich dem schwarz gekleideten Herrn entgegen.

„Paul? Was in Gottes Namen tust du denn hier? Ich dachte, du wärst noch in Indien."

Sein Cousin zweiten Grades zuckte mit den Schultern. „Ich habe dir vor über einem Jahr geschrieben, um dich über meine bevorstehende Rückkehr in diese Gefilde zu informieren. Mein Brief wurde ungeöffnet an mich zurückgeschickt." Pauls Blick schweifte über Robert und verweilte auf seinem Stock. „Ich hörte, du bist ein Krüppel."

„Ich habe mir bei Waterloo ein Bein und die Hüfte gebrochen."

„Natürlich hast du das. Was für ein Held." Pauls Lachen war hämisch. „Du warst immer so ein guter kleiner Soldat, Bobby. Und jetzt hast du auch noch einen Titel bekommen, wie ich höre."

„Keiner nennt mich noch Bobby. Ich bin zu alt für so einen kindischen Spitznamen. Warum bist du hier?"

„Nicht, um dir Probleme zu bereiten, lieber Cousin. Keine Sorge." Sein Blick wanderte über Robert hinweg zum hinteren Teil des Pfarrhauses. „Bitte entschuldige mich. Ich muss jetzt wirklich los."

Er versuchte, an Robert vorbeizugehen, doch er trat ihm in den Weg. „Gemäß dem Vertrag, den du mit meinem Vater unterzeichnet hast, darfst du keinen Fuß nach Kurland St. Mary setzen."

Paul tätschelte ihm die Hand. „Falsch, ich darf keinen Fuß auf den Besitz der Kurlands setzen. Ich glaube nicht, dass das Pfarrhaus dazu zählt. Und jetzt geh mir bitte aus dem Weg wie ein braver Junge. Ich möchte einen Kriegshelden nicht in Verlegenheit bringen müssen."

Robert trat einen Schritt zurück. „Und ich kann nicht zulassen, dass du dich als ungeladener Gast auf einer Beerdigung blamierst."

„Ungeladen?" Paul hob eine Augenbraue. „Ich wurde von Miss Chingford eingeladen, die, wie ich höre, so vernünftig war, ihre Verlobung mit dir zu lösen." Er setzte zum Gehen an, aber Robert folgte ihm. „Ich hoffe, du wirst keine Szene machen, alter Knabe. Das hier ist kaum der richtige Ort, um alte Familienstreitigkeiten auszutragen, nicht wahr?"

„Dem stimme ich zu. Warum setzen wir diese Diskussion nicht in meinem Arbeitszimmer in Kurland Hall fort?"

Paul erreichte die Tür zum Haus und hielt sie ihm auf. „Vielleicht nachdem ich den Chingford-Damen meine Aufwartung gemacht habe." Er erhob die Stimme, bis vermutlich jeder im Raum sie ansah. „So schön es auch ist, dich wiederzusehen, Bobby, meine erste Pflicht gilt meiner Verlobten und den Trauernden." Er reichte Miss Stanford, die sich mit besorgter Miene erhoben hatte, die Hand. „Meine liebe Miss Stanford. Ich entschuldige mich für meine Verspätung. Sind Sie schon mit meinem Cousin zweiten Grades bekannt, Major Sir Robert Kurland?"

Lucy kam gerade von ihrem Gespräch mit Mr Fairfax zurück und versuchte immer noch zu entscheiden, was sie mit dem Angebot, das er ihr unterbreitet hatte, anfangen sollte, als sie Mr Reading erblickte, der soeben seine Verwandtschaft mit Major Kurland verkündete. Als sie die beiden Männer nebeneinander stehen sah, erkannte sie endlich die Familienähnlichkeit, die ihr bisher entgangen war. Sie waren beide dunkelhaarig, hatten blaue Augen und waren etwa gleich groß. Trotz der Falten, die der Schmerz in das Gesicht des Majors gezeichnet hatte, schätzte sie Mr Reading als den etwas Älteren der beiden ein.

Miss Chingford trat an die beiden Männer heran. „Major Kurland ist Ihr Cousin, Mr Reading? Warum haben Sie diesen interessanten Umstand nicht schon früher erwähnt? Das Dorf, in dem Sie in der letzten Woche gewohnt haben, gehört praktisch dem Major."

Mr Reading verbeugte sich. „Leider, Miss Chingford, wird mein Zweig der Familie nicht als würdig genug erachtet, um die Vorzüge von Kurland Hall genießen zu dürfen."

„Das ist nicht ganz richtig", warf Major Kurland abrupt ein. „Ich habe deine Mutter und deine Schwester sehr gern, Paul. Sie können mich jederzeit besuchen, und das haben sie auch oft getan, seit du weggegangen bist, um dich in Indien zu ‚bessern'." In Lucys Ohren klang er bemerkenswert ruhig. „Mich interessiert mehr, warum du es für nötig hieltest, einen falschen Namen zu verwenden."

„Nicht wirklich falsch." Mr Reading lachte schallend. „Als ob ich einen Nachnamen verwenden würde, den ich nicht mehr als meinen eigenen betrachte. Ich hätte gedacht, du würdest es gutheißen, wenn ich den Namen meiner Mutter verwende."

„Ich habe im Prinzip nichts dagegen. Ich frage mich nur, warum du deine Mitmenschen hinters Licht führen wolltest."

„Ich glaube nicht, dass ich jemanden getäuscht habe. Miss Stanford kennt die Wahrheit, ebenso wie ihre Mutter." Mr Reading verbeugte sich vor Miss Chingford und nahm ihre Hand. „Wenn ich dieses Gespräch wieder in etwas konventionellere Bahnen lenken dürfte? Ich bin gekommen, um Ihrer Mutter die letzte Ehre zu erweisen, meine Liebe, und um Ihnen und Ihren Schwestern alles Gute für die kommenden Jahre zu wünschen."

„Vielen Dank." Miss Chingford löste rasch ihre Hand aus der seinen. „Ich kann nicht sagen, dass es ein Vergnügen war, Sie kennenzulernen, aber ich weiß es zu schätzen, dass Sie zur Beerdigung erschienen sind."

Mr Reading verbeugte sich erneut und wandte sich Miss Stanford zu, die ihm eindringlich ins Ohr flüsterte. Major Kurland legte Penelopes Hand auf seinen Arm und führte sie durch den Raum hinüber zu Lucy.

„Miss Harrington, ich habe Miss Dorothea draußen im Garten ohne ihren Schal angetroffen. Soll ich eines der Dienstmädchen schicken, um sie zurück ins Haus zu holen?"

Lucy gelang es, ihn nicht direkt anzuschauen, indem sie Penelopes Kleid zurechtzupfte. „Ja, Major. Das wäre sehr nett von Ihnen."

Ein scharfer Ruck an ihrem Ellbogen ließ sie fügsam auf den Sitz neben Penelope sinken.

„Warum hat uns Mr Reading nicht gesagt, dass er der Cousin von Major Kurland ist?", flüsterte Penelope.

„Er hat es nicht einmal Ihnen gesagt?" Lucy zog die Augenbrauen hoch. „Was ist mit Ihrer Mutter?"

„Sie mag es gewusst haben, aber sie hat mir gegenüber nie etwas davon erwähnt, auch nicht, als ich mit dem Major verlobt war."

„Seltsam“, bemerkte Lucy, während sie Miss Stanford und ihren Verehrer beobachtete. Mehrere der Gäste hatten sie umringt, vermutlich um sich von ihnen zu verabschieden. „Vielleicht wollte er nicht, dass Major Kurland von seiner Anwesenheit erfuhr.“

„Womit wir wieder bei der Frage wären, ob er am Plan zur Ermordung meiner Mutter beteiligt war.“

Lucy seufzte. „Selbst wenn es so wäre, können wir deswegen kaum etwas unternehmen. Er war nicht bei der Hochzeit und wir haben keine Beweise gegen ihn in der Hand. Miss Stanford wird ihn heiraten, Ihre Mutter ist tot und wir haben keine Ahnung, wo Madge Summers ist.“

„Aber Mr Reading ist der Schlüssel! Er kannte sie alle und ist unter falscher Identität aufgetreten.“

Lucy schüttelte den Kopf. „Ich kann nicht glauben, dass ich nicht schon früher darauf gekommen bin. Während meiner Tätigkeit als Sekretärin von Major Kurland sind mir mindestens zwei Briefe von einem Mr Paul Kurland untergekommen, die ich ungeöffnet zurückschicken sollte.“

„Ich frage mich, was er will.“

Sie starrten den abgelenkten Mr Reading an.

„Er ist offiziell der Erbe von Major Kurland“, bemerkte Lucy.

„Es sei denn, der Major heiratet und hat eigene Kinder.“ Penelope packte Lucy so fest am Arm, dass sie zusammenzuckte. „Was, wenn Mr Reading meine Mutter nur deshalb kennengelernt hat, weil er wusste, dass ich mit Major Kurland verlobt war?“

„Mit welchem Ziel?“

„Um die Hochzeit zu verhindern?“

Lucy dachte darüber nach. „Das könnte stimmen, aber Ihre Mutter muss Mr Reading gesagt haben, dass die Verlobung aufgelöst wurde. Warum also ist er dann jetzt hier?“

„Weil meine Mutter sagte, sie wisse, in welcher Beziehung er zu Major Kurland stehe. Sie hat ihm gedroht!"
„Aber jetzt, wo wir alle von der Beziehung wissen, was kann er da noch anrichten?"
„Nichts, deshalb hat er sich ja auch entschlossen, alles einzugestehen." Penelope lehnte sich zurück wie eine Staatsanwältin, die ihr Plädoyer abgeschlossen hatte.
„Sie meinen also, dass er nichts mehr zu befürchten hat, nachdem er Ihre Mutter losgeworden ist?"
„Das könnte sein."
„Aber was hat das mit Madge Summers und Mrs Fairfax zu tun?"
Penelope seufzte. „Das weiß ich nicht."
„Vielleicht haben die beiden Angelegenheiten ja gar nichts miteinander zu tun", sagte Lucy zweifelnd. „Obwohl –" Sie hielt inne, als ihr Vater in ihre Richtung sah. „Ja, Vater?"
Er winkte sie zu sich und sie gehorchte.
„Lucy, Mr Brewerton, der Anwalt der Familie Chingford, möchte mit den Damen sprechen. Könntest du ihn in mein Arbeitszimmer begleiten und eine Kanne Tee vorbereiten, während George und ich hierbleiben und uns unter die Gäste mischen?"
„Gewiss, Vater." Sie machte einen Knicks vor dem Anwalt, der ihr knapp zunickte. „Mr Brewerton, würden Sie mir bitte folgen?"

Kapitel 17

„Guten Morgen, Bobby."

Robert zog eine Augenbraue hoch. Es war der Tag nach der Beerdigung, und er hatte Paul zum Herrenhaus beordert. Damit sein Cousin auch wirklich auftauchte, hatte er androhen lassen, dass er anderenfalls noch am selben Tag zum Gasthaus kommen und ihn persönlich aus dem Bett zerren würde.

„Wenn du mich weiterhin so nennst, revanchiere ich mich mit deinem Kindheitsspitznamen, Roly-Poly." Er deutete auf den Stuhl vor seinem Schreibtisch. „Bitte setz dich."

Paul ließ sich nieder und schlug die Beine übereinander. „Guter Gott, Robert, hast du auf den Schlachtfeldern Europas neben deiner Gesundheit auch deinen Sinn für Humor verloren? Du solltest wirklich ein wenig mehr Spaß verstehen lernen."

Robert legte die Hände gefaltet auf seinen Schreibtisch und widmete seinem Cousin die volle Aufmerksamkeit. Es war seltsam, diese flüchtige Ähnlichkeit mit ihm selbst vor sich zu sehen. Doch zwischen ihnen lagen gewaltige Unterschiede, die ihn noch immer überraschten. „Was genau willst du, Paul?"

„Siehst du, schon wieder vergisst du alle Höflichkeiten und erteilst Befehle wie eine Art Drillmeister."

Flüchtig dachte Robert an Miss Harrington, die dasselbe über seine diktatorischen Manieren gesagt hatte, und starrte weiter sein Gegenüber eindringlich an, bis Paul unruhig zu werden begann.

„Ich bin nur gekommen, um einer verstorbenen alten Freundin die letzte Ehre zu erweisen. Mir war nicht klar, dass meine Anwesenheit so unwillkommen sein würde."

„Unfug. Du wusstest, dass mein Vater dich aus den Augen haben wollte und verbannt hat."

Paul seufzte. „Aber du bist nicht dein Vater. Vielleicht dachte ich, du wärst nachsichtiger."

„*Nachsichtiger*? Paul, du hast meine Familie belogen, betrogen und bestohlen. Eine Familie, die dich und deine Mutter nach dem Tod deines Vaters bei sich aufgenommen und versucht hat, euch eine anständige Erziehung zuteilwerden zu lassen."

„Das kann man wohl kaum anständig nennen. Ihr habt mich nie vergessen lassen, wer Kurland Hall erben würde."

„Weil du ständig so getan hast, als ob du es wärst!" Robert schüttelte den Kopf. „Die Schulden, die du in meinem Namen angehäuft hast, die Darlehen ... du hättest uns in den Ruin treiben können."

„Mach dich nicht lächerlich. Dein spezieller Zweig der Familie Kurland ist reich wie Krösus."

„Aber dein Zweig ist es nicht. Du hast das Erbe deines Vaters und die Anteile deiner Mutter und Schwester verschwendet. Du hast sie mit leeren Händen zurückgelassen."

Paul setzte sich aufrecht hin. „Es gibt keinen Grund, die Vergangenheit wieder hervorzuholen, Robert. Ich weiß sehr wohl, was geschehen ist, und es gibt keinen Anlass, die Angelegenheit wieder aufleben zu lassen. Ich habe den Preis dafür bezahlt und bin mehr als bereit, darüber hinwegzukommen."

„Da bin ich mir sicher." Robert dachte kurz nach. „Dir ist doch klar, dass ich dir nicht erlauben kann, Miss Stanford zu heiraten, ohne dass ihr Bruder genau weiß, wer du bist und was du in deinem Leben angerichtet hast?"

Paul winkte lässig ab. „Es gibt keinen Grund für dich, dich einzumischen. Miss Stanfords Mutter hat bereits ihr Einverständnis zu dieser Heirat gegeben."

„Ohne deine wahre Identität zu kennen?"

Paul zuckte mit den Achseln. „Sie war angetan von mir. Das hast du immer an mir gehasst, nicht wahr, Robert? Dass die Leute mich mehr mögen als dich."

„Ich kann nicht behaupten, jemals viele Gedanken darauf verschwendet zu haben. Ich sehne mich nicht so sehr nach Anerkennung wie du."

„Natürlich nicht. Du bist reich. Jeder mag einen reichen Mann, vor allem einen mit einer so strahlenden Karriere beim Militär." Pauls abweisende blaue Augen musterten Robert. „Aber soweit ich sehen kann, schreckt ein verkrüppelter Kriegsheld mit extremen Stimmungsschwankungen die meisten Damen der Gesellschaft von dem Gedanken an eine Heirat völlig ab."

„Was bedeutet, dass du im Laufe der Zeit sowieso alles erben könntest."

„Ganz genau!" Paul hob einen Finger. „Was mich zum Grund meines Besuchs bringt. Als dein Erbe sollte ich doch sicher ein Anrecht auf einen Teil des Gewinns haben, den das Anwesen abwirft."

Robert lachte laut auf. „Du musst Witze machen. Mein Vater hat dir ein Taschengeld gegeben. Er hat auch für deine Kleidung, deine Ausbildung, deine Pferde und deine Reisen bezahlt. Im Gegenzug für seine Großzügigkeit hast du ein Leben als Taugenichts angestrebt, Schulden in Höhe von Tausenden Guineas angehäuft und nach einem ziemlich üblen Duell mit dem wütenden Ehemann deiner Liebschaft aus dem Land fliehen müssen."

Paul blickte betrübt drein. „Das ist zehn Jahre her, Robert. Wie du sehr wohl weißt, bin ich in Indien gelandet, wo ich mich sehr gut benommen habe."

Robert hielt ein Bündel von Papieren hoch. „Nein, das hast du nicht. Mein Vater war nicht dumm, Paul. Er hat regelmäßig Berichte über dein Verhalten erhalten und nach seinem Tod wurden sie mir zugeschickt. Du hast dich kein bisschen verändert." Er lehnte sich zurück. „Ich muss sogar annehmen, dass du nur deshalb nach England zurückgekommen bist, weil du etwas so Ungeheuerliches getan hast, dass du aus Indien verbannt wurdest. Zweifellos wird mich bald ein Bericht über diese Angelegenheit erreichen."

„Ich bin nach England zurückgekommen, um dir mein Beileid für deine Verwundung auszusprechen und dir meine Hilfe beim Anwesen anzubieten", sagte Paul hochmütig. „Mir wurde gesagt, dass du wahrscheinlich nie mehr laufen können und bettlägerig sein würdest."

„Was es unwahrscheinlich gemacht hätte, dass ich Nachkommen zeuge." Robert starrte seinen Cousin an. „Es tut mir leid, dich enttäuschen zu müssen, aber ich bin gesund genug, um meine Ländereien zu verwalten und eine lange und glückliche Ehe mit der Frau meiner Wahl einzugehen."

Pauls Augen verengten sich. „Du hast schon eine Kandidatin im Sinn?"

„Das geht dich nichts an."

„Als dein rechtmäßiger Erbe tut es das sehr wohl."

„Wenn ich vorhabe zu heiraten, kannst du die Ankündigung wie jeder andere auch in der Zeitung lesen."

„Du erwartest also, dass ich einfach wieder verschwinde und dich in Ruhe lasse?"

„Genau." Robert stand auf. „Ich zahle dir kein Taschengeld. Ich werde Andrew schreiben und ihm von deiner unappetitlichen Vergangenheit berichten. Und jetzt werde ich Foley bitten, dich zu meiner Haustür zu begleiten und dir klarzumachen, dass nie wieder auch nur dein Schatten auf sie fallen darf. Haben wir uns verstanden?"

Paul blieb sitzen und blickte zu Robert auf. „Ich werde noch auf absehbare Zeit im Gasthaus bleiben."

„Da wirst du dich schnell langweilen. Hier gibt es nicht viel zu tun." Robert ging zur Tür hinüber und hielt sie auf. „Meine Meinung ist unumstößlich."

„Dann gewöhne dich an den Gedanken, auf Schritt und Tritt von einem armen Verwandten verfolgt zu werden."

Robert blickte seinem Cousin in die Augen. „Wenn du deine Rechnungen nicht bezahlen kannst, brauchst du damit nicht zu mir zu kommen und um Hilfe zu winseln. Wenn du dich verschuldet hast, werde ich als örtlicher Magistrat dafür sorgen, dass du mit allen Mitteln des Gesetzes verfolgt wirst."

Paul erhob sich mit eleganter Gelassenheit und schlenderte zur Tür hinüber. „Um Himmels willen, Robert. Wo bleibt deine christliche Nächstenliebe, alter Mann? Wir sind verwandt."

„Das ist ja gerade der Jammer", murmelte Robert. „Raus hier und lass Miss Stanford in Ruhe."

„Sie wird mich nicht im Stich lassen." Paul zögerte, sein Blick traf auf den von Robert. „Sie ist der einzige Mensch auf der Welt, der an mich glaubt."

„Dann ist sie eine Närrin und je schneller ich sie in die Obhut ihres Bruders zurückbringen kann, desto besser."

„Ich werde Kurland St. Mary nicht verlassen, Robert."

„Guten Tag, Cousin, und jetzt raus hier."

„Darf ich wenigstens mit Miss Stanford sprechen, bevor ich gehe?" Robert sah seinem Cousin tief in die Augen und rief: „Foley?"

„Ja, Sir?"

„Holen Sie James und begleiten Sie Mr Reading zur Vordertür. Sorgen Sie dafür, dass er auf dem Weg nach draußen mit niemandem spricht."

„Sehr wohl, Major. Kommen Sie, Mr Paul. Sie wissen, dass Sie hier nicht willkommen sind."

Der Blick, den Paul Robert über die Schulter zuwarf, triefte vor Verachtung, aber er folgte Foley fügsam auf den Gang hinaus. Robert wurde klar, dass er Mrs Green bitten musste, ein Auge auf Miss Stanford zu halten. Er wusste, dass die Damen ursprünglich vorgehabt hatten, gemeinsam nach London zurückzureisen, aber er hielt es für sicherer, wenn Miss Stanford in Kurland Hall blieb, bis Andrew von seiner Hochzeitsreise zurückkehrte.

Wenn Miss Stanford die Freiheit hatte, Paul zu sehen, war nicht auszudenken, was sein skandalumwitterter Cousin tun würde, um sich Frau und Vermögen zu sichern. Unter leisem Fluchen kehrte Robert an den Schreibtisch zurück und beendete den Brief, den er an Andrew schicken wollte. Darin erklärte er seine Absicht, Miss Stanford sicher in Kurland Hall zu behalten. Robert konnte nur hoffen, dass Paul zu neuen Ufern aufbrechen würde, sobald ihm klar wurde, dass er keinen Zugang zu seiner vermeintlichen Verlobten erhalten würde.

Er versiegelte den Brief mit Wachs, drückte seinen Siegelring darauf und nahm ihn mit hinaus in die Haupthalle. Er fühlte sich zu aufgewühlt, um am Schreibtisch sitzen zu bleiben. Er legte das Schreiben auf den Tisch, wo Foley es sehen würde, und hielt dann inne.

„Major Kurland!"

Er blickte zur Musikergalerie hinauf und sah Andrews Tochter, die ihm über das Geländer zuwinkte.

„Guten Morgen, Charlotte. Bist du wieder deiner Amme davongelaufen?"

„Nicht ganz ...“ Sie besaß den Anstand, ein wenig schuldbewusst dreinzublicken, was ihm ein Lächeln entlockte. „Gehen Sie ins Dorf?“

„Ja, ich habe über einen Spaziergang dorthin nachgedacht.“

Sie hüpfte die Stufen hinunter, ihr lockiges Haar wippte bei jedem Sprung. „Darf ich mit Ihnen kommen? Bitte sagen Sie Ja. Ich werde ganz brav sein und ...“

„Wo ist Terence?“

„Er ist mit Mr Fairfax ausgeritten.“

Er hielt ihr die Hand hin. „Dann solltest du wohl auch dein Vergnügen bekommen.“

Sie gab einen kleinen Schrei der Entzückung von sich und sprang die letzten paar Stufen hinunter. „Danke, danke. Ich werde sehr brav sein und Sie nicht stören oder Süßigkeiten erwarten oder –“

Er führte sie an der Hand in die Küche und bat James, dem Kindermädchen auszurichten, wohin ihr Schützling verschwunden war. Charlottes Haube und Pelisse lagen in der Küche zum Trocknen vom Regen des Vortages. Damit musste sie nur noch ihre Stiefel holen und schon konnten sie aufbrechen.

Als sie das Haus verließen, blickte sie zu ihm auf. „Können Sie mit Ihrem kaputten Bein so weit laufen?“

Er schätzte es, dass sie die offensichtliche Frage unumwunden stellte. Es war eine erfrischende Abwechslung von den Sticheleien oder Andeutungen der Erwachsenengesellschaft, mit denen er sich sonst herumschlagen musste. „Ich werde mein Bestes geben. Ich habe jeden Tag geübt.“

Sie runzelte die Stirn. „So wie ich es auf dem Klavier tun muss. Das hasse ich.“

„Dann solltest du das vielleicht deiner neuen Mama sagen, und sie kann dir helfen, ein anderes Instrument auszusuchen.“

Sie machte einen weiteren Hüpfer. „Das ist eine gute Idee. Sie sind so schlau, Major."

Sie gingen die Auffahrt hinunter und bogen auf die Hauptstraße ein, die ins Dorf führte. Die alte Kirche tauchte zu ihrer Rechten auf, und links war das offene Tor, das die Auffahrt zum neuen Pfarrhaus hinaufführte.

„Miss Harrington ist sehr nett."

„Das ist sie in der Tat." Er seufzte. „Obwohl sie ziemlich respekteinflößend sein kann, wenn sie sich etwas in den Kopf gesetzt hat, glaub mir."

„Sie ist die beste Freundin der neuen Frau meines Vaters."

„Das stimmt."

„Das bedeutet, dass sie uns in London und in Greenbridge House besuchen wird, nicht wahr?"

„Ich denke schon." Ihm war klar geworden, dass er Miss Harrington für den Rest seines Lebens bei den Stanfords und zu Hause begegnen würde, sofern sie nicht heiratete. Umso wichtiger war es, dass er die Dinge zwischen ihnen so schnell wie möglich wieder in Ordnung brachte.

Charlotte zupfte an seinem Ärmel. „Darf ich ein Stückchen laufen? Ich verspreche, dass ich vorsichtig sein werde."

Sie näherten sich der High Street, und vor den Geschäften im Ort waren einige Gehwegplatten verlegt.

„Lauf nur. Aber bleib auf dieser Seite der Straße. Ich behalte dich im Auge." Er durchsuchte seine Taschen und hörte das vertraute Klirren von Münzen. Er würde im Dorfladen Halt machen und Charlotte etwas Süßes oder eine neue Haarschleife kaufen. Als Andrew gefragt hatte, ob er seine Kinder bis zu seiner Rückkehr in Kurland Hall lassen könne, hatte Robert sich Sorgen gemacht, ob er den Lärm und die Unannehmlichkeiten, die Kinder immer mit sich zu bringen schienen, ertragen könnte. Aber die Stanford-Kinder hatten sich als bemerkenswert angenehm erwiesen.

Zwar nicht so sehr, dass er dadurch in Erwägung zog, selbst vorsorglich eine Kinderstube einzurichten, aber er war für den Gedanken, in Zukunft einen Erben zu zeugen, offener geworden.

„Major Kurland!“ Charlotte rannte mit entschlossenem Gesichtsausdruck auf ihn zu, wobei sie mit ihren gestiefelten Füßen auf den Steinplatten herumstapfte. Er machte einen Schritt auf sie zu, doch plötzlich trat eine Gestalt aus einem der Dorfläden zwischen sie. Es war zu spät, um noch eine Warnung auszurufen, da Charlotte schon mit der Frau zusammengestoßen war. Robert versuchte, sie beide aufzufangen, als sie zusammen rückwärts in seine offenen Arme und dann mit ihm zu Boden stürzten.

Einen schrecklichen Moment lang wurde er von dem Gewirr aus Kleidern und dem Gewicht der beiden Körper auf ihm fast erdrückt. Schließlich wurde die Ordnung wiederhergestellt, als Miss Chingford Charlotte von Miss Harrington herunterhob. Robert bot seinerseits der Pfarrerstochter die Hand an, um ihr hochzuhelfen.

„Guter Gott!“ keuchte Miss Harrington. „Geht es dir gut, Charlotte?“

„Es geht mir gut, Miss Harrington.“ Charlotte machte versuchsweise einen kleinen Sprung und strahlte dann zu ihrer Retterin hoch. „Sie haben mich aufgefangen wie einen Ball.“

Robert stützte sich am Fenstersims des Ladens ab, um wieder auf die Beine zu kommen. Er sah sich nach seinem Hut um, der ihm vom Kopf geschlagen worden war.

„Brauchen Sie Hilfe, Major Kurland?“ Miss Chingford kam auf ihn zu und bot ihm eine helfende Hand an.

„Nein. Es geht mir gut." Robert fand seinen Hut, klopfte ihn ab und setzte ihn sich wieder auf den Kopf. „Ich mache mir mehr Sorgen um die Damen."

Miss Harrington beugte sich über die junge Charlotte und untersuchte sie auf Verletzungen. „Wir sind beide völlig in Ordnung, Sir."

Charlotte grinste Robert an. „Sie haben uns beide aufgefangen!" Ihr Lächeln verblasste, und sie lief zu ihm herüber. „Tut Ihr schlimmes Bein weh?"

„Überhaupt nicht."

Sie legte ihre Hand auf seinen Arm. „Sind Sie sicher?"

Miss Chingford trat zu Charlotte und tätschelte ihr den Kopf. „Major Kurland ist ein sehr fähiger Gentleman, Charlotte. Vielleicht sollten wir ihn zum Tee ins Pfarrhaus einladen und ihm angemessen danken. Es gibt etwas, worüber ich mit ihm sprechen möchte."

Charlotte sah zu ihm auf und Robert stimmte dem Vorschlag zu, obwohl Miss Harrington selbst keine Einladung ausgesprochen hatte. Charlotte nahm seine freie Hand und ließ die beiden anderen Damen vorangehen, was seinem langsameren Tempo sehr entgegenkam. Als sie am Pfarrhaus eintrafen, hatte Miss Harrington bereits Mantel und Haube abgelegt und gab Betty Anweisungen, Tee und Muffins mit Butter zu holen.

Sie warf ihm einen kurzen Blick zu, als er Charlotte in den Salon geleitete. „Major Kurland, Sie humpeln ziemlich stark. Bitte setzen Sie sich ans Feuer."

Er tat, wie ihm geheißen, ohne zu widersprechen. Charlotte lehnte sich an seine Stuhllehne und tätschelte mit einer Hand vorsichtig sein verletztes Knie.

„Es war sehr lustig zu sehen, wie Sie umgestürzt sind, Major, aber es tut mir leid, dass Sie sich das Bein verletzt haben."

Er lächelte, um sie zu beruhigen, während Miss Harrington in Richtung Küche verschwand. „Das ist schon in Ordnung. Ich bin sicher, dass es mir auf dem Heimweg schon wieder gut gehen wird."

Betty kam mit einem Teetablett auf dem Arm herein, gefolgt von Miss Chingford und Miss Harrington, die bei seinem Sessel Halt machte und ihm ein heißes Tuch aufs Knie legte. Sie machte kein Aufheben um ihn und sah von Anweisungen ab, was überraschend beruhigend war.

„Tee, Major?"

„Ja, bitte." Er blickte zu Miss Chingford hinüber, die ihm gegenüber Platz genommen hatte. „Wie geht es Miss Dorothea?"

„Es geht ihr schon viel besser, Sir."

„Das freut mich zu hören." Er wägte seine Worte ab. „Haben Sie sich schon über Ihre Zukunftspläne Gedanken gemacht?"

„Unser Anwalt, Mr Brewerton, sagt, dass wir eine kleine Rente aus dem Nachlass meiner Mutter erhalten werden und dass man uns ein Zuhause bei der ältesten Schwester meines Vaters angeboten hat, die in Northumberland lebt."

„Ah." Robert versuchte, aufmunternde Worte zu finden. „Ich habe gehört, dass das eine wunderschöne Gegend sein soll."

„In der Tat. Ich bin mir nicht ganz sicher, ob es mir zusagen würde, Sir, deshalb wäge ich noch andere Möglichkeiten ab." Miss Chingford warf Miss Harrington ein seltenes Lächeln zu. „Auch der Pfarrer hat uns ein Heim angeboten, solange wir darauf angewiesen sind."

„Wie ... freundlich von ihm."

„Miss Harrington hat ihn dazu überredet."

Darauf hatte Robert nichts zu erwidern. Er nahm noch etwas Tee zu sich und wartete darauf, dass der Schmerz in seinem Bein nachließ, was mit dem warmen Tuch tatsächlich schneller der Fall war.

„Ich habe gehört, dass Mr Fairfax in ein paar Tagen abreisen wird", sagte Miss Chingford.

„Das ist richtig. Er hat noch nicht genau gesagt, an welchem Tag, aber ich nehme an, er wird es mir bald mitteilen."

Miss Chingford zog die Augenbrauen hoch. „Aber ich dachte, es war geplant, dass er am Mittwoch abreist. Ist das nicht der Tag, an dem er gesagt hat, er würde uns abholen, Lucy?"

Robert setzte seine Tasse ganz langsam auf der Untertasse ab. „Wie bitte?"

„Ich glaube, das hat er gesagt, Penelope." Miss Harrington warf Robert einen kurzen Blick zu und hob dann trotzig das Kinn. „Mr Fairfax hat mich gefragt, ob ich ihm die Ehre erweisen würde, ihn zu dem ersten Treffen mit seinem Haushalt zu begleiten."

„Zu welchem Zweck?"

Miss Harrington sah ihn an, als ob er minderbemittelt wäre. „Er sagte, es sei Ihre Idee gewesen, Major. Dass Sie meine hauswirtschaftlichen Fähigkeiten empfohlen haben und dachten, ich könnte ihm helfen, sich einen Überblick über die Anforderungen in seinem neuen Zuhause zu verschaffen."

„Ich kann mich nicht erinnern –"

„Wie dem auch sei, Major", unterbrach ihn Miss Chingford mit einem süßlichen Lächeln. „Ist es nicht freundlich von Mr Fairfax, sich so für unsere Lucy zu interessieren? Man könnte sich die Frage stellen, welche Beweggründe er wohl haben mag." Sie warf Miss Harrington einen vielsagenden Blick zu. „Vielleicht will er sehen, ob Sie ihm eine gute Haushälterin sein würden, Lucy."

Robert starrte die errötende Miss Harrington an. War es möglich, dass Thomas sie als potenzielle Ehefrau in Betracht zog? Das war ganz und gar nicht seine Absicht gewesen, als er ihre Fähigkeiten der Haushaltsführung gelobt hatte.

Robert tätschelte Charlottes Hand und erhob sich, wobei das Tuch von seinem Knie auf den Boden glitt. „Es scheint, als hätte Thomas die Dinge zu seiner Zufriedenheit geregelt. Jetzt muss ich Miss Charlotte aber wirklich nach Hause bringen, bevor ihr Kindermädchen denkt, ich hätte sie unterwegs verloren." Er verbeugte sich. „Es war mir wie immer ein Vergnügen, meine Damen. Bitte grüßen Sie Miss Dorothea und den Pfarrer von mir."

Charlotte folgte ihm gehorsam zur Haustür und zog sich ihre Straßenkleidung an, bevor sie mit ihm den langen Weg nach Kurland Hall zurückging. Glücklicherweise schien sie von ihren Abenteuern müde zu sein und war mehr als bereit zu schweigen und Robert über eine Zukunft ohne Thomas und Miss Harrington in Kurland St. Mary nachdenken zu lassen.

Als er tief in Gedanken versunken am Herrenhaus ankam, traf er nur Charlottes Bruder Terence und Thomas in der Küche an. Während die Kinder zum Baden und zum Abendessen in die Kinderstube gebracht wurden, lud Robert Thomas ein, mit ihm zu Abend zu essen.

Als sie am Ende des Mahls ein Glas Portwein tranken, sagte Robert: „Ich habe gehört, dass Sie am Mittwoch abreisen wollen."

„Das ist richtig. Hat Foley Sie unterrichtet?"

„Es war Miss Chingford. Sie sagte, sie und Miss Harrington würden mit Ihnen gehen, um den Zustand des Hauses und des Personals zu beurteilen."

„Als Sie mir vorschlugen, Miss Harrington um Rat zu fragen, konnte ich kaum glauben, dass ich nicht selbst darauf gekommen war. Sie war mehr als gewillt, mit mir das Haus in Augenschein zu nehmen." Thomas zögerte. „Ich vermute, sie sehnt sich nach einem eigenen Zuhause."

Robert füllte sein Glas nach. „Und glauben Sie, Fairfax Park könnte ihr gefallen?"

„Ich weiß es nicht, Sir. Ich dachte, wenn sie es sich ansieht ... würde ich ein besseres Gefühl dafür bekommen, ob ein Heiratsantrag ebenfalls akzeptabel wäre."

Die Uhr auf dem Kaminsims tickte laut in der Stille, während Robert überlegte, was er sagen sollte. „Glauben Sie, dass sie Ihren Antrag annehmen wird?"

„Ich bin mir nicht sicher, Sir. Was denken Sie? Sie kennen sie besser als die meisten anderen Menschen."

„Sie wäre ein Narr, wenn sie Sie abweisen würde. Ich habe oft gedacht, dass Sie beide gut zusammenpassen würden. Sie sind beide sehr kompetent im Umgang mit mir."

Thomas runzelte die Stirn. „Aber da ist noch die Frage meines Status als unehelicher Sohn. Miss Harrington ist die Enkelin und Nichte eines Earls."

„Wenn ihr etwas an Ihnen liegt, wird sie sich davon nicht in ihrer Entscheidung beeinflussen lassen. Sie ist eine Frau mit bemerkenswert viel Verstand." Robert griff in seine Tasche und langte nach einem seiner Zigarillos, um nicht direkt in Thomas' ernstes Gesicht schauen zu müssen. „Der Pfarrer mag Sie. Ich bin sicher, dass er seine Tochter lieber verheiratet sehen würde, als ihre Talente im Pfarrhaus vergeudet zu wissen."

Thomas stand auf und legte die Serviette auf den Tisch. „Sie ... hätten nichts dagegen, wenn ich Miss Harrington den Hof machen würde, Sir?"

„Wie könnte ich denn etwas dagegen haben?" Robert brachte ein Lächeln zustande. „Die Sache hat nichts mit mir zu tun."

Thomas stieß einen langen Atemzug aus. „Vielleicht hat sie gar nicht vor zu heiraten und zieht es vor, zu bleiben und das Pfarrhaus zu verwalten."

„Sie werden es nie erfahren, wenn Sie sie nicht fragen, Thomas, nicht wahr?", sagte Robert ein wenig zu munter. „Fahren Sie mit ihr nach Fairfax Park und sehen Sie, wie Sie beide sich danach fühlen."

„Ja, Major Kurland, das werde ich, und ich muss Ihnen danken."

„Wofür?"

„Dafür, dass Sie mich hier angestellt haben. Dass Sie ... mir vertraut haben." Thomas schluckte schwer. „Ich denke, ich werde jetzt viel besser mit dem Fairfax-Anwesen umzugehen wissen."

„Sie brauchen nicht an Ihren Fähigkeiten zu zweifeln, Thomas. Sie sind allein Ihr Verdienst." Robert zwang sich, den Blick des jungen Mannes zu erwidern. „Ich wünsche Ihnen alles Gute für die Zukunft."

„Vielen Dank."

Mit einem Lächeln verließ Thomas den Raum und schloss leise die Tür hinter sich. Robert blieb am Esstisch zurück und bediente sich an einem großen Glas Portwein. Er würde Thomas vermissen.

Und Lucy Harrington würde er noch mehr vermissen ...

Mit einem Fluchen stürzte er das Glas Portwein hinunter und füllte es wieder nach. Hatte sie gemerkt, dass Thomas entschlossen war, sie zu seiner Frau zu machen? Sicherlich hatte sie das. Keine junge Frau besichtigte das Anwesen eines jungen Mannes, ohne sich über die Gründe im Klaren zu sein, warum er es ihr überhaupt zeigte. Nicht, dass das Anwesen Thomas gehörte, aber für die nächsten etwa zehn Jahre machte es kaum einen Unterschied. Und Miss Chingford hatte ihr Bestes getan, Robert immer wieder auf die Möglichkeit hinzuweisen, dass ihm Miss Harrington vor der Nase weggeschnappt werden könnte. Er vermutete, dass das der einzige Grund war, warum sie ihn überhaupt ins Pfarrhaus eingeladen hatte.

Robert hob den Kopf, starrte hinaus in die Nacht und nahm die schwachen Lichter von der Kirche und dem gegenüberliegenden Pfarrhaus wahr, die in der Dunkelheit schimmerten. Er hatte Miss Harrington gebeten, ihn zu heiraten, und sie hatte abgelehnt. Er hatte ihr gesagt, dass sie ihm etwas bedeutete, und sie hatte ihn nur angesehen, als hätte er sie geohrfeigt.

Vielleicht war es an der Zeit zu erkennen, dass, egal was er tat, es niemals richtig sein würde und dass Miss Harrington dazu bestimmt war, einen anderen zu heiraten. Thomas war jung, gesund und ehrgeizig. Außerdem war er intelligent, sympathisch und hatte ein sanftes Temperament, um das ihn Robert insgeheim beneidete. Alles in allem war er ein weitaus besserer Kandidat für die Ehe als ein reizbarer Krüppel mit einem unsteten Temperament und Angst vor Pferden, die sich nicht ganz ausmerzen ließ.

Er sollte sie gehen lassen. Als er nach unten blickte, sah er, dass sich seine Hand zu einer Faust geballt hatte. Seine Kameraden bei der Kavallerie hatten ihn nicht umsonst Kurland, den Hoffnungslosen, genannt. Er war sich allerdings noch nicht sicher, ob er bereit war, diese wichtige Schlacht ohne einen letzten Kampf aufzugeben.

Kapitel 18

Lucy gähnte, während die Kutsche die holprige Straße entlangfuhr. Ihr war gar nicht in den Sinn gekommen, wie weit Fairfax Park von Kurland St. Mary entfernt lag. Sie würden mindestens eine Woche im Haus bleiben müssen, bis sie wieder bereit für die Rückreise wären. Der Sarg mit Mrs Fairfax' Leichnam hatte die langsame Heimreise bereits vor ihnen angetreten. Sie würde bis Ende der Woche, wenn der Pfarrer die Trauerfeier abhielt, in der Kapelle des Ortes verwahrt liegen.

Mr Fairfax saß auf dem Pferd, während die Damen in der Kutsche Platz genommen hatten. Weil Miss Chingford es so wollte und ohnehin eine Anstandsdame nötig war, hatten sie schließlich auch Miss Stanford und Mrs Green mitgenommen. Lucy war davon ausgegangen, dass die beiden Damen nach London aufbrechen würden, aber offenbar hatte Major Kurland darauf bestanden, dass Miss Stanford bis zur Rückkehr ihres Bruders in Kurland Hall blieb. Die Reise nach Fairfax Park war ein recht offensichtlicher Versuch, sie von Mr Reading getrennt zu halten. Dieser war nämlich im Dorf geblieben. Mrs Green hatte Lucy im Geheimen anvertraut, dass Major Kurland es für eine gute Idee gehalten hatte, Miss Stanford weit von Kurland St. Mary wegzubringen, während er sich um Mr Reading kümmerte.

Lucy stupste Penelope an, die neben ihr saß. Miss Stanford und Mrs Green waren beide eingeschlafen. „Glauben Sie, Dorothea kommt allein zurecht? Ich habe Betty gebeten, sie nicht aus den Augen zu lassen."

„Ich glaube nicht, dass sie vorhat, wieder wegzulaufen. Sie kann nirgendwohin. Keine von uns kann das."

Penelopes Tonfall war so düster, dass Lucy sich schrecklich fühlte. „Sie können so lange im Pfarrhaus bleiben, wie Sie wünschen. Das hat mein Vater sehr deutlich gesagt."

„Das ist sehr nett von ihm, aber ich vermute, wir würden uns bald streiten, Lucy. Wir sind beide ziemlich bestimmend."

„Das könnte sein." Lucy seufzte. „Konnten Sie Dorothea dazu bringen, Ihnen genau zu erzählen, was in der Nacht, in der Ihre Mutter starb, vorgefallen ist?"

„Ich glaube, ich weiß jetzt, wie es abgelaufen ist."

Lucy setzte sich auf. „Sie hatten doch eingewilligt, mir Ihre Erkenntnisse mitzuteilen."

„Da gibt es nichts mitzuteilen." Penelopes Achselzucken wirkte wenig überzeugend. „Ich bin mir recht sicher, dass Dorothea unserer Mutter nichts angetan hat, und damit ist die Sache für mich erledigt."

„Aber hat sie noch jemand anderen gesehen?", hakte Lucy weiter nach.

Penelope warf einen warnenden Blick auf die gegenüberliegende Sitzbank des Wagens. „Wollen Sie das wirklich jetzt besprechen?"

Lucy lehnte sich zurück und ließ Penelope ihr bestes Augenfunkeln zuteilwerden. „Wir werden später darüber reden."

„Vielleicht", sagte Penelope. „Ich könnte mir vorstellen, dass Sie zu sehr damit beschäftigt sein werden, zu entscheiden, ob Fairfax Park ein geeignetes Zuhause für Sie sein wird."

Lucy spürte, wie ihre Wangen heiß wurden. „Daran ist gar nicht zu denken. Mr Fairfax schätzt lediglich meine Meinung zu Haushaltsfragen."

„Ich glaube, wir wissen beide, dass es hier um mehr geht." Penelope schniefte. „Ich wünschte nur, es wäre mir eingefallen, sein Interesse zu wecken, bevor er sich auf Sie einschoss."

„Sie können es gern versuchen."

„Würden Sie nicht gern die Herrin von Fairfax Park werden? Sie überraschen mich, Lucy. Mr Fairfax wäre ein tadelloser Ehemann, und Sie würden es sehr gut haben."

„Bis sein Halbbruder volljährig wird und das Anwesen selbst übernimmt."

„Bis dahin wird Mr Fairfax, wenn er schlau ist, sein eigenes Nest so weit eingerichtet haben, dass er Ihnen ein anderes Zuhause und ein gutes Einkommen zu bieten hätte."

„Sie sind furchtbar auf das Finanzielle fixiert." Lucy schüttelte den Kopf. „Ich bezweifle, dass Mr Fairfax derartige Gedanken hegt."

Die Kutsche verlangsamte sich und schaukelte, als der Kutscher eine Kurve nahm und ein eisernes Tor mit Pförtnerhäuschen passierte. Unter dem geschlossenen Blätterdach der Ulmen am Wegrand war die Gestalt des Pförtners im schwachen Licht der untergehenden Sonne kaum auszumachen, als sie vorbeifuhren. Schließlich kam Fairfax Park in Sichtweite. Es war ein robustes Steingebäude von ähnlicher Größe wie Kurland Hall, aber aus einer späteren Epoche.

Ein Diener öffnete die Tür der Kutsche und klappte den Tritt herunter. Mrs Green stieg als Erste aus, gefolgt von der mürrisch dreinblickenden Miss Stanford. Lucy wartete bis zum Schluss und stieg mit Blick auf die steinernen Stufen zur doppelflügeligen Eingangstür aus. Das Herrenhaus schien in ausgezeichnetem Zustand zu sein. Der harte graue Stein der Fassade war mit Efeu bewachsen.

„Willkommen in Fairfax Park."

Lucy drehte sich um und sah Mr Fairfax auf sie zuschreiten. „Vielen Dank."

Er blieb an ihrer Seite stehen, den Blick auf die Fensterreihe über der Tür gerichtet, in der sich der rote Schein der untergehenden Sonne spiegelte.

„Es ist seltsam, wieder hier zu sein. Ich hätte nie gedacht, dass es überhaupt dazu kommen würde. Und dann noch unter so tragischen Umständen." Er schluckte schwer. „Ich werde mich um meinen Halbbruder im Kinderzimmer kümmern müssen. Er muss vom tragischen Tod seiner Mutter erfahren."

„Soll ich Sie begleiten? Ich weiß, wie man am besten mit kleinen Jungen umgeht."

Er nahm ihre behandschuhte Hand und führte sie an seine Lippen. „Das ist sehr freundlich von Ihnen, aber ich glaube, ich muss das allein bewältigen. Fühlen Sie sich bitte wie zu Hause. Ich werde Sie und die anderen Damen beim Abendessen wiedersehen."

Lucy nickte und er führte sie die Treppe hinauf, um ihr den Butler vorzustellen, einen Mr Simmons, der wie ein sehr kompetenter Mann wirkte. Simmons übergab sie in die Obhut des obersten Dienstmädchens, das sie in ein sehr schönes Schlafzimmer mit Blick auf den Park auf der Rückseite des Hauses führte.

Es war eine Wohltat, die Haube und die Handschuhe abzulegen und sich den Schmutz der Straße abzuwaschen. Nachdem sie mit dem ihr und Penelope zugeteilten Dienstmädchen gesprochen hatte, legte sich Lucy für ein kurzes Nickerchen auf das Bett. Ihre Gedanken wanderten zu Major Kurland, der vor ihrer Abreise kein einziges Mal mit ihr gesprochen hatte. Beim letzten Mal hatte er ihr gesagt, dass sie ihm am Herzen lag. Hatte er etwa geglaubt, dass ihre Annahme der Einladung nach Fairfax Park auch die Annahme eines Heiratsantrags bedeutete? Ihr Vater hatte sich über Mr Fairfax' Interesse an ihr gefreut und ihr nahegelegt, ihre Optionen genau zu durchdenken. Sie war unschlüssig, ob das ungewöhnliche Schweigen von Major

Kurland zu diesem Thema gut oder schlecht war. Fast wäre es ihr lieber gewesen, wenn er erneut die Beherrschung verloren hätte. Dann hätte sie wenigstens gewusst, woran sie war.

Als ihr die Augen zufielen, musste sie unwillkürlich lächeln. Armer Major Kurland. Nachdem er sie angebrüllt hatte, hatte sie sich geweigert, noch einmal etwas mit ihm zu tun zu haben. Welche Reaktion hätte sie also sonst von ihm erwartet? Die Möglichkeit, Herrin eines großen Anwesens mit einem freundlichen Ehemann zu werden, würde keine klar denkende Frau ausschlagen. Aber sie hatte sich immer mehr erhofft als eine Ehe, die nur von Pflichtbewusstsein geprägt war. Würde sie sich in Thomas Fairfax verlieben können? Sie mochte ihn in jedem Fall sehr.

Sie erinnerte sich daran, dass der Besuch vielleicht gar nicht auf einen Heiratsantrag hinauslaufen würde und dass sie durchaus in der Lage war, sich einer solchen Situation zu entziehen, wenn dies nötig sein sollte. Vielleicht war es noch nicht zu spät, um Mr Fairfax' Zuneigung auf Penelope zu lenken. Sie schien viel eher als Lucy gewillt zu sein, sich mit einer Vernunftehe abzufinden. Vor einem Jahr war ihr der Gedanke, einfach irgendeine Ehe einzugehen, noch deutlich akzeptabler vorgekommen, was also hatte sich geändert? Als der Schlaf sie überkam, war das letzte Bild vor ihrem geistigen Auge das von Major Kurland, wie er ihr auf Sophias Hochzeit zugezwinkert hatte. Sie würde vielleicht nie heiraten, aber ihre Zeit in London und in Gesellschaft des Majors hatte sie sicherlich dazu gebracht, ihre Erwartungen an einen möglichen Ehemann zu überdenken.

Sonst fühlte sie sich nie so unsicher. Sie würde sich zunächst darauf konzentrieren, den Zustand von Fairfax Park einzuschätzen und mehr über Mrs Fairfax in Erfahrung zu bringen. Das dürfte sie beschäftigt halten und ihr weniger Gelegenheit bieten, ihren Gefühlen nachzugeben.

Robert saß im Lampenschein an seinem Schreibtisch und studierte die tadellosen Unterlagen, die Thomas ihm hinterlassen hatte. Wenn er einen neuen Landverwalter einstellte, würde dieser keine Schwierigkeiten haben, die Pläne seines Vorgängers für die Höfe, Felder und Hütten des Kurland-Anwesens zu übernehmen. Thomas hatte gute Arbeit geleistet.

Robert blickte auf seine Taschenuhr und rechnete sich aus, dass Thomas und die Damen vermutlich schon am Nachmittag in Fairfax Park angekommen waren. Fast hatte er mit dem Gedanken gespielt, sie zu begleiten, aber sein Stolz hatte ihn davon abgehalten. Wenn Miss Harrington Thomas heiraten wollte, würde er ihr dabei nicht im Weg stehen. Ihm war nur wichtig, dass sie glücklich war, und wenn Thomas sie glücklich machte, wäre er damit zufrieden.

Foley kündigte sich mit einem Klopfen an der Tür an und brachte auf einem Tablett das Abendessen und eine Flasche Rotwein herein. Da er keine Gäste mehr zu bewirten hatte, war er wieder etwas nachlässiger geworden.

„Major Kurland, hier ist eine Nachricht für Sie. Ich habe sie mit auf das Tablett gelegt."

„Danke, Foley."

Sein Butler verweilte noch, stellte ihm ein Glas für den Wein hin und ließ sich Zeit beim Entkorken der Flasche, während Robert das Papier aufnahm und las.

„Verdammt sei er", murmelte er.

„Behelligt Sie Mr Paul schon wieder, Sir?" Foley schüttelte den Kopf. „Der Bursche war schon immer stur."

„Mr Paul droht damit, zu Mr Fairfax' Anwesen zu reisen, um Miss Stanford zu ‚retten'." Robert knüllte das Schreiben zusammen und warf es ins Feuer. „Ich werde wohl zum *Queen's Head* gehen müssen, um mich mit ihm zu unterhalten."

„Essen Sie erst einmal zu Abend, Major. Wie ich gehört habe, lässt ihn der Wirt erst gehen, wenn er zumindest einen Teil seiner Schulden beglichen hat."

„Wobei ich bezweifle, dass er die Mittel dafür hat." Robert stöhnte. „Er macht mich so wütend. Wenn ich ihn einfach Miss Stanford nachstellen lasse, wird Andrew mich köpfen, aber wenn ich ihn im Gasthaus wohnen lasse, muss ich seine unaufhörlichen Forderungen über mich ergehen lassen. Lassen Sie die Kutsche fertig machen. Ich werde nach dem Essen herunterfahren."

Robert schaufelte das Abendessen auf sehr unmanierliche Weise hinunter, die Foley sicher schockiert hätte, und leerte die Hälfte der Weinflasche. Als er sein Taschentuch herauszog, um sich das Gesicht abzuwischen, fiel ihm das Medaillon aus der Tasche. Er starrte es frustriert an.

Er setzte seine Brille auf, zog sein neues Taschenmesser hervor und fuhr mit der Klinge den winzigen Spalt zwischen den beiden goldenen Hälften entlang. Dann drückte er die Spitze des Messers hinein. Mit einigem Hebeln und Fluchen gelang es ihm schließlich, das Gehäuse zu öffnen. Im Inneren befanden sich das Porträt eines dunkelhaarigen Säuglings und ein eingraviertes Datum. Robert versuchte blinzelnd, die Schrift zu entziffern, und konnte nur vermuten, dass es sich bei dem Kind um Mrs Fairfax' Sohn handelte. Deshalb hatte sie das Medaillon an jenem Morgen nicht abgeholt, als danach gefragt wurde, wem es gehörte. Sie hatte befürchtet, dass es sie im Zusammenhang mit Mrs Chingfords Tod belasten würde?

Robert untersuchte das Medaillon weiter. Hatte Miss Stanford etwa hiernach gesucht? Wenn ja, warum hatte sie es darauf abgesehen? Oder war sie einfach von Paul angewiesen worden, es aufzuspüren? Sein Cousin schien trotz physischer Abwesenheit bei der Hochzeit für Roberts Geschmack etwas zu sehr in die Sache verwickelt zu sein. Sein Cousin war ein wahres Genie darin, Unruhe zu stiften, und hatte auch Mrs Chingford dem Vernehmen nach recht gut gekannt.

„Verdammt“, murmelte Robert und steckte das Medaillon wieder ein. „Ich werde wirklich mit ihm reden müssen.“

Die Kutsche wartete bereits vor der Tür auf ihn und so machte er sich in der einbrechenden Dunkelheit auf den Weg zum Gasthaus. Im überfüllten Schankraum war keine Spur von Paul zu finden. Die Wirtin wies Robert den Weg nach oben und versicherte ihm, dass sein Cousin auf seinem Zimmer sei.

Robert klopfte fest mit dem Knauf seines Stocks an die Tür, bis Paul schließlich aufmachte. Er trug diesmal keinen Mantel und hatte die Hemdsärmel hochgekrempelt. Sein Lächeln wurde noch breiter, als er Robert hereinbat.

„Cousin, wie gut, dass du kommst. Vielleicht kannst du die Wirtin überreden, uns eine anständige Flasche Brandy zu bringen. Sie weigert sich, mir eine zu geben, wenn ich sie nicht direkt bezahle.“

„Das wundert mich nicht.“ Robert nahm am Feuer Platz. „Ich habe bereits eine Flasche bestellt.“

Paul setzte sich ihm gegenüber. Seine entspannte Haltung stand im Widerspruch zu dem misstrauischen Blick, den er aufgesetzt hatte. „Vielen Dank. Ich nehme an, du hast meine Nachricht erhalten.“

„Ich werde dir nicht gestatten, Miss Stanford nach Fairfax Park zu folgen. Dort ist sie in Sicherheit.“

„Sicher vor mir, meinst du. Um Himmels willen, Robert, ich hätte gedacht, du wärst erfreut, wenn ich mir eine reiche Erbin angeln würde.“

„Nicht diese.“

„Was soll ich sonst tun? Verhungern?“

„Wie wäre es, wenn du deinen Lebensunterhalt selbst verdienst?"

„Ich bin ein Gentleman. Erwartest du von mir, dass ich Geschäftsmann werde?"

„Wieso nicht? So hat mein Großvater sein Vermögen verdient. Das ist der einzige Grund, warum ich es mir noch leisten kann, Kurland Hall weiterzuführen."

„Dann ernenne doch mich zu deinem Verwalter. Ich übernehme Mr Fairfax' Aufgaben."

Robert seufzte. „Ich traue dir nicht zu, dass du mich nicht ruinieren wirst."

Es klopfte an der Tür, und Paul erhob sich, um die Flasche Brandy und zwei Gläser anzunehmen.

Nachdem sie beide einen Schluck probiert hatten, blickte Robert seinen Cousin eindringlich an. „Ich möchte, dass du Kurland St. Mary verlässt."

„Und wie ich dir immer wieder sagen werde: Ich kann nirgendwo anders hin und ich habe kein Geld."

Robert schenkte ihnen einen weiteren Schluck Brandy ein. „Und wenn es sich für dich lohnen würde zu gehen?"

„Das kommt darauf an. Wenn du mir verwehren willst, Miss Stanford zu heiraten und ihre Mitgift zu beanspruchen, muss ich dafür sehr stark entschädigt werden."

„Du wirst Miss Stanford nicht heiraten."

„Dann gib mir einen Anreiz zu gehen."

Robert blickte in sein Glas und schwenkte mit Bedacht den restlichen Brandy darin herum. „Was hattest du für eine Verbindung mit Mrs Chingford?"

„Was hat das mit unseren jetzigen Verhandlungen zu tun?"

„Wenn du in der Lage bist, mir einige Fragen ehrlich zu beantworten, könnte mich das dazu bringen, dir günstigere Bedingungen anzubieten."

Paul füllte sein Brandyglas nach und lehnte sich zurück. „Ich habe Mrs Chingford vor meiner Abreise nach Indien kennengelernt und stand viele Jahre lang mit ihr in Briefkontakt."

„Ich habe gehört, dass sie eine leidenschaftliche Briefschreiberin war."

„Es war nicht nur aus Leidenschaft, ihr fehlten auch die Mittel, um ihren Lebensstil aufrechtzuerhalten. Daher hat sie sich anderen, weniger seriösen Einnahmequellen geöffnet, um zahlungsfähig zu bleiben."

„Zum Beispiel?"

„Sie verkaufte Informationen an die Skandalblätter. Sie hat absichtlich Klatsch und Andeutungen in London verbreitet, um zu sehen, welchen Dreck sie dabei aufwirbeln konnte. Und damit konnte sie noch mehr Klatsch und Tratsch für die Zeitungen anstoßen." Er zuckte mit den Achseln. „Eine sehr vornehme Art der Erpressung."

„Ihr wärt also ein himmlisches Pärchen gewesen."

„Wir verfolgten in der Tat einige gemeinsame Ziele, aber das ist kein Grund, so spöttisch zu klingen. Wir brauchten beide Geld."

Robert dachte an all die Beweise, die er und Miss Harrington gemeinsam zusammengetragen hatten, bevor er ihren Ermittlungen ein abruptes Ende gesetzt hatte.

„Mrs Chingford kannte auch Mrs Fairfax?"

„Ich glaube schon."

„Kanntest du sie?"

„Ich hatte von ihr gehört. Mrs Chingford teilte mir in einem Brief mit, dass sie Mrs Fairfax für die Tochter ihres alten Kindermädchens hielt und sie offenbar weit über ihrem Stand geheiratet hatte."

„Und wenn man bedenkt, dass Mrs Chingford zu Klatsch und Erpressung neigte, was gedachte sie da mit dieser Information anzufangen?", fragte Robert.

„Ich habe keinen Schimmer.“ Paul zuckte mit den Achseln. „Du musst bedenken, dass Mrs Chingford schon tot war, als ich in Kurland St. Mary eintraf.“

„Aber sie hat dir geschrieben.“

„Gelegentlich.“

„Und du warst kurz davor, sie zu heiraten, wie ich hörte.“ Robert fing den Blick seines Cousins auf. „Vielleicht ist das der Grund, warum du dich in ihr Schlafzimmer im Pfarrhaus geschlichen und ihre Korrespondenz durchstöbert hast.“

„Wer hat dir das erzählt?“

„Das ist unerheblich. Was zählt, ist, was du dort finden und aus der Welt schaffen wolltest.“

„Es gab nichts Konkretes, Robert. Ich wollte nur auf Nummer sicher gehen.“

„Und was hattest du dir davon erhofft, Miss Stanford zu schicken, um Mrs Fairfax’ Zimmer in meinem Haus zu durchsuchen? Hast du auch an Mrs Fairfax geschrieben?“

„Nach dem, was ich von Mrs Chingford weiß, konnte Mrs Fairfax kaum lesen oder schreiben. Ich bezweifle, dass es mir Spaß gemacht hätte, mit ihr Briefe auszutauschen.“

Robert runzelte die Stirn. „Ich habe ihre Handschrift gesehen. Sie war gut lesbar.“

„Dann war Mrs Chingford einfach zu streng mit ihr. Warum ist das überhaupt wichtig?“ Paul lehnte sich vor. „Ich habe nicht mit Mrs Fairfax korrespondiert und ich weiß nicht, wonach Miss Stanford gesucht haben könnte.“

„Das glaube ich dir nicht.“

Paul presste die Lippen zu einem Strich zusammen. „Ich habe dir in dieser Angelegenheit nichts weiter zu sagen.“

Robert stützte sich auf seinen Stock und setzte dazu an, sich vom Sessel zu erheben. „Dann habe ich dir auch nichts weiter zu sagen. Guten Abend, Paul."

„Warte! Du kannst doch nicht einfach wieder gehen, ohne mir mein Geld zu geben!"

„Natürlich kann ich das, wenn du weiter darauf beharrst, mich anzulügen. Ich habe mich sehr deutlich ausgedrückt. Wenn du meine Fragen nicht beantwortest, werde ich dir nicht helfen."

„Dann setz dich wieder hin", blaffte Paul zurück. „Und ich erzähle dir das Wenige, das ich weiß."

* * *

Das Essen in Fairfax Park war angemessen, die Bedienung aber eher langsam. Das Haus selbst ließ ein wenig die Sauberkeit vermissen, die Lucy erwartet hätte, und trug alle Kennzeichen eines Anwesens, das vernachlässigt wurde, weil sich dessen Herrin nicht darum kümmerte oder weil das Personal ihre Anweisungen nicht befolgte. Sie musste noch herausfinden, was von beidem zutreffend war, aber sie hatte ein Gespräch mit dem Butler nach dem Abendessen vereinbart, um die Angelegenheit eingehend zu besprechen.

Sie war auch in die Kinderstube geführt worden, um Robin Fairfax kennenzulernen, der sich als reizender Junge von etwa sieben oder acht Jahren erwies. Mr Fairfax hatte erwähnt, dass Mrs Fairfax mit der Einschulung ihres Sohnes gezögert hatte, dass er aber vorhatte, dies zu ändern. Obwohl sie ihre eigenen Zwillingsbrüder vermisste, musste sie zustimmen, dass es das Beste war, den Jungen in die Schule zu schicken. Als Einzelkind würde er von der Gesellschaft anderer Jungen in seiner Klasse profitieren.

Zu ihrer Überraschung entschuldigte sich Mr Fairfax, nachdem er sie zum Treffen mit dem Butler in einem der Bedienstetenzimmer begleitet hatte, und kehrte in den Salon zurück, um die anderen Damen zu unterhalten. Lucy war sich nicht sicher, ob sie sich über sein Vertrauen in ihre Fähigkeiten freuen sollte oder ob sie sich über die Verantwortung und das, was damit verbunden sein könnte, Sorgen machen sollte.

Simmons überließ ihr einen bequemen Stuhl neben dem Kamin und schenkte ihr aus einer alten, braunen Porzellankanne vom gekachelten Herd eine Tasse Tee ein. Auf dem Kaminsims tickte eine Uhr und die grünen Vorhänge waren zugezogen, um vor der kühlen Nachtluft zu schützen.

„Es ist schön, Mr Fairfax wieder im Haus zu haben, Miss Harrington. Er wurde schmerzlich vermisst."

„Ich bin mir sehr sicher, dass er nicht unter so widrigen Umständen zurückkehren wollte. Aber ich bin davon überzeugt, dass er sein Bestes tun wird, um das Anwesen für seinen Halbbruder zusammenzuhalten." Lucy nippte an dem starken schwarzen Tee und unterdrückte ein Erschaudern. „Mr Fairfax erwägt, eine Haushälterin einzustellen. Gibt es unter Ihren Mitarbeitern jemanden, der für diese Stelle infrage kommen könnte?"

„Leider nein, Miss Harrington. Mrs Fairfax kümmerte sich gern selbst um solche Dinge." Er zögerte. „Ich möchte nicht schlecht von den Verstorbenen reden, aber ich fürchte, sie fühlte sich von der Vorstellung, eine Haushälterin zu haben, etwas eingeschüchtert."

„Ich verstehe, dass sie aus einer etwas anderen Gesellschaftsschicht kam", sagte Lucy diplomatisch. „Vielleicht war sie den Umgang mit Bediensteten einfach nicht gewohnt."

Mr Simmons entspannte seine Haltung. „Das stimmt, Miss. Ihr fehlte die richtige ‚Art', mit Menschen von niedrigerem sozialem Rang zu sprechen. Das hatte zur Folge, dass einige der Bediensteten trotz meiner Bemühungen ihre Anweisungen nicht sehr ernst nahmen."

Das erklärte auch das etwas ungepflegte Erscheinungsbild des Hauses.

„Sogar das Personal der Kinderstube fand sie schwierig. Sie wollte zu jeder Zeit Zugang zu ihrem Sohn haben, was seinen Tagesablauf durcheinanderbrachte und die Arbeit des Kindermädchens sehr erschwerte."

„Ich glaube mich zu erinnern, dass Mrs Fairfax mir gegenüber erwähnte, sie hätte Schwierigkeiten, ein Kindermädchen zu finden, das sie mochte. Fiel es ihr schwer, das Personal zu halten?"

„Oh ja, Miss, das tat es."

„Wie lange ist das jetzige Kindermädchen schon hier angestellt?" „Mrs Williams ist jetzt seit fast einem Jahr bei uns. Sie folgte auf ..." Mr Simmons schien seine Worte abzuwägen. „Eine andere Dame."

„War das vielleicht Mrs Madge Summers?", erkundigte sich Lucy. „Sie war auch das Kindermädchen für das jüngste Kind einer Bekannten von mir. Ich meine mich zu erinnern, dass meine Freundin gegenüber Mrs Fairfax erwähnte, dass sie sich dasselbe Kindermädchen geteilt hatten, bevor Mrs Summers in den Ruhestand ging."

„Es war eine Mrs Madge Summers hier angestellt, Miss."

Lucy wartete einen Moment, aber der Gesichtsausdruck von Mr Simmons ließ sie vermuten, dass er zu diesem Zeitpunkt noch nicht mehr sagen würde. Es war schade, aber zumindest hatte sie die vermutete Verbindung zwischen Fairfax Park und Madge Summers bestätigen können.

„Vielleicht könnten Sie eine Liste der Aufgaben aufstellen, die eine Haushälterin in Fairfax Park zu erledigen hätte, und sie mir zukommen lassen, Mr Simmons.

Ich werde auch mit Mrs Williams über ihre Bedürfnisse und ihre Position sprechen, denn es scheint, dass der junge Robin zur Schule gehen wird."

Simmons beugte sich vor. „Wenn ich mir erlauben darf, das zu sagen: Ich glaube, das wird das Beste sein. Nach dem Fortgang des jungen Herrn und dem Tod von Mr Fairfax stand Mr Robin meiner Meinung nach unter einem zu starken mütterlichen Einfluss."

Lucy nickte, sagte aber nichts dazu, während sie ihren Tee austrank. „Hat Mrs Fairfax ihre Geschäftsbücher selbst geführt? Mr Fairfax hat mich gebeten, einen Blick darauf zu werfen, um einen Eindruck von den monatlichen Ausgaben für das Haus zu bekommen."

„Das hat sie, Miss Harrington. Sie befinden sich im gelben Salon auf der Rückseite des Hauses, wo sie ihren Schreibtisch hatte und ihren Nähkorb aufbewahrte."

„Könnten Sie mir vielleicht diesen Raum zeigen, bevor Sie mich zu Mrs Williams bringen?"

Simmons stand auf und nahm Lucy die Tasse ab. „Es ist mir ein Vergnügen, Miss Harrington. Für das Personal war es eine gewisse Erleichterung, als wir erfuhren, dass Mr Fairfax bleiben und das Anwesen führen will. Wir waren alle ziemlich besorgt, dass er nicht zurückkehren würde."

„Ich glaube, er sieht es als seine Pflicht an, Mr Simmons", sagte Lucy taktvoll, als er ihr die Tür öffnete. „Egal was sein mag, die Loyalität gegenüber der eigenen Familie sollte stets an erster Stelle stehen, meinen Sie nicht auch?"

„Das tue ich, Miss Harrington. Das habe ich Mr Fairfax vor dem Abendessen auch gesagt." Er führte sie durch die mit grünem Filz bespannte Tür, mit der die Geräusche aus dem Dienstbotentrakt gedämpft werden sollten, zurück ins Haupthaus und einen weiteren Korridor hinunter. „Der gelbe Salon ist hier, neben der Treppe für die Bediensteten. Diese Treppe führt direkt hinauf zur Kinderstube. Ich glaube, daher saß Mrs Fairfax gern hier."

Lucy warf einen Blick in den Raum und nickte. „Vielleicht können wir direkt nach oben gehen und uns den längeren Weg ersparen."

Simmons warf ihr einen zweifelnden Blick zu. „Wenn es Ihnen nichts ausmacht, die Hintertreppe zu benutzen, Miss Harrington."

Als Antwort raffte Lucy die Röcke und machte sich an den Aufstieg. Es waren zwei Stockwerke bis zur Kinderstube, aber sie bewältigte sie ohne Probleme. Im Gegensatz zu Simmons, der, als sie oben ankamen, nach Luft schnappte. Das Kinderzimmer war, wie sie bereits bei ihrem ersten Besuch festgestellt hatte, ein gut eingerichteter und luftiger Raum mit großen, wärmespendenden Kaminen und großen Fenstern, die viel Licht hereinließen.

Mrs Williams saß neben dem Feuer und flickte Socken. Als Lucy sich ihr näherte, erhob sie sich.

„Miss Harrington. Wollten Sie Robin sehen? Er schläft leider schon."

Lucy lächelte, während Simmons sich zurückzog. „Ich möchte ihn nicht stören. Ich wollte eigentlich mit Ihnen sprechen."

„Dann kommen Sie doch und setzen Sie sich zu mir ans Feuer, Miss. Mr Fairfax sagte, ich solle Ihnen jede Hilfe anbieten." Sie blickte zu Lucy auf. „Er ist ein feiner junger Mann."

„Das ist er in der Tat." Lucy setzte sich und strich sich die Röcke glatt. „Mr Simmons erzählte mir, dass Sie schon seit etwa einem Jahr hier angestellt sind."

„Das ist richtig. Robin ist ein netter kleiner Junge, wenn man ihn in Ruhe lässt."

„Wie ich höre, war Mrs Fairfax eine ziemlich engagierte Mutter."

„Sie war ... schwierig, Miss. Sie hat ihren Sohn sehr geliebt, aber manchmal ...“

„Hat sie ihn verwöhnt?“ Lucy nickte. „Als ich Mrs Fairfax kennenlernte, gewann ich den Eindruck, dass ihr der Lebensweg ihres einzigen Kindes sehr am Herzen lag. Man muss solche Mütter für ihre Hingabe an ihren Nachwuchs zwar loben, aber ich könnte mir vorstellen, dass sie es ziemlich schwer machen, einem Kind feste Grenzen aufzuzeigen.“

„Genau, Miss Harrington. Sie wusste einfach nicht, wie ein junger Gentleman erzogen werden sollte. Sie hielt es für grausam.“

„Ich nehme an, dass sie deshalb Schwierigkeiten hatte, ein Kindermädchen für den Jungen zu finden. Ist das der Grund, warum Ihre Vorgängerin gegangen ist?“

Mrs Williams biss sich auf die Lippe. „Ich kann es nicht mit Sicherheit sagen, Miss Harrington, da ich zu der Zeit nicht hier war, aber ich hatte den Eindruck, dass die Gründe für Mrs Summers’ Weggang eher persönlicher Natur waren.“

„Ich habe gehört, dass Mrs Summers eine Verwandte von Mrs Fairfax ist“, vertraute Lucy ihr an. „Vielleicht haben sie sich deshalb zerstritten. Auch wenn man noch so gute Vorsätze hat, kann es schwierig sein, ein Mitglied der eigenen Familie anzustellen.“

„Ich habe gehört, es soll großen Ärger gegeben haben, Miss. Mrs Fairfax soll Mrs Summers angeschrien und sie noch am selben Tag weggeschickt haben.“ Mrs Williams schüttelte den Kopf. „In einer solchen Umgebung kann der Junge nicht gut gedeihen.“

„Das sehe ich auch so.“ Lucy dachte kurz nach. „Wissen Sie, ob Mrs Fairfax Mrs Summers jemals wiedergesehen hat?“

„Ich weiß es nicht, Miss. Sie sagte zwar, dass sie im Anschluss an ihre Reise nach London vielleicht Verwandte besuchen würde, aber sie erwähnte nicht genau, wer das sein könnte. Sie hat selten von ihrer Familie gesprochen. Ich glaube nicht, dass jemand wissen sollte, dass Mrs Summers mit ihr verwandt war. Als sie sich stritten, wusste es natürlich die ganze Belegschaft. Ihr Mann war zu diesem Zeitpunkt bereits tot und den jungen Mr Fairfax war sie losgeworden, also dachte sie wohl, sie könnte Mrs Summers einstellen, ohne dass jemand in der Belegschaft etwas mitbekäme."

Lucy schüttelte den Kopf. „Wie schade. Aber wenigstens haben Sie die Ordnung in der Kinderstube und im Leben des Jungen wiederhergestellt."

„Und jetzt sieht es so aus, als ob er in die Schule geschickt werden könnte." Mrs Williams seufzte. „Ich weiß, dass es so am besten ist, aber ich werde darüber nachdenken müssen, weiterzuziehen." Ihr Blick fiel auf Lucys Taillengegend. „Es sei denn, es gibt hier bald eine neue Familie aufzuziehen?"

„Das müssen Sie Mr Fairfax fragen." Lucy stand auf und lächelte auf das Kindermädchen hinunter. „Danke für das Gespräch."

„Es war mir ein Vergnügen, Miss Harrington."

Lucy verließ das Kinderzimmer und versuchte, sich an den Weg zurück in ihr Schlafgemach zu erinnern. Sie hatte viel in Erfahrung gebracht und jetzt wünschte sie sich fast Major Kurlands Anwesenheit, um das alles leichter verstehen zu können. Sein gesunder Menschenverstand und seine Fähigkeit, schnell zum Kern einer Sache vorzudringen, wären jetzt sehr hilfreich. Es schien, dass Mrs Fairfax gelähmt durch ihre eigenen sozialen Ängste ihre Rolle als Herrin von Fairfax Park nicht sehr genossen hatte. Ihren Sohn hatte sie allerdings offensichtlich geliebt. Der Gedanke, dass er ohne seine Mutter aufwachsen würde, machte Lucy ausgesprochen wütend.

Die Vorstellung, dass Mrs Fairfax versehentlich Mrs Chingford die Treppe hinuntergestoßen hatte, weil sie es gewagt hatte, ihre gemeinsamen Wurzeln zu offenbaren, wirkte auf merkwürdige Art schlüssig. Aber auch wenn alle übereinstimmend der Meinung waren, dass sie sehr emotional war – hätte sie sich wirklich umgebracht und ihren Sohn allein zurückgelassen? Lucy war sich dessen nicht mehr so sicher. Vielleicht war es ja doch ein Unfall gewesen. Aber Mrs Fairfax hatte in ihrem Brief das Verbrechen gestanden ...

Lucy fand schließlich ihre Zimmertür wieder und trat ein. Der Kamin war für die Nacht abgedunkelt worden und man hatte ihr Kerzen angezündet. Ihr Nachthemd lag auf der Bettdecke, auf der dem Feuer zugewandten Seite. Von Penelope war nichts zu sehen und das Licht unter der gemeinsamen Verbindungstür war erloschen. Lucy beschloss, sich ins Bett zu legen. Es gab viel zum Nachdenken und es erwartete sie ein neuer Tag, an dem sie weiter versuchen konnte, herauszufinden, ob die arme Mrs Fairfax versehentlich, durch ihre eigene Hand oder durch einen Mord gestorben war.

Und es war genug Zeit für Lucy, um herauszufinden, ob Mr Fairfax bei seiner Bitte um Hilfe bei der Organisation des Haushalts von Fairfax Park noch einen Hintergedanken gehegt hatte.

Als Robert wieder in Kurland Hall ankam, ging er direkt in die Bibliothek. Er zündete die Kerzen an, die dem Schreibtisch am nächsten standen, und suchte das Stück Pergament heraus, das er hinter dem Kopfende des Bettes von Mrs Fairfax gefunden hatte. Er setzte seine Brille auf und studierte es erneut. War es möglich, dass Mrs Fairfax selbst die Verse abgeschrieben hatte und nicht ihr junger Sohn? Aber selbst wenn sie es gewesen war, warum störte er sich so daran? Es war kaum Mrs Fairfax' Schuld, wenn sie nie eine Schule besucht hatte.

Robert kramte in seiner Tasche, holte das Medaillon hervor und dachte darüber nach, was Paul ihm erzählt hatte. Mrs Chingford war davon überzeugt gewesen, dass Mrs Fairfax ihren Mann bezüglich ihrer Herkunft angelogen hatte. Außerdem hatte sie angeblich ihre frühere Ehe mit einem Soldaten, der nie nach Hause zurückgekehrt war, verschwiegen. Hatte das schon gereicht, um Mrs Fairfax so zu erschrecken, dass sie Mrs Chingford tötete? War es möglich, dass dieser erste Ehemann noch lebte und ihre Beziehung mit Thomas' Vater damit Bigamie gewesen war, was ihrem Sohn die Legitimation rauben würde? Das könnte ein ausreichendes Motiv für einen Mord sein.

Er schüttelte den Kopf. Jetzt wurde er schon genauso fantasievoll wie Miss Harrington. Robert kehrte in die Halle zurück und rief nach Foley, der nach längerem Warten mit einem leidgeprüften Gesichtsausdruck erschien.

„Ja, Major Kurland? Ich wollte gerade ins Bett gehen."

„Ich fahre morgen ab nach Fairfax Park. Die Kutsche soll bitte um sechs Uhr vor der Tür bereitstehen. Ich werde Silas bitten, eine Tasche zu packen. Es ist nicht nötig, dass mich jemand begleitet."

„Ja, Sir." Foley gähnte diskret hinter vorgehaltener Hand. „Darf ich jetzt wieder ins Bett gehen?"

Kapitel 19

„Hat er Sie schon gefragt?“, fragte Penelope.

„Mich was gefragt?“ Lucy war damit beschäftigt, ihren Blick über den Park hinter dem Haus streifen zu lassen und sich zu fragen, wie viele Gärtner wohl nötig waren, um ihn in einem derart tadellosen Zustand zu halten. Es war später Nachmittag am Tag nach ihrer Ankunft, und sie war inzwischen weit besser gelaunt.

„Ob Sie ihn heiraten möchten, Dummerchen.“

Lucy drehte sich um und blickte Penelope an. Sie schlenderten gerade eine elegante Baumreihe entlang, die, wie Mr Fairfax ihnen verraten hatte, zu einem hervorragenden Aussichtspunkt über das ganze Tal führte. Mrs Green hatte sich ihnen angeschlossen und Miss Stanford schmollend auf ihrem Zimmer zurückgelassen.

„Mr Fairfax ist viel zu sehr mit der Verwaltung des Anwesens beschäftigt, um Zeit für solch alberne Fragen zu haben. Ich kann seinen Fleiß nur loben und hoffe, dass ich es ihm gleichtun kann, wenn ich ihm meinen Bericht über den Zustand des Haushalts vorlege.“

Penelope zog die Augenbrauen hoch. „In der Tat. Sie sind ja so ein gutes Vorbild, Miss Harrington. Wie könnte er da nicht beeindruckt sein?“

Lucy ging weiter. „Die Beerdigung von Mrs Fairfax ist in zwei Tagen. Ich denke, wir sollten darüber nachdenken, danach abzureisen.“

„Sollten wir nicht hier warten, bis Major Kurland uns schreibt, dass er Mr Reading losgeworden ist? So lautete doch der Plan, nicht wahr?“

„Wer hat Ihnen das gesagt?“, fragte Lucy.

„Mrs Green natürlich. Sie ist ständig in Sorge, dass Mr Reading auftauchen und versuchen könnte, mit Miss Stanford durchzubrennen."

„Glauben Sie, er ist wirklich verzweifelt genug, um so etwas zu versuchen?"

„Er hat kein Geld und keine rosigen Zukunftsaussichten, abgesehen von seiner schwachen Hoffnung, Major Kurland zu beerben. Ich könnte mir vorstellen, dass da eine reiche Erbin wie Miss Stanford viel zu verlockend ist."

„Dann sollten wir vielleicht die Augen nach ihm offen halten." Lucy seufzte. „Was ich nicht verstehe, ist, warum Miss Stanford so sehr an ihm hängt. Bei ihrer Familie und ihrem Reichtum kann es ihr kaum an Verehrern mangeln."

„Er kann sehr charmant sein, wenn er nur will", bemerkte Penelope. „Und Miss Stanford ist sogar älter als wir. Vielleicht denkt sie, er sei ihre letzte Chance, vor den Altar zu treten."

„Es ist so schade, dass uns keine anderen Möglichkeiten offenstehen", sagte Lucy leidenschaftlich. „Warum können wir nicht unabhängig leben und unser eigenes Vermögen verwalten?"

„Und als sonderbar gelten und nirgendwo eingeladen werden?" Penelope schnaubte. „Wer will schon so ein Leben? Jeder Ehemann ist besser, als als alte Jungfer oder als Arbeitssklavin zu leben."

Lucy wandte sich ab und bewunderte die Aussicht, die tatsächlich so malerisch war, wie Mr Fairfax versprochen hatte.

„Wenigstens müssen Sie sich keine Sorgen machen, allein sitzen gelassen zu werden, Lucy. Sie haben den ausgesprochen heiratswürdigen Mr Fairfax für sich gewonnen und auch schon Major Kurland zurückgewiesen. Ich würde mich freuen, wenn ich an Ihrer Stelle wäre."

„Bitte, sehr gern."

Penelope seufzte laut auf. „Ich verstehe nicht ganz, wie Mr Fairfax mich ansehen kann, ohne mich zu seiner Frau machen zu wollen."

Lucy verzichtete auf eine Antwort. „Sollen wir umkehren? Ich habe vereinbart, mich noch vor dem Abendessen mit der Köchin zu unterhalten."

Mrs Green schloss sich ihnen auf dem Rückweg zum Herrenhaus an. Sie sprach abwechselnd über Fairfax Park und Miss Stanfords beklagenswerten Männergeschmack, was Lucy ersparte, etwas zur Konversation beisteuern zu müssen. An der Seitentür des Hauses verabschiedete sie sich von ihren Begleiterinnen und nahm den Umweg durch die große Küche im hinteren Teil des Anwesens.

Drinnen waren die Vorbereitungen für das Abendessen bereits im Gange, daher wartete Lucy ruhig, bis die Aufmerksamkeit der Köchin nicht mehr von anderen Dingen beansprucht wurde, bevor sie sich ihr vorstellte. Die Küche war gut mit Personal ausgestattet und alle schienen trotz des Fehlens einer Haushälterin sehr kompetent zusammenzuarbeiten. Nachdem die Köchin eine Reihe von Anweisungen gegeben hatte, setzte sie sich zu Lucy an den Tisch im Speisesaal der Bediensteten.

„Mr Fairfax sagte, ich solle frei heraus mit Ihnen sprechen, Miss Harrington."

„Das weiß ich sehr zu schätzen, Mrs Holmes." Lucy lächelte. „Ich muss Ihnen ein Kompliment für das gestrige Abendessen machen. Es war wirklich ausgezeichnet, ebenso wie das Frühstück heute Morgen."

„Das weiß ich sehr zu schätzen, Miss."

„Bei einer so gut geführten Küche würde man kaum bemerken, dass das Haus keine Haushälterin mehr hat. Bekommen Sie das Fehlen einer solchen zu spüren, Mrs

Holmes? Oder sehen Sie sich in der Lage, alle zusätzlichen Aufgaben selbst zu übernehmen?"

„Wenn eine *richtige* Haushälterin eingestellt würde, würde ich sie nur zu gern willkommen heißen."

„Eine *richtige* Haushälterin im Gegensatz zu ...?"

„Mrs Fairfax versuchte, die Arbeit selbst zu bewältigen, oder erwartete, dass dieses Kindermädchen, Madge Summers, sie für sie erledigte. Es überrascht mich nicht, dass das in Tränen enden musste. Schließlich wusste keine von beiden, wie man einen Haushalt anständig führt."

„Wollen Sie damit sagen, dass Mrs Fairfax an Mrs Summers den Anspruch hatte, die Rolle der Haushälterin zu übernehmen?"

„Sie hat ihr die Stelle angeboten, um sie bei Laune zu halten und zu verhindern, dass sie den Haushalt verlässt. Aber Madge wollte nichts davon wissen. Und das völlig zu Recht. Jeder sollte seinen Platz kennen, Miss Harrington, und dem Herrgott dafür dankbar sein."

Lucy nickte, als eines der Küchenmädchen ein Tablett mit Tee hereinbrachte.

„Wir sind alle froh, dass Mr Fairfax wieder seinen rechtmäßigen Platz eingenommen hat, Miss Harrington. Nach seinem Weggang war nichts mehr so, wie es früher einmal war." Mrs Holmes seufzte. „Er war so ein reizender Junge."

„Ich bin sicher, er wird alles tun, um das Anwesen für seinen Halbbruder in bester Ordnung zu halten."

Mrs Holmes zögerte und ihre Hand schwebte einen Moment über der Teekanne, bevor sie einschenkte. „Er ist ein wahrer Engel, wenn er das tut."

„Warum sagen Sie das?"

„Weil Mrs Fairfax alles in ihrer Macht Stehende getan hat, um ihn von seinem sterbenden Vater fernzuhalten. Sie hat sogar behauptet, dass Mr Fairfax ihr einen unsittlichen Antrag gemacht habe!" Die Köchin schüttelte den Kopf. „Das war der Tropfen, der das Fass für den jungen Thomas zum Überlaufen brachte. Bald darauf verließ er das Haus, auch wenn er untröstlich darüber war, dass sein Vater dieser Frau mehr glaubte als ihm. Nicht, dass es nicht schon lange vorher Gerüchte über sie gegeben hätte.“ Sie senkte die Stimme. „Manche sagten, sie habe den alten Herrn in eine Heiratsfalle gelockt, als sie ihn in einem anderen Haus traf, in dem eine Verwandte von ihr arbeitete!“

Lucy nippte an dem Tee und bekundete ihre Anerkennung mit einem wortlosen Geräusch.

„Sie war viel jünger als er und kam offensichtlich aus einer ganz anderen Gesellschaftsschicht. Als herauskam, dass Madge mit ihr verwandt war, ergab das alles einen Sinn, aber der alte Herr hat nie etwas davon erfahren. Er war zu krank, um sich mit irgendetwas anderem zu beschäftigen als mit der Prüfung seines Gewissens und der Begegnung mit seinem Herrn und Erlöser.“

„Und jetzt ist auch Mrs Fairfax tot“, bemerkte Lucy.

„Und lässt den armen kleinen Jungen zurück.“ Mrs Holmes seufzte. „Wenigstens ist das Anwesen in guten Händen. Ich kannte Thomas schon, als er so alt war wie Master Robin. Er wurde nach dem Tod seiner Mutter hergebracht, um hier zu leben. Mr Fairfax behandelte ihn wie einen legitimen Sohn. Wir alle dachten, er würde das Anwesen einmal erben, und dann kam *sie* daher und gebar weniger als ein Jahr später ihren Sohn.“

„Mr Fairfax war ein hervorragender Landverwalter für Major Kurland von Kurland Hall. Ich bin sicher, dass er hier noch bessere Arbeit leisten wird, wenn er auf Grund und Boden waltet, den er liebt und kennt. Ich weiß, dass er darauf bedacht ist, den Haushalt in Ordnung zu bringen, und er wollte vor allem Ihre Meinung zur Einstellung einer Haushälterin hören.“

Mrs Holmes richtete sich das Haar. „Er war schon immer ein guter Junge mit Respekt für die Älteren."

Lucy erhob sich und stellte ihre Tasse ab. „Ich möchte Ihre wertvolle Zeit nicht länger in Anspruch nehmen, Mrs Holmes. Ich weiß, dass Sie ein Abendessen zuzubereiten haben. Danke, dass Sie Ihre Meinung zu diesem Thema mit mir geteilt haben. Ich werde Mr Fairfax sagen, dass Sie dafür sind, solange die richtige Person gefunden wird."

„So ist es, Miss." Mrs Holmes stellte die Tassen wieder auf das Tablett. „Ich bin sicher, er wird Ihnen Gehör schenken."

Lucy war sich darüber im Klaren, dass ihre Anwesenheit vom ganzen Haushalt als Zeichen für einen bevorstehenden Heiratsantrag gedeutet wurde, aber sie hatte nicht die Absicht, diese Vermutung zu bestätigen.

„Das hoffe ich, Mrs Holmes."

Sie wartete, bis die Köchin den Speisesaal verlassen hatte, und machte sich auf den Weg zum Hauptausgang der Küche ins Innere des Hauses. Ein Diener kam mit einem Tablett in den Händen die Hintertreppe heruntergepoltert. Auf dem Silber befanden sich nur ein Haufen zerbrochenes Porzellan und Essensreste.

„Sie hat mich verdammt noch mal damit beworfen!" Er ließ das Tablett schwungvoll auf den Tisch gleiten und rieb sich das Gesicht. Er stand mit dem Rücken zu Lucy, da er den Butler ansprach. „Ich gehe da nicht noch mal hoch."

Simmons hustete laut und verbeugte sich vor Lucy. „Ist alles in Ordnung, Miss Harrington?"

„Ja, in der Tat." Lucy lächelte ihn an, als ob sie die merkwürdige Szene soeben nicht verfolgt hätte. „Ich wollte mich gerade nach oben zurückziehen, um mich für das Abendessen anzukleiden."

Der Diener blieb stumm, während Simmons Lucy zur richtigen Tür führte und sie ihr mit einer Verbeugung aufhielt. Während sie die Treppe hinaufging, überlegte sie, wer dem ahnungslosen Diener ein Tablett mit Essen an den Kopf geworfen haben könnte. War es vielleicht Miss Stanford? Oder wohnte noch irgendwo im Haus eine alte, pflegebedürftige Tante der Fairfax-Familie? Wenn ja, hatte sie auf ihrer Rundführung niemand darauf hingewiesen.

Ihre Gedanken kehrten zu Mrs Holmes und ihrer Einschätzung der verstorbenen Hausherrin zurück. Lucy fing langsam an, Mitleid für Mrs Fairfax zu verspüren. Niemand schien sie gemocht zu haben. Aber die Enthüllung, dass sie möglicherweise Lügen verbreitet hatte, um Mr Fairfax zu zwingen, den eigenen Sohn zu verstoßen, war entsetzlich ... noch viel mehr für Thomas Fairfax, dem mit einem Schlag alles genommen worden war, was er geliebt hatte.

An der Tür ihres Schlafzimmers hielt sie inne und klopfte stattdessen an die Tür von Penelope. Sie fand ihre Gefährtin an ihrem Schminktisch sitzend vor, wo sie sich von der Zofe die Haare frisieren ließ. Sie wartete, bis das Dienstmädchen gegangen war.

„Penelope, hat Ihre Mutter jemals erwähnt, wo sie glaubte, Mrs Fairfax zum ersten Mal begegnet zu sein?"

„Ich glaube, es war in Verbindung mit einem Besuch von Mrs Fairfax bei Madge. Ich bin mir nicht sicher, ob sie zu uns nach Hause kam oder ob Madge meiner Mutter erzählte, dass sie sich an ihrem freien Tag mit ihrer Tochter getroffen hatte. Wieso?"

„Weil Mrs Holmes angedeutet hat, dass Mrs Fairfax Mr Fairfax in einem Haus kennenlernte, in dem eine ihrer Verwandten tätig war."

„Sie glauben also, Mrs Fairfax könnte die Stellung ihrer Mutter in einem guten Haushalt ausgenutzt haben, um sich einen reichen, älteren Ehemann zu angeln?"

„Das klingt durchaus möglich."

„Nach dem, was wir über sie wissen, könnte es sein." Penelope steckte ihre Ohrringe an. „Allerdings scheinen ihre Ambitionen ihr keine glückliche Ehe beschert zu haben. Sie fühlte sich eingeschüchtert von der höheren Gesellschaft und hatte vermutlich Angst, entlarvt zu werden."

„Genug Angst, um Ihre Mutter zum Schweigen zu bringen?"

„Wenn ihre Zukunft und die ihres Sohnes auf dem Spiel standen, kann ich mir das durchaus vorstellen." Penelope seufzte. „Vielleicht beabsichtigte sie gar nicht, meine Mutter zu töten, geriet in Panik, als es doch passiert war, und nahm sich selbst das Leben."

„Und ließ ihren Sohn schutzlos zurück?" Lucy schüttelte den Kopf. „In einem Punkt sind sich alle einig: Sie war eine engagierte und hingebungsvolle Mutter."

„Sie hat ihn in die Obhut von Mr Fairfax gegeben."

„Womit er nicht gerechnet hat, und er hat mir anvertraut, dass sie erst kurz zuvor ihr Testament geändert hatte, um für ihren Tod vorzusorgen. Er war recht schockiert, als er die Verfügungsgewalt über das Haus und die Vormundschaft für seinen Halbbruder erhielt." Lucy starrte Penelope an. „Vielleicht sollten wir dieses Rätsel ruhen lassen, akzeptieren, was passiert ist, und darüber hinwegkommen."

„Damit könnten Sie recht haben." Penelope stand auf und schüttelte ihre Röcke aus. „Aber was ist mit Mr Reading und Madge Summers und –"

Lucy hob die Hand. „Ich ziehe mich noch schnell für das Abendessen um, sonst komme ich zu spät."

„Ganz wie Sie wollen." Penelope schnaubte.

Lucy ging in ihr Schlafgemach und läutete nach dem Dienstmädchen. Sie musste aufhören, sich über diese Angelegenheit Gedanken zu machen. Es gab andere, viel dringendere Fragen zu klären. Zum Beispiel, ob Mr

Fairfax vorhatte, ihr einen Antrag zu machen, und was genau sie in dem Fall antworten würde.

„Es tut mir leid, Major, aber Mr Coleman und die beiden anderen Stallknechte sind erkrankt."

„Dann kannst du mich ja fahren."

„Das kann ich leider nicht, Sir. Ich muss hierbleiben und mich um die Ställe kümmern, während alle anderen sich die Seele aus dem Leib kotzen, Sir."

Robert warf einen Blick auf die beiden Pferde, die vor die leichte Kutsche gespannt waren, und biss die Zähne zusammen. Gerade erst hatte die Dämmerung begonnen und mit jeder schlaflosen Stunde der Nacht war es ihm noch dringlicher vorgekommen, nach Fairfax Park zu reisen. „Also gut. Ich werde selbst fahren."

„Vielen Dank, Sir. Mr Coleman schlug vor, Ihren Leibdiener mitzunehmen, falls Sie Gesellschaft wünschen."

„Richte Mr Coleman für seinen Vorschlag meinen Dank aus und sag ihm, dass ich schon zurechtkomme."

Der Stallbursche belud die Kutsche mit Roberts Taschen und hielt die Pferde, während Robert einstieg und die Zügel in die Hand nahm. Einen langen Moment beschränkte er sich darauf, geradeaus zu starren und nach Luft zu ringen. Er rief sich immer wieder in Erinnerung, dass dies hier nicht wie ein Ritt in die Schlacht war und dass keinerlei Gefahr bestand, unter einem der Tiere eingeklemmt zu werden.

Aber es half nicht viel.

Er biss die Zähne zusammen, trieb die Pferde an und setzte damit die Kutsche in Bewegung.

„Mr Fairfax?"

Lucy klopfte an die halb geöffnete Tür des Arbeitszimmers und blickte hinein. Mr Fairfax saß an einem großen Eichenschreibtisch, auf dem sich Papiere und in Leder gebundene Bücher stapelten. Er sah aus, als hätte er seit der Ankunft in seinem früheren Zuhause nicht mehr geschlafen.

„Miss Harrington, kommen Sie doch herein. Ich fürchte, ich habe meine Gäste vernachlässigt." Er stand auf und verbeugte sich, die Schreibfeder noch immer in der Hand. „Ich wollte gerade zu Ihnen kommen und fragen, wie es Ihnen in Fairfax Park gefällt."

Sie nahm den Platz vor seinem Schreibtisch ein. „Ich finde es ganz entzückend, Mr Fairfax. Trotz Ihrer Sorgen scheinen Sie loyales und kompetentes Personal geerbt zu haben, das mehr als bereit ist, weiterhin zum Wohle der Familie und für Sie zu arbeiten."

„Nun, das ist eine Erleichterung." Er seufzte. „Ich hatte schon die Befürchtung, dass die Frau meines Vaters das Personal entfremdet hat und dass sie alle vorhatten, den Haushalt zu verlassen."

„Keineswegs. Ich habe mich erkundigt, ob Ihre Köchin und Ihr Butler der Meinung sind, dass Sie eine Haushälterin einstellen sollten. Beide hielten das für eine gute Idee, aber nur, wenn Sie eine geeignete Person finden. Wenn Sie es wünschen, könnte ich eine Anzeige für Sie aufsetzen, die Sie an die Zeitungen und Arbeitsvermittlungsagenturen schicken können."

„Ich wäre Ihnen sehr dankbar, wenn Sie die Zeit dafür aufbringen könnten, Miss Harrington." Mr Fairfax deutete auf die Stapel auf seinem Schreibtisch. „Das Haus mag ja in Ordnung sein, aber die Bücher sind eine Schande. Der Verwalter, den Mrs Fairfax angestellt hatte, war ein Schurke. Es fällt mir schwer, mir einen Reim auf einige seiner Buchführungsmethoden zu machen."

„Hat Mrs Fairfax seine Arbeit nicht kontrolliert?"

„Ich bezweifle, dass sie dazu in der Lage gewesen wäre. Ihr Verständnis von Buchhaltung und ihre Lese- und Schreibfähigkeiten waren eher begrenzt." Er lächelte kurz. „Mein Vater hat sie nicht wegen ihrer

Intelligenz geheiratet. Sie hatte wahrscheinlich keine Ahnung, dass sie hinters Licht geführt wurde."

„Aber Sie glauben, dass Sie die Probleme lösen können?"

„Ich habe keine andere Wahl, oder? Das einzig Gute ist, dass das Anwesen noch Jahre Zeit hat, um sich wieder zu erholen, bevor es Robin ein gutes Einkommen bescheren muss."

„Und was ist mit Ihnen?", fragte Lucy. „Verzeihen Sie mir, wenn ich mich geldgierig anhöre, aber ich nehme an, dass Sie sich für all die Arbeit, die auf Sie zukommt, selbst ein Gehalt auszahlen wollen."

„Ich werde mir sicherlich etwas bezahlen müssen." Sein Lächeln wirkte abgelenkt. „Aber da ich gleichzeitig in dem Haus wohnen werde, während mein Halbbruder aufwächst, werden meine Ausgaben minimal sein."

Lucy erhob sich und machte einen Knicks. „Dann überlasse ich Sie jetzt Ihren Büchern, Sir. Mrs Green schlägt vor, dass wir zwei Tage nach der Beerdigung nach Kurland St. Mary zurückkehren. Wird das ausreichen, damit sich die Pferde erholt haben?"

„Zwei Tage?" Er runzelte die Stirn. „Ich hatte gehofft, Ihre Gesellschaft weitaus länger genießen zu dürfen. Bei all der Arbeit hatte ich kaum Gelegenheit, mich mit Ihnen zu unterhalten."

„Ich habe größtes Verständnis dafür, dass Sie so beschäftigt waren, und ich bin sicher, dass es den anderen Damen genauso geht. Vergessen Sie nicht, dass wir gekommen sind, um Sie dabei zu unterstützen, sich wieder in den Haushalt einzufinden, nicht zu unserem eigenen Vergnügen."

Er trat mit reumütiger Miene um den Schreibtisch herum an ihre Seite. „Und ich hatte gehofft, das Geschäftliche mit dem Angenehmen zu verbinden." Er nahm Lucys Hand und küsste sie. „Bitte überlegen Sie sich, länger zu bleiben, Miss Harrington. Ich wäre Ihnen sehr dankbar dafür."

„Ich werde mit Mrs Green sprechen müssen. Ich kann nicht ohne eine Anstandsdame bleiben. Ich vermute, ihre Entscheidung, nach Kurland Hall zurückzukehren, hängt davon ab, ob es Major Kurland gelungen ist, Mr Reading aus dem Gasthaus zu entfernen."

„Ah, Mr Reading. Ich kann nicht behaupten, dass ich den Mann leiden mag. Vielleicht können Sie Mrs Green überreden, hierzubleiben, bis sie einen Brief vom Major erhält." Er begleitete sie zur Tür und öffnete sie. „Dann müsste sie nicht riskieren, Miss Stanford wieder in eine gefährliche Situation zu bringen."

„Das werde ich Mrs Green sicherlich vorschlagen." Lucy hielt an der Tür inne. „Übrigens, ist jemand im Haus unpässlich? Ich habe gesehen, wie einer der Diener ein Tablett mit Essen in die Küche getragen hat."

„Nicht dass ich wüsste, Miss Harrington." Mr Fairfax überlegte kurz. „Vielleicht hat sich nur jemand entschlossen, nicht unten zu speisen." Er lächelte. „Nun, wenn ich eine Haushälterin hätte, wüsste ich wahrscheinlich die Antwort auf Ihre Frage."

„Es tut ja auch nichts zur Sache", sagte Lucy beschwichtigend. „Gute Nacht, Mr Fairfax."

Er verbeugte sich. „Gute Nacht, Miss Harrington."

Lucy ließ ihn wieder an die Arbeit gehen und kehrte in den Salon zurück, wo sie ihren Stickrahmen zurückgelassen hatte. Soweit sie wusste, war die einzige Person, die an diesem Abend das Abendessen verpasst hatte, Mr Fairfax selbst gewesen. Sie vermutete, dass es sich um einen Angestellten handeln könnte, der entweder unpässlich war oder so alt, dass er nicht mehr arbeiten konnte, aber trotzdem im Haus wohnen bleiben durfte. Aber niemand hatte ihr gegenüber eine solche Person erwähnt. Als sie durch die Haupthalle ging, sprach sie den dort postierten Diener an.

„Joseph, ist jemand vom Personal erkrankt?"

„Nicht dass ich wüsste, Miss."

„Ich dachte, ich hätte gehört, dass jemand bettlägerig ist. Da ich mich als Krankenpflegerin auskenne, habe ich mich gefragt, ob ich vielleicht helfen kann."

Er schüttelte den Kopf. „Das ist sehr nett von Ihnen, Miss, aber alle im Haus sind gesund und munter, Gott sei Dank." Er bekreuzigte sich, und Lucy kämpfte gegen den Impuls an, es ihm gleichzutun.

Sie ging weiter in den Salon, wo Penelope saß und ein Buch las. Wie immer machte sie sich wahrscheinlich umsonst Sorgen, aber was, wenn die Dienerschaft etwas oder jemanden vor Mr Fairfax verbarg? Sie hatte keine Ahnung, was für Gründe sie dafür haben könnten, aber es kam ihr seltsam vor, dass niemand zu wissen schien, wem ein Tablett aufs Zimmer gebracht werden musste.

Ein Gähnen packte sie und sie beschloss, ins Bett zu gehen. Am Morgen hatte sie noch genug Zeit, Erkundigungen um diesen merkwürdigen Umstand einzuholen. Und wahrscheinlich würde sie am Ende feststellen, dass es sich nur um ein Hirngespinst ihrer eigenen Fantasie handelte. Bisher hatte sie es außerdem vermieden, dass Mr Fairfax ihr einen Heiratsantrag machen konnte. Da er so von seiner Arbeit eingenommen war, gab ihr das wertvolle Zeit, darüber nachzudenken, was sie eigentlich wollte. Aber wenn das Personal etwas verheimlichte ... würde sie einen derartigen Ort zu ihrem Zuhause machen wollen?

Kapitel 20

Mit der Erlaubnis von Mr Fairfax verbrachte Lucy den Tag vor der Trauerfeier mit Simmons, dem Butler, und durchsuchte die Dienstbotenzimmer auf dem Dachboden und im Keller gründlich. Es gab keine Anzeichen für kranke Bedienstete oder versteckte Pensionäre. Ein Teil des Dachbodens wurde nicht mehr genutzt, da der Bedarf an Personal gesunken war, sodass Lucy nicht das gesamte Haus zu Gesicht bekam.

Im Vorbeigehen fiel ihr ein weiteres unberührtes Tablett mit Essen auf dem Tisch in der Küche ins Auge, aber sie kommentierte es nicht weiter. Sie hatte den Verdacht, dass ihr Interesse an dieser Angelegenheit unwillkommen sein könnte. Wenn das Personal jemanden vor Mr Fairfax verbarg, wäre es für Lucy besser, ihm ihre Vermutung mitzuteilen und ihn sich der Sache annehmen zu lassen, als dass sie sich als Außenstehende einmischte.

„Miss Harrington?"

Sie ließ von ihrer Untersuchung des Silberbestecks in den Schubladen ab und bemerkte eines der Dienstmädchen hinter sich.

„Da ist ein Besucher! Mrs Green hat mich gebeten, Ihnen auszurichten, dass Sie sofort kommen sollen."

Lucy folgte dem Mädchen die Treppe hinauf ins Hauptgeschoss und eilte so schnell sie konnte in den Salon, aus dem sie bereits laute Stimmen vernehmen konnte. Hatte Mr Reading sich Major Kurland widersetzt und war gekommen, um nach Miss Stanford zu suchen?

„Haben Sie Mr Fairfax informiert?“, fragte sie das Stubenmädchen. „Wenn nicht, gehen Sie sofort zu ihm und bringen Sie ihn her.“

„Ja, Miss Harrington.“

Das Dienstmädchen eilte davon. Lucy wappnete sich, betrat dann das Zimmer und hielt verwundert inne.

„Major *Kurland*?“

Er schaute über Mrs Greens Schulter hinweg und schenkte ihr ein kurzes Kopfnicken zur Begrüßung. „Miss Harrington.“

„Weshalb sind Sie hier?“

„Um mir zu sagen, dass er mein Leben ruiniert hat!“

Lucy drehte sich zu Miss Stanford um, die auf der Couch saß und einen Brief in der Hand hielt. Sie weinte.

Major Kurland verbeugte sich. „Ich habe Miss Stanford lediglich einen Brief von ihrem Ex-Verlobten überbracht, in dem er ihr mitteilt, dass er dringende Geschäfte im Ausland zu erledigen hat und nicht erwarten kann, dass sie auf seine Rückkehr wartet.“

„Sie haben ihn dazu gezwungen, ihn zu schreiben!“ Miss Stanford brachte die Worte nur schwer zwischen herzzerreißenden Schluchzern hervor.

„Ich habe ihn gewiss nicht daran gehindert, abzureisen, Miss Stanford, aber er hat den Brief ohne meine Hilfe geschrieben.“

Miss Stanford sprang auf und warf Major Kurland einen von Abscheu erfüllten Blick zu. „Sie haben mein Leben ruiniert.“ Mit diesen Worten rannte sie aus dem Zimmer, und ihr Schluchzen hallte hinter ihr durch die Gänge des Herrenhauses.

„Nun, das lief genauso gut, wie ich es erwartet hatte“, murmelte Major Kurland. „Der Überbringer schlechter Nachrichten wird selten mit offenen Armen empfangen.“

Lucy ging zu ihm. „Was mussten Sie tun, um Mr Reading davon zu überzeugen, zu gehen?“

Er erwiderte ihren Blick einen langen Moment, bevor er antwortete. „Ich habe ihm Geld gegeben. Was sonst haben Sie erwartet?"

„Es muss eine beträchtliche Summe gewesen sein, um ihn für den Verlust von Miss Stanfords Vermögen zu entschädigen."

Er zuckte mit den Achseln. „Es gab noch weitere Faktoren, die den Betrag, den ich ihm zu bieten bereit war, schmälerten. Er war durchaus offen für einen Kompromiss, nachdem ich ihm die unglücklichen Konsequenzen seines Verhaltens erklärt hatte."

„Dann sollten wir Sie wohl beglückwünschen."

„Wohl kaum." Er sah Mrs Green an. „Darf ich mich setzen, Madam? Mein Bein schmerzt recht stark."

„Natürlich, Major. Ich entschuldige mich dafür, dass ich Sie so lange habe stehen lassen. Möchten Sie etwas Tee? Ich bin sicher, Mr Fairfax wird sich freuen, Sie zu sehen. Beabsichtigen Sie, der Trauerfeier beizuwohnen?"

„Wenn es Mr Fairfax nichts ausmacht." Major Kurland ließ sich vorsichtig auf einem der Stühle nieder und verzog das Gesicht, als er das linke Knie beugte. „Ich möchte auf keinen Fall heute noch umkehren und nach Hause zurückkehren."

Als sie an ihm vorbeiging, um die Glocke zu läuten, drückte Mrs Green ihm eine Hand auf die Schulter. „Ich bin sicher, Mr Fairfax wird ebenso erfreut sein wie ich, wenn er hört, dass meine Nichte vor diesem Schurken in Sicherheit ist. Es tut mir leid, das sagen zu müssen, Sir, da er ja Ihr Cousin ist, aber sie hat Glück, ihn los zu sein. Mir ist schleierhaft, was sich meine Schwester dabei gedacht hat, ihm zu gestatten, ihre Tochter zu umwerben."

Lucy setzte sich ebenfalls und musterte Major Kurland. Er sah müde aus und schien erhebliche Schmerzen zu haben. Trotz ihrer jüngsten Differenzen konnte sie nicht leugnen, dass seine Anwesenheit ihren Tag auf eine gewisse Art bereicherte.

Schließlich wandte er sich ihr zu. „Miss Harrington. Geht es Ihnen gut?"

„Es geht mir ausgezeichnet, Sir."

„Haben Sie irgendwelche aufregenden Neuigkeiten über Ihre Zukunft zu berichten?"

Sie blickte ihn stirnrunzelnd an. „Es geht Sie zwar nichts an, aber nein, das habe ich nicht."

„Gut." Er beugte sich zu ihr und senkte die Stimme. „Ich möchte mit Ihnen allein sprechen. Können Sie das arrangieren?"

Bevor sie etwas erwidern konnte, betraten Penelope und Mr Fairfax das Zimmer, und erneut berichtete Major Kurland vom Grund seines Besuchs und nahm dankend die Gastfreundschaft von Mr Fairfax für eine Nacht oder mehr an.

Lucy erhob sich und machte vor Mr Fairfax einen Knicks. „Vielleicht könnte ich Major Kurland in das Gästezimmer neben dem von Mrs Green bringen, da Ihr Personal mit den Vorbereitungen für die Trauerfeier so beschäftigt ist?"

„Das wäre sehr freundlich von Ihnen, Miss Harrington." Mr Fairfax schüttelte Major Kurland die Hand. „Das Abendessen ist um sechs Uhr. Bitte schließen Sie sich uns an, wenn Sie nicht zu müde sind."

Lucy führte ihn den Gang hinunter und weiter zur Haupttreppe. Sie musste ihre Schritte beträchtlich verlangsamen, da der Major selbst mit dem Stock Mühe hatte, zu gehen.

„Haben Sie Silas mitgebracht?", fragte sie, während sie langsam die Treppe hinaufstiegen.

„Nein. Ich bin allein gekommen. Es war zu wenig Zeit."

„Nur mit einem Stallknecht?"

Er blickte sie böse an. „Was macht das schon für einen Unterschied?“

„Es gibt keinen Grund, mich anzublaffen. Ich habe mich nur gefragt, ob Sie Hilfe beim Auspacken Ihrer Koffer brauchen.“

„Ich bin allein gekommen.“

Lucy blieb stehen und starrte ihn überrascht an. „Sie sind *selbst* gefahren?“

Ein Muskel zuckte in seiner Wange. „Ich hatte keine Wahl. Alle anderen waren krank.“

„Dann müssen Sie sehr müde sein.“ Sie wollte ihm so viele Dinge sagen, aber nichts davon durfte sie eingestehen, geschweige denn mit ihm teilen. „Ich sorge dafür, dass Simmons, der Butler, jemanden schickt, der sich um Sie kümmert.“

Vor seiner Zimmertür blieb sie stehen. Es war niemand zu sehen und man würde sie eine Weile nicht vermissen.

„Das ist Ihr Schlafgemach, Major.“

„Vielen Dank.“

Sie folgte ihm ins Zimmer und lehnte sich gegen die Tür, während er zum Kamin humpelte und sich ihr dann zuwandte.

„Ich bin nicht nur gekommen, um den Brief von Mr Reading zu überbringen.“ Er blickte sie eindringlich an und ihr Herz schlug schneller. „Ich weiß, dass ich Ihnen keinen Grund gegeben habe, auch nur ein Wort von mir hören zu wollen, aber würden Sie mir bitte erlauben, zu sprechen?“

Sie nickte, die Hände zu Fäusten geballt, während er etwas aus seiner Manteltasche holte.

„Irgendetwas stimmt nicht“, sagte er abrupt. „Ich habe ein Medaillon, von dem ich glaube, dass es Mrs Fairfax gehörte, das sie aber nicht für sich beanspruchen wollte. Ich habe Bibelverse, die in einer grässlichen Handschrift geschrieben sind. Und ich habe zusammengesponnene Geschichten von Paul, die sich nicht ganz von der Hand weisen lassen, auch wenn er ein Lügner und Dieb ist."

„Ich dachte, Sie hatten mich angewiesen, mich nicht mehr einzumischen und die Dinge in Ruhe zu lassen?"

Seine dunkelblauen Augen hielten ihren Blick gefesselt. „Das war töricht von mir."

„Und jetzt erwarten Sie von mir, dass ich Ihr autokratisches Verhalten vergesse und einfach so weitermache, als wäre nichts passiert?"

„Ja." Er verzog die Miene. „Ich meine: Ja, bitte. Ich würde Ihre Gesellschaft und Ihre Meinung sehr zu schätzen wissen."

Mit einem tiefen Atemzug entfernte sich Lucy von der Tür und setzte sich ans Feuer. „Erzählen Sie mir alles."

Er überreichte ihr das geöffnete Medaillon und sie betrachtete das Porträt des dunkelhaarigen Säuglings. „Das sieht tatsächlich aus wie Robin Fairfax." Sie untersuchte auch die andere Hälfte genauer. „Hier sind Initialen eingraviert. Irgendwas mit E. F., was zu wenigstens zweien der Namen des Jungen passen würde." Sie blickte auf. „Warum hat Mrs Fairfax das Medaillon dann nicht beansprucht?"

„Vermutlich, weil sie wusste, wie sie es verloren hatte. Hätte sie zugegeben, dass es ihr gehörte, hätten wir sofort gewusst, dass sie zumindest in eine Rauferei mit Mrs Chingford verwickelt war, die dazu führte, dass diese die Treppe hinunterstürzte."

„Ich dachte, Sie hätten das Medaillon verloren. Wie haben Sie es wiedergefunden?"

„Dorothea Chingford hat es mir zurückgegeben."

„Und was hatte sie dazu zu sagen?"

„Sie sagte, sie hätte es mitgenommen für den Fall, dass es als Beweis für ein Verbrechen gebraucht würde."

Lucy lehnte sich zurück. „Also hat sie doch etwas gesehen. Hat sie noch mehr erzählt?"

„Nein, sie hat nur darauf bestanden, dass ich das Medaillon dem rechtmäßigen Besitzer zurückgebe. Sie lief weg, bevor ich sie weiter befragen konnte."

„Sie muss gesehen haben, wie Mrs Fairfax ihre Mutter schubste. Es gibt keine andere Erklärung. Aber warum wollte sie es mir nicht sagen?" Lucy seufzte. „Sie schien Angst zu haben."

„Das war auch mein Eindruck. Ich bin mir nicht sicher, warum, wo Mrs Fairfax schließlich schon tot war und sich kaum noch an ihr rächen konnte." Major Kurland nahm das Medaillon zurück. „Als ich Miss Stanford in Mrs Fairfax' altem Zimmer vorfand, vermutete ich, dass sie hiernach suchte."

„Miss Stanford?" Lucy runzelte die Stirn. „Ich habe mich zwar gefragt, ob sie im Auftrag von Mr Reading handelte, aber ich konnte mir keinen Reim darauf machen, warum er sich so sehr für die verstorbene Mrs Fairfax interessieren sollte."

„Weil er eng mit Mrs Chingford vertraut war und er bereits wusste, dass sie es auf die arme Mrs Fairfax abgesehen hatte, um sie zu erpressen. Zunächst wollte er nur sicherstellen, dass Mrs Chingford nach ihrem Tod keine belastenden Beweise über ihn hinterlassen hatte. Erst danach beschloss er, dass es interessant sein könnte, Mrs Chingfords Behauptungen über Mrs Fairfax selbst nachzugehen. Er hörte von Miss Stanford von dem Medaillon und dachte, dass es sich als nützliches Werkzeug erweisen könnte."

Lucy schüttelte den Kopf. „Was für ein unangenehmer Zeitgenosse Ihr Cousin doch ist. Ich bin mir sehr sicher, dass Mrs Fairfax die Tochter von Madge Summers war. Sowohl Mrs Chingford als auch Mrs Fairfax beschäftigten Madge als Kindermädchen. Ich vermute, Mrs Fairfax wäre daran gelegen gewesen, Gerüchte über ihre niedere Abstammung zu unterdrücken. Hat Mr Reading wirklich Miss Stanford darum gebeten, nach Mrs Fairfax' Tod in ihrem Zimmer nach Beweisen gegen ihn zu suchen? Was für ein unangenehmer Gentleman!"

„Das hat er, und er ist kein Gentleman. Er betonte, dass Miss Stanford mehr als gewillt war, ihm zu helfen, seinen Namen reinzuwaschen. Und er beharrte darauf, dass er Mrs Fairfax vor ihrem Selbstmord noch nicht erpresst hatte." Major Kurland stieß ein kurzes Lachen aus. „Als ob das sein Verhalten für mich irgendwie weniger abstoßend gemacht hätte."

„Wenigstens haben Sie es geschafft, ihn von Miss Stanford zu trennen."

„Nicht, dass sie es mir zu danken wüsste."

„Das wird sie, wenn sie erst zur Vernunft gekommen ist und einen echten Gentleman trifft." Lucy warf einen Blick auf die Uhr und stand auf. „Ich kann nicht viel länger bei Ihnen bleiben, ohne dass meine Abwesenheit bemerkt wird. Sie sagten, Sie seien nach Fairfax Park gekommen, um Miss Stanfords Brief zu überbringen, aber auch aus anderen Gründen."

„Ja. Ich mache mir Sorgen um Thomas."

„Um *Mr Fairfax*?"

„Paul eröffnete mir, Mrs Chingford habe herausgefunden, dass Mrs Fairfax schon einmal verheiratet gewesen und ihr erster Mann nie aus dem Krieg zurückgekehrt sei."

Lucy stand neben ihrem Stuhl, während Major Kurland sie erwartungsvoll anstarrte. „Und?"

„Sie vermutete, dass er noch am Leben sein könnte und vielleicht sogar Mrs Fairfax' Kind gezeugt hat."

„Großer Gott", hauchte Lucy. „Und Sie haben ihm das *geglaubt*?" „Ich habe Mrs Fairfax' Familienbibel gelesen. Sie hat in ihrem Namenseintrag einen der Namen sehr gründlich durchgestrichen und dann *Fairfax* mit Tinte in einem anderen Farbton dahinter ergänzt."

Ein Pfeifen draußen im Korridor ließ Lucy herumwirbeln und zur Tür eilen.

„Warten Sie!" Major Kurland humpelte hinter ihr her. „Nehmen Sie das. Ich habe es in Mrs Fairfax' Zimmer gefunden. Ich nahm an, dass die Verse von dem Kind geschrieben wurden, aber jetzt bin ich mir nicht mehr so sicher."

„Was soll ich damit anfangen?", flüsterte Lucy hektisch.

„Vergleichen Sie sie mit Mrs Fairfax' Handschrift. Und sagen Sie mir, was sie bedeuten."

Lucy stopfte das Papier in die Tasche ihres Gewands, öffnete die Tür und sprach über die Schulter. „Guten Tag, Major Kurland. Ich bin sicher, dass gleich jemand hochkommen und Ihnen beim Auspacken zur Hand gehen wird."

„Danke, Miss Harrington. Es war sehr freundlich von Ihnen, mir den Weg zu meinem Zimmer zu zeigen."

Lucy drehte sich um, setzte ein Lächeln auf, als hätte sie den herannahenden Joseph gerade erst bemerkt, und öffnete die Tür weit genug, damit er an ihr vorbeigehen konnte, während sie hinausging. „Hier ist Joseph schon, Major. Ich bin sicher, er wird sich schnell um alles kümmern."

Sie flüchtete die Treppe hinunter in den gelben Salon und ließ sich auf das Sofa fallen. War es möglich, dass sich das Gewirr von Trug und Lügen in Mrs Fairfax' Leben mit ihrem Ableben immer noch nicht aufgelöst hatte? Und wenn Major Kurland recht hatte und Robin kein echter Fairfax war, was in aller Welt sollten sie dann tun?

Nach dem Abendessen gelang es Robert, Miss Harrington zu überreden, mit ihm auf die Terrasse zu gehen, während Miss Chingford mit Mrs Green Karten spielte. Thomas hatte sich mit der Begründung entschuldigt, er habe zu viel zu tun. Auch Miss Stanford war nicht zum Essen erschienen, was kaum verwunderlich war. Robert konnte nicht behaupten, sich dafür schuldig zu fühlen, seinen Cousin von Miss Stanford getrennt zu haben. Allerdings bedauerte er es, sie so verletzt zu sehen.

Er blickte auf Miss Harrington hinunter, die ein sehr ansehnliches blaues Kleid trug und ihr Haar hochgesteckt hatte, sodass ihr langer Hals und ihre Schultern sichtbar waren. Es war eine Freude, sie wiederzusehen, während sie noch nicht mit einem anderen Mann verlobt war.

„Ich bezweifle, dass Sie klein beigegeben haben, nachdem ich Ihnen befohlen hatte, die Ermittlungen einzustellen, Miss Harrington. Was also haben Sie sonst noch herausgefunden?"

„Dass Madge Summers nicht bei dem Hausbrand ums Leben kam, sondern von ihren Nachbarn gerettet und dann in einer Kutsche unter mysteriösen Umständen an einen unbekannten Ort gebracht wurde."

Robert wurde nachdenklich und schaute in ihre schönen Augen. „Unter mysteriösen Umständen? Sie meinen, sie wurde entführt?"

„Nein. Offenbar ist sie freiwillig mitgegangen. Die Familie glaubte, einer ihrer früheren Arbeitgeber hätte ihr ein Zuhause angeboten."

„Der irgendwie von dem Brand erfahren hat und sofort zu ihrer Rettung gekommen ist?" Robert schnaubte. „Das erscheint mir ziemlich weit hergeholt. Man könnte annehmen, dass derjenige, der versucht hat, ihr Haus niederzubrennen, sichergehen wollte, die Sache auch zu Ende zu bringen."

„Das war auch mein Gedanke. Aber warum?"

„Weil Madge Summers ein Kindermädchen und die Mutter von Mrs Fairfax war. Wenn irgendjemand die Wahrheit über die Herkunft von Robin Fairfax wusste, dann sie."

„Aber Mrs Fairfax ist tot."

„Vielleicht wusste derjenige, der hinter Madge Summers her war, das erst, nachdem er sie bereits mitgenommen hatte."

„Ich schätze, das wäre möglich."

Sie hatten das Ende der Terrasse erreicht und kehrten langsam um. Flackerndes Kerzenlicht drang aus dem Salon und warf in der zunehmenden Dunkelheit helle Quadrate auf den Boden. Er bemerkte, wie Miss Harrington neben ihm zitterte, und er legte ihr das Umschlagtuch enger um die Schultern.

„Haben Sie vor, Thomas von Ihren Zweifeln bezüglich seines Halbbruders zu erzählen?"

„Ich bin mir nicht sicher. Ich würde mich nur widerwillig allein auf Aussagen von meinem diebischen, lügenden Cousin berufen." Robert hielt neben der Tür zum Salon kurz inne. „Ich hatte gehofft, dass wir unter Mrs Fairfax' Papieren oder bei den Angestellten weitere Beweise finden würden."

„Ich kann Ihnen sagen, dass Mrs Fairfax nicht sehr beliebt war. Sie war es nicht gewohnt, mit einer umfangreichen Dienerschaft umzugehen, und ich fürchte, das wurde auch ausgenutzt. Ich hatte vor, den gelben Salon, in dem sie ihren Schreibtisch hatte, gründlich zu durchsuchen. Aber Mr Fairfax sagte mir, dass sie nur selten Briefe schrieb, weil sie sich ihrer Schreibkunst etwas schämte."

Ein Schatten näherte sich ihnen und Robert wich einen Schritt von Miss Harrington zurück. „Haben Sie die Bibelverse, die ich Ihnen gegeben habe, schon gelesen?"

„Noch nicht, Major, aber ich habe vor, das zu tun, bevor ich zu Bett gehe."

„Nehmen Sie sich in Acht."

„Wovor?" Sie hielt kurz inne. „Eigentlich gibt es da noch eine Sache ..."

„Major Kurland?"

Robert schaute über Miss Harringtons Kopf hinweg. „Ja, Mrs Green?"

„Haben Sie eine Nachsendeadresse von Mr Reading? Meine Nichte hat mich danach gefragt. Nicht, dass ich wünsche, dass sie mit diesem Schurken kommuniziert."

„Sie können ihr ausrichten, dass ich noch nicht weiß, wo Paul sich niederzulassen gedenkt, aber sie kann sich gern im Laufe des Jahres erkundigen, sobald er mir schreibt, wohin er gezogen ist."

Nachdem er sich noch eine Weile mit Mrs Green unterhalten und ein Angebot von Miss Chingford, Karten zu spielen, abgelehnt hatte, war Miss Harrington schon nach oben gegangen. Er hatte das seltsame Gefühl, dass das, was sie ihm mitzuteilen hatte, wichtig war. Nur wusste er nicht, wie er es bewerkstelligen sollte, ihr die Treppe hinauf in ihr Schlafzimmer zu folgen und Antworten zu verlangen, ohne dabei Aufsehen zu erregen. Sie heckte definitiv etwas aus. Er erinnerte sich an ihre Entschlossenheit, noch die Bibelverse, die er ihr gegeben hatte, zu lesen, und vermutete, dass sie später, wenn die Luft rein war, wieder nach unten kommen würde, um Mrs Fairfax' Schreibtisch zu untersuchen.

Robert verbeugte sich vor den Damen, nahm seine Müdigkeit als Vorwand und ging dann hinaus in die Halle, wo er den Butler aufsuchte.

„Simmons, wo geht es zum gelben Salon? Miss Harrington sagte, ich würde dort einige Schreibutensilien finden."

„Dieser Salon wird hauptsächlich von den Damen des Hauses benutzt, Major. Feder und Tinte finden Sie auch in der Bibliothek, die sich auf demselben Korridor befindet."

„Ich möchte die Damen sicher nicht stören. Vielleicht könnten Sie mir zeigen, wo die Bibliothek ist. Ich möchte mich morgen schon früh meiner Korrespondenz widmen."

Viel später, als es im Haus still war und die Uhr in ihrem Schlafgemach zweimal geschlagen hatte, schlich sich Lucy zur Tür hinaus und nahm die Hintertreppe hinunter in den gelben Salon. Im Kamin glommen noch ein paar Kohlen, an denen sie eine Kerze entzünden konnte, um sie auf Mrs Fairfax' Schreibtisch abzustellen. Die Schubladen waren nicht verschlossen, also nahm sie Platz, setzte ihre Brille auf und zog etwas hervor, das nach Mrs Fairfax' Terminplan aussah.

Lucy hatte eines im Pfarrhaus, um den Speiseplan für die Woche und die Aufgaben zu notieren, die regelmäßig erledigt werden mussten, damit der Haushalt reibungslos funktionierte. Sie verwendete es auch, um neue Rezepte und Bemerkungen über die Qualität des Fleisches vom Metzger zu notieren oder darüber, ob sie sich beispielsweise nach einem neuen Lieferanten für Milchprodukte umsehen sollten.

Mrs Fairfax' Buch war ein Zeugnis der Unordnung und mangelnder Organisation. Ihre Handschrift war fast unmöglich zu entziffern und ihr Verständnis dafür, wie man ein Haus der Größe von Fairfax Park verwaltete, war bestenfalls grob. Lucy suchte in ihrer Tasche nach dem Stück Papier, das Major Kurland ihr gegeben hatte, und erkannte sofort, dass die Handschrift identisch war.

Sie versuchte blinzelnd, die schlecht geschriebenen Bibelverse, die allesamt von Sünde und Rache zu handeln schienen, zu entschlüsseln. Der einzige Vers, den sie klar lesen konnte, war Exodus 4: 22-23.

Und du sollst zu ihm sagen: So spricht der Herr: Israel ist mein erstgeborener Sohn; und ich gebiete dir, dass du meinen Sohn ziehen lässt, dass er mir diene; wirst du dich weigern, so will ich deinen erstgeborenen Sohn töten.

Das ergab nicht viel Sinn ... Lucy versuchte, die folgende Zeile zu lesen, die nur eine Art Verweis zu sein schien. „Deuteronomium einundzwanzig, fünfzehn und sechzehn", flüsterte Lucy. „Das muss ich nachschlagen."

Sie schreckte auf, als sie draußen auf dem Flur ein Krachen hörte. Sofort blies sie die Kerze aus, ging zur Tür und öffnete sie einen Spalt breit.

„Diese verdammte Frau hat schon wieder die Suppe nach mir geworfen!", murmelte jemand, während er in die untere Etage des Küchenkellers hinunterging. „Sie hat es nicht verdient, verpflegt zu werden."

„Das ist nicht deine Angelegenheit, junger Frederick. Du hältst einfach den Mund, bis diese Trauerfeier vorbei ist und unsere Gäste abreisen. Dann wird alles so sein, wie es sein soll, merke dir meine Worte."

Lucy erkannte die Stimme von Simmons, aber von wem sprach er? Wer war diese geheimnisvolle Gefangene? Denn sie war sich jetzt ziemlich sicher, dass die Frau nicht aus freien Stücken hier war.

„Bring noch ein Tablett hoch."

„Muss das sein, Mr Simmons? Sie hat schon mein Hemd ruiniert."

„Dann macht es auch nichts, wenn es noch mal nass wird. Los, geh schon."

Die Küchentür schloss sich und dämpfte den Klang der Stimmen. Lucy überlegte sich ihr weiteres Vorgehen. Wenn der Diener allein zurückkam, konnte sie ihm die Treppe hinauf folgen und herausfinden, wohin er das Tablett brachte. Das wäre vielleicht die einzige Möglichkeit, ihre Neugier in dieser Sache zu befriedigen. Sie wartete in der Dunkelheit am Fuße der Treppe. Aber was, wenn man sie entdecken würde? Hatte sie eine gute Ausrede parat, um sich mitten in der Nacht in diesem Teil des Hauses aufzuhalten?

Das Geräusch der sich unten öffnenden Küchentür spornte sie zum Handeln an. Auf leisen Sohlen eilte sie die nächste Treppe hinauf und hockte sich neben eine große orientalische Truhe nahe dem Treppenabsatz. Wenige Sekunden später hörte sie das Klappern von Porzellan und das Keuchen von Fredericks Atem, als dieser die Treppe hinaufkam.

Er grummelte immer noch vor sich hin, während er in die nächste Etage hinaufging, in der sich das Kinderzimmer und das Schulzimmer befanden. Lucy lauschte dem dumpfen Klang seiner Schritte und hielt den Atem an, als sie über ihr abbogen und in Richtung Dachboden weiterzogen. Sie traute sich nicht, ihm zu folgen, aber wenigstens konnte sie versuchen, am Morgen weiter nachzuforschen.

Sie drehte sich um, raffte ihre Röcke und schritt vorsichtig auf Zehenspitzen zurück ins Erdgeschoss. Sie stieß erleichtert ihren angehaltenen Atem aus, als der Umriss der Tür zum gelben Salon wieder in Sichtweite kam. Ihr Blick wurde abrupt unterbrochen, als sie mit einer äußerst großen Gestalt zusammenstieß. Bevor sie auch nur daran denken konnte, aufzuschreien, presste sich ihr eine Hand auf den Mund und sie wurde durch die Tür in den Salon gelenkt.

Sie riss sich von ihrem Entführer los, der einen Finger an seine Lippen führte.

„Pssst."

Lucy blieb regungslos, den Blick auf Major Kurland gerichtet, der auf irgendwelche Geräusche lauschte, die darauf hingedeutet hätten, dass sie verfolgt worden waren. Nach einem langen Moment entspannten sich seine Schultern.

„Sie haben mich erschreckt!", zischte Lucy ihm zu, eine Hand noch immer auf ihr schnell schlagendes Herz gelegt.

„Nicht halb so sehr, wie Sie mich erschreckt haben. Was zum Teufel ist hier los?"

„Ich glaube, oben wird jemand gefangen gehalten."

„Das ist doch lächerlich."

„Ich weiß!"

Er winkte sie zu den beiden Stühlen am Feuer und sie folgte ihm widerwillig. Es war nur wenig Licht im Raum, aber sie wollte keine Zeit damit verschwenden, eine Kerze anzuzünden, wenn sie vorhatte, in Kürze wieder zu gehen.

„Haben Sie mir nachspioniert, Major Kurland?"

„In gewisser Weise, ja." Er zögerte. „Ich wollte unser Gespräch fortsetzen und erinnerte mich daran, dass Sie sagten, Sie würden vielleicht in den gelben Salon gehen, um Mrs Fairfax' Schreibtisch unter die Lupe zu nehmen. Da die Beerdigung morgen stattfindet, nahm ich an, dass Ihre Neugier Sie dazu treiben würde, sich noch heute dieser Aufgabe zu widmen." Er warf ihr einen grimmigen Blick zu. „Ich habe allerdings *nicht* erwartet, dass Sie die Dienerschaft verfolgen würden."

„Ich wollte nur sehen, wohin er das Tablett bringt. Ich hatte nicht die Absicht, ihn zu jagen oder ihm lange zu folgen." Sie rieb ihre kalten Hände aneinander. „Haben Sie gehört, was Simmons gesagt hat? Dass alles wieder wird, wie es sein soll, wenn die Gäste weg sind?"

Er nickte. „Ich nehme an, sie halten ein altersschwaches und verwahrlostes Familienmitglied bis nach der Beerdigung eingesperrt. Ich heiße ein solches Verhalten nicht gut, aber ich kann verstehen, warum Mr Fairfax es angeordnet haben könnte."

„Ich nehme an, das ist möglich."

„Was sollte sonst dahinterstecken?"

„Ich bin mir nicht sicher." Lucy fielen die Briefe ins Auge, die noch auf dem Schreibtisch ausgebreitet lagen, und sie ging hinüber, um sie zu holen. „Es ist nur so, dass man mir jeden Winkel dieses Anwesens gezeigt hat und niemand mir gegenüber erwähnte, dass hier noch weitere Verwandte leben. In Wahrheit ist die einzige Verwandte von Mrs Fairfax, die jemals hier gewohnt hat, Madge Summers, und das ist nicht gut gegangen. Ich frage mich warum. Hat Madge gedroht, die Täuschung ihrer Tochter aufzudecken?"

„Das werden wir wohl nie erfahren. Haben Sie in Mrs Fairfax' Schreibtisch etwas gefunden?"

„Nur einen weiteren Beweis dafür, dass sie kaum lesen und schreiben konnte und Mühe hatte, ihren Haushalt zu führen. Die Bibelverse wurden mit ziemlicher Sicherheit von ihr notiert. Sie scheinen sich alle mit Sünde zu befassen, insbesondere mit den Sünden der Väter und dem Verhängnis erstgeborener Söhne."

„Söhne?", fragte Major Kurland leise. „Vielleicht hat Mrs Fairfax sich wirklich schuldig gefühlt."

„Vielleicht ist sie deshalb zu Mr Fairfax nach Kurland Hall gekommen." Lucy überlegte kurz. „Und ist dort gestorben, nachdem sie ihren Sohn in seine Obhut gegeben hatte. Vielleicht wusste sie, dass Mrs Chingford ihr Geheimnis aufgedeckt hatte, und dachte, sie könne die Gefahr bannen, indem sie ihre Gegnerin umbrachte. Nur um dann festzustellen, dass sie trotz allem von Mr Reading erpresst wurde."

„Das ist eine ziemlich romantische und tragische Sicht der Dinge, Miss Harrington. Sie hat ihr Testament geändert, *bevor* sie nach Kurland Hall kam. Sie konnte wohl kaum wissen, dass sie dort Mrs Chingford begegnen würde."

„Dann nagten offensichtlich Schuldgefühle an ihr, bevor sie dort ankam. Hat Ihnen Mr Fairfax nicht gesagt, dass er bis zum Eintreffen des Notars nach ihrem Tod nichts von der Testamentsänderung wusste?"

„Und ich habe *ihm* gesagt, dass Mrs Fairfax, da sie vermutlich nicht mit ihrem Tod gerechnet hat, schlicht nicht daran gedacht hat, es zu erwähnen, oder sie sogar davon ausging, dass der Fall niemals eintreten würde."

„Es ist also sehr wahrscheinlich, dass Mrs Fairfax Mrs Chingford getötet hat, um ihre Geheimnisse zu bewahren, und sich dann selbst umgebracht hat, als sie merkte, dass Mr Reading die Informationen gegen sie verwenden wollte. Ich frage mich also, ob es Mr Reading war, der Madge Summers aus ihrem Haus entführt hat. Er wohnte in Saffron Walden, bevor er nach Kurland St. Mary kam, und hätte ihre Adresse in Mrs Chingfords Korrespondenz finden können."

„Er hat Madge Summers mir gegenüber nie erwähnt, aber ich habe ihn auch nicht nach ihr gefragt." Major Kurland seufzte. „Ich werde ihn auf jeden Fall darauf ansprechen, wenn er sich wieder bei mir meldet. Es kann sein, dass er die arme Frau irgendwo in einem Gasthaus zurückgelassen hat. Dann wird sie irgendwann bemerken, dass sie hinters Licht geführt wurde, und nach Hause zurückkehren."

„Das hoffe ich sehr." Lucy zögerte. „Vielleicht sollten Sie Thomas von all dem erzählen, Major. Wenn Robin nicht der rechtmäßige Erbe des Anwesens ist, ist er es vielleicht."

„Ich habe das Testament durchgelesen, und es gibt keinen erblichen Titel, der mit dem Anwesen verbunden ist, und es ist auch nicht an den ältesten männlichen Erben gebunden. Wenn er gewollt hätte, hätte der ältere Mr Fairfax alles Thomas vererben können. Es gab zwar noch andere Besitztümer und Einkünfte, die an seinen rechtmäßigen Erben gehen mussten, aber dadurch hätte es keine Geldnot gegeben, Miss Harrington. Thomas hat mir anvertraut, dass er erwartet hatte, einst Fairfax Park zu erben, und dass erst Mrs Fairfax seinen Vater überredet hatte, ihn ganz aus dem Testament zu streichen." Major Kurland seufzte. „Ich denke, wir sollten bis nach der Beerdigung warten, um Thomas irgendetwas von unserem Verdacht zu erzählen, meinen Sie nicht? Trotz allem hat Mrs Fairfax es verdient, in Frieden begraben zu werden."

„Ich stimme zu." Lucy ging in Richtung der Tür. „Wir sollten ins Bett gehen. Die Trauerfeier beginnt um zwölf Uhr."

Sie spähte hinaus in die Dunkelheit des Gangs. Alles war still. Sogar die Geräusche aus der Küche unten waren verstummt. Sie ging auf Zehenspitzen hinaus und Major Kurland folgte ihr, wobei sein Gehstock hinter ihr auf den Parkettboden klopfte.

Lucy war klar, dass die Bedienstetentreppe für den Major zu steil sein würde, und sie hatte sich damit abgefunden, mit ihm die Haupttreppe hinaufgehen zu müssen. In seiner momentanen Stimmung würde er wohl kaum zulassen, dass sie wieder allein verschwand. Sie ging leise neben ihm her und verlangsamte ihre Schritte, um sich seiner Geschwindigkeit anzupassen.

Unter der Tür des Arbeitszimmers schien ein schwaches Licht hervor, was darauf hindeutete, dass Mr Fairfax vielleicht noch arbeitete. Sie begannen, die breite Treppe hinaufzugehen, auf der ohne Weiteres sechs Personen nebeneinander Platz gehabt hätten. Lucy hörte, wie der Atem des Majors bei jedem Schritt mehr ins Stocken geriet. Ohne nachzudenken, bot sie ihm ihren Arm.

„Ich brauche keine Hilfe. Ich bin –"

Noch während er sie anblaffte, verfing sich sein Stiefel in ihren Röcken und brachte sie beide aus dem Gleichgewicht. Sie streckte einen Arm aus, um noch das Geländer zu fassen zu bekommen, griff aber ins Leere. Gleichzeitig drückte sein beträchtliches Gewicht seitlich gegen sie und zwang sie beide auf dem Treppenabsatz in die Knie. Eine große Vase geriet durch ihr Stolpern mitsamt Ständer ins Wanken und krachte zu Boden.

Unter ihnen flackerten Lichter auf und Stimmen erklangen. Da Lucys Röcke unter einem von Major Kurlands Knien eingeklemmt waren, konnte Lucy nicht auf die Beine kommen. Aus den Augenwinkeln sah sie, wie Mr Fairfax, Mr Simmons, zwei der Diener und ein Dienstmädchen in der Halle zusammenkamen und die Treppe hinaufgingen.

Neben ihr seufzte Major Kurland. „Wenn das Kind sowieso schon in den Brunnen gefallen ist ... Miss Harrington? Bitte verzeihen Sie mir."

Er beugte sich vor, legte eine Hand in ihren Nacken, neigte den Kopf und küsste sie fest auf den Mund.

„Major Kurland! Sind Sie in Ordnung?"

Robert drehte sich zu Thomas um, der die Treppe heraufkam. „Mr Fairfax, ich kann mich nur für diesen ... unglücklichen Zwischenfall entschuldigen." Neben ihm versuchte Miss Harrington krampfhaft, sich aus seiner Umarmung zu befreien. Er hielt ihre Röcke fest unter seinem Knie eingeklemmt. „Ich begleitete Miss Harrington nach oben und schätzte die Schwäche meines Beins falsch ein, als ich ihr ... einen Gutenachtkuss geben wollte."

Es herrschte Schweigen, während Thomas und Joseph, der Diener, sie erreichten und erst Robert und dann Miss Harrington auf die Beine halfen.

Robert warf Thomas einen Blick zu. „Vielleicht könnten wir diese Diskussion in Ihrem Arbeitszimmer fortsetzen?“

„Natürlich, Major Kurland.“

Robert hielt Miss Harrington am Ellbogen fest und führte sie die Treppe hinunter und ins Arbeitszimmer, wo er dem Butler die Tür bestimmt vor der Nase zuschlug.

„Sie werden sich fragen, warum ich um diese Zeit noch wach bin“, fuhr Robert schnell fort. „Ich konnte nicht schlafen und habe mich in die Bibliothek geflüchtet, wo ich wusste, dass ich sowohl die Brandy-Karaffe als auch ein gutes Feuer vorfinden würde. Miss Harrington kam ebenfalls in die Bibliothek und war schockiert, mich dort anzutreffen.“ Er warf Miss Harrington einen Blick zu, um sie zum Mitspielen zu bewegen. „Ich glaube, sie war auf der Suche nach einem Buch, das ihr beim Einschlafen helfen sollte.“

„Ja, das ist richtig, Major Kurland.“

Sie klang nicht ganz wie sie selbst, aber wenigstens hatte sie ihm nicht widersprochen ... noch nicht.

„Ihre unerwartete Anwesenheit hat mir endlich den Mut verliehen, mir meine Gefühle für sie einzugestehen und sie zu fragen, ob sie mich heiraten will.“ Er räusperte sich. „Sie war etwas überrascht und bestand darauf, dass sie Zeit brauche, um darüber nachzudenken. Ich bot ihr an, sie nach oben zu begleiten, und beging den Fehler, meinen Gefühlen nachzugeben und zu versuchen, sie zu küssen.“ Er zuckte mit den Schultern. „Das war dumm, ich weiß, aber ...“

„Durchaus verständlich“, sagte Thomas leise.

„Ich schulde Ihnen beiden eine Entschuldigung. Das war weder der richtige Zeitpunkt noch der richtige Ort, um meinen Gefühlen Ausdruck zu verleihen.“ Robert musterte Thomas und Miss Harrington, die ihn partout nicht ansehen wollte. „Ich stehe jedoch zu meinem Heiratsantrag."

„Und ich werde mir Ihren Vorschlag sehr genau überlegen, Major Kurland." Miss Harrington verbeugte sich und richtete ihre nächste Bemerkung an Thomas. „Würden Sie mich bitte entschuldigen? Ich möchte nicht zu spät ins Bett kommen und bei der Beerdigung nicht ausgeruht sein."

„Natürlich, Miss Harrington."

Sie ging hinaus und ließ Robert in der unbehaglichen Stille zurück. Er zwang sich, Thomas' Blick zu erwidern. „Wenn Sie mich deswegen zum Duell herausfordern wollen ..."

„Das würde ich niemals tun. Ich schulde Ihnen viel zu viel, um Sie zu erschießen, und um die Wahrheit zu sagen, war ich mir nie ganz sicher, ob Sie mir gegenüber ehrlich waren, was Ihre Gefühle für Miss Harrington angeht." Sein Lächeln wirkte traurig. „Ich vermute, das könnte der Grund sein, warum ich die ganze Zeit gezögert habe, mein Ansinnen vorzutragen."

„Das ist sehr großzügig von Ihnen."

Thomas verbeugte sich. „Ich wünsche Ihnen beiden ein sehr glückliches Leben."

„Sofern ich sie davon überzeugen kann, dass ich es ernst meine."

„Das werden Sie sicher, Major. Sie sind ein Meister darin, Ihren Willen durchzusetzen."

„Und wir können trotzdem Freunde bleiben?" Robert musterte das Gesicht seines Gegenübers.

„Ich hoffe es. Ich vermute, dass ich Ihren Rat in den kommenden Jahren noch brauchen werde." Thomas kam um den Schreibtisch herum und schüttelte Roberts Hand. „Gute Nacht, Major. Bitte machen Sie sich meinetwegen keine Sorgen. Die Gesetze der Anziehung und die Pfeile von Amor können an den am wenigsten erwarteten Orten einschlagen."

Robert verließ das Arbeitszimmer und ging langsam die Treppe hinauf. Seine Hüfte schmerzte mit jedem Schritt. Er bog in den Korridor ein, in dem sich die Gästezimmer befanden, und nahm einen Hauch von Lavendelseife wahr.

„Major Kurland!"

Das Flüstern kam aus Richtung der Samtvorhänge, die die großen Fenster mit Blick auf den Park verdeckten. Er trat in den Schatten und entdeckte Miss Harrington mit dem Rücken zum Mondlicht, das durch die Glasscheiben fiel.

„Major Kurland, was in aller Welt haben Sie sich nur dabei gedacht? Sie hätten nur sagen müssen, dass wir uns in der Bibliothek getroffen haben und dass ich Ihnen die Treppe hochgeholfen habe, als Sie gestolpert sind! Warum mussten Sie so tun, als ob Sie um meine Hand anhalten wollten, und mich dann *küssen*?"

Robert stützte sich mit der Hand an der Wand neben ihr ab. „Weil ich es so wollte."

Er beugte seinen Kopf hinunter und küsste sie erneut, bis sie aufhörte zu stottern und den Kuss erwiderte. Schließlich richtete er sich auf und sah ihr in die Augen.

„Sie *werden* mich heiraten."

„Ich habe mich noch nicht entschieden, was ich –"

Er küsste sie erneut, und dieses Mal legte sich ihre Hand um seinen Nacken und hielt ihn fest.

„Sie werden mich heiraten, Lucy Harrington. Wir werden die Einzelheiten nach der Beerdigung besprechen. Ich werde Ihren Vater um Ihre Hand bitten, wenn wir nach Kurland St. Mary zurückkehren." Er löste sich von ihr, und im nächsten Moment raffte sie ihre Röcke und lief in Richtung ihres Zimmers davon.

Robert wartete, bis sie ihre Tür erreicht hatte, bevor er in sein eigenes Zimmer ging. Erst jetzt wurde ihm klar, wie richtig sich seine Entscheidung anfühlte, und er erlaubte sich ein triumphierendes Grinsen.

Miss Harrington würde ihn heiraten. Er würde nicht zulassen, dass sie ihm noch einmal entkam.

Kapitel 21

Die Trauerfeier fiel gnädigerweise kurz aus und war nur von den Mitarbeitern und Gästen von Fairfax Park besucht. Der junge Robin Fairfax stand tapfer an der Seite seines Halbbruders und schien Trost in seiner Gegenwart zu finden. Lucy hatte Mühe, sich auf den Gottesdienst zu konzentrieren, denn all ihre Gedanken drehten sich um die bemerkenswerten Ereignisse der vergangenen Nacht.

Zu ihrer Bestürzung hatte es sich im ganzen Haus herumgesprochen, und sie hatte sowohl Penelopes Belustigung als auch einen Vortrag von Mrs Green über ihre Moral ertragen müssen. Außerdem hatte man ihr mitgeteilt, dass Mrs Green ihrem Vater schreiben würde, es schien also keinen Ausweg aus ihrem Dilemma zu geben.

Suchte sie denn nach einem Ausweg? Nach Major Kurlands meisterhaften Küssen war sie sich nicht mehr ganz sicher, was sie denken sollte ...

Als der Vikar seine letzten Worte sprach, erinnerte sich Lucy daran, dass sie die Stelle im Deuteronomium in ihrer Bibel nachgeschlagen und ein Lesezeichen auf die richtige Seite gesetzt hatte, damit sie sie nach der Trauerfeier lesen konnte. Der Sarg wurde hinausgetragen und die Trauergemeinde folgte. Mrs Williams brachte ihren Schützling zurück in die Kinderstube und die Frauen gingen ins Haus, während die Männer mit zum Friedhof gingen. Es begann leicht zu nieseln, daher war Lucy froh, in die warme Halle zurückzukehren. Sie ging die Treppe hinauf, um ihre Haube und ihre

Straßenstiefel auszuziehen, doch an ihrer Zimmertür wartete Penelope auf sie.

„Stimmt etwas nicht?" Lucy versuchte, möglichst abweisend zu klingen, aber Penelope ließ sich nicht beirren und ging mit ihr ins Zimmer.

„Jetzt, wo Mrs Fairfax sicher begraben ist, wollte ich fragen, ob Sie zu weiteren Erkenntnissen darüber gelangt sind, wer meine Mutter getötet hat."

Lucy setzte sich und zog die Stiefel aus. „Wir glauben, dass Mrs Fairfax sie getötet hat, weil Ihre Mutter wusste, dass sie in Bezug auf ihre Familiengeschichte nicht ehrlich gewesen war."

Penelopes Augenbrauen hoben sich. „Sie wollen damit andeuten, dass meine Mutter wegen einer Frage des Standes gestorben ist?"

„Es ist auch möglich, dass Mrs Fairfax eine frühere Ehe verschwiegen hat." Lucy wollte nicht näher darauf eingehen, bevor sie und Major Kurland nicht entschieden hatten, was sie mit Mr Readings Behauptungen über das Kind anfangen sollten. „Ich bezweifle, dass sie Ihre Mutter töten wollte. Sie sagte in ihrer Nachricht, dass es ein Unfall war." Lucys Stimme versiegte, als sie über den Brief nachdachte, den Mrs Fairfax hinterlassen hatte.

„Dorothea glaubte auch, dass es ein Unfall war."

„Warum hat sie dann Major Kurland gesagt, dass sie Beweise für ein Verbrechen habe?"

Penelope zuckte mit den Achseln. „Sie hatte Angst."

„Wovor? Um Himmels willen, Sie können mir jetzt genauso gut die ganze Wahrheit enthüllen. Wie Sie schon sagten, kann es Mrs Fairfax jetzt egal sein."

„Dorothea hat gesehen, wie sie sich gestritten haben, und dann hat Mrs Fairfax unsere Mutter ziemlich heftig gestoßen. Ich glaube, keine der beiden hatte bemerkt, dass sie direkt oberhalb einer Treppe standen. Mrs Fairfax rannte in eine Richtung und Dorothea in die andere. Bevor sie ging, warf sie noch einen Blick die Treppen hinunter und sah unsere Mutter ganz ruhig am Boden liegen." Penelope seufzte. „Die dumme Gans dachte auch, sie hätte noch jemanden mit ihr dort unten gesehen, und deshalb hatte sie Angst."

„Jemand anderes am Fuß der Treppe?" Lucy dachte an Dr. Fletchers Bemerkung zurück, dass Mrs Chingfords Genick entweder bei dem Sturz gebrochen worden war oder jemand sie erwürgt haben könnte. „Wie merkwürdig."

„Wie Sie schon sagten: Nicht, dass es jetzt noch wichtig wäre." Penelope erhob sich. „Ich bin froh, dass ich weiß, was mit meiner Mutter passiert ist. Ich habe sie nicht gemocht, aber sie hat es verdient, in Frieden zu ruhen. Ich nehme an, Mrs Fairfax hat den Preis für ihr Verbrechen selbst bezahlt."

„Ich schätze, das hat sie."

Tief in Gedanken versunken, bemerkte Lucy kaum Penelopes Gehen. Major Kurland hatte erwähnt, dass er bei der Hochzeit jemanden gesehen hatte, der aus dem Untergeschoss kam ...

War es möglich, dass sowohl er als auch Dorothea dieselbe Person beobachtet hatten? Eine Person, die Mrs Chingford erwürgt haben könnte, um sicherzustellen, dass sie ihren Sturz nicht überlebte?

„Aber warum?", flüsterte Lucy.

Sie blickte auf ihre Bibel hinunter, die auf der Seite aufgeschlagen war, die sie zuvor markiert hatte, und begann laut vorzulesen. „Wenn jemand zwei Frauen hat, eine, die er lieb hat, und eine, die er nicht lieb hat, und beide ihm Kinder gebären, die Frau, die er lieb hat, und die ungeliebte, und der Erstgeborene ist von der ungeliebten Frau und die Zeit kommt, dass er seinen Söhnen das Erbe austeile, so kann er nicht den Sohn der Frau, die er lieb hat, zum erstgeborenen Sohn machen vor dem erstgeborenen Sohn der ungeliebten."

Lucy richtete sich auf. Sie musste wieder nach unten gehen, um Höflichkeiten mit dem Vikar auszutauschen und sich unter die anderen Gäste zu mischen. Danach würde sie warten, bis es im Haus ruhig war, und auf dem Dachboden nach einer verschlossenen Tür suchen. Sie vermutete, dass dies der einzige Weg sein würde, die Wahrheit herauszufinden. Um ihretwillen, um der Chingford-Schwestern willen und vor allem um des armen Thomas Fairfax' willen.

„Ich komme mit Ihnen."

Lucy starrte Major Kurland an. „Sie können einfach nicht still sein, oder?"

Seine Brauen zogen sich zusammen. „Sie werden nicht allein gehen. Ich werde meine Pistole mitnehmen und Sie beschützen."

„Vor einer Frau, die eingesperrt war und wahrscheinlich froh sein wird, wieder freizukommen?"

„Ich komme trotzdem mit."

Lucy seufzte. „Dann treffen wir uns um Mitternacht im obersten Stockwerk, neben der Treppe für die Bediensteten."

„Sie glauben, dass Madge Summers hier eingesperrt ist, nicht wahr?"

„Wer sollte es sonst sein?"

„Aber warum sollte Thomas das erlauben?" Major Kurland runzelte die Stirn.

„Vielleicht weiß Madge etwas, das geheim bleiben soll."

„Aber was könnte das sein? Was könnte so wichtig sein, dass er deswegen jemanden wegsperrt?"

„Vielleicht hat es etwas mit Robin zu tun, immerhin war sie das Kindermädchen."

„Das mag stimmen." Major Kurland sah sich ungeduldig im Raum um. Miss Stanford stand bei Mrs Green und tat ihr Bestes, um ihn zu ignorieren. Gleichzeitig verwendete Miss Chingford all ihre Energie darauf, Thomas zu trösten. Wenig überraschend, da er nun wieder auf dem Heiratsmarkt zu haben war. „Ich wünschte, wir könnten ihn einfach mit unseren Beweisen konfrontieren, anstatt auf diese hinterhältige Art und Weise herumzuschleichen."

„Wenn die Dame auf dem Dachboden nicht Madge Summers ist, haben Sie mein vollstes Einverständnis, sich Mr Fairfax nach eigenem Ermessen anzuvertrauen", sagte Lucy entschieden.

„In Ordnung, Miss Harrington." Er verbeugte sich und trat von ihr zurück. „Das werde ich ganz sicher tun."

Nach dem Leichenschmaus nutzte Robert die Gelegenheit, sein Bein auszuruhen und ein langes Nickerchen zu machen, damit die Vorstellung, um Mitternacht auf Zehenspitzen durchs Haus zu schleichen, etwas weniger furchteinflößend wirkte. Er *war* besorgt, dass sein verdammtes Knie ihn wieder im Stich lassen würde, aber er war nicht gewillt, Miss Harrington mit der „Gefangenen" auf dem Dachboden allein zu lassen. Die Tatsache, dass sie seine Anweisung akzeptiert hatte, bedeutete, dass sie sich der Gefahr wahrscheinlich bewusster war, als sie sich anmerken ließ.

Er hatte wieder seine schwarze Trauerkleidung angelegt, zusammen mit den anderen Gästen in Ruhe sein Abendessen eingenommen, bei dem vage Absprachen über den Zeitpunkt der Abreise getroffen worden waren, und wartete nun ungeduldig in seinem Zimmer darauf, dass sich Stille über das Herrenhaus legte. Es zuckte ihm in den Fingern und er wünschte, er könnte einen seiner Zigarillos rauchen, aber er wollte nicht, dass der Rauch in seiner Kleidung hing, während er sich mit Miss Harrington versteckte.

„Verstecken ist ein harmloses Kinderspiel", murmelte er zu sich selbst, während er sich vergewisserte, dass seine Pistole geladen und einsatzbereit war. Mit ruhigem Gewissen verstaute er sie sorgfältig in seiner Manteltasche. „Hoffen wir, dass es so bleibt."

Schließlich war es endlich an der Zeit, sich auf den Dachboden zu begeben und Miss Harrington zu treffen. Er ließ sich Zeit, mied die Haupttreppe und das eine oder andere vorbeihuschende Dienstmädchen und bahnte sich so langsam seinen Weg in das oberste Stockwerk. Es dauerte einen Moment, bis sich seine Augen an die Dunkelheit des schwach beleuchteten Gangs mit seinen tief hängenden Balken und seiner Dachschräge gewöhnt hatten. Es gab drei Türen auf jeder Seite des Gangs und eine an dessen Ende.

Eine Hand berührte seinen Ärmel, sodass er fast vor Schreck in die Luft sprang, bis er merkte, dass es Miss Harrington war, die ihn in eines der Zimmer ziehen wollte. Es handelte sich um ein kleines Schlafzimmer, das außer einem schmalen Bett, einer zusammengerollten Strohmatratze und einem lumpigen Kissen keinerlei Einrichtung aufwies.

„Wir können hier drinnen warten", flüsterte Miss Harrington dicht an seinem Ohr. „Soweit ich weiß, sieht einer der Bediensteten normalerweise gegen Mitternacht nach ihr."

Robert nahm seine Taschenuhr heraus und schielte auf die Zeiger. „Also recht bald. Wie wollen Sie in das Zimmer kommen, wenn es verschlossen ist?"

„Ich bin sicher, uns fällt etwas ein."

„Da bin ich mir sicher."

Sie schwiegen und lauschten den Geräuschen des Hauses, dessen Holzbalken um sie herum arbeiteten, und dem Wind, der durch die Bäume im Park pfiff.

„Hatten Sie vor, Thomas zu heiraten?"

„Ich habe in jedem Fall darüber nachgedacht."

Robert starrte stirnrunzelnd in die Dunkelheit und versuchte, diplomatisch zu klingen. „Er würde jeder Frau einen ausgezeichneten Ehemann abgeben."

„Das würde er in der Tat."

Er ließ noch eine Minute verstreichen, aber sie sagte nichts weiter. „Bedauern Sie also meine Anwesenheit hier?"

„Warum sollte ich?"

„Weil Sie daran dachten, Thomas Fairfax zu heiraten. Sie sind hierhergekommen, um zu sehen, ob dieser Ort zu Ihnen passen würde."

„Das war nicht der einzige Grund, warum ich hierhergekommen bin."

In ihrer Stimme lag ein Hauch von Belustigung, der ihn misstrauisch werden ließ. „Ich nahm an, der andere Grund sei, um von mir wegzukommen.

„Es mag Sie überraschen, aber ich habe überhaupt nicht an Sie gedacht. Ich wollte herausfinden, was mit Mrs Fairfax geschehen ist, und ich dachte, dass ich am besten ein Verständnis für sie entwickeln könnte, wenn ich ihr Heim besuchte."

„Ah." Er griff nach ihrer Hand und fand sie bereitwillig auf die seine wartend. „Ich hätte wissen müssen, dass es viel interessanter ist, die Lösung eines Rätsels zu finden, als sich über die Unzulänglichkeiten der Männer Gedanken zu machen."

Sie seufzte. „Ich habe mir zwar Gedanken gemacht, aber ich war vor allem fest entschlossen, herauszufinden, ob Mrs Fairfax Mrs Chingford ermordet hat. Wenigstens das weiß ich sicher, auch wenn ich es für falsch halte, dass Ihr Cousin trotz seines Anteils an der Tragödie keine Konsequenzen aus dieser zu spüren bekommen wird."

„Es ist nicht das erste Mal, dass er davonkommt. Ich bin erfüllt von der Hoffnung, dass ihn seine Fehler eines Tages einholen werden. Seien Sie versichert, dass ich ihm deutlich gemacht habe, dass ich keinen Finger rühren werde, um ihn zu retten, wenn dieser Tag der Abrechnung kommt."

„Gut. Er hat es nicht verdient, und schon gar nicht, dass er Ihr Anwesen erbt."

„Ein weiterer guter Grund, mich zu heiraten, Miss Harrington. Wir können einen Haufen Bälger zeugen, damit das Land und der Titel für immer in unserem Zweig der Familie bleiben."

„Major Kurland, Sie können Ihre zukünftigen Kinder nicht als *Bälger* bezeichnen ..." Sie verstummte und deutete auf die Tür, hinter der Robert deutlich das Geräusch von Füßen vernehmen konnte, die die Treppe heraufkamen.

Die Schritte bewegten sich an ihnen vorüber und Robert beugte sich vor, um durch den Türspalt zum Ende des Korridors zu schauen, wo der Diener gerade eine Tür aufschloss.

„Nun denn, verehrte Dame. Schluss mit den Wutanfällen. Ich bin gekommen, um Ihre ..."

Es gab ein krachendes Geräusch und dann ein Fluchen, das Robert überrascht zusammenzucken ließ, weil es von einer Frau stammte. Kurz darauf war deutlich zu hören, wie jemand hastig den Rückzug antrat.

„Verdammtes Weib! Je schneller Mr Fairfax sie loswird, desto besser!" Der Diener verschwand die Treppe hinunter und murmelte vor sich hin.

Robert wartete noch zehn Minuten, bevor er vorsichtig die Dachbodentür öffnete und Miss Harrington auf den Korridor hinauswinkte.

„Versuchen wir unser Glück mit der Tür", flüsterte er.

Sie schlichen zum letzten Zimmer auf dem Gang und Robert beugte sich vor, um das Schloss näher nach einer alternativen Öffnungsmöglichkeit zu untersuchen, fand aber zu seiner Überraschung den Schlüssel bereits stecken. Er wies Miss Harrington darauf hin.

„Meinen Sie, der Diener hat ihn vergessen?"

„Möglicherweise. Wenn ja, sollten wir uns besser beeilen." Robert drehte den Schlüssel, der offensichtlich geölt war, und der Riegel glitt geräuschlos auf.

„Lassen Sie mich vorgehen", sagte Miss Harrington.

Er stimmte widerwillig zu, denn nach dem, was er gehört hatte, hätte die eingesperrte Frau sicherlich bereits eine Waffe auf den unglücklichen Diener gerichtet, wenn sie denn eine gehabt hätte.

Miss Harrington klopfte vorsichtig an die Tür. „Mrs Summers? Dürfen wir hereinkommen?" Sie schob die Tür auf, während sie sprach, und gab den Blick auf eine ältere Frau frei, die ein Stuhlbein wie einen Knüppel über ihren Kopf erhoben hielt. „Wir wollen Ihnen nichts Böses."

„Wer in Gottes Namen sind Sie, und wo sind Thomas Fairfax und meine Tochter?", verlangte Madge Summers zu wissen.

Robert verbeugte sich. „Ich bin Major Kurland, und das ist Miss Harrington. Wir haben nach Ihnen gesucht, seit Ihr Haus abgebrannt ist."

„Aus welchem Grund?"

„Um Ihnen zu sagen, dass Ihre Tochter tot ist", übernahm Miss Harrington das Gespräch. „Sie hatte Mr Thomas Fairfax, der auf dem Kurland-Anwesen arbeitete, besucht und starb, nachdem sie bei einem Kutschunfall eine Kopfverletzung erlitten hatte."

„Das glaube ich Ihnen nicht. Warum hat mir das niemand gesagt?" Madge Summers richtete sich zu ihrer vollen Größe auf und ließ das Stuhlbein sinken. Sie trug ein praktisches, dunkelbraunes Gewand mit einer Schürze über den Röcken und ihr ergrautes Haar war zu einem Dutt zurückgebunden. „Ist Thomas also zurück?"

„Er ist hier. Haben Sie ihn nicht gesehen?"

Noch ehe Miss Harrington die Worte ausgesprochen hatte, drängte sich Madge an ihr und Robert vorbei, den Blick auf die offene Tür gerichtet. „Nein, verdammt, das habe ich nicht! Mein Haus ist abgebrannt und die Kutsche von Fairfax hat mich abgeholt. Er hat mich unter einem Vorwand dazu gebracht, hierherzukommen! Wartet nur, bis ich ihn in die Finger kriege."

„Aber –"

Robert hatte eine Hand ausgestreckt, um Madge am Weggehen zu hindern, als sie von selbst stehen blieb und etwas über Roberts Schulter hinweg anstarrte.

„Sie brauchen mich nicht zu suchen, Mrs Summers. Ich bin ja schon hier. Der Diener hat mir gemeldet, dass die Tür einen Spalt breit offen stand, als er ein neues Tablett bringen wollte." Thomas stand in der Tür. In der einen Hand hielt er eine Laterne, in der anderen eine Pistole. „Worüber genau möchten Sie denn mit mir sprechen?"

Robert streckte die Hand aus und zog Miss Harrington vorsichtig näher zu sich heran, die Pistole in der Falte ihres Rocks versteckt. Es gab keinen anderen Weg aus dem Zimmer als an Thomas vorbei und er bezweifelte, dass er sie einfach so gehen lassen würde.

Thomas sprach weiter. „Ich entschuldige mich, wenn Sie wütend auf mich sind, Mrs Summers. Ich hielt es für besser, Sie bis nach der Beerdigung und der Abreise meiner Gäste in Sicherheit zu wissen."

Madge machte einen drohenden Schritt auf ihn zu. „Was ist mit meiner Emmy passiert?"

„Wie Miss Harrington Ihnen wahrscheinlich schon gesagt hat, starb sie nach einem Kutschunfall. Sie hat versehentlich eine tödliche Dosis Laudanum gegen ihre Kopfschmerzen genommen und ist im Schlaf verstorben."

„Das glaube ich Ihnen nicht. Sie war auf dem Weg zu mir. Sie wollte sich versöhnen."

Thomas seufzte. „Ich bin sicher, dass sie das wollte, aber –"

„War das heute ihre Beerdigung? Warum haben Sie es mir nicht gesagt und mich nicht daran teilnehmen lassen? Was haben Sie ihr angetan, und wo ist mein Enkel? Was haben Sie mit ihm gemacht?"

Als Thomas weiter in den Raum ging, machte Robert einen Schritt auf die Tür zu und zog Miss Harrington mit sich.

Ein Hauch von Verärgerung blitzte in Thomas' Gesicht auf. „Mrs Summers, Ihrem Enkel geht es bestens und er schläft nach einem ziemlich anstrengenden Tag in seinem Kinderzimmer."

„Emmy würde wollen, dass ich bei ihm bin."

„Und das sollen Sie auch", sagte Thomas beruhigend. „Wie ich schon sagte, hielt ich es für das Beste, wenn Sie nicht an der Beerdigung teilnehmen. Ich weiß, wie unangenehm es für Sie wäre, sich unter die gehobene Gesellschaft zu mischen, und Ihre Tochter hätte nicht gewollt, dass jemand weiß, dass Sie ihre Mutter sind." Er stellte die Laterne ab und reichte ihr die Hand. „Verzeihen Sie mir, dass ich Sie hier festgehalten habe, und erlauben Sie mir, Sie wieder mit Ihrem Enkelkind zu vereinen?"

Madge hob erneut das Stuhlbein. „Ich traue Ihnen nicht. Emmy hat Ihnen auch nicht getraut."

„Warum hat sie dann ihr Testament geändert und Robin in meiner alleinigen Obhut gelassen?"

„Das würde sie nie tun. Lügner!"

Zum ersten Mal sah Thomas Robert direkt an. „Major Kurland, können Sie bestätigen, dass Mrs Fairfax ihr Testament geändert hat?"

„Ja, das kann ich bestätigen. Ich habe nach ihrem Tod mit ihrem Anwalt gesprochen."

Madge schüttelte den Kopf. „Sie müssen sie dazu gezwungen haben."

Thomas zog die Augenbrauen hoch. „Warum in aller Welt sollte ich das getan haben? Wir haben kaum miteinander geredet, als ich gegangen bin. Es war auch für mich eine Überraschung."

„Ich wette, das war es, wenn man bedenkt, wie sehr Sie meine Tochter dafür gehasst haben, dass sie dem alten Mr Fairfax einen weiteren Sohn geschenkt hat – einen ehelichen und keinen Bastard wie Sie. Sie haben alles darangesetzt, sie auseinanderzubringen, nicht wahr? Sie haben sogar so getan, als hätten Sie sich in meine Emmy verliebt. Aber sie hat Sie durchschaut! Sie wusste, dass sie Ihnen nicht trauen konnte. Das hat sie mir so oft gesagt."

„Die Dinge haben sich geändert. Sie hat sich offensichtlich doch entschieden, mir zu vertrauen." Thomas lächelte nicht mehr und sah blass um den Mund aus. „Wollen Sie nun Ihren Enkel sehen oder nicht?"

Madge ging zwei Schritte zurück. „Damit Sie mich auf der Treppe ermorden können? Ich glaube kein Wort davon. Ich weiß nur, dass Emmy Angst vor Ihnen hatte und um ihr Leben fürchtete. Deshalb hat sie ihren Mann angefleht, Sie wegzuschicken. All die Unfälle, die der junge Robin hatte! Sie hörten alle auf, als Sie fortgingen."

„Sie irren sich, Mrs Summers. Die einzige Person, die entschlossen war, alle Beziehungen zu zerstören, war Ihre Tochter. Ich habe ihretwegen einfach *alles* verloren."

„Und Sie haben es verdient, alles zu verlieren! Wie Sie sich mit ihr versöhnt haben, ihr den Kopf verdreht haben und mit der Frau Ihres eigenen Vaters ins Bett gegangen sind!"

Miss Harrington keuchte erschrocken auf und presste sich die Finger auf den Mund.

Thomas wurde sehr ruhig. „Das ist eine Lüge. Sie war diejenige, die sich in mein Bett gelegt und dann meinem Vater erzählt hat, ich hätte sie dazu gezwungen!"

„Weil sie Angst vor Ihnen hatte! Sie wusste, wenn sie Sie nicht loswird, werden weder sie noch ihr Kind überleben." Madge schnaubte. „Und jetzt, wo Sie sie losgeworden sind, wie lange dauert es, bis Sie sich den Jungen vornehmen?"

Robert räusperte sich. „Mrs Summers, das sind schwerwiegende Anschuldigungen. Haben Sie irgendwelche Beweise?"

„Ich habe die Briefe, die sie mir geschrieben hat und in denen sie mir erzählte, was vor sich ging. Ich war hier und habe viel mehr gesehen, als ihm bewusst ist, während ich für die Kinderstube verantwortlich war."

„Der letzte Brief, den Mrs Fairfax geschrieben hat ...", setzte Miss Harrington an. „Ich hob ihn vom Boden auf, nachdem Mr Fairfax ihn zu Ende gelesen hatte. Er war in perfekter Handschrift geschrieben." Sie schluckte schwer. „Hat sie diesen Zettel überhaupt *selbst* verfasst? Nur Mr Fairfax hat ihn gesehen und ihn uns laut vorgelesen."

Thomas wandte sich ihnen zu. „Miss Harrington, Sie können unmöglich glauben, was diese alte Frau da von sich gibt! Deshalb musste ich sie auch hinter Schloss und Riegel bringen. Sie ist krank und wahnhaft."

„Haben Sie diesen Brief geschrieben, Thomas?" fragte Robert. „Das ist eine durchaus angemessene Frage. Wenn Sie Mrs Fairfax dazu gezwungen haben, einen Mord zu gestehen, den sie nicht begangen hatte, zu was wären Sie dann sonst noch fähig?"

„Ich habe gar nichts getan", brüllte Thomas. „Das ist doch lächerlich. *Deshalb* habe ich Mrs Summers von euch allen ferngehalten."

„Weil sie die Wahrheit kannte?" fragte Robert, bevor er sich an Madge wandte. „Ich frage mich, was sie noch weiß. Stimmt es, dass Mrs Fairfax schon einmal verheiratet war?"

„Ja, Sir. Das ist richtig."

„Stimmt es auch, dass es keine Aufzeichnungen über den Tod des ersten Ehemannes gibt?"

„Er starb im Kampf in Frankreich. Viele Männer kamen von dort nicht mehr nach Hause und erhielten nie ein ordentliches christliches Begräbnis."

„Das ist gut möglich. Ich war selbst dort. Aber ist er vielleicht zurückgekehrt, nachdem Mrs Fairfax im Unwissen darüber wieder geheiratet hat?"

„Wie um alles in der Welt kommen Sie denn darauf, Sir?" Madge sah verblüfft aus. „Wer hat Ihnen solche Gedanken in den Kopf gesetzt? War es Thomas?"

„Nein, es war jemand ganz anderes." Robert atmete aus. „Ich fange an zu glauben, dass diese Person in die Irre geführt wurde. Mir wurde gesagt, dass Mrs Fairfax' Ehe Bigamie und ihr Kind somit unehelich war." Einen Moment lang herrschte Schweigen. Robert richtete seine Aufmerksamkeit auf Thomas, der ganz still geworden war. „Wussten Sie davon, Thomas? Hat Mrs Chingford vielleicht auf der Stanford-Hochzeit mit Ihnen über dieses Gerücht gesprochen? Ich kann mir vorstellen, was Sie gedacht haben müssen, wenn sich das bewahrheitet hätte. Der junge Robin war nicht besser als Sie, was bedeuten würde, dass das unvererbte Vermögen zwischen Ihnen und ihm aufgeteilt und der Rest an einen rechtmäßigen Erben weitergegeben werden müsste."

Thomas runzelte die Stirn. „Ich verstehe nicht, worauf Sie hinauswollen, Major."

„Sicherlich tun Sie das. Warum ist Mrs Fairfax zu Ihnen nach Kurland Hall gekommen? Was hoffte sie wirklich zu erreichen? Sie sagten mir, sie wolle, dass Sie nach Fairfax Park zurückkehren, um das Anwesen für ihren Sohn zu verwalten."

„Das ist die *Wahrheit*."

„Aber sie hatte Angst vor Ihnen und hatte Sie schon einmal von hier vertrieben. Warum in aller Welt sollte sie Sie zurückholen?"

„Ich weiß es nicht!" Thomas machte eine wilde Geste mit seiner Pistole und Robert spürte, wie seine Muskeln sich anspannten. „Sie hat mich *angefleht*, zurückzukommen."

„Hat sie Ihnen gesagt, dass ihr Sohn unehelich sein könnte?"

„Natürlich nicht! Wenn ich das gewusst hätte, hätte ich niemals ..." Er hielt inne.

„Sie hätten sie nie dazu überredet, zu viel Laudanum einzunehmen, und für sie einen Brief geschrieben, in dem sie gesteht, Mrs Chingford die Treppe hinuntergestoßen zu haben?"

Madge schrie auf, der Ton klang schrill in dem kleinen Raum.

„Das können Sie nicht beweisen." Thomas hielt Roberts Blick stand. „Sie *hat* Mrs Chingford gestoßen. Das ist die Wahrheit. Miss Dorothea Chingford hat sie dabei beobachtet."

„Aber Sie waren es, der dafür gesorgt hat, dass Mrs Chingford wirklich tot war, nicht wahr? Sie waren der Einzige, der Ihre Stiefmutter erpressen durfte."

Thomas schüttelte den Kopf. „Das sind alles nur Mutmaßungen. Das hätte ich nicht von Ihnen gedacht, Major Kurland."

Miss Harrington war näher an Madge herangetreten und legte tröstend den Arm um sie. „Ich glaube, Sie lügen, Mr Fairfax. Ich stimme Mrs Summers zu. Wie lange wird der junge Robin unter Ihrer Vormundschaft bleiben, bevor Sie einen Weg finden, sich auch seiner zu entledigen?" Sie sah zu Robert herüber. „Wir können nicht zulassen, dass er dem Jungen etwas antut."

„Ich habe um Gottes Willen nicht die Absicht, dem Jungen etwas anzutun!“ schnauzte Thomas. „Wenn er unehelich ist, wird es einige Anpassungen an der Erbfolge geben müssen, aber ich sehe nicht ein, warum wir nicht harmonisch miteinander leben können.“

„Sie sind also tatsächlich davon überzeugt, dass Robin nicht der Sohn Ihres Vaters ist?“, fragte Robert.

„Mrs Fairfax hat mich darauf hingewiesen, dass er es nicht ist. Deshalb kam sie zu mir, nachdem sie ihr Testament geändert hatte. Mrs Chingfords üble Nachrede bestätigte nur, was ich bereits vermutet hatte – dass Emilys Ehe bigamisch war und ihr Kind der Sohn ihres früheren Mannes ist.“ Thomas lächelte. „Es gibt keinen Fall aufzuklären, Major. Mrs Fairfax hat versehentlich Mrs Chingford getötet und sich dann aus Schuldgefühlen das Leben genommen. Ich werde hier weiterhin die Geschicke leiten, bis Robin volljährig wird, wie mein Vater es sich gewünscht hätte. Dann wird das Anwesen zwischen uns aufgeteilt.“ Er zögerte. „Können wir es nicht dabei belassen?“

„Dorothea Chingford hat Sie gesehen“, sagte Robert.

„Ich verstehe nicht ganz.“

„Sie hat Sie am Fuß der Treppe gesehen, neben Mrs Chingfords Leiche. Deshalb hatte sie solche Angst. Sie hat versucht, mich zu warnen, aber ich habe es erst jetzt verstanden.“ Er tastete nach seiner Westentasche und holte das ramponierte Medaillon heraus. „Sie bat mich, dies Mrs Fairfax zurückzubringen.“

Madge machte einen Ausfallschritt nach dem Medaillon. „Das ist meins. Emmy sagte, sie würde es in London für mich reparieren lassen.“

„Ich glaube, sie hat es getragen, als sie Mrs Chingford stieß. Man hat es in Mrs Chingfords Finger gewickelt gefunden.“

Madge nahm das Medaillon und öffnete es vorsichtig. „Mrs Chingford war schon immer eine Lügnerin und eine Klatschtante. Ich habe es gehasst, für sie zu arbeiten. Sie hat immer alle unsere Briefe gelesen. Ich merkte das erst, als es zu spät war und sie alle unsere Geheimnisse kannte. Aber sie hat es nicht zugelassen, dass die Wahrheit einem bisschen Klatsch oder Erpressung im Wege stand." Sie sah Thomas direkt an. „Sie haben meine Tochter ermordet, weil Sie dachten, sie würde Ihnen sagen, dass Ihr Vater nicht der Vater von Robin ist?" Sie verzog die Miene. „Sie hatten halb recht. Robin ist nicht der Sohn Ihres Vaters. Er ist *Ihr* Sohn. Sie hatten vor, Ihren eigenen Bastard zu töten."

„Nein!" Thomas schüttelte ungläubig den Kopf und machte einen unsicheren Schritt zurück. „Nein, das kann nicht stimmen. Sie –" Die Pistole in seiner Hand zitterte, und sein Mund verzog sich zu einer Grimasse. „Das ist eine Lüge!"

„Warum sollte ich lügen? Sie haben meine Tochter umgebracht. Das Einzige, was ich jetzt tun kann, ist dafür zu sorgen, dass Sie nicht auch noch ihr Kind töten!"

Thomas richtete die Pistole direkt auf Madge. „Sei still, du dumme, alte Schlampe. Halt dein Maul!"

Robert sprang nach vorn und stieß Thomas' Pistolenhand zur Decke. Miss Harrington schlang die Arme um Madge und warf sich mit ihr auf den Boden. Der enge Raum explodierte vor Lärm. Bevor Robert sein Gleichgewicht wiedererlangen konnte, war Thomas herumgewirbelt und rannte aus dem Raum. Der Putz von der Decke rieselte weiter herab, überzog sie alle mit feinem, weißem Staub, der Robert zum Husten brachte.

Ein Schrei von Madge ließ Robert aufschrecken.

„Miss Harrington ist verletzt! Helfen Sie ihr, Major Kurland!"

Robert kniete sich sofort neben Miss Harrington, die zu bluten schien. Erschrocken holte er sein Taschentuch heraus, nahm sie in die Arme und drückte den

Stoff auf die Wunde an ihrem Kopf, wo etwas Scharfes eine blutige, gezackte Spur hinterlassen hatte.

Hinter ihm ertönte Stimmengewirr. Ohne Miss Harrington loszulassen, die immer noch bewusstlos war, schrie er über den Lärm hinweg.

„Findet Mr Fairfax! Haltet ihn vom Kinderzimmer fern und holt einen Arzt!"

Madge sprang mit wilder Entschlossenheit auf die Beine, ihr Gesicht war kreidebleich. „Ich gehe ins Kinderzimmer. Ich werde nicht zulassen, dass er meinem Jungen etwas antut."

„Lassen Sie sich von mir nicht aufhalten." Robert reichte ihr seine Pistole und sie verließ den Raum. „Simmons, sind Sie da?"

„Ja, Major Kurland."

„Mr Fairfax hat eine Waffe. Nehmen Sie zwei der Diener und versuchen Sie, ihn zu fassen, bevor Mrs Summers ihn findet. Schließen Sie ihn an einem sicheren Ort ein und rufen Sie den örtlichen Magistrat."

„Aber warum, Sir?"

„Simmons, tun Sie einfach, was ich sage!", brüllte Robert und nutzte jede Nuance seiner gebieterischen Stimme. Sein Knie begann zu schmerzen, daher setzte er sich auf den Hintern und hielt weiter Miss Harrington fest, die er vorsichtig auf seinem Schoß niederlegte. Der Geruch von Blut ließ ihm übel werden und weckte die Erinnerung an zu viele Schlachtfelder und verlorene Freunde und ... Er holte tief Luft, um sich zu beruhigen. Er wollte Miss Harrington nicht verlieren. Das würde er nicht zulassen.

Schließlich öffnete sie die Augen und zuckte vor Schmerz zusammen. „Was ist passiert?"

„Thomas hat versucht, Mrs Summers zu erschießen, und Ihr Kopf kam ihm in die Quere."

Sie versuchte, die Hand zu ihrem Gesicht zu führen, aber er hielt ihre Finger sanft zurück und fest in seiner

Hand. „Sie werden eine Narbe behalten, aber ich denke, Sie werden überleben."
„Gut", murmelte sie. „Ich habe Kopfschmerzen. Können Sie mich jetzt nach Hause bringen, Sir?"
Er gab ihr vorsichtig einen Kuss auf die Nase. „Das wäre mir ein Vergnügen, meine Liebste."

Kapitel 22

Robert nickte dem Diener zu, der vor dem kleinen Salon postiert stand. „Ich gehe zu Mr Fairfax. Bitte lassen Sie niemanden mehr herein und schließen Sie die Tür hinter mir ab."

„Sehr wohl, Sir."

Robert fand Thomas an einem kleinen Tisch sitzend vor. Sein Gesicht war grün und blau und trug deutlich die Spuren des Handgemenges, mit dem seine Flucht beendet worden war, und sein Mantel war an der Schulter zerrissen. Er blickte auf, als Robert eintrat, und sprang auf die Beine.

„Major Kurland, Sir, Sie *müssen* mir helfen. Das habe ich nicht gewollt. Bitte, glauben Sie mir, ich –"

Robert hob die Hand und setzte sich. „Ich habe ein paar Fragen an Sie, einfach aus meinem eigenen Interesse heraus."

Thomas ließ sich auf seinen Platz zurückfallen. „Ich nehme an, Sie denken jetzt das Schlimmste von mir, so wie alle anderen auch."

„Ich denke auf jeden Fall, dass Sie einige sehr dumme Entscheidungen getroffen haben."

„Aber meine Absichten waren gut!", beteuerte Thomas. „Mrs Fairfax war nicht in der Lage, dieses Anwesen zu führen. Alles, was ich wollte, war die Möglichkeit, hier zu leben und meinem ... meinem Halbbruder zu helfen."

„Ihrem Sohn", sagte Robert sanft. „Ist das vielleicht der Grund, warum Mrs Fairfax zu Ihnen nach Kurland Hall gekommen ist? Um Ihnen die Wahrheit zu sagen?"

„Warum hat sie mir dann nicht die ganze Wahrheit gesagt?“, fragte Thomas. „Sie hat nur Andeutungen gemacht und mich dann gebeten, zurückzukehren und das Anwesen zu verwalten. Ich hatte keine Ahnung, dass sie ihr Testament geändert und mich als Robins Vormund eingesetzt hatte. Als sie bei der Hochzeit in den Streit mit Mrs Chingford geriet, hatte ich gerade erst mit ihr gesprochen. Ich hörte Mrs Chingford hinter mir die Treppe hinunterstürzen und ging zurück, um nachzusehen, ob sie wirklich tot war.“

„Und haben sie erdrosselt. Mit dieser Tat erkannten Sie, dass Sie die Gelegenheit hatten, Mrs Fairfax dazu zu bringen, das zu tun, was Sie wollten, indem Sie ihr drohten, ihre Rolle in Mrs Chingfords Tod zu enthüllen.“

„*Ja*, aber wenn sie mir die Wahrheit gesagt hätte, wäre ich nie auf diese Idee gekommen. Und ich hätte auch gar nichts weiter tun müssen.“ Thomas suchte Roberts Blick. „Verstehen Sie nicht?“

„Oh, ich glaube, es dämmert mir. Jetzt, wo Mrs Chingford aus dem Weg war, mussten Sie nicht mehr befürchten, dass sie ihre Geschichten über Robins Abstammung verbreitete. Und Mrs Fairfax hatte so viel Angst davor, überführt zu werden, dass sie bereit gewesen wäre, alles zu tun, was Sie ihr sagten.“

„Bei Ihnen klingt das so ... geldgierig“, sagte Thomas leise. „Aber ich kann Ihnen versichern, dass ich nicht damit gerechnet hatte, dass Mrs Fairfax Mrs Chingford die Treppe hinunterstößt.“

„Aber Sie waren mehr als gewillt, den Umstand auszunutzen“, sagte Robert. „Und was ist mit Mrs Fairfax’ Tod?“

Thomas senkte den Blick auf seine Hände. „Sie war von Schuldgefühlen über das, was mit Mrs Chingford geschehen war, zerfressen. Ich habe versucht, sie zur Vernunft zu bringen, aber sie war fest entschlossen, zu gestehen. Das konnte ich ihr nicht gestatten.“ Er seufzte. „Sie wusste, dass ich Mrs Chingford erwürgt hatte.“

„Ich bin mir nicht sicher, dass sie es wusste. Die einzige Person, die erwähnte, eine andere Gestalt am Fuß der Treppe gesehen zu haben, war Dorothea Chingford.“

Thomas stöhnte und vergrub sein Gesicht in den Händen. Robert wartete geduldig, bis er wieder aufblickte.

„Sie haben das Geständnis für Mrs Fairfax geschrieben, nicht wahr?“

„Ich dachte, das würde die Angelegenheit beenden – dass alle die Version der Ereignisse akzeptieren würden und ich frei wäre, um Fairfax Park zurückzufordern.“

„Und am Ende das Anwesen zu erben, nachdem der arme Robin einen schrecklichen Unfall erlitten hätte.“

Thomas schluckte schwer und flüsterte: „Sie denken, ich bin durch und durch ein Mörder, nicht wahr? Aber alle haben mich belogen. Hätte ich nur die Wahrheit gekannt, hätte ich nie die Umstände ausnutzen müssen, die sich ergeben haben.“

„Das ist keine Entschuldigung, Thomas. Und wie sollte ich zu einem anderen Schluss kommen? Sie sind nicht nur für den Tod von Mrs Chingford und Mrs Fairfax verantwortlich, Sie haben auch versucht, Mrs Summers mitsamt ihrem Haus zu verbrennen.“

„Das war ein Unfall! Sie war nicht im Haus und ich wollte mich nur nach Briefen von Mrs Fairfax umsehen. Aber die Kerze...“

Robert erhob sich und blickte auf Thomas’ gesenkten Kopf hinunter. „Dennoch sind zwei Frauen Ihretwegen und aufgrund Ihrer ‚Entscheidungen‘ tot. Ich habe überhaupt kein Mitleid für Sie übrig.“

Er verbeugte sich und wandte sich zum Gehen, doch dann erinnerte er sich noch an etwas anderes. „Und was ist mit Miss Harrington? Hatten Sie wirklich die

Absicht, sie zu heiraten, oder haben Sie Ihr Interesse an ihr nur vorgetäuscht, um sie ruhigzustellen?"

„Ich hätte sie geheiratet, Major", beteuerte Thomas. „Ich habe großen Respekt vor ihr. Hätten wir geheiratet, hätte ich sie davon abhalten können, sich weiter in Dinge einzumischen, die sie nichts angingen."

Robert schnaubte. „Miss Harrington wurde geboren, um sich einzumischen – Gott sei Dank. Sie hätten auch sie loswerden müssen, um sie zum Schweigen zu bringen." Er wandte sich von der niedergeschlagenen Gestalt am Tisch ab und machte sich langsam auf den Weg zur Tür. „Der örtliche Magistrat wird bald hier sein. Ich werde ihm raten, Sie in die Kreisstadt zu bringen und Sie dort festzuhalten."

Er erhielt keine Antwort und dafür war er ausgesprochen dankbar. Es fiel ihm immer schwerer, die Fassung zu bewahren angesichts Thomas' Unfähigkeit, etwas anderes als die eigenen egoistischen Bedürfnisse zu sehen. Vielleicht hatte Thomas nur die Umstände ausgenutzt, aber er hatte es ohne Rücksicht auf die Unantastbarkeit des menschlichen Lebens getan.

Und er war mehr als gewillt gewesen, Miss Harrington zur Liste seiner Opfer hinzuzufügen.

Robert schlug die Tür so stark hinter sich zu, dass der diensthabende Wächter zusammenschreckte.

„Der Magistrat wird gleich hier sein, Major."

„Gut. Sagen Sie mir Bescheid, wenn er eintrifft, damit ich mit ihm sprechen kann."

* * *

„Mrs Green ist im gelben Salon damit beschäftigt, Briefe zu schreiben, Sie können also hereinkommen und die Patientin besuchen, Major Kurland."

Robert nickte Miss Chingford zu, die ihm die Tür geöffnet hatte. „Vielen Dank."

Miss Harrington saß aufrecht im Bett, ihr Haar war zu einem Zopf geflochten, und sie hatte einen großen Verband um den Kopf gewickelt. Irgendwie schaffte sie es dennoch, recht respekteinflößend auszusehen.

„Guten Morgen, Miss Harrington, Mrs Summers."

Das alte Kindermädchen saß strickend am Kamin und nahm seine Anwesenheit kaum zur Kenntnis. Sie hatte sich bei Mrs Williams in der Kinderstube einquartiert und den jungen Robin von dem ganzen Trubel ferngehalten.

„Haben Sie Mr Fairfax gefangen?", fragte Miss Harrington.

Robert nahm den Platz neben ihrem Bett ein. Wenn er sich nicht irrte, würde seine Verlobte noch heute ein blaues Auge bekommen. Er beschloss, es ihr gegenüber nicht zu erwähnen.

„Er wurde in den Ställen aufgegriffen bei dem Versuch, ein Pferd zu satteln. Ich habe nach dem örtlichen Magistrat geschickt, der derzeit allerdings nicht zu Hause ist."

„Haben Sie selbst mit Mr Fairfax gesprochen?"

„Das habe ich." Robert seufzte. „Ich kann nicht umhin, ihn ein wenig zu bemitleiden. Er scheint nicht fähig zu sein, zu verstehen, was er getan hat. Er hat immer und immer wieder gesagt, dass, wenn er einfach nicht gehandelt hätte, er zurückgekehrt wäre, um für Mrs Fairfax in Fairfax Park zu arbeiten, dabei entdeckt hätte, dass Robin sein Sohn ist, und sich in dieser unkonventionellen, aber zufriedenstellenden Beziehung eingerichtet und das Anwesen für sie beide verwaltet hätte."

Miss Harrington verzog die Lippen. „Ich habe keinerlei Mitleid mit ihm. Vergessen Sie nicht, dass er wahrscheinlich Mrs Chingford erwürgt und Mrs Fairfax absichtlich zu einer Überdosis Laudanum verholfen hat."

„Seiner Meinung nach hat er lediglich die Gelegenheiten genutzt, die ihm aus den Umständen erwuchsen. Ich fragte ihn, ob er etwas mit dem Kutschunfall zu tun hatte, aber er lehnte jede Verantwortung dafür ab. Er gab allerdings zu, dass er Mrs Fairfax' Zustand nach dem Unglück zu seinem Vorteil nutzen konnte. Ich vermute, dass der Vorfall mit der Kutsche ein Versuch meines Cousins Paul war, mich ein wenig durchzuschütteln. Er hoffte, das Anwesen in Vertretung für seinen armen, verkrüppelten Cousin übernehmen zu können, und wollte wahrscheinlich sicherstellen, dass ich nie wieder das Bett verließ."

„Mr Reading wohnte doch in Saffron Walden, nicht wahr?" Miss Harrington seufzte. „Die arme Mrs Fairfax."

„Ich habe auch mit ihr nicht viel Mitleid. Wenn sie Thomas doch nur von Anfang an die Wahrheit gesagt hätte."

„Und all die sozialen Vorteile verloren, die ihre Ehe ihr und ihrem Sohn eingebracht hatte?" Miss Harrington schüttelte den Kopf. „Dazu hatte sie viel zu viel Angst."

Nach einem kurzen Blick in Madges Richtung streckte Robert die Hand aus und nahm Miss Harringtons Hand in die seine. „Wenigstens haben Sie ihn nicht geheiratet."

„Ich hatte nicht die Absicht, das zu tun." Sie hielt kurz inne. „Was wird jetzt mit ihm geschehen?"

„Das ist Sache des örtlichen Friedensrichters. Ich werde ihm die Beweise vorlegen, die wir haben, und ihm die weitere Entscheidung überlassen."

„Wird er vor Gericht gestellt werden?"

„Ich bin mir nicht sicher. Wie Thomas schon sagte, sind diese Dinge schwer zu beweisen – besonders, wenn die beiden Hauptzeugen tot sind."

„Dann könnte er also mit einem Mord davonkommen?"

„Ja." Er drückte ihre Hand. „Ich kann meinen Einfluss spielen lassen und dafür sorgen, dass er in der gehobenen Gesellschaft eine Persona non grata ist. Ich habe ihm bereits nahegelegt, dass es in seinem besten Interesse wäre, England zu verlassen, falls er die Ermittlung übersteht."

„Ich hoffe, er befolgt Ihren Rat."

„Ich glaube nicht, dass er eine andere Wahl hat. Ich werde auch dafür sorgen, dass der junge Robin und das Anwesen vor Mr Fairfax geschützt werden. Der Anwalt, den ich in Kurland St. Mary getroffen habe, soll morgen hier eintreffen."

„Wann werden wir Fairfax Park verlassen können?"

Er führte ihre Finger an seine Lippen und küsste sie. „In einer Woche, denke ich, obwohl Sie auch schon früher abreisen könnten, wenn Sie es wünschen."

„Ich würde lieber bleiben und die Sache bis zum Ende durchstehen", sagte sie entschlossen.

„Das ist genau das, was ich von Ihnen erwartet habe." Er räusperte sich. „Ich werde mit Ihrem Vater sprechen, wenn wir zurück sind."

„Was das angeht ..." Sie musterte sein Gesicht. „Sie *müssen* mich nicht heiraten."

Er fing ihren plötzlich scheuen Blick ein. „Ich möchte Sie heiraten. Wollen Sie mich haben?"

„Ja, ich will."

Er lächelte sie an und erhob sich. „Dann ist ja alles geklärt. Ich bin vielleicht nicht der ausgeglichenste Mann in Ihrem Leben, aber ich schwöre, niemand wird Sie besser zu lieben und zu beschützen wissen."

Sie führte ihre Hand an ihre gerötete Wange und blickte ihn einfach eine Weile an. Zufrieden, dass er sie ausnahmsweise zum Schweigen gebracht hatte, zwinkerte Robert ihr zu und machte sich auf den Weg aus dem Schlafgemach. Sein Lächeln verblasste, als er darüber nachdachte, was Thomas Fairfax bevorstand. Aber er würde nicht zulassen, dass die Fehler des anderen Mannes sein jetziges Glücksgefühl zerstörten.

Glück.

Robert blieb im Korridor stehen und nahm dieses fremde Gefühl bewusst wahr, bevor er pfeifend die Treppe hinunterging, um sich um das demoralisierte Personal zu kümmern. Jeder Mensch traf im Leben seine eigenen Entscheidungen und ausnahmsweise war er mit einer der seinen zufrieden. Thomas Fairfax hatte sich übernommen und es nach Roberts Meinung verdient, alles zu verlieren – vor allem die Gunst von Miss Lucy Harrington.

Danksagungen

Ein großes Dankeschön an Ruth Long und Tony Mozingo für das Lesen des Manuskripts und das Finden der Fehler, besonders der großen. Außerdem danke an Kat Cantrell für das Finden der passenden Bibelpassagen, um die Handlung voranzutreiben. Das hat mir eine Menge Zeit erspart. Alle anderen Fehler sind meine eigenen.